画眉奇缘

叁

童亮 著

百花洲文艺出版社
BAIHUAZHOU LITERATURE AND ART PRESS

目录

第一章 贩子

姥爹带着小米离开画眉村的时候，鹜江大陆刚刚进入仲夏，最热的三伏天还没有到来。

人们认为鹜江大陆是浮游于无尽之海上的一只巨龟的龟壳。当这只巨龟游到离太阳比较近的地方时，鹜江大陆便迎来夏天；当它游到离太阳比较远的地方时，鹜江大陆便迎来冬季。周而复始。

姥爹和小米先从画眉村走到位于九州中南部的汉渡，然后到了汕东。这次出外跟以前不一样，以前姥爹是白天走，晚上休息，这次姥爹晚上行走，白天休息得多。

大大小小的怨念只有在夜里才能看到，白天便藏匿起来。

小米在出发前安顿好了水客和水猴，此次旅行专心帮助姥爹收集怨念。

姥爹事先准备好了一个小木箱和一个小瓷瓶。小木箱里装了厚厚的一沓已经画好的符，符外面包了一张不透水的油纸。小瓷瓶刚好一握大小，瓷身木塞，瓷是白瓷，木是桃木。遇到怨念，则点燃符，念咒语，怨念就会被符吸收，变成灰烬。灰烬收集起来，倒入小瓷瓶里，便可带走。

这怨气光收不行，还要会放。由于一个小瓷瓶可以装很多怨念，放的时候很容易一股脑儿将里面的怨念全部放出来。有时候收集的人只需要放出来一个个怨念，并不需要全部放出来。于是，收集的人在收集怨念的时候就要给每个怨念取名字。

收集的怨念多了，名字也便多了。名字多了就容易混淆。

为了不使名字混淆，收集的人常常以怨念被收的地方为之命名。如在小溪边收的，便叫溪边或者水边，如果在小溪边收了好几个，则根据它们的方位命名，叫作东溪南溪或者水阴水阳。水的南面叫水阴，水的北面叫水阳。山刚好相反，如果怨念是在山的南面收的，就叫作山阳；如果在山的北面收的，就叫山阴。古籍里有言："山南水北谓之阳，山北水南谓之阴。"

如果在同样的方位收了好几个怨念，则以"甲乙丙丁戊己庚辛壬癸"作为地名后缀。比如在井边接连收了好几个同方位的怨念，则第一个被收的命名为井甲，第二个命名为井乙，第三个命名为井丙，以此类推。

姥爹一边自己收集怨念，一边教小米收集。

从画眉村到汉口又到汕东的一路上，姥爹和小米收集了不少怨念。在这段路途中，姥爹和小米遇到了许多繁杂琐事，但不值一提。

姥爹和小米到了汕东淄川后，遇到了一件大事。

姥爹和小米在淄川县城落脚。那几天雨水连绵不绝，道路湿滑，姥爹决定歇息几天，等天气好转再出来收集怨念。

他们住的旅店是两层小楼，楼上是客房，楼下是饭馆。

一天中午，天气突然好转，艳阳高照，姥爹和小米正在楼下的饭馆吃饭，忽然听到外面响起狗吠声。

姥爹转头看去，看到一个人牵着五条土狗朝饭馆走了过来。

那人将五条土狗拴在饭店门侧，嘱咐店小二道："麻烦您帮我看管一下这几条狗，我去办点其他的事情，待会儿就来这里吃饭住宿。"

店小二听前半句话的时候满脸不情愿，听到后半句立即改颜换色，唯唯诺诺。

这个店不在县城繁华地段，位置比较偏僻，客流不多。所以店小二只要听说是来吃饭住宿的，就欢喜得不得了。

那人走了几步又回到店门口，对店小二说道：“你千万不要给它们喂水。”

“好好好。”店小二连连点头。

小米听到他们的对话，问姥爹道：“为什么他不让店小二给它们喂水啊？”

姥爹迷惑地摇摇头，说：“好好吃饭，别管这么多。”他嘴上叫小米别管这么多，自己的眼睛却时不时往那几条狗身上瞥。

姥爹和小米吃完了饭，那人还没有回来。而店门口几条狗的舌头吐得很长，呼哧呼哧地喘气。

姥爹和小米正要上楼，店外来了一个吵吵闹闹的妇女。那妇女一进店便问店小二：“你刚才有没有看到一个小孩来这里？这么高的一个小孩子。”妇女用手比量了一个高度。

店小二不耐烦道：“来我们这里的不是吃饭就是住宿，怎么会有单独的小孩呢？你去别的地方找找吧。卖小吃的，演木偶戏的，耍杂技的地方，你都可以去看看。”

这时，店门口的一条狗吠叫得尤其剧烈，对着那位妇女不停地“汪汪汪”，甚至作势要上前咬她。

她吓得连连后退躲避。

店小二一脚踢在那条狂躁不安的狗的身上。那狗被踢得在地上打了一个滚儿，“嗷呜”一声，又爬起来不住地朝那妇女吠叫。

小米拉住走到楼梯上的姥爹，指着那条狗说道：“马秀才，那条狗好像不对劲。都说狗仗人势，它的主人不在这里，它怎么这么凶？我感觉它好像有别的意思。”

姥爹本就对刚才来了又走的那个人心存疑惑，听小米这么说，便从楼梯下来，盯着那条狗看了一会儿，又听那妇女和店小二说话。

那妇女说道："我是一路找过来的，你说的地方我都找了，没有看到我家孩子，就你这里没有找了。"

姥爹猜测那妇女是从县城中心一直找到这处较为偏僻的县郊来的。

店小二又朝那作势要扑上来的狗狠狠踢了一脚，然后将妇女往外推，一边推一边说道："我这里没有你说的那么高的孩子，你去附近再找找吧。你快点走，这狗好像要咬你，咬坏了你的话，可不要赖我。"

妇女见那狗确实止不住地要朝她身上扑，只好点头道："那好吧，我去别的地方找一找。"

姥爹见状，走到店门口来，问那妇女道："你是在什么地方什么时候发现孩子不见了的？你告诉我一下。"

妇女见姥爹衣着不俗言谈亲切，便有了几分信任感，将地点和时辰告诉了姥爹。

姥爹掐指一算，说道："你不要慌张，孩子应该没有走远。你在附近多找找，应该不会出什么事儿。"

"没事就好，没事就好！"妇女紧张的神色稍稍放松一些，颤抖的手也稍稍缓和一些，"我家孩子从来没有乱跑过，我叫他在哪里等我，他就不会离开太远的。可是今天我找了半个县城了还没有找到他，没有办法不担心啊！你确定他不会走丢吗？"

姥爹安慰道："不会的，他还在附近呢。"

妇女弯腰感激道："谢谢你，太谢谢你了！"

店小二也恭维道："这位先生真是大善人！"

妇女转身正要走，小米连忙在她身后喊道："要是您还没有找到孩子，记得来这个店里找我们！"

姥爹忍不住一笑。

妇女回过身来鞠躬道："好的，多谢小姑娘！"

那狗见妇女要走，又凶猛地扑腾起来。店小二又踢了那狗几脚。

那狗见妇女已经离去，终于安静下来，回到角落里嗷嗷低鸣，仿佛在哭泣。

物伤其类。其他四条狗向那只狗靠了过去，似乎在安慰它。

姥爹和小米回到楼上休息。姥爹有个小账本，那是罗步斋用来记账的，姥爹拿来记录怨念的名字。从画眉村到淄川，这个账本已经用了将近一半，里面密密麻麻写满了各种名字。姥爹要时常回顾一下已经取过的名字，以避免下一次出去收集怨念时重名。

姥爹坐在客房的小桌前翻看小账本，小米则侧躺在床上看姥爹翻小账本。

姥爹和小米住旅店的时候同居一室，但分床而睡。客房没有两张床的时候，姥爹便打地铺。

看完小账本前面的记录，姥爹正要眯一会儿，却听见楼下有对话声响起。

姥爹坐的地方靠窗，并且这间客房刚好在饭馆的大门之上，所以能很清晰地听到楼下人的对话。

首先听到的是店小二的话。

"您终于来啦！"店小二说道。

"还怕我跑了不成？我的狗还在这里呢！"另一个人说道。正是中午牵着狗来这里的那个人。

"当然不是怕您跑了，您没吃我店里的饭，没住我店里的房，您就算跑了也跟我没关系啊。可是您这狗不太老实，喜欢吓人咬人。您不来，我都不敢离开一步，怕它们闯出什么祸来！"店小二说道。

"咬人？哪条狗咬人？"那人问道。

"那条。"店小二说道。

接着，楼下传来狗的惨叫声和那人的骂声，应该是那人在教训他的狗。

店小二连忙劝道："别打了，再打会打死的！"连动不动就踢狗的店小二都看不下去要给那条狗求情了，可见那人下手有多狠。

"小二，好酒好菜尽管给我上，大爷我饿得不行了！还有，给我订一个上好的房间，大爷我要在这里休息一晚！"那人喘着气说道。刚才一顿打，耗费了他不少力气。

"好嘞！"店小二高兴不已。

小米从床上爬起来，生气道："这人怎么这样？"

姥爹安抚小米道："这人不是寻常之辈，我们莫管闲事。"姥爹并不是事不关己高高挂起的人，但毕竟现在两人在外力量有限，自己还有更重要的事情要做，世道也愈加不太平，凡事只能睁一只眼闭一只眼。若要事事追究，事事插手，那极可能出现泥菩萨过江自身难保的情况。

姥爹的话音刚落，外面又响起了一个熟悉的声音。

"小哥，小哥，麻烦你帮个忙。"

店小二不耐烦的声音响起："你怎么又来了？我都说了多少遍了？你要找的孩子不在我们这里，快走快走！"

"小哥，我不是来找孩子的，我是来找中午那位先生的。"是中午那个妇女的声音。

店小二道："你找他干什么？"

那个妇女说道："我家的孩子还是没有找到。他说我家孩子在附近，我围着你们店找了四五圈，就是没有看到我家孩子。"

"你找你的孩子，关那位先生什么事？"

"那位先生说了，如果我找不到孩子，就再来这里找他。小哥，你当时不也在场吗？你应该也听到了啊！"那个妇女急切道。

姥爹以为又会听到狗吠叫的声音，可是没有。

小米也喃喃自语道："那狗怎么不叫了？"

“人家那是客气客气，你还当了真？快点走吧！别在这里烦人了！”店小二驱赶道。

“求求你，小哥，看在都是一个地方的人的分儿上，你帮我传传话吧！”那个妇女央求道。

“不行。”店小二语气坚决。

姥爹终于忍不住了，将窗户支开，对着楼下喊道：“伙计，你别赶她走，我这就下去。”

小米立即从床上一跃而下。

那个妇女对着姥爹的窗户拜谢道：“多谢先生！多谢先生！”

姥爹将小账本收好，带着小米出了客房。他们两人从饭馆里穿过的时候，看见那个牵狗来的人正在埋头吃饭。桌上放满了盛菜的碗，估计四个人都吃不完。那人狼吞虎咽，几乎要扑到桌子上去。

“前世是个饿死鬼！”小米一脸嫌弃地悄悄嘟囔。

姥爹拉了拉她，示意她不要乱说话。

到了门口，姥爹还没来得及上前跟那个妇女打招呼，那个妇女就冲了上来抓住姥爹的袖子。

“先生，先生，快救救我的孩子！我到现在还没有找到他！他是不是被什么人害了？还是被人贩子抓走了？”那妇女如抓住最后一根救命稻草一般不放手。

“按我的掐算来看，你的孩子应该就在附近，不会错的。他是不是躲起来了？”姥爹问道。

小米刚跨出门就尖叫一声。

姥爹朝小米看着的地方看去，只见那条狗口鼻流血，气息奄奄地躺在那里。另外四条狗紧张地看着来来往往的人，似乎害怕哪个丧心病狂的人又上来狠狠踢打它们。

小米在对付弱郎大王的时候都不曾惊恐地叫过一声，看到一条狗被打成这样，居然发出尖叫。这让姥爹有点意外，又有些欣慰。

那妇女飞快地瞥了那条狗一眼，又将注意力转移到姥爹身上。

“麻烦您再帮我算算，我家的孩子是近还是远，是生……还是死……”

来到淄川之前，姥爹在路上就听到了不少人贩子买卖小孩的传闻。由于世道不太平，流动人口特别多，这类事情经常发生，且很难找到人贩子。

姥爹听这妇女这么说，便也认为她家的孩子很可能遭遇到了人贩子。他抬起手来又掐算了一番，说道：“你家的孩子现在还活着。”

旁边的店小二附和道：“你看，孩子没跑远又活着，肯定是没事了。你是不是担心得有点过了？你回家里好好等着，说不定你家孩子在外面玩腻了就会回去。”

“我家孩子从来不会不回家吃午饭的，他很乖的……”妇女不甘心道。

店小二推搡着她，极不耐烦地说道：“行了，行了，该问的问了，该说的也说了。听这位先生的话，你回家去等着孩子回来吧。”

妇女被店小二推着走，却还扭头来问姥爹：“先生，我看您是个好心人，不会骗我的。我家孩子真的会自己回来吧？”

姥爹根本拿不定主意。

店小二却替姥爹回答道：“当然！回家去等着，别赖在我这里！”

店小二将那妇女赶走后，姥爹和小米又回到楼上。

晚饭过后，姥爹和小米收拾好东西，准备去郊野收集怨念。由于从这里走到荒郊野外还要一些时间，所以他们要稍早一点出发。还没有出门，他们就听到客房外面的走廊里咚咚咚地响了起来，间歇还有狗呜呜的低鸣声。

姥爹听到店小二的说话声。

“大哥，你干吗把这几条狗也带到楼上来呢？我倒不怕它们弄脏了房间，但是我怕它们晚上叫起来吵到其他客人啊！要不……你还是把它们锁在店门口吧？”

那个人的声音响起：“不碍事的。我这几条狗不怎么叫，不会吵到其他客人的。你就放心吧！”

店小二着急道：“我怎么放得下心呢？你说这几条狗不叫，中午它就叫得厉害，还差点咬了人。”

那人说道：“你看，我不是把它打得不敢乱叫了吗？”

“这这这……”店小二的话里透出无奈。

姥爹和小米打开门来，刚好看到那人在开门。那人身后跟着五条狗，其中一条被他打得面目全非。再后面便是那个店小二，店小二还在不停地劝说那人不要将狗带到客房里来。

那人见姥爹和小米出来，上上下下将他们两人打量了一番，撇嘴道：“好福气！老夫少妻！一树梨花压海棠！”

姥爹懒得搭理他，径直朝楼梯走去。小米也不言不语。

那人不依不饶，在姥爹背后喊道:“那位先生，看你掐算得不错啊，有时间的话，明天我向你讨教讨教啊！”他说话的语气却没有半点讨教的意思，更多的是挑衅。

姥爹回头微笑着拱拱手，示意一下，然后继续朝楼梯走去。

小米不满道：“你搭理他干什么？就当是狗叫！”

“哎哟，小姑娘的嘴好毒辣！”那人笑着走进了屋。身后的五条狗被拉了进去。

店小二还要劝说，门“嘭”的一声关上了，差点儿撞到店小二的鼻子。

出了店，小米嘟囔道：“马秀才，你说说看，他为什么晚上要把狗带到房间去啊？说他是怕狗在外面受了夜露吧，可他白天又那么狠心地踢打它们，没有一点怜惜的样子。”

“因为他怕露馅儿。”姥爹说道。

“露馅儿？”小米不知道姥爹说的什么意思。

“待会儿你就知道了。”姥爹说道。

又走了一会儿，小米发现路线不对。他们应该朝更加荒凉偏僻的地方走，可姥爹是带她往县城中心方向走的。越热闹的地方人气越足，怨气一般是不会在这种地方逗留的，荒山野岭才是它们的漂游之处。

小米问道：“马秀才，我们是不是走错路了？”

姥爹说道：“没有。今晚我们不去收集怨念，我们要去某个地方找一个人。”

“找谁？”

“白天看到的那个找孩子的妇女。”姥爹回答道。

“找那个妇女干什么啊？”小米加快脚步赶到姥爹身边。刚才她左看右看，落下了一段距离。这个县城的人口并不算多，住房也不算密集，所以晚上没有什么夜行的人。

“我跟她许诺了，她一定能找到孩子的。如果她还没有找到的话，我岂不是骗人了？”姥爹说道。

“可是你怎么知道她住在哪里呢？”

姥爹微笑道：“我给她掐算的时候，她说了在什么地方在什么时候发现孩子不见了的呀。你忘记了？”

小米辩解道：“她是说了时间和地方，可是她的家又不会在那个地方！”

姥爹站住，对小米说道：“这就是你不懂父母的心了。如果她还没有找到孩子的话，必定会在孩子走失的地方徘徊。所以我们不用找到她家里去，只要去她说的那个地方看看。我们现在就在朝那个方向走。”

小米勉强一笑，声音低沉道：“是啊，可怜天下父母心。可是我没有遇到过这样的亲生父母。”

姥爹一愣，忙安慰道：“画眉村就是你的家啊，赵姐、余游洋、罗步斋不都对你很好吗？”

小米这才笑得开心一些。

他们走了许久，终于来到一个宽大的十字路口。路上铺着青砖，两边都是已经关了门的店铺。可以想象这里白天的情形，应该是这个县城最热闹繁华的地段。个别店铺的大门前悬挂着红灯笼，灯笼散发着淡淡的光。

“这里就是那位妇女说的孩子走失的地方。”姥爹说道。

小米朝路的四个方向都看了看，很快就看到了南面街道上有一道拉得很长很长的影子。那个人影呆呆地站在那里，一动不动，乍一看还以为是街道上的雕塑。偶尔有清风从街道掠过，吹动那个人影的衣裳，地上的影子随之动了动，这才让小米发现那是一个人，不是一个雕塑。

“喂，马秀才，你看那边。”小米指着那个一动不动的人影说道。

姥爹拉着小米朝那个人影走去，近前一看，果然是白天遇到的那个妇女。

姥爹和小米走到离那个妇女很近的地方了，那个妇女还没有任何动静。仔细一看，原来她的双眼是闭着的。

小米悄悄上前，正要碰碰她，她突然两眼一睁。

小米被她这个突如其来的动作吓了一跳。

那个妇女看到小米，立即跪下来抱住小米哭号：“我的孩子呀！你终于回来啦！我在这里等你等得好苦啊！多谢老天！多谢那位先生！你终于来了！我站在这里都快站着睡着了！你可算是回来啦！”

原来她刚才站着睡着了。

小米从她怀抱里挣脱开来，嚷道：“你认错啦！我不是你的孩子，我是白天你在店里见过的那个小姑娘！”

那妇女一怔，双手抓住小米，面对面地看了许久，又揉了揉眼睛，终于发现自己弄错了。她嘴唇颤抖着说道：“怎么……怎么是你？刚才我明明看到的是我的孩子啊！我的孩子呢？我的孩子呢？他躲到哪里去了？”她惊慌失措地四处张望，一下子看到了小米身后的姥爹。

她急忙爬起来，冲到姥爹面前，抓住姥爹的手，眼睛瞪圆了喊道：“先生！先生！你是送我的孩子回来了吗？你说了我的孩子会回来的，他没有走远，也没有出事。你说了我等着他，他就会回来的！他跟你来了吗？”她的双手冰凉，不像是人的手。

这个夜晚的风太凉了。

“你的孩子还没有回来吗？”姥爹反抓住她的手，给她传递一点温暖。

那个妇女猛地摇头，披头散发如鬼一般。

她说道：“先生，你叫我在家里等他，可是我怎么坐得住啊？我不由自主地走到这里来等他了。我家孩子很乖的，他要回来的话，肯定知道我还会在这里等着他。他一定会先到这里来看看我在不在，才会回家的。”

“孩子他爹呢？”姥爹问道。

“孩子他爹被抓去当兵了！一年到头也回不来一次两次。他爹临走前千交代万交代，要我一定好好照顾孩子，说他可能在战场上回不来，不要让他们家断了香火……”妇女泣不成声。

那时候汕东战事频频发生，当时很多没钱没势人家的壮丁都会被抓去当兵。

“你不要哭，我说了你孩子还在就还在的，我说了你孩子会回来就会回来的。你不要哭。”姥爹安慰道。

小米显然对姥爹说的话没有什么信心，但还是帮忙安慰这个可怜的女人，说道：“是啊，我们保证你的孩子不会丢。你不要哭了，哭也没有什么用啊！要是哭有用的话，我早哭死一百次、一万次了！”

妇女听了小米的话觉得奇怪，居然很快就抑制住了哭泣，两眼迷惑地看着面前的小米。

小米就像一个长辈一样，双手捧住妇女的脸，给她擦去泪水，温和地说道："孩子是哭不回来的。你好好想想，孩子可能到哪里去了，你告诉我们，我们帮你去找。"

血丝玉镯子在小米的手腕上晃荡，妇女的眼泪滴了几滴在玉镯子上。

妇女止住了泪水，回想白天的情形。

她说，她在这条街上买东西，她的孩子被街道上制作小糖人的摊贩吸引，站在那里不肯走。她便叫孩子站在那里等她买完东西再来叫他，孩子欢快地答应了。

她买完了东西，回到制作小糖人的摊贩前，可是孩子没有站在这里了。

她问那个摊贩有没有看到她的孩子。

摊贩说，刚才站在这里的那个孩子好像往北街走了。

她急忙往北街走，走了才一小段距离，就看到了孩子的背影。她加快步子往前赶，可是街道上人多，快也快不了多少。她一边走一边喊孩子的名字，可是街道上的人吵，不知道孩子能不能听见。

她怎么赶怎么喊，都觉得自己跟孩子之间的距离没有拉近一点。

孩子似乎也在追逐什么，往前走得越来越快。

那时她并不着急，以为大不了走到街道的尽头，等人少了，没有那么吵了，她就可以赶上孩子，将他拉回来。

可是走到街道的尽头后，她突然发现刚才还在的孩子竟然不见了踪影！

这下她慌了张，顺着那个方向一直往前走，一边走一边叫喊孩子的名字。走出很远之后，她怀疑孩子并没有走这么远，于是回到热闹的街道上去寻找。

后来回想的时候，她后悔自己没有按照原来的方向一直追下去，半途折返回来了。她说万一是人贩子拐走了她的孩子，她追下去或许可以追上人贩子，将孩子救回来。

折返回来之后，她还是没有找到孩子。

于是，她只好再次朝北街那边找过去。

她越想越觉得孩子走失的情形怪异，越想心里就越乱。

孩子怎么会在没有看到自己的情况下朝北街走，并且走得那么快呢？为什么走着走着就不见了呢？

她想不明白。

她慌乱得不管什么人都问，不管什么店都进去看看，可是找了大半个县城还是一无所获。她急得如无头苍蝇一样到处乱撞，与其说她是在找孩子，不如说她是想撞到孩子。

她从繁华的县城中心走到了靠近县郊的小店，问店小二有没有看到她的孩子。她问的时候其实并没有抱多大希望，她也知道人家会讨厌她，可是她除了这么做没有其他办法。

店小二驱赶她的时候，她没想到会有一位风度翩翩的先生为她说话，还主动帮忙掐算孩子在哪里。

当听到那位先生说她的孩子就在附近的时候，她心中一喜，仿佛在茫茫大雾中看到了阳光，她急忙绕着那个店找了好几遍。可是找一遍她的心就凉一遍，这附近并没有孩子的踪影。

她不甘心，又来店里询问那位先生。那位先生认为孩子不会丢，她不知道该不该还相信他。

她回到了家里，实在坐不住，就来到了孩子走失的地方等孩子回来。她又困又累又饿又冷，在这里站着站着，居然就这么睡着了。她的潜意识告诉自己，她不能倒下，自己要像灯塔一样等着夜行的船儿归来。

迷迷糊糊中，她做了一个梦，梦很短。

她梦见孩子从街道那边奔了过来，张开双臂要拥抱她。她喜极而泣，连忙张开双手去拥抱她的孩子。可是抱住之后，孩子却扭身要甩开她，还发出了女孩子才有的声音。

她吓得睁开了眼，便看到了小米。

姥爹将她扶到旁边的石阶上坐下，说道：“我说一句不太好的话，你可别激动。现在看来，你的孩子有可能遭遇不测了。”

她双手一颤，紧紧抓住姥爹的手，问道：“您今天下午不还说我的孩子一定没有事吗？为什么现在又变了呢？”她的手力气变得很大，抓得姥爹的手生疼。她也变得有些生气，像是姥爹曾给她许诺了非常重要的东西，现在却不给她了。

小米早就有这种预测了，所以她听到姥爹说出这句话的时候并没有表现出多么惊讶。

姥爹知道小米早就有这种预测，她在这个妇女离开的时候就说了“要是您还没有找到孩子，记得来这个店里找我们”的话。

姥爹也知道，小米怀疑店里那个牵来五条狗的凶悍的人。姥爹也早关注那个人了，发现那条狗似乎对这个妇女特别感兴趣。但是没有更加明确的证据之前，姥爹不敢妄下定论。

“我之前说的话并不是骗你，现在我依然可以确定你的孩子还没有丢失，还没有走远。但是情况比我预估的要复杂一些。”姥爹尽量温和地对她说道。

“是不是被人贩子抓了，但是人贩子还没有离开我们县城？”那妇女说道。其实她在寻找孩子的时候就考虑到了这种情况，只不过有的人即使猜测事情应该就是那样的，也不会承认而已。

“我想应该差不多是这样的情况。”姥爹说道。

妇女急切道：“先生，我看出来了，你不是一般的人！你能算到我的孩子还没有丢失，还没有走远，是不是就能算到人贩子在哪里？是不是就可以把我的孩子救回来？”

“我尽力。”姥爹无法给出确定的答案，前面有太多的未知因素。

旁边的小米却大声道：“你放心吧！我们一定把你的孩子带回来！”

姥爹看了小米一眼。

小米撇撇嘴，并不为自己夸下海口而有一丝歉意。

街道两旁红灯笼的光打在小米的脸上，如同抹了一层胭脂，让她稚气未脱的脸居然多了几分难得的成熟和妩媚。

姥爹愣了愣，急忙收回目光。

那妇女转头来看小米，就像庙里膜拜的人们看菩萨雕像一样虔诚。她双手放开姥爹，撑在地上，然后俯身给小米磕了一个响头。

她还要磕头，姥爹和小米急忙上前扶住她。

她哽咽不能成声。

小米安慰道：“你回去休息吧，我们去帮你找孩子。”

她干咽了好几口，终于说出话来：“我能不能跟你们一起去啊？”

姥爹道：“你还是先回去吧。你的心情我理解，但你跟我们去找的话，不但帮不上什么忙，反而可能拖延我们的时间。你要帮忙的话，你告诉一下我们，你的孩子特别喜欢吃什么东西？”

“他跟他爸爸一样，特别喜欢吃年糕。先生，你说说，是不是人贩子用年糕把我的孩子骗走啦？我听人说，有的人贩子会用好吃的骗小孩，吃的东西里面放了药，小孩子不懂事，吃完就会神志不清，身不由己地跟着那个人走，别人叫他他也不会回头。是吗？”妇女说道。

不等姥爹回答，她又说：“我到制作小糖人的摊位上去找他的时候，是看到了他的背影的。可是我怎么喊怎么追，他都不回头。先生，你说这奇怪不奇怪？人贩子肯定是用年糕诱惑了他，年糕肯定放了药，让他头也不回地跟着走了！”

姥爹在没有来淄川之前就从志异古书里看到过相关的说法。这是一种魇昧之术，迷惑人的魂魄，让人像做梦一样。

古书中原话是：“魇昧之术，不一其道，或投美饵，给之食之，则人迷罔，相从而去，俗名曰‘打絮巴’，亦谓之‘扯絮’。小儿无知，辄受其害。”意思是，魇昧之术道法不一而足，其中一种方法是以美味做诱饵，引诱人吃下去，便会神志不清，身不由己地跟着他走，这俗称“打絮巴”，也叫“扯絮”。小孩不懂事，常常受骗上当，深受其害。

这妇女说的情形，的确跟“打絮巴”很像。

那古书上的原话并没有到此为止，后面还有两句：“又有变人为畜者，名曰‘造畜’。此术江以北犹少，江以南辄有之。”意思是说，除了前一种术法之外，还有一种能将人变成畜生的术法，名叫“造畜”，这些术法江北一带很少见，江南一带却常有。

淄川属于江南地区。

如此联系起来，那店里牵狗的人就更加可疑了。他或许非常擅长魇昧之术，打絮巴和造畜两种魇昧之术都会。他先将这个可怜妇女的孩子用美食诱惑走，再将孩子变成一条狗，然后牵到那个比较偏僻的地方去。

加上妇女出现时那条狗的异常表现，更是验证了这一点。

说不定变成了狗的孩子看到他的娘之后后悔吃了陌生人给的美食，用吠叫和撕咬的方式想引起这位妇女的注意，想让她将他带回去，可是她没能认出那条狗来。

她怎么会将一条狗认作她的孩子呢？这就是“造畜”之术厉害的地方。即使被骗的人遇到了亲人，向亲人求助求救，亲人也不会搭理他。如果人贩子用这种方式害人，被害者简直没有逃离的办法。

为了不让那位妇女过于担心，姥爹没有将心里想的这些说出来，只是一个劲儿地安慰她，叫她不要担心，不要乱想。

小米劝她回去，她还是不肯。

她说:“我不能帮你们什么忙,我就在这里等着,等到你们回来。”

姥爹知道就算现在把她劝回去,等他们走后她依然会跑到这里来等。所以干脆不劝她了,让她在这里等,这样她的心里也会舒服一些。

“我们走吧。”姥爹拉起小米,“让她在这里等吧。”

姥爹想起遇到弱郎大王那晚小米故意让覃丝儿割破手的情形,想起了小米后来说的那句话。亲人之所以为你做一些看似完全没有意义的事情,那是因为他是你最亲的人。他不能若无其事地干等着,他必须做些什么。

姥爹拉着小米离开了那条街道。

拐一个弯看不见那个妇女的时候,小米迫不及待地问道:“马秀才,你知道她的孩子在哪里了?是不是就是住在我们店里的那个人牵的狗?”

姥爹不说话,脚步越来越快。

小米走了一段,发现是回店里的路,高兴道:“我就说了嘛,那个人不是普通人!今晚我们不去收集怨念了?”

姥爹似乎在想着什么事,眉头紧皱,没有回答小米。

小米并不生气,一边疾步跟着姥爹,一边抬头去看夜空的月亮。

回到了店里,姥爹叫醒趴在柜台上睡觉的店小二,问道:“伙计,有没有年糕,给我来两块!”

店小二抬起睡意蒙眬的眼看了看姥爹,转身从柜台后面的小门进去了。不一会儿,他拿了两块年糕出来递给姥爹。

姥爹接了年糕还没有付钱,店小二又趴在柜台上睡着了。

“有酒吗?”姥爹拍了拍店小二的后背。

店小二抬手指了指柜台外侧,那里有大坛小坛的酒。

姥爹抱了两小坛酒,看店小二没有收钱的意思,便打算第二天跟房费一起算。

小米惊讶道："马秀才，你不是不喝酒的吗？"

姥爹道："是啊。你去他们厨房弄几根芦苇过来，要空心的，长一点的。"姥爹中午的时候注意到有送柴火的送来了芦苇，被人抬进了厨房。

小米迅速钻进了刚才店小二进出的小门，很快就抱了一小把芦苇出来。

姥爹看了看，说道："把你左手边那五根留下，其他的送回厨房去。"

小米拿了五根空心芦苇，跟着姥爹回到了楼上的客房。

回到客房之前要经过那个人的房间，姥爹听了听，那人在房间里小声地哼着戏，没有狗的声音。

进了自己的房间之后，姥爹放下酒坛，点上灯，从小米手里拿过芦苇，将头和尾折掉，对着空心杆的一端吹了吹气。

小米迷惑不解地问道："马秀才，你要这些芦苇干什么？"

"以后再告诉你。"姥爹说道。

姥爹将一切准备妥当，便带着小米去敲那个人的门。

那个人唱戏的声音停止，然后门开了一条缝。他见来者是姥爹，颇为意外，也有几分警惕。他瞥了一眼姥爹抱着的酒坛，咧嘴笑道："你怎么知道我喜欢喝酒的？"

姥爹笑道："兄弟，你身上的酒气儿，我老远就闻到了。你中午将狗寄在店小二那里，是不是跟朋友喝酒去了？没喝够吧？"

那人将手一挥，说道："那几个人酒量太差了，我还没尽兴就都倒下了！一个人喝又没什么意思。"

"我看出来了你还没有尽兴。"姥爹晃了晃手中的酒坛，"你不是要跟我比掐算吗？咱们喝好了再比，如何？"

那人问道："你酒量怎样？"

姥爹道："不会比你差。"

小米在姥爹后面吸了吸鼻子。

那人见姥爹这么说，爽快道："那进来吧，看看谁比谁厉害！"他将门完全敞开，请姥爹和小米进去。

姥爹一进门便看到了挨着床躺在地上的五条狗。那条受伤的狗见姥爹进来，两眼居然放出光来，仿佛见了救星一般，可是见他在桌边坐下给那人倒酒，那条狗又将脑袋低了下去，闭上了眼睛。

那人确实嗜酒，喝了一两口，话就多了起来，劝姥爹喝酒，并要跟姥爹比试掐算。

他喝多少，姥爹就陪多少，毫不迟疑含糊。

他要比试掐算，姥爹就问他是用什么方式掐算的。

他说他的掐算其实不算掐算，因为他不用手指掐，而是捏起一个拳头数拳头上的突起部分，并配以奇怪的口诀。

那天晚上，姥爹和牵狗的那人并没有一较高下。因为那人想了半天，没想出要比预测什么，便说道："我们今晚就比酒吧。我这种人是要下地狱的，提不提前算都知道。"

姥爹问道："为什么这么说呢？"

那人摆手道："说不得，说不得。"

姥爹见他如此，也不追问。

小米开始还犹豫，后来见姥爹连喝五六杯面不改色，便干脆给姥爹和那人斟起酒来，每次都给他们两人的杯子倒得几乎要溢出来。

十多杯下肚之后，那人终于晕晕乎乎，说话也不利索了。

姥爹偷偷拿出从店小二那里弄来的年糕，故意在那受伤的狗眼前晃了晃。

那狗立即爬了起来，悄悄摸摸走到姥爹脚下，伸出舌头去舔那年糕。

姥爹一松手，它便将年糕整个儿吞了下去。

那人的眼皮已经磕磕碰碰，几乎要睁不开了，没有发觉受伤的狗跑到他们的桌子旁边来了。

姥爹又拿出一块年糕，那条狗又吃了下去。

狗一般是不吃这种年糕的，黏黏糊糊又没有什么味道，可是这条狗接连吃了两块。姥爹心中便有了七八分把握。

小米也发现了这点，欣喜不已。

又几满杯酒水下肚之后，那人终于趴在了桌子上，不省人事，但还竖起大拇指对着姥爹，含糊地说道："好……好酒……好酒量……呃……呃……"

姥爹见他已经醉倒，便牵起那条受伤的狗，叫小米一起出门。

小米回头看了看床脚边的其他四条狗，依依不舍道："它们怎么办？如果这一条狗是小孩子变的，那几条也是啊。"

姥爹道："那你把它们先牵到我们的房间去。"

于是，姥爹和小米将那四条狗锁在自己的房间，然后牵着那条吃年糕的狗去找那个妇女。

那个妇女见姥爹和小米回来，惊喜不已。她踮起脚在姥爹和小米背后望了望，脸上的喜色还没有退去，问道："我的孩子来了吗？"

姥爹将那条狗的链子递给她，将打絮巴和造畜的邪术方法说给她听了。

她大为意外，惊讶道："先生，你是说，我的孩子变成了这条狗？"

姥爹无奈地点头。

小米抢言道："你放心，我们会想办法让它变回来的！你先把它带回去，别让那些坏人发现。我们找到解救的办法后再来找你。"

那条狗走到妇女脚边，用舌头不停地舐她的脚，非常亲昵的样子。

她忍不住痛哭起来，蹲下去抱住狗的头，懊悔道："中午的时候你就认出我了啊！我怎么没有把你带回来啊！害你被别人踢成这样！做娘的对不起你啊！"她抱着狗头亲了又亲，摸了又摸。看来她看到那条狗的时候其实有了这种猜测，只是当时将这种猜测否定了而已。

那条狗乖乖地让她又抱又亲，非常温顺，非常享受她的爱抚。

小米看着这一幕，双眼噙泪，喃喃道："为什么有的父母能对自己的孩子下狠心，有的父母如此疼爱呢？"

姥爹想起小米第一次转世后被亲生父亲溺死的事情，不发一言。

姥爹和小米将那妇女和狗送回家，然后再次回到旅店。

回到楼上，姥爹发现房间里的四条狗不见了。姥爹马上去那人的房间，发现酒坛还在那里，但人已经杳无影踪。他的行李收拾一空，看来他知道姥爹和小米发现了他的秘密，于是连夜逃走了。

小米懊恼道："我们应该用㸌丝儿把他捆住的！现在他跑了，我们从哪里问解救那个孩子的办法？"

姥爹道："他既然是懂邪术的人，又行走江湖这么多年，捆是捆不住的。喝酒的时候我看到他手背上有很多条纹状的伤疤，应该以前他也被捉过，然后使用逃脱术逃了，肯定也是贪酒被捉的。"

"那现在怎么办？我答应了要帮她想到解救办法的！"小米说道。

姥爹道："以后你不要那么快许诺别人，你尽力去做到就行。"

"可是我已经答应了！"小米负气道。

姥爹点点头："我们一起想办法。"

两人回到自己的客房，坐着沉默不语。灯火跳跃。

半晌，姥爹说道："你记不记得他中午说过不让给狗喂水？"

小米点点头，说道："记得，我还问了你。你的意思是给它喂水试试？"

姥爹道："是啊。虽然不知道他是故意让狗渴着，还是有其他禁忌，但我们可以试试看。不过风险有点大，万一没有用，反而让那条狗死了，那就麻烦了。"

这时已经是半夜三更。姥爹劝小米先好好休息养足精神，明天再想这些事情，小米乖乖睡下。

第二天，还不等姥爹和小米去找那个妇女，她就找到店里来了。

妇女来时，姥爹和小米正在楼下吃早餐。姥爹见她找来，忙问怎么回事。

妇女脸色异样，说这里人多，不方便提及此事。

姥爹便领她到了楼上的客房。

到了安静的房间，妇女哆哆嗦嗦地小声说道："先生，那条狗恐怕是弄错了。"

姥爹一惊，忙问道："怎么就弄错了呢？"

小米也不相信，插言道："不会的！我早就看出来它认得你。我们用年糕试了，它确实像你说的那样非常喜欢吃年糕。那个人昨晚见我们识破了他，连夜逃走了，连房费都没有付！怎么会弄错呢？何况你自己也有感觉啊！"

妇女搓着手，为难道："是啊，我自己也感觉它认识我，我认识它。我以前也多多少少听说过扯絮巴和造畜的事情，但是……但是……"

姥爹问道："昨晚它有异常？"

妇女憋得满脸涨红，咬了咬嘴唇，终于说出缘由来："是啊，昨晚……昨晚它爬到我床上来……我以为它白天受了惊吓，要我抱……我孩子平时自己睡的……我就让它跟我睡在一块……可是……它还不满足……爬到我的身上……用前脚扒我的衣服……用后脚蹬我的衣服……想要跟我做那男女之间的事……"

姥爹打了一个寒战。

小米红了脸，又惊又羞。

妇女继续说道："我吓了一跳……把它……把它踢下了床……可是它又爬上来……猴急猴急的……我只好把它拴起来过了一夜……你们是不是弄错了……我的孩子不可能这样啊……说起来还真是丢人……"她的声音越来越小，最后像蚊子一样嗡嗡。

姥爹的脑袋里也嗡嗡作响，自己不但没有帮上什么忙，居然还差点酿成大祸。

小米低了头，充满歉意地说道：“实在对不起，我不知道会有这种事发生。”

姥爹整理了一下思绪，对那妇女说道：“这样吧，你带我们去你家看看。如果它不是你的孩子被‘打絮巴’骗走，被‘造畜’变成狗的话，我要弄清楚它到底是什么东西。”

“如果它不是的话，那我的孩子呢？”妇女还是担心她的孩子的去向。

姥爹对这件事情完全没有把握了，只好坦诚道：“我不知道了。但是弄清楚了那条狗到底是怎么回事的话，或许会对我们找你的孩子有帮助。”

于是，妇女带姥爹和小米去她家看那条怪异的狗。

小米认为是自己影响了姥爹的判断，在姥爹还在犹疑的时候急于下结论，在姥爹没有答应的情况下许诺了别人。一路上，她低头沉默不语。

姥爹见她这样，安慰道：“小米，怎么不说话？”

小米瞥了姥爹一眼，问道：“闹了这么一个大笑话，你不怪我吗？”

姥爹摇摇头：“我怪你干什么？”

“是我急急躁躁影响了你。”小米说道。

“不要这么想。你的判断虽然不够成熟，但也有一定道理。它的表现确实说明它认识她，而她也感觉认识那条狗，这是可以联想到孩子的。错了也不要怕，改正就是了。”

小米点点头，嘴巴张了张，没说话又闭上了。

“你是不是还有什么要问的？”姥爹见她欲言又止的样子，说道。

“如果你真没有生我的气的话，我想问你一个问题。”

“真没有生你的气。你是要问我昨晚喝酒的事吗？”姥爹早就看出来了。

小米点点头。

姥爹笑道："喝酒之前我不是叫你弄了几根空心芦苇吗？我用那个东西把酒引走了。你看我一杯接一杯喝下去，以为到了我肚子里，其实被引流到桌子下面了。我一点儿也没有喝。"

小米恍然大悟。

到了妇女家，姥爹叫妇女弄来一碗水，给那条狗喂下。

之前还犹犹豫豫，怕喂水会引发其他不能预料的事情。现在既然得知这狗不可能是孩子变的，自然也就没有这个担忧了。

那条狗喝完水，转眼工夫就开始在地上打滚，似乎痛苦不堪，如同喝了毒药。它滚到了床边，突然一跃，嘴巴叼住了床上被子的一角。它用力一扯，被子从床上滑落到地上。它就地一滚，将被子卷在了身上，像冬天怕冷的人睡觉一样卷成了一团。

被子卷起之后，它忽然不动了，也不吠叫。

"死了？"妇女蹲下身来，摁了摁沾了不少泥土的被子。

姥爹和小米面面相觑，也不知道发生了什么。

妇女像摊饼一样将卷起的被子摊开，里面躺着一个人！

"孩子他爹？"妇女惊叫道。她伸手去摸那个人，可是手透过了那个人的身体，碰到了那个人身下的被子，她吓得急忙缩回了手。

那个人似乎刚刚睡醒，听到妇女的叫声，立即睁开了眼。他翻身站了起来。那条狗原来压在他的身后，此时也露了出来。那条狗一动不动，仿佛睡着了，又仿佛死了。

"我可算是出来了！"那个人说道。声音细得仿佛被人捏住了脖子一般。

"怎么是你？你不是当兵打仗去了吗？"妇女对着那人看了半天。

那人双手扶在妇女的双肩，恸哭道："我已经死了……"

妇女抿住嘴，脸上的肉抽搐了片刻，终于"哇"的一声哭了出来。她要抱他却抱不住，只好由丈夫抱着她，双肩不住地耸动，哭得非常伤心。

姥爹在旁叹息不已。

“你怎么变成狗了？又怎么被那个陌生人牵着？”妇女终于抹了抹眼泪，问她的丈夫道。

她的丈夫不回答，反问道：“屋里这两位是谁？我们的孩子去哪里了？我昨夜没有见到孩子的踪影。”他的声音稍大了一些，但他说话似乎很费力。

刚刚忍住眼泪的妇女又哭了起来。

她的丈夫见她又哭，感觉到不妙，看了看姥爹，又看了看小米，最后将目光定格在姥爹的身上，问道：“这位先生，可否告诉我，我家里出了什么事？”

姥爹便将妇女丢了孩子又找到这条狗的事情简单说了一遍。

她的丈夫惊慌道：“你们错把这条狗认作我的孩子了！你们在店里遇到的那个人根本不是打絮巴，也不是造畜的！他是邪灵贩子！专门做邪灵买卖的！”

“贩子？”姥爹问道。

“是啊，别说他了，我的孩子到底哪里去了？”他更关注孩子的去向。

“我也希望能知道你的孩子到底去了哪里。”姥爹说道。

小米好奇地问道：“请问你是怎么被这种邪灵贩子控制的？你说出来，说不定对我们帮你找孩子有帮助。”

那个妇女终于再次止住哭泣，也问她丈夫：“对呀，你怎么就死了呢？又怎么钻到狗的肚子里去了？”

她的丈夫长叹一声，将自己的遭遇说给他们三个人听。

他指着躺在被子上一动不动的狗说，这不是一条普通的狗，其实是一个魂器。

他说，他所在的军队在一次战争中全军覆没，他死后看到好多战友的魂魄在阵地徘徊，久久不愿离去。他也一样。他想要说话，但是说出来的声音细得自己都听不见，他只好憋住了劲儿用最大的力量说话，这样发出的声音才勉强像生前一样。

当天夜里，好几个人牵着狗来到了尸横遍野的阵地。来者每人都牵了好几条狗。

那几个人在尸首中挑挑拣拣，好像是在菜市场买菜一样。当看到还算完整的尸首时，那人就会在尸首面前蹲下，用左手的食指和中指摁在尸首的人中，嘴里念念有词。

词一念完，带来的狗中就有一条狗突然发了狂一般吠叫，吠叫几声之后便昏厥在地。

等那狗片刻之后从昏厥中醒来，从地上爬起来的时候，他就发现身边少了一个战友的魂魄。

那几个人一边走一边挑选。很快，有一个人走到了他的尸首旁边，将左手的食指和中指摁在他尸首的人中上。

他有点惊慌，毕竟那是他的尸首。

那人开始念念有词，他立即感到一阵晕眩。

眩晕之中，他看到又一条狗吠叫起来，然后昏厥在地。他感觉自己控制不住地倒了下来。等再次睁开眼，他发现自己变成了那条狗！

他害怕得不得了，又不知道怎么办，于是胡乱叫喊。可是他的嗓子一喊出来便变成了狗吠声。

那人一笑，拉住他的狗耳朵说道："你不要害怕，这些狗都是挑选出来适合做魂器的狗，你现在就在魂器里面了。你自己应该知道，你是已死之人，失去了肉体的寄托，你这种魂魄很快会消散。但是如果你在魂器里，就等于魂魄有了暂时的寄居之所，就不会消散。当然了，我们不是来做善心的，我们会把你卖给需要魂魄的人。只要你配合，我会把买卖得来的钱分一半给你。你当然用不上，我会将这笔钱转交给你在世的亲人。你有需要钱的亲人吗？”

他心想自己已经死了，再挣扎也不会活过来。与其就这样死去，还不如赚点儿钱交给家里孤苦无依的妻儿。

“好吧，我愿意。”他努力说道，可是说出来的声音依旧变成了狗吠声。

那人说道：“你只需要点头或者摇头。”

他便点了点头。

那人满意地笑了笑，又去找其他相对完整的尸首。他一共牵了五条狗，点了七八个尸首才收集了五个魂魄。有几个亡魂无论如何也不答应，宁可被阳光蒸融，也不愿意沦为买卖的货物。

变成狗的他听到跟那人一起来的同伴都叫那人“魏老板”。魏老板跟他的同伴不时地提及一个姓“瓜尔佳氏”的人，说是要将这些魂魄卖给瓜尔佳氏的人做阴兵。

他听到“阴兵”二字便有些后悔了。他生前就是做了兵被打死的，死后他可不想还做兵。可是他现在在狗的身体里，脖子上拴了铁链子，无法逃脱，只好顺从地跟着魏老板。

姥爹听到这里，脸色一沉。

小米面无表情，默不作声。

魏老板和他的同伴们将阵地上所有的尸首翻了一遍，终于打道回府。

他在中途有两次试图逃脱，都被魏老板发现，发现之后便免不了要受一顿毒打。后来他想通了，就是这样逃走也没有任何意义，自己不再是一个人，而是一条狗。

魏老板走了好几天路。

他跟着魏老板越走越兴奋，因为他发现魏老板似乎要去他的老家淄川。

果不其然，魏老板到了淄川。进淄川之前，魏老板和他的同伴们分开了，应该是为了避人耳目。几个人牵了一大群狗，这确实非常显眼。他从魏老板的口里听到一些买卖阴灵的内情，据说他们这种贩子也有小派别之分，各个派别之间互相竞争，有时候会出现“运货”途中被同行打劫的现象，所以小派别的贩子一到人比较多的地方便会化整为零。如此一来，即使遇到眼红的大派别的人袭击，他们也损失较小，不至于被一网打尽。

魏老板到了姥爹和小米居住的小旅店。他将五条狗交付店小二看管，自己先去同伴那里喝酒。魏老板嗜酒如命，一天不喝酒便浑身痒痒，吃不下饭，睡不好觉。

变成狗的他没想到会在这家小旅店门口看见他生前的妻子，他兴奋地朝妻子扑过去，一时间忘记自己是条狗了。他见妻子询问店小二有没有看到小孩子，知道她是在找他们的孩子，他也焦急不已，连连吠叫。

他的妻子没能认出他，待了一会儿就离开旅店了。

他非常失望。

可是快到晚上时，他发现他的妻子又来了。这次他还是忍不住要往妻子身上扑，想引起妻子的注意。

魏老板怕他露馅，便狠心将他踹得鼻青脸肿，几乎将他的骨头踹断。

他没有办法，只能呜呜地哭泣，可是就连哭声都跟狗没有两样。

后来姥爹和小米将他从魏老板那里救出来，他终于如愿以偿地回到了妻子身边。

他在外当兵快一年，从来没有机会近女色，此时突然睡在了妻子身边，他哪里忍得住？他一时之间又忘记自己是条狗了，竟然忘乎所以地要跟妻子做那男女之事。

妻子吓得将他踹下了床，就像他们新婚之夜时，紧张的新娘子将他踹到了地上一样。

被踹到地上之后，他心如猫抓。他醒悟了自己是条狗。

他忍不住胡思乱想。以前很多相爱的男女会山盟海誓，说什么生则同床死则同穴，说什么不管你变成什么模样都会厮守到老。可是他们有没有想过，如果其中一个变成了狗，变成了其他畜生，他们还会不会在一起？

后来姥爹给他喂水，他一喝完便感觉晕头转向，天地颠倒，像发生了剧烈地震一般。他受不了这种感觉，终于倒下了。

不一会儿，他感觉脑袋不晕了，天地恢复过来了，地震平息了。

他睁开眼一看，自己的魂魄从狗的身体里出来了。

小米问姥爹道：“狗能做魂器？这是魏老板他们这些贩子独创的术法吗？”

姥爹摇摇头，说道：“不是，这种术法先是在云州一带出现的，后来才传到鹜江大陆的其他地方。开始的时候，会这种术法的人不是用狗来做魂魄容器的，而是用普通的坛坛罐罐。”

姥爹在古代志异书中曾看到过这种事例，说是曾有一个名叫费元龙的按察使带着随从去云州游玩，有个姓张的家奴骑在马上跟在费元龙的后面。那姓张的家奴忽然大叫一声，从马上掉了下来。家奴掉下来之后，发现左腿不见了。费元龙知道这是会邪术的人所为，于是张贴告示，宣称如果谁能把张姓家奴的腿治好就赏若干银两。很快便有一个老人来了，并说，这就是他干的，这张姓家奴在贵垣的时候依仗主人的地位作威作福，很多事情做得太过分，所以故意让他受此惊吓。费元龙给老人道歉，保证以后好好看管下人。张姓家奴也不停地求饶，保证以后不敢了。于是，老人解开一个小荷包，拿出一条腿，那腿小得像蛤蟆的腿。老人口中念念有词，对着那条小腿呵气，然后向张姓家奴扔了过去。张姓家奴的左腿恢复如初，而老人领了赏钱大摇大摆离去。有人问费云龙为什么不将那老人抓起来，费云龙说，抓他也治不了他。

别人问费云龙为什么治不了那老人。

费云龙说，他在贵垣为官的时候，有一个恶棍犯案重重，官府关于他的记录堆积如山。官府不是没有惩罚他。官府曾经将他活活打死，将他的尸体丢进河里，可是三天之后他又会出现，五天之后又开始作恶。官府又将他抓起来打死，可是三天之后他又出现了，五天之后又开始作恶。如此反复多次。官府拿他没有办法，只好将他交给当地驻军的将军处理。将军大怒，请皇帝之命将这恶棍斩首。皇帝批准。于是将军将那恶棍砍头，身首异处。这次大家都以为恶棍必死无疑。可是三天之后他又出现了，只是脑袋和身子交接的颈部隐约有一条红线。五天之后，他又像以前一样到处作恶。

后来，这恶棍殴打了他的母亲。他的母亲跑到官府说儿子不孝，并且手里拿着一个坛子。他的母亲指着那个坛子，说那是逆子的藏魂坛。她说，这逆子自知罪大恶极，逃不了官府惩罚，所以在家里先将魂魄提炼了出来，用古怪的术法将魂魄藏在了这个坛子里。官府打的杀的都是她儿子的血肉之体，没有伤到魂魄。而她儿子的魂魄经过了提炼修炼，变得非常厉害，只要三天就能让受伤的血肉之体恢复。她说，她以前对儿子有包庇之心，但是现在儿子愈发放肆，动不动就殴打她，她无法忍受了。她求官府先毁坏藏魂坛，然后用风轮扇将她儿子的魂魄扇散，再给她儿子用刑。这样的话才能让她那个恶贯满盈的儿子真正死掉。

官府按照这恶棍的母亲的话去做了，然后将那恶棍杖打至死。

三天之后，恶棍没有出现。官府派人去验尸，发现恶棍的尸体已经腐烂发臭。在那之后，那恶棍再没有出现过。

费云龙说，这个老人必定也有藏魂的术法，所以怎么惩戒他都没有用。

小米问姥爹道："你说以前用普通坛坛罐罐，为什么现在他们用狗？"

"坛坛罐罐不好携带，尤其是魏老板这种人，每次交易都要好几个人的魂魄，坛坛罐罐难免碰撞破裂。狗就不同了，它会自己走，并且更加隐蔽，尤其对外行人来说根本不会想到狗的身体里有人的魂魄。不过，魏老板还不算邪灵贩子中厉害的人物。厉害的会用猫的身体做魂器，而猫的身体里一次可装九个人的魂魄。"姥爹解释道。

小米问道："因为猫有九条命的说法？"

姥爹点点头，说道："三千多年以前，就有人用猫的身体做魂器，来装人的魂魄了。"

"只有猫和狗可以吗？其他动物呢？"小米问道。

"猫和狗不是普通动物，它们都是灵宠。左青龙右白虎，前朱雀后玄武，中间戊戌土，说的分别是鱼和猫，鸡和蛇龟，还有狗。狗是中间戊戌土，所以我们常说狗属土命。只有这些灵宠可以做魂器。但是从携带方便来考虑，鱼、鸡、蛇、龟都不好随身带着，只有猫和狗可以跟着跑。"

"原来是这样！"小米恍然大悟，连连点头。

姥爹问那人道："你听魏老板提起了瓜尔佳氏的人，那有没有听他们提起会在哪里进行交易？"

那人想了想，说道："具体地方没有说，但听他们讨论过渡过荒河的日子。我想他们是要继续往北走的，至少要去荒河以北才能交易。"

姥爹心中了然，瓜尔佳氏的人自然非泽盛莫属。铁小姐和她父亲曾狙击过泽盛，泽盛不敢再来尸横遍野的战场收集阴兵，改从邪灵贩子手里购买死魂灵了。这样确实隐蔽了许多。

姥爹不清楚小米知不知道瓜尔佳氏的人就是泽盛。

泽盛遇到姥爹的时候，谢小米已死，所以她的那一世记忆里应该没有泽盛这个人。小米第一次转世受挫是泽盛借一个假算命先生和小米的父亲之手造成的，泽盛并没有直接出现在小米面前，所以她的第二世记忆里应该也没有这个人。小米第二次转世虽然有泽盛出现，但是她身居小岛，不知小岛之外的世界，也不知道泽盛的姓氏是瓜尔佳氏。她到了画眉村后，姥爹叫身边人都少提往事，更少提到泽盛和他的姓氏，所以她应该依然不知道内情。

但在小米这里，事情常有意外。

姥爹心里清楚，自己和身边人不在小米面前提到那些事，是为了避免她离开，但她若是阿赖耶识苏醒发芽，记起前世，说不定也不会在他和罗步斋等人面前说出来。有些话即使心里清楚，就是不能说破。

这一句话就像是一根刺，横亘在说者与听者之间，你不动我不动，便相安无事，相容相处。只要有一个人动，必定有人受伤，感到刺痛，形成难以愈合的伤口。此时，即使两方都想继续和好，也已经没有挽留之地，即使假装没有说过也不行。

姥爹担心那人将提到“泽盛”二字，便将话题拉回孩子的身上来，说道：“你刚才说的事情里面并没有与孩子相关的信息，看来邪灵贩子确实与你们的孩子没有半点联系。我们要想想其他办法来找你们的孩子。”

妇女和她的丈夫急忙问如何寻找他们的孩子。

姥爹道：“如果你昨天说出的孩子丢失的时间和地点都没有错的话，你的孩子必定就在那个旅店附近。我们一起再去找找吧。”

出门时，妇女想起那条狗，问道：“这条狗怎么办？”

姥爹道：“要想让你丈夫长期留在这里的话，这条狗就得留着。你丈夫可以继续以它为魂器，不至于无所寄托。我会告诉你丈夫怎么进入魂器，至于想出来的时候嘛，你给它喂一碗水就可以了。”

妇女和她的丈夫都欣喜不已。

姥爹授予她丈夫几句咒语。

她的丈夫照着念了一遍，魂魄就消失了，地上躺着的狗站了起来，走到了妇女的脚边蹭她的脚。

姥爹看了看那条狗，点头道：“正好需要一条狗帮我们找找孩子。狗的鼻子比人的灵敏多了，也可以钻到一些人去不了的地方寻找。”

于是，他们几人和一条狗回到旅店附近，分散后一尺一寸地寻找失踪的孩子。

找了大概半个时辰，那条狗汪汪汪地吠叫起来，咬住姥爹的裤脚往一个方向拖。

姥爹他们知道这条狗发现了孩子的踪迹，急忙跟着狗跑过去。

他们走到了一个排水沟旁边，可是依然没有看到孩子的踪影。

“在哪里？”妇女原地转了一圈，将周围看了一遍。

姥爹和小米也没有发现孩子的蛛丝马迹。

那条狗跳进了排水沟，钻进了涵洞里。那个涵洞高不过两尺，宽不过三尺，像一个小小的还没有放进棺材的墓穴。那个涵洞在夜色掩盖下有点阴森。它进去之后没有出来，就在涵洞里吠叫不停。涵洞放大了它的吠叫声，在宁静的夜里显得特别响亮。

“涵洞里有东西！”姥爹说道。

他们几人急忙走到涵洞旁边，将手伸进里面摸索。

“是孩子！”姥爹惊喜道，他的手摸到了孩子的脸。

这个涵洞比较隐蔽，口径又小。狗的鼻子灵敏，身躯小，才能找到这里。要是别人找的话，绝对不会注意到这个涵洞里有东西。

姥爹抓住孩子的衣服，将孩子从涵洞里面拽了出来。

妇女叫了一声。

这孩子脸上身上到处都是黑色的湿泥巴。他眼睛紧闭，嘴巴抿紧，手脚微微发抖，身子缩着。耳朵被淤泥堵住，鼻子里的淤泥很稀软，随着微弱的呼吸起伏。整个儿看起来简直是一个半死不活的泥娃娃。

姥爹一眼看出端倪："原来他是遇到了尅孢邪灵！"尅孢邪灵是小孩子形态的邪灵，它会在大人没有察觉的时候跟同龄的小孩子玩耍，然后在小孩子不知不觉的情况下带走小孩子的魂魄。孩子被尅孢邪灵带走魂魄的话就叫"走家"。"走家"的小孩头发黏，耳朵蔫，眼睛没神，手指肚发皱。

虽然孩子浑身是黑泥巴，头发里面都是黑泥巴，耳朵也被堵住，但姥爹还是一眼就能看出来，并且猜到尅孢邪灵是如何对这孩子下手的。

尅孢邪灵必定是先陪他玩耍，然后带他躲到这个涵洞里玩躲猫猫之类的游戏。他躲进涵洞之后，尅孢邪灵假装找到了他，叫他出来。这时候，他以为自己从涵洞里爬出来了，实际上爬出来的是他的魂魄，而身躯仍然蜷缩在这里，没有离开。

这一切都是在小孩子不知不觉的情况下发生的。很多走家的小孩子人虽然在家里，其实他的魂魄还跟尅孢邪灵在外面玩在外面疯，忘记了回家，所以被称为"走家"。

走家的时间太久，身体跟魂魄分开的时间太长，小孩子就会有性命之忧。如果身体的生命体征消失，魂魄即使回来也晚了。

这孩子虽然抖抖瑟瑟，身处阴冷又肮脏的涵洞之中，但是他此时的魂魄肯定还在和尅孢邪灵欢快地玩耍。

"尅孢邪灵？尅孢邪灵是什么东西？"小米问姥爹道。

姥爹没有告诉小米尅孢邪灵是什么。他常常还是把小米当小孩子看待。在小孩子面前提尅孢邪灵会吓到小孩子，让小孩子不敢跟其他同龄小伙伴玩耍。

姥爹催促那妇女道："你快把孩子抱回去洗干净。"然后，姥爹告诉她要剪下孩子的手指甲和脚趾甲，还有头顶的一小缕头发，包在写了生辰八字的红纸里，然后丢在温度特高的炉子里烧掉。

妇女点头记住了，问道：“先生，你不跟我们一起过去吗？”

姥爹道：“我们还有别的事。你只要按照我说的去做，孩子就万无一失。”

妇女在寻找孩子而不得的时候还有点怀疑姥爹，现在确确实实在旅店附近找到小孩之后，她又对姥爹无比相信了。

“你是孩子的再生父母，请受我一拜。下辈子我做牛做马来报答先生的大恩！”妇女抱着睡着了一般的孩子跪了下来。

姥爹急忙将她扶起来，催促道：“快起来吧，快去把孩子身上洗干净。这事宜早不宜迟！”

妇女便抱着孩子，和那条狗一起离去。

那条狗离去之前频频回首来看姥爹。

小米看着他们的身影在夜色中融化，舒心地吁了一口气。不一会儿，她眉头又皱起来，问姥爹道：“马秀才，她跟她的丈夫怎么办呢？”

姥爹道：“我们能做到的只有这些了，其他的就不要管了吧。”

“那孩子以后会叫一条狗做爹吗？”小米根本不听姥爹的话，又问道。

见姥爹不回答，她又问道：“你不能跟我说说尅孢邪灵吗？你之前说要教我玄黄之术，可是从来没有提到过尅孢邪灵！”

姥爹道：“以后再跟你说吧，现在我们还有事情要做。”

“我们还要去收集怨念吗？”

“不是，我要去找那个魏老板。”

“对哦，他那里还有四条狗。”小米点头道。

“嗯。”姥爹心里想的不只是那四条狗。

“那我们走吧。可是……我们去哪里找他？”

“找他就不用你去了，我一个人去就可以。你要做的事情是回去睡觉。”姥爹说道。

“为什么要撇下我？”小米不高兴道。

姥爹用手托起小米的下巴，看着她的眼睛说道：“别的事情我会带上你，这件事情你不要参与进来，好吗？”语气温和却不可抗拒。

姥爹以前从未以这样的姿势和语气跟小米说过话。

小米的目光一碰到姥爹的眼睛便立即移开，她突然像失了主见一样轻声回答道：“好吧……”

这样的怯弱，这样的温顺，也让小米变了个人似的。

他们两人站在苍茫的夜色下，半天谁也没有说话，就傻愣愣地站在那里。

良久，小米挪动了脚步，说道：“那我先回去了。你知道魏老板在哪里吗？”

姥爹也从沉寂中回过神来，回答道：“他昨天中午不是跟其他贩子喝酒去了吗？我估计他现在躲在同伴那里，说不定他们还在县城里。我去各个旅店问一问，应该能找到他的同伴。他的同伴肯定也带了好几条狗，只要进了店，店里的伙计应该会有印象。”

“也许已经离开县城了。”

姥爹点点头，说道：“那我们也要去找他们。”

“你不是叫我平时少管闲事吗？”

“这件事不是小事。它关系到很多人，包括……”姥爹看了看小米，没有把话说完。既然泽盛复辟的贼心不死，极有可能报复之心也不死。姥爹隐隐感觉泽盛不会对小米就此罢手。他能在小米第一次转世后借刀杀人，在小米第二次转世后婚礼上送人，如此处心积虑，必定不会草草收手。

姥爹想了解泽盛的动向，又不能让小米踏入险境。

“好吧。可是我们去找他们的话，槐牛的怨念怎么办？我们还没有收集完呢。”小米问道。

“找他们只是暂时的，我们还得回南方啊。返回的时候我们再收集就可以了，这也不是一天两天就能完成的。”

姥爹收集怨念的计划由此发生了巨大改变。

他以前极力避开纷纷扰扰的事情，想做逍遥人，想独善其身。但要这样，首先必须了无牵挂。

若是心中忽然有了牵挂，便做不了逍遥人，做不到独善其身，避不开许多纷纷扰扰的事情。

那晚，姥爹在县城的其他旅店问到了邪灵贩子的踪迹。可惜他们都在魏老板逃跑的那天晚上离开了淄川县城，行动之迅速让姥爹惊讶。或许魏老板把姥爹当成潜伏在淄川打劫他们的另一派贩子了，这才让他迅速通知同伙一起逃离淄川。

不过这一趟没有白跑，姥爹从旅店老板的口中打听到那些贩子要渡过荒河去定州。

姥爹回到旅店之后写了一封信给罗步斋，叫他想办法托人将竹溜子送到定州去。竹溜子擅长追踪，姥爹需要它帮忙。

信寄出之后，姥爹带上小米离开淄川，渡过荒河，先到了淄川和定州之间的沧州。

在沧州的时候，姥爹和小米已经追上了邪灵贩子。但是姥爹没有打扰他们，此时姥爹在暗处，他们在明处，姥爹办事比较方便。

知己知彼，百战不殆。姥爹想对邪灵贩子了解更多一些。

由于邪灵贩子们分散住宿，姥爹便选离魏老板远但有魏老板同伴的旅店住宿，并找机会接近魏老板的同伴。

一天清晨，魏老板的同伴正在旅店的院子里打太极拳，姥爹便也出门，跟那人一起打太极。

那人见姥爹也会太极拳，欣喜不已，晨练完之后主动跟姥爹聊天。

姥爹便说出许多自己对于太极拳的理解，以及对太极的理解。那人更加欣喜，特别认同姥爹的说法。

于是，姥爹和那人便认识了。

那人自报姓名叫魏伽荃，是做狗肉生意的。姥爹后来才知道，邪灵贩子们都自称姓魏，委身于鬼的意思。这里的“委身”是置身、寄身的意思。

姥爹自称姓马名修才，由于世道混乱，家园被毁，迫不得已带着女儿马小米去投奔远房亲戚。

魏伽荃问：“远房亲戚在哪里？”

姥爹回答道：“在定州。”

魏伽荃高兴道：“哟，真巧！我也刚好要将狗肉卖到那里去，我们可以同路啊！”

姥爹假装不相信，说道：“哪有这么巧的事！”

“我骗你干什么！”魏伽荃见姥爹并不知道他的行程，便稍稍放心。

到了晚上，姥爹请他一起吃饭，他欣然答应。

席间，姥爹和他天南海北地聊，聊到后面姥爹顺水推舟地说到“灵宠”之类的话题，并说狗和猫都是灵宠。

这自然是魏伽荃的专长，魏伽荃给姥爹说了许多关于灵宠的见解和事例。当然，他的警惕并没有完全消除，他说到的时候都是点到为止，并不深入。

但有些话解开了姥爹心中的疑惑。

“猫狗都可以做魂器，但是你知道不，人有时候也会成为魂器。”魏伽荃有些炫耀知识地说道。或许他们买卖的旅途寂寞，他们需要偶尔吹嘘一下，寻找一点存在感。

姥爹虽然早对魂器有些了解，但术业有专攻，姥爹了解得不如邪灵贩子深刻。姥爹惊讶地问道：“什么？人有时候也会成为魂器？”

“是啊。你想想，猫狗成为魂器，就是它的体内装有其他的魂魄，像魂魄的容器。当女人怀孕的时候，她的身体内也装有新的魂魄啊！

可不是魂器吗？”魏伽茎解释道。

姥爹恍然大悟，说道：“还真是！”

“据说熙沧那边有一种僵尸名叫弱郎。弱郎摸顶可以将人或者动物也变成弱郎，但是不能让猫和狗变成弱郎。猫和狗反而能让普通亡者变成僵尸。”魏伽茎说道。

姥爹点头道：“是啊。尸体变成弱郎，在熙沧那边叫作起尸。猫狗让尸体复活，我们这边叫作诈尸。不过起尸的僵尸能活很长时间，而诈尸的僵尸过一会儿就会倒下。”

鹜江大陆向来有这样的说法，人死时有时胸中还残留一口气，如果被猫什么的冲了就会假复活，即平常说的诈尸。

但是这一口气完全不能支撑起生命，只会让复活的尸体像野兽般乱追咬，最后那口气累出来倒地，才算彻底死了。

“知道为什么猫狗能让尸体诈尸吗？因为猫狗是魂器，即使没有咒语加持，它们也可能在晚上出去的时候带回一些残留的魂魄。这些残留的魂魄会一直待在猫狗的体内。这些残留魂魄一旦看到尸体，便像流浪的人看到了寄生之所一般冲过去抢占。由于没有咒语的加持，猫狗带回来的残留魂魄能量非常微弱，即使溜出来也只能支持一会儿，所以诈尸的尸体在累出最后一口气之后便会仆倒。”魏伽茎说道。

魏伽茎又说：“猫狗能让尸体诈尸，类似弱郎摸顶，所以弱郎会认为魂器是自己的同类或者近亲。自弱郎诞生之日起，它们就不会也不能将魂器变成弱郎。”

姥爹终于明白赵闲云为何没有变成弱郎了。弱郎大王摸顶的时候，她已经怀上了孩子，肚子里有了一个新的小魂魄，如同魂器。所以即使被弱郎大王摸顶，她也不会变成弱郎。她之后变得那么虚弱，可能是因为受了过度的惊吓。

在沧州待了两天，魏伽茎又要启程前行，他邀请姥爹和小米一起去定州。

姥爹婉转拒绝了。总在一起，难免他在和魏老板喝酒的时候会泄露消息，打草惊蛇。

姥爹说要晚一天出发，到了定州再找他。

魏伽茎欣然答应。

沧州到定州大概三百里路，姥爹他们花了五六天时间到达定州。

姥爹在定州城的南门附近找了个旅馆住下，晚上继续偷偷关注邪灵贩子的动静，白天则在城门口晃悠。

姥爹在城门口等了两天，就等来了要等的人。

那天中午阳光炽热。姥爹带着小米在城门口的小摊位上闲逛，小米非常兴奋，在买首饰的地方挑挑选选。姥爹正要付钱买一个小米喜欢的东西，突然听到一个人大喊“马秀才”。

姥爹转头一看，看到一个有点面熟又有点面生的人。那人手里提着一个半尺高半尺宽的小木箱。

“你是……”姥爹记不起这个人的名字。

那人高兴道：“马秀才，你把我忘啦？我是沈玉林啊！”

姥爹拍了拍脑袋，欣喜道：“哈哈哈哈，好久不见，我都快不认识你了！”虽然容貌有较大差别，但是一听那口音，姥爹还是能确定他就是沈玉林。

沈玉林道：“以前我师父故意将我化妆成丑陋的人，所以没人知道我真正的面容。”

“你怎么到定州来了？”姥爹问道。

沈玉林道：“我想出来走走。我先到了画眉村，罗先生告诉我说你在外游历，并留我在画眉村歇息。我在画眉村待了将近半个月，突然一天罗先生问我能不能给你送点东西。我就带着他给的东西到这里来了。呶，就是这个东西。”说完，他抬手将小木箱提了起来。

姥爹道："走，到屋里说话去。"

于是，姥爹和小米还有沈玉林回到了旅店里。

姥爹打开小木箱，竹溜子立即蹿了出来，它在里面差点憋坏了。小木箱是通风通气的，里面有一些谷粒，让竹溜子不至于饿着。

它在房间里跑了好几圈，觉得舒坦多了，于是回到姥爹身边，咬住姥爹的裤脚往桌边拖。桌上有烟具，那是姥爹来定州之前买的，就是给竹溜子准备的。

姥爹笑道："我知道，我知道。"

姥爹点上烟，竹溜子跟着吞云吐雾。

沈玉林笑道："这竹溜子也知道用烟来解乏啊。"

姥爹问沈玉林："你不做赶尸人了？"

沈玉林说道："现在九州都动荡不安，赶尸的营生已经做不下去了。前年师父年老去世之后，我就不做赶尸人了。赶尸之术又不如风水掐算等术法，不能给人堪舆、算命，不然的话，我还能以此为生，赚点小钱养活自己。所以近来我的日子就不怎么好过，幸亏罗先生不嫌弃，让我在画眉村待了这么久。"

姥爹叹道："真是可惜！"

沈玉林淡然一笑。

姥爹道："那你打算以后怎么办？"

沈玉林道："打算参军。"

姥爹惊讶不已，一个赶尸人怎么突然要去当兵呢？

沈玉林见姥爹惊讶，微笑道："我说赶尸的营生做不下去，并不是说没有人请我赶尸了，而是请我赶尸的人太多太多。时局动荡，战争频发，死的人就多，绝大部分是死于战场。很多活着的亲人托我将死者赶回家乡，也有军官强迫我将整个排整个连甚至整个营的阵亡士兵赶到各自家乡。这简直是不可能完成的任务。对于那些托付的亲人，我办不到的时候于心有愧；对于蛮横的军官，我办不到的时候他会将刀架在我的脖子上。不仅仅是我，我身边很多赶尸人都离开了原来的地方，放弃了赶尸的营生，一是做不下来这么重的活儿，二是不忍心看到那么多的死人。”

“既然不忍心看战场的惨状，你为什么还要参军呢？”姥爹问道。

“如果我当上军中要职，就会让手下人不要蹂躏百姓，即使遇到敌军也尽量做到兵不血刃。战胜战败，其实都是百姓受苦。两方死伤很少而分了胜负，跟两方死伤惨重而分出胜负其实没有太大区别。很多人的性命丢掉其实是无辜的，也没必要。两方士兵都跟对方没有什么深仇大恨，却要你死我活，这都是受了那些做官的人的心志影响。”

“你是想以参军的方式来挽救战场上的士兵，这太难了。恐怕你最后不但不能从战场上救回那些士兵，反而会将更多的人带入漩涡，包括你自己。”姥爹警告道。

姥爹最终没能劝住沈玉林。他到了定州后继续北上，去了鹜江大陆的东北地区顺利参了军。

沈玉林第二天就离开了。姥爹则全心寻找邪灵贩子的交易地点。

可是邪灵贩子到了定州之后好几天没有动静，也没有听到他们说起过交易的地点，即使竹溜子夜夜守在魏伽茎的旅店里也没能得到任何信息。

一天晚上，姥爹和小米正在客房休息，忽然听到敲门声响起。

姥爹打开门来，门口站着一个陌生的俊俏姑娘。

“你找谁？”姥爹问道。

陌生姑娘见了姥爹，莞尔一笑，说道：“你不记得我了？”

姥爹正色道：“恐怕你是认错人了。”说完，姥爹将门关上。

很多旅店晚上会有陌生姑娘来访，如果不是敲错门的话，基本都是来做皮肉生意的。这些姑娘有的是倒闭的青楼里流落出来的，也有背井离乡后没有办法为了讨一口吃的。姥爹已经遇到过好几回了。魏伽荃曾经跟姥爹说过，他不辞劳苦做狗肉生意，其实不为赚钱，而是为了一路上可以碰到许多不同的女人，等她们晚上来敲开他的门。

魏老板嗜酒，魏伽荃好色。或许正是因为他们欲壑难填，才会做这种一般人不愿意做的死人生意。

但姥爹来这里不是因为欲壑难填，每次见到陌生女人来敲门，姥爹都将其拒之门外。

门才关上，敲门声又响起。

姥爹再次打开门，还是那个陌生姑娘。

小米本来稚气未脱地在桌上将一片片姥爹用来画符的黄表纸剪成各种人马走兽的形状，没有搭理门口的陌生女人。再次听到敲门声响起，小米也忍不住放下了手中的剪刀和黄表纸，转头来看看发生了什么。

几张剪成人形的纸片从小米的指缝中滑下，落在地上。从门口钻进来的一阵夜风吹到小米的脸上，捋起了小米的秀发。小米的眼睛一闭，感觉夜风如一只温柔的手轻抚在脸上。地上的纸人被风吹动，如活了一般往黑暗的床底下爬去……

“怎么还是你？”姥爹问那陌生姑娘。

“你真的不记得我了吗？”她问道。

小米感觉脸上的手已经消失，睁开眼来，看到了站在门口的姑娘。小米道：“你不是铁小姐身边的那个人吗？”

经小米提醒，姥爹忽然想起来，眼前的姑娘就是上次跟着铁小姐来到画眉村的那个。

那姑娘的目光越过姥爹，对着桌子旁的小米笑了笑，说道：“还是你的记性好！”

姥爹连忙道歉：“对不起，我忘记了。”

那姑娘说道："这是情理之中的，铁小姐那么漂亮，看花的人只记得花，哪里记得花旁边的绿叶？"

小米乐不可支，但还是帮姥爹说话："这位姐姐说话未免太刻薄了，我们家的马秀才可不是好色的人。"

"请进来坐坐吧。"姥爹说道。

那姑娘摆手道："不了。我们家铁小姐知道你们在这里，让我来请你们去她那里坐一坐。不知道你们两人现在可有空？"

小米先于姥爹回答道："当然有空。你看我都闲得剪纸玩了，怎么会没空？"

姥爹本觉得深夜拜访一个女人不太好，打算明天白天去。可是小米已经这么说了，他只好点点头。

从旅馆出来，姥爹看见门口停着一辆轿子，轿子前后站着四个轿夫。

那姑娘拉开车门，说道："请吧。"

轿子还算大，姥爹和小米都坐了上去。

不到半个时辰，轿子在一个公馆前停下。公馆门口站着两个穿黑褂青裤的彪形大汉，气势汹汹。那姑娘领着姥爹和小米从门口进去，上了二楼。

那姑娘敲了敲门。

"进来。"里面一个女人的声音响起。那声音如黄莺出谷，婉转动听。

那姑娘推开门，做了一个请的姿势。

姥爹和小米走了进去，看到铁小姐离开桌子正朝他们走来，她满脸喜悦却略微紧张。

"马……马秀才。"她说道。

姥爹点点头，微笑示意。

她盯着姥爹看了好一会儿才侧头看了看姥爹身边的小米，笑道："小米。"

“铁小姐，好久不见。”小米老成地回道。

“是啊。好久不见。快坐。”铁小姐邀请道。

姥爹和小米在沙发上坐下，铁小姐忙给他们倒水。那姑娘要抢着做，铁小姐挡住，示意她自己来。

姥爹喝了一口水润润嗓子，问道：“铁小姐这么着急把我们叫过来，是有什么要紧的事吗？”

铁小姐愣了一下，说道：“没有什么要紧的事，听说你们来定州了，而我刚好也在这里，所以尽一下地主之谊。”

姥爹问道：“你的消息这么灵通，我们这么快就被盯上了。”

铁小姐摆手道：“马秀才别误会。从外地到这里来的人，都会被我父亲的人盯上。”

“如果没有什么要紧的事，那我们下回再来拜访吧。今天太晚了。”姥爹起身要走。

那姑娘为她的主人抱不平道：“马秀才，你也太不给我们小姐面子了。你一到定州，我们就知道了。我们小姐得知你来了定州，急忙放下手头的事情从别处赶了过来。你们这几天在这里闲逛，我们家小姐却在不分日夜地奔波。”

铁小姐斜睨了那姑娘一眼，斥道：“不要乱说话。”

铁小姐又道：“也不是完全没有要紧的事，你不是在打探几个邪灵贩子的动静吗？其实我们也在关注他们。如果你有需要，我可以帮助你。”

姥爹问道：“你知道他们什么时候交易吗？我还有事情要办，不能一直在这里耗着。”

“快了，他们每年会有两次交易的时间，我们已经掌握得很清楚了。只是我父亲在忙其他的事情，暂时照顾不过来，也没有得力又称心的人来办这件事，所以没有对他们怎样。如果你能帮我办这件事情，正是我求之不得的。”

“不，这不能算帮你。即使你们之间没有敌对关系，我也要做，所以这算是我的事情。”姥爹说道。

“我就知道你会这么回答我。他们会在这个月的十五那天晚上交易，地点是城北刘家狗肉馆。到时候，几个不同派别的邪灵贩子都会去那里。他们戒备森严，除了带了魂器的邪灵贩子，其他人是不让进的。邪灵贩子进去之后是如何交易的，我们还不知道。我劝你不要这么急于进去，再等个一年半载，让我们了解得更清楚一些。”

“为什么？”

“我曾派了两个斗灵高手进去，结果一个也没有出来。”

“活要见人，死要见尸吧？”姥爹问道。

铁小姐摇头道：“没见到人，也没见到尸。第二天我们的人只找到了两个血骷髅。”

“两个人一夜之间变成两个骷髅？他们的血肉哪里去了？”姥爹问道。

“好像是被什么凶猛的动物啃掉了，现在想起来还心有余悸。”

“凶猛的动物？”

“这只是我们的猜测。他们到底用什么做到的，我们并不清楚。但手段之残忍，令人毛骨悚然。”

“你们的人除了发现血骷髅之外，就没有发现其他的蛛丝马迹吗？”

铁小姐想了想，说道：“血骷髅上粘了一些猫的毛。”

“猫的毛？”

“是啊。但我想猫是不会吃人的，应该是其他更为凶猛的动物吃了他们，恰好狗肉店养了猫，猫爬过的时候粘了一些毛。”铁小姐说道。

“但愿如此。”姥爹眉头拧起。

经过几天的筹备，姥爹终于等来了十五。

十五那天下午，铁小姐的人便将正在旅馆里休息的魏伽荃拿下了。姥爹换上魏伽荃的衣服，牵了他的狗便赶往城北的刘家狗肉馆。

到了刘家狗肉馆，姥爹发现这里的戒备果然森严。狗肉馆的四周都有人看守，还有三三两两的人牵着狗巡逻。那些人个个熊腰虎背，肩上扛着土枪。唯一例外的是门口站着的那个人，他脸色苍白，毫无血色，手脚瘦如柴棍，袖子和裤脚看起来空空荡荡，两只手如鸟爪一般细长且颇多皱褶。

他的检查方式与外面的戒备似乎不对等。他既不问邪灵贩子的姓名，也不检查邪灵贩子身上是否带了伤人的武器，只看看邪灵贩子牵的狗便挥手叫人进去。他这么做也是情有可原。邪灵贩子在来定州的途中会遭遇种种无法预料的意外，内部争斗也不少，所以年年来这里的邪灵贩子中有不少新人。面对年年不同的面孔，自然不好轻易辨认来者是真是假。所以唯一的辨认方式便是确认牵来的狗确实是装有魂魄的魂器。

姥爹不知道那人依靠什么辨别装了魂魄的狗和普通狗，但那人的眼睛确实如同鹰眼一般冷峻而高傲，给人一种无形的压迫感。

姥爹想起铁小姐曾说她能看出一个人的气势，而她觉得最有气势最让她恐惧的就是她父亲的眼睛。

这个守门人的眼睛让人胆战心惊，纵使是经历丰富的姥爹也忍不住暗暗担忧被他识破。姥爹心想，不知道铁小姐父亲的眼睛到底是怎样的冷峻和慑人？

排在前面的邪灵贩子一个一个被那人放进去，终于轮到姥爹了。

姥爹牵着魏伽荃的狗走到那人面前。

那人看了看那几条狗，然后瞥了一眼姥爹。

姥爹顿时被他那鹰一般的眼神震慑住，那种气势非常强烈，仿佛周围空气为之凝结，姥爹感觉到彻骨的凉意！仿佛小鸟看到了老鹰，仿佛老鼠见到了猫。那是姥爹一生中唯一一次被一个人的目光震慑到。

小米远远地看着狗肉馆前接受检查的姥爹，担忧地问铁小姐道：“铁小姐，马秀才不会在门口就被认出来吧？”

铁小姐安慰道：“不要怕进不去，我们在外面潜伏了很多帮手，怕就怕进去后出不来。”这安慰听起来并不像安慰。

那人扫了姥爹一眼之后问道：“魏伽茎的人呢？”

姥爹心中一惊，猜测他必定是认出了这是魏伽茎的狗。能记住一个人的脸没有多了不起，但是半年内只看过一眼的狗也能辨认出来，这眼力简直匪夷所思。

姥爹急忙镇定下来，回答道：“他在沧州的时候生了病，走到这里就不行了，所以托我过来帮他交易。”姥爹原本想说魏伽茎停在沧州，可想到铁小姐的人能盯住邪灵贩子的一举一动，泽盛的人也能做到。如果此时胡口乱诌说魏伽茎停在沧州没来定州，说不定会被对方识破，不如说已经到了定州。

姥爹故意说魏伽茎在沧州生的病，是为了造成自己跟魏伽茎一路走到这里来的假象，让对方认为他是魏伽茎信任的朋友。

那人挥了挥手，示意姥爹进去。

远处的小米和铁小姐都吁了一口气。

姥爹进去之后，发现这狗肉馆里的摆设像个小戏院。之前就是这样的摆设，还是为了今晚特意改造的，不得而知。

已经进来的邪灵贩子们纷纷落座。

姥爹担心遇到魏老板一伙的人，便选了个非常偏僻的位置坐下。幸好整个馆子的光线不足，似乎是主办人故意为之。

姥爹闲坐了一会儿便听到头顶有吱吱的叫声。抬头一看，竹溜子已经栖息在房梁上了。

姥爹点头示意看到了它，但它还是吱吱地叫，表现异常。

姥爹干咳两声，示意它不要吵闹。

竹溜子终于不叫了，但它原本蓬松的毛根根直立，如同刺猬一般。

姥爹知道，它只有被吓到了的时候才会这样。姥爹心想，它到底发现了什么？难道是铁小姐说的能将人吃成血骷髅的凶猛动物？狗是会吃骨头的，咬人的肯定不是狗，莫非这里还有其他邪灵恶兽？

第二章 白夜

渐渐地，馆里的座位越来越少，人越来越多。

姥爹看见魏老板走了进来，在靠前面的位置坐下。姥爹注意到他牵了四条狗。

就已经进来的人看，一人牵四五条狗的比较多，牵一两条或者七八条的非常少。姥爹想得到，狗牵太少了划不来，牵太多了管不住，四五条是最合适的。也有极个别人确实牵了十多条狗进来，但那不排除是抢了其他弱小派别邪灵贩子的饭碗。

在馆里座位还没有坐满的时候，馆门就关上了。

姥爹听到旁边其他邪灵贩子窃窃地说，那空出来的位置是来定州途中遭遇不测的人留下的，每年来的人都比预计的要少一些。

新老邪灵贩子互相寒暄，馆里人声沸腾。有的狗不时吠叫两声，热闹极了。

不一会儿，十多个俊俏的黑衣女子从前面的侧门走了出来，每人手里提着一串燃着的香。她们分别走到不同的地方，将香悬挂起来。

邪灵贩子基本都是青壮年男子，见了这十多个窈窕黑衣女子，顿时安静下来，都将注意力集中到她们的身上来。贪婪的目光炽热如火，似乎要将那些妙曼女子点燃。

黑衣女子并不搭理任何人，整个过程中一直将头低垂，将香悬挂好之后井然有序地撤走。

她们一走，馆内又回复了热闹。

很快，馆里弥漫着沁人心扉的香气。

又过了一会儿，前面的平台上走上来一个人，正是刚才在门口检查邪灵贩子的那个人。此时他的目光没有那么冷峻和慑人了，好像他的目光可以像天空的月亮那样有阴晴圆缺。他拍了拍巴掌，馆里的邪灵贩子们立即安静下来。

那人也不说话，点燃了三根香，先向各个方位拜了拜，然后闭上眼睛，嘴巴里念着什么东西，像是在做什么仪式。

趁着这个机会，姥爹悄悄问身边的邪灵贩子：“兄弟，打扰一下，我是新来的，请问前面这个焚香的人是谁啊？”

邪灵贩子回答道：“哦，他叫赫连天，复姓赫连，单名天，据说是雄怒族后人。往年的交易都是他经手的。”

姥爹问道：“我听说收邪灵的是一个瓜尔佳氏的人，怎么成了姓赫连的人呢？”

邪灵贩子低声道：“瓜尔佳氏的人听说双腿残废了，行动不便。再说了，大头目怎么会随随便便出现？一般都是下面人出来做事嘛。”

“那瓜尔佳氏的人现在在哪里？”

邪灵贩子终于不耐烦了，说道：“你管他在哪里做什么？只要有人跟我们交易，我们能如数拿到钱，这就够了。”

这时，平台上赫连天的仪式做完了。他将三根香插进靠墙的铜鼎里，然后说道：“各位不辞万里来到这里，辛苦了！没用的话不说，大家一个一个将你们的魂器交过来，我们会按照你们魂器里面邪灵的质量估价。依照以往惯例，邪灵越轻，价格越低；邪灵越重，价格越高。”他的声音略带嘶哑，似乎饱经风霜。

姥爹又碰了碰旁边的邪灵贩子，说道：“邪灵的重量怎么称呢？”

姥爹知道，一个新死之人的魂魄是最重的，随着他的魂魄在人间滞留，魂魄的重量会渐渐变轻。魂魄如烟，最初的时候最浓，随着日子的推移，浓烟渐渐变淡，最后消失。

在骛江大陆之上，不同的人在不同的意念之下魂魄的重量也是不一样的。执念最强者如罗步斋，魂魄的重量几乎跟他身体一样，他的身外身实际上算是魂魄凝聚而成的新躯体。次者便如姥爹在淄川相救的那个阵亡丈夫，魂魄只有虚形，他的妻子伸手即可透过他。再次便如常见的死人，魂魄无法被常人肉眼看见。

骛江大陆上像罗步斋那样魂魄能形成身外身的人少之又少，常人死后魂魄都轻得很。一般来说，魂魄重，说明其亡故不久；魂魄越轻，说明其亡故时间较长，可留在世间的时间越少。因此，赫连天以魂魄轻重来给各个魂魄估价算是公平的估法。

姥爹曾和罗步斋聊天，谈及罗步斋的称骨法，姥爹开玩笑说罗步斋所能看到的骨重或许就是一个人的魂魄重量。

罗步斋不置可否。他从来没有给魂魄称过重量，所以无法确认是不是这样。

姥爹也从未想过如何给人的魂魄称重，所以听到赫连天要以邪灵的重量给出价格时，他忍不住要问以前交易过的邪灵贩子。

“待会儿你一看就知道了。”邪灵贩子已经没了耐心。

姥爹便目不转睛地盯着平台上的赫连天。

赫连天一招手，两个黑衣女子抬着一根杆秤来到平台上。那杆秤只有人的一只手臂那么长，秤头下悬挂一个圆盘。一个黑衣女子将秤砣拿了出来，放到杆秤的零刻度处，然后松手。杆秤保持水平。

这是给在场的所有人验证杆秤没有做手脚。

“这杆秤如何？”赫连天问道。

在场的邪灵贩子们纷纷点头说好。

赫连天满意地笑了笑，拍了拍巴掌。

又有两个黑衣女子走到平台上来，她们每人抱着一只猫，一只浑白如雪球，一只漆黑发亮，大小看上去几乎一致。两只猫都懒洋洋的，偶尔打一个呵欠。

姥爹头上一阵响。姥爹抬头看去，竹溜子已经逃得无影无踪了，原来它怕这里的猫。

姥爹心中犹疑，竹溜子似乎没有怕过猫，为什么独独怕这里的猫呢？

“你们先选白先生还是夜先生？”赫连天又问道。他不将它们称之为白猫黑猫，却称之为“白先生”和“夜先生”。

有人说白先生，有人说夜先生。

赫连天从兜里掏出一块银圆，说道：“既然大家意见不统一，那就听上天的决定吧。正面的话就用白先生，反面的话就用夜先生。”

赫连天用他那鸟爪一般的手将银圆抛起，然后接住。松开手来，正面朝上。他指着白猫，说道：“那就有请白先生。”

黑衣女子将白猫小心翼翼地放到杆秤的圆盘上。提秤的黑衣女子便挪动秤杆上的秤砣绳，使杆秤恢复水平。

“九斤二两六钱。”一个黑衣女子读出称重。

赫连天微笑着对那只懒洋洋的白猫说道：“白先生，您老人家比半年前重了三钱哪。”他的态度毕恭毕敬，仿佛此时正面对着比他大了好几个辈分的长辈一般。

而那白猫对他的反馈是打了一个呵欠，仿佛一个淡漠之极的高傲长辈。

赫连天并不生气，他对下面的邪灵贩子说道：“你们可以将魂器送上来了。”

一个邪灵贩子先上去了，他牵了五条狗。

赫连天对白猫说道：“有劳白先生了！”态度依旧毕恭毕敬。

白猫从圆盘上一跃而下，悄无声息地落在了地上。

黑衣女子手里的秤杆一翘，黑衣女子急忙抓住秤杆和秤砣绳。

那五条狗见了白猫，都畏畏缩缩地往后退。狗的主人紧紧拉住狗脖子上的锁链。

白猫走到第一条狗面前，对着狗的脑袋嗅了嗅，那条狗便突然身子一软，倒在了地上。白猫轮流嗅了嗅那五条狗，五条狗都倒在了地上，其情形就如姥爹给魏老板的狗喂了水之后一样。

白猫回到之前抱它的那个黑衣女子身边。黑衣女子温柔地将它抱起，然后放到杆秤的圆盘上。

提秤的黑衣女子再次称出白猫的重量，并报数道："十一斤三两八钱。"

赫连天点点头，说道："十一斤三两八钱减去九斤二两六钱是两斤一两二钱。折合银圆是两百一十二个。"

那个邪灵贩子欣喜不已。

两百多个银圆等同于四十多头大水牛，等同于两百多担米。

姥爹听了价格都为之咋舌。

赫连天这边说完，平台旁边的账房先生便噼里啪啦地拨了一通算盘，将银圆数好，只等那邪灵贩子去取。

在其他邪灵贩子都两眼放光地看着账房先生拿出银圆时，姥爹却在心里算着刚才的重量。五个魂器里有五个邪灵，总重量两斤一两二钱，那么平均到每个邪灵的话大概是四两多一点。在罗步斋的称骨法中，骨重最轻的是二两一钱，最重的是七两二钱。如此算来，刚才称出的魂魄重量没有超出骨重。因此，古术中的称骨法或许称的就是魂魄。

可惜罗步斋此时不在狗肉馆里，姥爹无法跟他探讨称骨的事情。

第二个邪灵贩子牵了三条狗上去，白猫如法炮制，称出三个邪灵的重量。三个邪灵的平均重量没有超出称骨的范围。

姥爹以为那白猫在嗅过九条狗之后就要换黑猫，可是那白猫一连嗅了十多条狗，它身体的重量在不断地增长。当嗅到五十多条的时候，它的动作才略显缓慢，身体也变得圆滚了许多。

坐在姥爹旁边的邪灵贩子跟姥爹打趣道：“如果你家里养了猫，就要注意它晚上出去后回来有没有变重，不然你不会知道它给你家里带来了多少散魂游灵。”

白猫嗅了一百多条狗的时候终于步履艰难了，身体已经比刚才大了一倍。

赫连天微笑着对那白猫说道：“白先生，您受累了，歇着吧。”

白猫发出“喵呜”一声，似乎是首肯了。

赫连天走到抱着黑猫的那个黑衣女子身边，恭恭敬敬对那黑猫说道：“夜先生，有劳您上场了！”

黑猫不买账，将那猫头往黑衣女子的怀里钻。

赫连天道：“对不起，让您久等了！让白先生先上场也不是我决定的呀，是上天决定的。您帮帮忙，忙完今晚，我买麻油鸡给您吃。”

黑猫这才回过头来看了赫连天一眼。

赫连天欣喜地对黑衣女子道：“夜先生答应了。”

黑衣女子将黑猫放在杆秤上称了重量，然后黑猫跃下去嗅装了邪灵的狗，跟刚才白猫进行的步骤一模一样。

姥爹的听觉灵敏，虽然赫连天央求黑猫的时候说话的声音并不大，但还是无一遗漏地被姥爹听到。

当听到赫连天提到“麻油鸡”的时候，姥爹顿时明白了，这一白一黑的猫跟拜月猫妖不一样。拜月猫妖是吸取月光精华的猫妖，这一白一黑的猫并不是猫妖，而是猫鬼。猫妖是从猫本身修炼而成的妖精，猫鬼则是借助人的法术修炼而成的一种蛊。

猫鬼是古代行巫术者畜养的宠物。因为有邪物附着其身，可以用咒语驱使害人，所以叫作“猫鬼”。

猫鬼，又叫猫蛊，巫蛊中动物蛊的一种，也是最凶恶的蛊术之一。

这种蛊术盛行于前朝，前朝的独孤皇后异母弟独孤陀家中丫头徐阿尼曾用过猫蛊。姥爹在史书上读到过这段恐怖的记录。

那是前朝开皇十八年发生的事情。这年才过完年不久，前朝国母独孤皇后突然感到全身刺痛，很快就病倒在床。独孤皇后长得非常漂亮，又很有才识，深得皇上的敬重和喜爱。皇上见皇后病倒，忙传召御医来给皇后看病。

恰好这个御医也是个有见识之人，一看皇后的病情，就说这不是自然之病，而是猫鬼之疾。

皇上一听猫鬼二字，就想到了一个人，这个人就是独孤陀。独孤陀是独孤皇后同父异母的弟弟，算是皇亲国戚，所以皇上知道他家一些不为人知的秘事。据说独孤陀的外婆家世世代代养猫鬼，独孤陀的一个舅舅就是因为蓄养猫鬼不慎反被猫鬼所害。这件事皇上很早就听说过，但当时他认为这是荒诞之事、不经之谈，也就没有仔细询问。

这次御医说独孤皇后中了猫鬼之疾，皇上马上就联想到了他。

这个皇上本身就是一个多疑的人，一旦对独孤陀起了疑心，就越想越是。于是，他命令左仆射和大理丞共同查案。

这一查，果然查出了一些名堂来。他们抓住了这个案件中的关键人物——独孤陀家的婢女徐阿尼。婢女徐阿尼据说是独孤陀家蓄养猫鬼的具体经办人，抓起来后经不住拷问，很快就招了。

原来这个徐阿尼以前是独孤陀外婆家的婢女，还在独孤陀外婆家的时候就开始蓄养猫鬼了，后来到了独孤陀家，继续蓄养猫鬼。

她有拜猫鬼的习惯。每天深夜子时，她偷偷起床，备供品焚香向猫鬼祭拜。子属鼠，子时拜猫，暗示以鼠祭猫。

她越拜越灵，猫鬼常把别家的财物搬给她。独孤陀还没有做官的时候，在家闲居，有饮酒的嗜好。他的妻子不肯给他钱买酒，独孤陀只得向徐阿尼讨酒。徐阿尼回答说：“没有钱买酒。”独孤陀说：“你为什么不叫猫鬼到越公家取钱买酒？”阿尼只得暗中祈祷。

不到一个时辰，买酒的钱就送到了，独孤陀就这样贪得无厌地不断叫徐阿尼向猫鬼取钱买酒。

独孤陀因内戚关系做官以后，有一天他在花园里向徐阿尼说：“你叫猫鬼去独孤皇后那里，将皇后的钱转移一些给我。”徐阿尼就照他的话向猫鬼祈祷，其后不久，皇后果然常常赏赐钱财给独孤陀。

皇上生性多疑，虽然不相信独孤陀，但也不轻易相信办案官员。他认为凭徐阿尼的一面之词难定独孤陀之罪，于是就叫徐阿尼召唤猫鬼出来，一究真假。

一晚子时，徐阿尼端了一碗香粥放在宫门外，她念了一番咒语后，拿一汤匙轻敲碗边，口中喃喃叫道：“猫女出来，毋住宫中；猫女出来，毋住宫中。”

不久，徐阿尼便目光呆滞，两眼发直，脸色发青，整个人就像被什么东西拉扯着向外移动。在场看到这个情景的人禁不住惊呼道：“猫鬼附体了，猫鬼附体了。”

于是，这个案件定了下来。

独孤陀因是皇后的弟弟，免了杀头之罪，被贬为庶民，不久郁郁而死。

这件事发生后，皇上十分震怒，下令捕杀京城所有猫鬼，惩罚所有养猫鬼的人。可是猫鬼这东西来无影去无踪，无迹可寻。官员们便来了个斩草除根，竟然把京城所有家养的猫杀掉，将家里有猫的人抓起来。

同年五月，皇上下诏：“蓄猫鬼、蛊惑、魔昧等野道之家，流放至边疆。”最后京城看不见一只猫，听不到一声猫叫，而诛杀、流放的人家达几千户之多。

自此猫鬼基本消失了。只有极少数猫鬼可能散落民间，但再也没有闹出过大事。

后来皇上又下了诏书："蓄造猫鬼及教导猫鬼之法者，皆绞；家人或知而不报者，皆流三千里。"

另外，民间对猫鬼也有说法。据说猫鬼比普通的猫大，它白天躲在大树的影子里，晚上才出来觅食。猫鬼喜欢麻油鸡的味道，常常循着麻油鸡的味道去找寻有婴儿的人家。当它发现婴儿时，会用两只前爪扣住婴儿的咽喉直至婴儿断气。特别在初三、初七、十三及满月时，最容易出现猫鬼。

赫连天选择在十五月圆之夜进行交易，刚才劝说黑猫的时候又以"麻油鸡"诱惑，种种迹象表明那一白一黑的猫就是猫鬼。

从独孤陀事件中可以得知养猫鬼者习惯子时拜猫，暗示以鼠祭猫。姥爹从魏伽荃的旅馆来到这狗肉馆之后时间已经接近子时，或许这便是竹溜子恐惧的原因。它本能地害怕自己成为那黑白两猫的祭物。

再者，邪灵贩子说赫连天是雄怒族后裔，史书中独孤陀的独孤姓氏也源于雄怒族，属于以部落名称变化而来的姓氏。如此想来，姥爹不得不猜测赫连天的猫跟一千多年前独孤陀的猫鬼隐含某种联系。

这也解释了为什么他的猫能装下百来个邪灵，因为它们本就不是一般的猫。

就凭赫连天话中的几个字和他的姓氏，姥爹几乎将他的背景弄得一清二楚。后来赫连天跟姥爹交谈的时候，听姥爹说见他的第一次还没有打交道就猜测到了他的背景，他也惊讶不已，感叹姥爹的知识渊博和判断准确。

但姥爹并没有将所有疑问都弄清楚。他还有两个疑惑。第一，这赫连天自己的实力并不弱，为什么如此恭恭敬敬对待白先生和夜先生，卑躬得让人惊讶？第二，赫连天自己有实力，他的两只猫鬼也如此强大，为什么要屈于泽盛之下，甘愿做泽盛的爪牙？

姥爹见识过泽盛的实力，可以确定泽盛的实力远远不如赫连天，甚至不如其中任何一只猫鬼。

为钱？猫鬼本是转移钱财之物，有了猫鬼便不会愁钱。

为权？有了这种实力，赫连天完全可以撇开泽盛。

在姥爹思虑之时，狗肉馆里的人越来越少。领到钱的邪灵贩子一个接一个离开了，平台旁边躺下的狗越来越多。

姥爹问旁边的邪灵贩子：“这些狗他们不要了吗？”

邪灵贩子道：“狗做了魂器，狗自己的魂魄便会受到伤害。时间长了，即使邪灵离开，它也难以恢复。所以不如将它们留在这里，明天还能做成一盘荤菜。只有极少数跟狗感情好又有良心的人才会不嫌麻烦带走它们，花钱买药喂给它们吃，让它们恢复。走吧，该我们上去称重了。”

赫连天朝姥爹这边瞄了一眼。

此时魏老板已经称完他的四条狗带来的邪灵，领了一百五十多个银圆后出去了。

姥爹走到前面去，排在邪灵贩子后面，等待夜先生来嗅那几条狗。

赫连天走到姥爹面前，又用那冷峻的眼神将姥爹和那几条狗打量一番，然后问道：“你的狗怎么不叫一声？你会哑狗功？”

姥爹点头道：“是啊。以前遇到过一个赶尸人，跟他学了一点。”

“哦。听你口音，应该是南方人？”赫连天又问道。

姥爹如实回答道：“是啊，我是巴陵人。”

“巴陵人？”赫连天似乎不相信。

姥爹道：“是啊。”

“我以前认识一个朋友，也是巴陵人。”赫连天说道。

“哦。”姥爹敷衍道。

“那朋友是我特别欣赏的一个人。他是巴陵画眉村的人，名叫马辛元，不知道你认识不认识。”赫连天继续说道。

姥爹脑袋里嗡嗡响起来，赫连天说的那个人就是姥爹的哥哥！

“他学富五车，才高八斗。我跟他一起参加会试，我名落孙山，他金榜题名，可惜后来听说他在回去的路上病故了。”赫连天摇头叹息道。

“我是他的弟弟。”姥爹说道。

赫连天一惊，重新将姥爹上下打量一番，恍然大悟的样子说道：“哎呀，我刚看到你的时候就觉得你有点眼熟，但不认识你。我以为是上辈子见过……哦，不对，我以为以前在哪里见过，原来你是马辛元的弟弟！你跟他有几分相像！”他一面说，一面伸出鸟爪一般的手握住姥爹的手。

姥爹感觉自己握住的是一截枯皮树枝，瘦小，粗糙，没有温度。

“会试之前，我们在同一个旅馆住过好些天，我常跟你哥哥谈天说地，谈古论今，非常投缘。你哥哥的学识让我非常佩服。他跟我说他有一个弟弟，比他还聪明，没想到今天能看到他弟弟。”

姥爹对他有戒备之心，不知道他是不是事先了解过自己，今晚故意跟他套近乎。不过他说他认识马辛元也不是没有可能，因为从南方到京城参加会试的人大部分的确要经过定州。

姥爹很想听听哥哥曾经经历的事情，但又担心这是一个陷阱。毕竟今晚来到这里不是看戏的，而是为了摸清泽盛的动向。而赫连天正是泽盛的人。姥爹甚至为刚才承认自己是马辛元的弟弟而后悔莫及，这等于暴露了自己的身份，如果赫连天将此事转告给泽盛的话，泽盛就轻易知道了自己的动向，自己反而由主动变得被动了。

“称完之后不要走，我们聊聊。”赫连天拍了拍姥爹的肩膀。

这时，一个黑衣女子从后面走来，凑到赫连天的耳边说了几句悄悄话。赫连天点点头，又看了姥爹一眼，然后从那侧门走了出去。

另一个黑衣女子代替赫连天给邪灵贩子报数。

刚才坐在姥爹旁边的邪灵贩子一脸崇拜地看着姥爹，说道：“兄弟，原来你跟赫连天有交情啊！”

姥爹应付地笑了笑。

又过了半个时辰，终于轮到给姥爹带来的魂魄称重了。

姥爹领了一百多个银圆，正犹豫是继续待在这里再看看，还是先离开，一个黑衣女子走到姥爹面前，说道：“马先生不要走，我们主人在后面等您。”姥爹闻到黑衣女子身上散发着一种奇异的香味。

姥爹跟着那黑衣女子穿过侧门，这才发现后面还有一个大厅。大厅四周全部是书架，书架上没有一本书，全部是猫形摆设，有瓷的，有铜的，有泥的，有木的，材质不一，姿态各异。这里简直是一个猫的世界。

赫连天坐在南面的书桌后，他见姥爹进来，连忙起身迎接。

“来来来，快坐。”赫连天邀请道。

姥爹坐了下来。

“恕我直言，你哥哥才华横溢，极有天赋，你哥哥说你比他还聪明，为什么你不读圣贤书，却做起了这个营生呢？”

姥爹道：“多谢兄长关心，我只是帮帮忙而已。”

“你跟邪灵贩子混在一起，说明你并没有走上仕途。你有胆量来这里，说明你已经习惯了玄黄之术。”赫连天目光如炬。

姥爹沉默片刻，心想既然已经说漏嘴，让他知道了自己的身份，多说一点也无妨了。

于是，姥爹说道：“由于家兄的事情伤了父亲的心，父亲便不让我再走仕途了。我闲来无事，便涉足这些玄黄之术。”

赫连天为他叹息不止，说道：“我想走仕途而不得，你易得仕途而不能。可见天意不测，造化弄人！”

姥爹问道：“赫连兄当初跟我哥哥一样追求仕途，如今为什么也做了这种生意呢？我听其他邪灵贩子说，你这样收集邪灵是为了给一个瓜尔佳氏的人收集阴兵，难道赫连兄在人间谋一官半职不成，转而想在阴界弄个红顶花翎戴戴？”

赫连天笑道：“我当初寒窗苦读，最终目的并不是为了当官。现在做这种事情，也不是为了混个死人官帽戴，我是另有原因的。”

“我猜也是。你家世世代代擅长玄黄之术，又有两只品相极好的猫鬼相助，可以过比神仙还要逍遥自在的日子，怎么会看得上仕途上的小小成就？”姥爹说道。

赫连天惊讶不已，说道：“马辛元果然没有说错，他的弟弟真是聪颖过人！我跟你头次见面，你就对我如此了解！你是怎么知道我的家世和猫鬼的？”

姥爹将他从赫连的姓氏和赫连说到“麻油鸡”而推测的过程简单说来。

赫连天啧啧称赞。

“你不会是有求于那瓜尔佳氏吧？”姥爹继续推测道。

赫连天笑道：“我从来不会求人，只有交换。”

“你是要找什么人或者东西吗？”姥爹问道。这是泽盛利用捕捉梦境的方式常做的事情。

“嗯，遗失了一千多年……”赫连天说道。

“一千多年？”

“对，我要找一个名叫徐阿尼的人。当然，她应该不叫这个名字了。”

姥爹一怔，说道：“徐阿尼？那个养猫鬼的徐阿尼？”

“是啊。”

“你要找她的转世？找到她了干什么？”姥爹问道。一个答案已经在他的脑海里若隐若现。

“道歉。”赫连天说道。

姥爹还想问，赫连天却打断道：“今晚不要说这些了，还是说说你哥哥吧。”

就在这时，一个黑衣女子走了进来，凑到赫连天的耳边说了一些悄悄话。

姥爹忍不住担心是不是她们发现了自己的破绽。

赫连天听完黑衣女子的话，站了起来，对姥爹说道：“前面出了点小事儿，我要去看看。你如果一个人坐在这里觉得无趣，就跟我一起去看看。”

姥爹便跟他一起回到了馆里。

这时馆里只剩十多个邪灵贩子在排队了。另有一个人跪在平台上，吓得哆哆嗦嗦，两个黑衣女子摁着那人的肩膀。

赫连天走到那人面前，厉声问道：“你是干什么的？为什么要到这里来？”

那人恐惧道：“我是城南焦家狗肉馆的，你们家的狗肉味道一直比我们家的好，把我们家狗肉馆挤得快活不下去了。我见你们今晚有许多卖狗肉的来交易，就偷偷爬墙进来看看。”

“你看到什么了？”赫连天冷笑一声，问道。

那只鼓胀如小猪的白猫见赫连天冷笑，突然精神了不少，扭头去看跪着的人，玛瑙一样的眼睛睁得圆溜溜的。正在称邪灵的黑猫也时不时扭头来看那人。

那是一种渴望的眼神，那是一种饥饿的眼神，那是一种冷漠而残忍的眼神。

那人带着哭腔说道：“我不敢说……求求你绕过我吧……”

“你倒是说说看。”赫连天的眼神又变得冷峻如鹰。

“我……我看到你们买卖邪灵……”

“你知道就好。”赫连天说道。

那人以为赫连天说这话是要放过他，连忙磕头道：“大爷，我一定不说出去，一定不说！我知道我不该惹到大爷您的，我知错了，我知错了……”他的头在地上磕得嘣嘣响，好像敲熟了的瓜一般。

“我不会让你死得不明不白。你既然知道，就可以死了。”说完，赫连天将手一挥。

“啊？大爷饶命啊！大爷饶命啊！我再也不做狗肉生意了！大爷放过我吧，求求您了！”

那人要挣扎着爬起来，那两个黑衣女子看似羸弱，摁着那人的时候似乎没怎么用力，却让那人站不起来。

白猫见赫连天挥手，立即精神大振，朝那人扑过去。黑猫置称重而不顾，紧随其后扑了过去。

姥爹看见那两只猫的身体在空中拉长再拉长，变瘦再变瘦，当它们落在那人的身上时，身体又缩成了一个球。白猫黑猫一齐张开嘴，露出嘴中尖牙，朝那人的脖子咬去，其动作跟一般的猫吃老鼠没有两样，只是这只“老鼠”太大了而已。

那人吓得大叫，他身后的两个黑衣女子依旧面不改色地摁着他。

但他只叫了一声便咬住了嘴唇，脸色变紫，眼睛鼓胀得几乎要从眼眶里蹦出来。

这时，侧门那里窜出来一大群白的黑的黄的小猫。它们纷纷爬到那人身上，学着那白先生夜先生朝那人身体各处下嘴。

眼前的情景让姥爹一阵晕眩，他仿佛看见一群密集的苍蝇栖息在一具发臭的尸体上。这已经超出了姥爹所认识的猫的范畴。

很快，那人的衣服被猫爪抓烂，皮肤也被猫爪抓烂，他的身体暴露在众人的目光之下。他的身体迅速干瘪下去，而一只只小猫的身体鼓胀起来。

变得鼓胀的小猫将那人完全覆盖。

在场的所有人都闻到了浓重的血腥味和其他奇怪的气味，仿佛过年前杀猪时散发出来的气味，有血的气味，有肉的气味，有毛的气味，有骚味，有臭味……

邪灵贩子牵着的狗们纷纷狂吠不止，不知道是恐惧这样的场面，还是想上前分一杯羹。

过了一会儿，小猫们散开来，纷纷从侧面溜了出去，仿佛一群被驱散的苍蝇，地上只留下一个血淋淋的骷髅。

姥爹大吃一惊，终于明白铁小姐派来的两个人是如何变成两具血骷髅的了。

而那两个黑衣女子依旧摁着跪在地上的血骷髅，表情平静得如死人脸。

赫连天皱了皱眉，抬手在鼻子前扇了扇，对姥爹说道："对不起，把这里的气味搞得像牛棚一样了。走，我们还是去后面聊吧。"

白猫回到黑衣女子的怀抱里，咧开嘴伸出舌头将嘴边剩余的血水舔干净。

黑猫则先回到杆秤上，重新称重之后再去嗅那些狗。

邪灵贩子们都是从死人堆里乱葬岗中找邪灵的，胆子大得很，但看到这样的场面仍然忍不住两股战战，几欲先走。

姥爹也受不了这样的场面，急忙跟着赫连天回到后面的大厅。

赫连天若无其事地继续闲聊他跟姥爹哥哥的往事，仿佛刚才只是拍死一只蚊子或者踩死一只蚂蚁，不足挂齿。

姥爹特别想知道哥哥离开画眉村之后病故之前经历过什么事情，所以也将刚才的事抛于脑后，时不时地问赫连天一些细节。

赫连天说，马辛元离开京城之前表现有些异常，时常动不动就大笑或者大哭。赫连天问过他，他却没有说过原因。

姥爹心中一紧，心想莫非哥哥去世之前还遇到过什么事？

赫连天说，马辛元会试之前似乎曾跟一个女人有过一段情缘，同一年参加会试的好几个举人看到过那个女人，包括他。他对那个女人的印象很不错，温文尔雅，落落大方。马辛元会试殿试之后以为自己发挥失常，必定无缘金榜，急急忙忙离开了京城，却不知道读卷官已经将十份妙笔生花的文章呈递皇帝，皇帝在金殿用朱红御笔从这十份中点了名次，恰恰马辛元的文章就在其中。

姥爹忙问道，那个女人叫什么名字？是否还在京城？

赫连天摇头道，马辛元似乎不大愿意让我们知道那个女人，他从未在他们几个好友面前提起过她的名字。他也不知道她现在身在何处。马辛元匆匆离开，恐怕是担心落榜之后无颜见佳人。

姥爹不知道哥哥还有这段往事，在京城备考之前寄回来的信中也从未提及。

是女人的身份让哥哥有所顾忌，还是另有隐情？姥爹不得而知。

姥爹又问关于那个女人的其他细节，赫连天却知之甚少。

于是，话题又转到马辛元其他方面的事情。

其间黑衣女人过来说所有的邪灵都买下了。赫连天叫黑衣女人带白先生和夜先生去休息。

两人聊着聊着，不知不觉已经过了子时。

赫连天仍然兴致不减，叫黑衣女子点了蜡烛照明，继续跟姥爹聊过往的事。

点上蜡烛后不一会儿，赫连天一边跟姥爹聊天一边东瞧瞧西瞅瞅，有点心不在焉。姥爹以为他操心的事情多，想就此告辞。

姥爹正要说告辞的话，赫连天却将食指立在嘴唇上，做出不要发声的示意动作。

姥爹以为他发现窗外有偷听者，便暂且将告辞的话咽回肚子里。可是姥爹凝神倾听了一会儿，并没有听到外面有人的脚步声或者喘息声。他心想赫连天是不是做久了买卖邪灵的事情，有点过于敏感了。

这时，一阵风吹动窗纸。窗纸可能没有粘好，风一吹就发出窗纸抖动的声音。

赫连天突然一震脚，“呵”了一声。

“赫连兄，你这是怎么啦？”姥爹见他喝了一声，便问道。

赫连天脸上露出一丝冷笑，然后俯身朝脚底伸手摸去。

姥爹也俯下身去看他的脚底，却什么也没有看到。

赫连天的手在鞋底下抠，仿佛要从脚底抠掉黏上的一团稀泥。很快，他将手抬了起来，放在烛光下。

一个很大的人影落在烛光对面的墙壁上！

姥爹一看，原来赫连天手里拿着一个纸人！那纸人是黄表纸剪成的，粗劣不堪，但能分清哪里是人头，哪里是躯干，哪里是四肢。姥爹心中一惊，那不是小米剪成的纸人吗？

姥爹用来画符的黄表纸，很多被小米无聊时剪成了各种奇怪的形状，房子，衣服，鸡鸭，人，等等。

“是哪个不长眼的居然在我面前弄这种小把戏！”赫连天鼻子里哼了一声，将纸人放在蜡烛的火焰之上。

“这是怎么回事？”姥爹假装不明就里。

当然，或许剪这种纸人的不只小米一人，恰巧那人剪得又跟小米差不多。但这种可能性相当小，因为一般人是不会用黄表纸来做剪纸用的。

“邪人的小把戏而已，想借纸人来看我们馆内的情况或者偷听我们的对话。”赫连天轻蔑道。手里的纸人被火焰点燃，纸人居然有挣扎扭曲的动作，仿佛要从赫连天的手里逃走，也仿佛火烧的痛感让它无法忍受。

这纸人是有意念的！

只可惜它意念微弱，躯体脆弱，被赫连天轻易踩住捉到。

赫连天见姥爹直愣愣地盯着燃烧成灰烬的纸人，以为他担心害怕，于是宽慰道：“不用担心，想害我的人多了去了，但是这么多年来，我没见过一个真正的对手。”

他的话刚刚说完，一个黑衣女子走了进来，这次她没有凑到他的耳朵边去说悄悄话，语气有些急地说道：“赫连老爷，外面……外面突然来了好多的猫！”虽然她的语气急，可头依然微垂，表情依然平静。

“猫？”赫连天疑问道。

“是的，赫连老爷。好多好多！那些猫在外面叫唤，怎么驱赶都不离开。我们的小猫听到叫声，都跑过去了。”黑衣女人说道。

“小猫还没有成形，脆弱得很，你怎么能让它们跑出去呢？”赫连天怒道。

黑衣女人道：“我拦不住它们，它们从窗户从门缝里跑出去，好像外面的猫在召唤它们一样。”

“小猫的野性还没有完全消除，这情有可原。但是外面那些猫是从哪里来的？怎么突然都聚集到我们这里来了？”赫连天问道。

黑衣女人摇头道：“照理说，附近的猫都知道白先生和夜先生的厉害，平时不敢靠近来的。这些猫不知道是从哪里来的。”

姥爹从他们的对话中得出一些信息。这白先生和夜先生曾经受赫连天的指使，用吓唬或者其他的方式警告过附近的猫，不让附近的猫到狗肉馆这里来。而白先生和夜先生这么做是为了保护还没有修炼成猫鬼的小猫。这些小猫非常脆弱，或许它们从一只普通小猫修炼成为一只恐怖的猫鬼的过程中不能有外界干扰。这跟其他的蛊在制作过程中不能被外界干扰一样。在这个过程中，它们异常脆弱，稍有不慎便功亏一篑。但一旦炼制成功，便如破茧化蝶，如跃过龙门的鲤鱼。

“快带我去看看！”赫连天说道。

姥爹也觉得奇怪，莫非真的有人要对付赫连天？

姥爹跟着赫连天来到狗肉馆的门口。

刚跨出狗肉馆的大门，姥爹就被眼前的情景震撼到了。大门前全是猫。如果说刚才扑在潜入者身上的小猫如苍蝇一般密集，那么此时看到的猫就如春天池塘里成群的蝌蚪一样多！猫基本都是黑色或者灰色，几乎要融化在夜色里，只留下淡淡的影子。清晰的反而是猫的眼睛，有绿色如鬼火的，有黄色如萤火的，非常诡异。

这些猫不断地叫唤，声音此起彼伏。

“喵呜……”

“嗷呜……”

猫叫声如腾起的波浪一般朝姥爹和赫连天扑过来，溅在狗肉馆的台阶上，墙上，屋檐上。

刚才吃人的小猫们停在狗肉馆和那些猫之间的空地上，似乎想投入同类的怀抱，又被同类的叫声吓到，不知是该进还是该退。

赫连天低声道：“这些猫也不是寻常的猫，它们是各种怨念凝聚而成的。但是我弄不懂，为什么这么多怨念会聚集在这里。这些怨念超过了整个定州该有的数量！”

姥爹看着如同漂浮在夜空中的绿如鬼火和黄如萤火的猫眼，忽然有种熟悉的感觉。

赫连天道：“既然来了，那就看看是你们这些鬼猫厉害，还是我的猫鬼厉害！”

他扭头对那黑衣女子说道：“快去请白先生夜先生来！”

黑衣女子急忙回到馆内，很快带了两个分别抱着白先生和夜先生的黑衣女子出来。

赫连天走到黑衣女子身边，抱歉地说道：“白先生，夜先生，实在不好意思，本来应该让你们休息的。但是眼前的状况非劳驾两位不可了！”

白猫黑猫从黑衣女子的怀里爬起来，看了看对面密密麻麻的猫，然后从黑衣女子身上跳了下来。它们的身体还胖得滚圆，动作依旧迟缓。但不得不说，庞大的身躯确实给它们增加了气势，犹如老虎进了猫群，又如巨人进了小人国。

对面的猫群见白先生夜先生迈着慵懒而缓慢的步子走到了空地上，居然安静了，看来它们意识到这两只身躯异常的猫不是善类。

但沉寂的猫群并没有恐惧，所有绿的黄的眼睛齐刷刷地对准了空地中央的两只肥猫。

猫与猫之间的战争一触即发！

鬼猫与猫鬼看似只有名字顺序不同，但有天壤之别。鬼猫是邪气形成猫的形状，本质还是邪气，如当年谢小米用尸气凝聚成猫形一样。猫鬼是猫经过人的邪术炼制而成，本质还是猫，如其他蛊术中的动物一样。

怨气凝聚而成的猫仗着数量上的绝对优势首先发动了进攻。

对面的四只猫从阵营中跃了出来，龇牙咧嘴，带着猫类独有的嚎叫声直扑白先生和夜先生。

白先生先于夜先生跃了起来，如一员虎将，如一道闪电，迎着那四只猫反扑过去。

四只猫和白先生在半空中撞在了一起，仿佛是夜里顽童打架互相投掷东西，四只猫就如四团泥球，白先生就如一团雪球。

相撞之后，白先生和那四只猫都滚落在地上。雪球没有散开，泥球却摔成了一张张泥饼。

一般来说，只要不是从极高的地方坠落，猫几乎是不会摔伤的。猫的平衡控制能力很强，在下落的过程中能用尾巴以旋转的方式保持落地时的平稳，并且猫骨特殊，脚底有肉垫，所以落地是它非常擅长的技能。

白先生安然无恙，是因为它本就是由猫炼制而来，天生懂得如何保护自己。那四只猫徒有猫的形体，却无法继承猫的天性，所以摔坏了。

这让姥爹想起谢小米生前以尸气凝聚的猫，那些猫也是徒有猫的外形，却没有猫的轻灵步伐，也没有超常的嗅觉和听觉。

姥爹极目四望，没有看到小米的影子，只好静下心来继续看猫的斗争。

摔在地上的猫显然在摔下之前受到了白先生的攻击。它们的猫眼逐渐黯淡下去，如同没了油的灯火，又如同死去的萤虫。

但白先生刚落地，又有十多只猫扑了出来！

这时候夜先生“喵”地叫唤一声，似乎提醒它的朋友注意，然后像刚才白先生保护它一样跃了起来，迎着那十多只猫扑去。

夜先生的皮毛油光滑亮，在空中如同一匹被风拂动的缎子。那匹缎子几乎将来势汹汹的猫全部兜住，密不透风。

那十多只猫恰才还如掷出的石头一般势头正强劲，此时一遇到缎子一般的夜先生便如秋风扫落叶一般纷纷坠下。

它们也摔成了泥饼，猫眼逐渐黯淡下去。

赫连天嘴角抽起一丝笑，低声道：“这些不自量力的东西！简直是鸡蛋碰石头！”

这时，对面无数的猫朝白先生和夜先生扑过来，仿佛大雨将至的天边涌过来的乌云。白先生和夜先生身边的小猫终于意识到危险，急忙往回撤，经过姥爹和赫连天的脚下，逃回狗肉馆里去了。

白先生和夜先生临危不惧，一个如闪电在乌云中乍隐乍现，一个如绸布在狂风中飘荡摇曳。

“鸡蛋是不可能仗着数量多就以为可以砸坏石头的。”赫连天蔑视道。

赫连天说得不错，姥爹只看到一只接一只，一双接一双的猫眼黯淡下去，而白先生夜先生毫发无损。

可是那些猫还是源源不断地朝白先生夜先生扑来。

白先生和夜先生不停地扑腾，跳跃，翻滚，对它们来说，这不是一场争斗，而是一场取乐的游戏，它们乐在其中。偶尔也有猫将爪子挠在了白先生或者夜先生的身上，但是如隔靴搔痒，无法对它们造成任何伤害。

好在对面的猫有绝对的数量优势，也没让白先生和夜先生有片刻的休息时间。就连旁边观看的赫连天都感叹道：“这没完没了的，何时是个尽头！”

耗了将近一炷香时间，白先生和夜先生的动作渐渐缓慢迟钝下来，而对面的猫还在前仆后继地扑上来。哪怕是一个人仅仅在挥舞双臂，持续这么久也会两臂酸痛，何况白先生和夜先生还要避开它们的攻击！

终于，对方的猫挠到白先生和夜先生的机会越来越多。虽然每一次都没有太大伤害，但如滴水穿石，一次接一次地被挠到，白先生和夜先生也受不了。白先生和夜先生且战且退，几乎退到了赫连天的脚前面。

赫连天终于无法继续保持淡然了，他大喊道：“到底是何方高人要与我作对？你倒是现出身来！”

“你要让白先生和夜先生认输，我就现出身来！”一个小女孩的声音响起。

姥爹一惊，果然是小米的声音！

赫连天将手一挥，白先生和夜先生跳回狗肉馆前的石阶上，气喘吁吁。

那些怨气凝聚而成的猫已经死伤惨重，见白先生夜先生后退，也稍稍往回退了一些，但眼睛仍然虎视眈眈，随时可能再次如潮水一般扑上来。

姥爹是假装成邪灵贩子来狗肉馆的，不敢轻易暴露真实身份，只好先忍着没有喊小米的名字，静观其变。他暴露身份倒不是怕赫连天扣下他不放，而是怕顺带暴露了小米，使得赫连天报信给泽盛，让泽盛知道小米来了定州。

赫连天喊道："你可以现身了吧？"

小米却依然没有现身，她在远处的黑暗中喊道："我不能现身，如果我现身了，你又反悔了怎么办？我晚上不怕你，但是你势力强大，白天可以找到我！"

"小小年纪，居然这么谨慎！"赫连天叹道。他从小米的声音里辨别出了小米的大概年龄。

赫连天喊道："我们无冤无仇，你为什么要让这些猫围住我的狗肉馆？"

小米的声音喊道："因为还有一个人没有从你的狗肉馆出来，我想知道他现在的安危。"

赫连天看了姥爹一眼，惊讶道："是你的朋友？"

姥爹点点头。

赫连天对着远处喊道："我看你是误会了！我并没有对你的朋友怎样，相反，我跟他聊得很畅快。你不用担心他的安危。"

小米的声音喊道："谁知道你是不是要诈？你让我朋友走到前面来一些，让我看看他是不是毫发无伤！人不犯我，我不犯人！如果你胆敢对他怎样，我誓要让你的狗肉馆就此关张！"

赫连天不服气道："虽说你是我朋友的朋友，但你说话未免太过嚣张！你这些猫有其形而无其实，根本不是我这两位猫先生的对手！你已经耗费了这么多怨气，却未曾伤到我这两位猫先生一毫一厘！"

小米的声音毫不示弱："哼！你的猫已经出现疲态了，只要我再拖延下去，它们很快就会被拖垮！要不是我朋友还在你的狗肉馆里，我是不会放过你的！废话少说，我要确认我的朋友平安无事！"

赫连天低声对姥爹说道："你这朋友实力虽然不怎样，但耗的时间确实长。真是令人佩服！要不你说说话，让她放心？"

姥爹便对小米声音的方向大声道："我没有事。"

赫连天喊道：“这下可以了吧？你可以将你的猫撤走了吧？”

未料小米的声音回答道：“谁知道你是不是威胁他？你们站在屋檐下，我看不清楚。你叫我朋友走到这边来，我们今晚先告辞，有什么聊的下回再来！”

赫连天没有办法，对姥爹说道：“这小孩居然说不通！麻烦你往前面走一段距离，让你朋友看看吧。”

姥爹担心小米被赫连天看到，决定先回去，于是说道：“我今晚就先回去吧，下回再来这里找你聊天。”

赫连天道：“也好，今晚确实不早了。你回去之后跟你朋友好好解释，下回找我的时候带她一起过来。我想知道小小年纪就有这份胆量和缜密心思的人到底长什么样。不打不相识，还请你叫她不要将今晚损失这么多怨念的事情放在心上。”

姥爹道：“我还有一个请求。”

“有什么请求，请说。”

“我进来之前，你认出我牵的狗就是魏伽茎的狗，说明他上次没有将他的狗抛弃，他对他的狗有很深的感情。我想离开之前将那几条狗带回去还给他。”

赫连天笑道：“当然可以，现在重情重义的人太少了。”他扭头对身后的黑衣女子说道：“快去将这位先生带来的狗抬出来。”

很快，几个黑衣女子将魏伽茎的狗抬了出来。赫连天一一检查过，说道：“嗯，就是这几条。”

一个黑衣女子将这几条狗装进麻袋里，束紧袋口，交给姥爹。

姥爹将麻袋扛在肩膀上，朝夜的深处走去……

姥爹走了半里地，回头一看，狗肉馆已经关上大门，赫连天和白先生、夜先生还有黑衣女子都不见了。

小米从一棵树上跳了下来，落在姥爹面前，欣喜道：“他们果然没有把你怎样！我还以为你走不出来了呢！”

姥爹见小米手里拿着一个小木箱和一个小瓷瓶，顿时明白了她是用之前收集的怨气凝结成猫形的。

铁小姐也从暗处走了出来，抱歉道："马秀才，我劝她再等等，可是她太担心你，非要出手救你。"

姥爹点头道："是我不对，他说到我哥哥生前的事情，让我听得忘记了时间。小米，你把剩下的怨气收回来，我们回去吧。"

小米嘴里念念有词。那些幸存的猫纷纷撤了回来，来到小米面前后，纷纷化成一道烟雾进入小瓷瓶里。

"竹溜子呢？"姥爹想起跟着一起进去的竹溜子，左看右看。

"吱吱吱……"竹溜子从头顶发出叫声。

姥爹抬头看去，竹溜子正栖息在树枝上，嘴里咬着一个纸人。

姥爹想起赫连天捉住一个纸人的情景，指着竹溜子嘴里的纸人，转头问小米道："之前那个纸人是你驱使到狗肉馆里去的吗？"

小米抬头看了看那个纸人，疑惑道："纸人？没有啊，我从来没有驱使过纸人。"

"可是那个纸人和这个纸人不都是你剪出来的吗？"姥爹问道。

小米生气道："我都说了我从来没有驱使过纸人。信不信由你！"说完，小米加快脚步，噌噌噌地走到姥爹前面去了，留下姥爹和铁小姐在后面。

铁小姐宽慰道："她还是小孩子。"

姥爹看着小米的背影，无奈地笑了笑，然后问铁小姐道："你刚才看到跟赫连天一起出来的黑衣女子没有？"

"看到了。"

"她们到底是什么？"

铁小姐道："她们是魄人。"

"魄人？"

“是啊，人有三魂七魄，魂善而魄恶。这你是知道的。虽然魄有七而魂有三，但仍然有‘人之初，性本善’的说法。为什么？因为在数量相同的情况下，善的力量要大于恶的力量。所谓‘邪不压正’，也是这个道理。因此，即使魄有七而魂有三，还是善良的魂略占上风。”

姥爹打断铁小姐道：“魄人就是身体里只剩魄的人吗？”

“不尽然，魄人是两魂七魄或者一魂七魄的人。他们抽去那些女人的一魂或者两魂，让她们没那么善良，又不至于像只有魄的人那样失控。”

“抽去一魂或者两魂？”姥爹心想，难怪那些女人面无表情，她们善恶平衡，等于无善无恶。一个既无善心又无恶意的人，就跟死人无异，就是行尸走肉，难怪她们一直是一副死人脸的表情！

铁小姐点头道：“是啊。对别人来说，抽取魂魄或许比较难，但是对于他们这些专门做魂魄买卖的人来说，这并不是难事。”

“孤魂游鬼到处都有，为什么他们非得用买卖的方式？”

铁小姐笑道：“孤魂游鬼又不是地里的麦子、田里的稻谷，说收走就能收走的。如果强行带走，那些阴兵未必听他摆布。这买卖就不一样了，你情我愿，拿人钱财替人消灾，这样建立起来的阴兵才有战斗力啊。再说了，用这么多无关的邪灵贩子来替他收集魂魄，比他自己出来要好多了。上次他亲自出马被我和我父亲狙击，失去了双腿，这未免不是一个很好的教训。马秀才，泽盛不是当年的泽盛了，他现在狡猾多了！”

姥爹点头认同。

“你知道吗，这魄人还有一个好处。”铁小姐笑得有些怪异。

“什么好处？”姥爹问道。

“你们男人都喜欢的好处。”

“别卖关子了。”

铁小姐道：“魂魄不全的人，就如一般的傻子，你叫她干什么，她就干什么。善恶不分，所以也无廉耻。”

姥爹明白了她的意思。

“他们的狗肉馆比定州城其他狗肉馆的生意好太多，并不是因为他们的狗肉好吃，而是有那些美丽的魄人向顾客提供其他方面的服务，并且她们不会像其他青楼里的一些女人一样嫌贫爱富。很多邪灵贩子拿到钱之后不会很快离开定州城，是因为他们在接下来的日子会常常光顾狗肉馆，把赚来的钱又送回去。”

姥爹在心中为那个偷偷潜入狗肉馆想知道自家狗肉和赫连家狗肉差别的人叹息。

原来狗肉本没有差别。

“真是生财之道！”姥爹狠狠道。他在夯州的时候见识过竹美人，知道泽盛用一些邪术来赚钱，没想到现在比以前有过之而无不及。

“你现在知道他为什么花钱买卖邪灵了吧？因为他还是会把钱拿回来的。钱从他兜里出来，又回到他兜里去。在这个过程中，他获得了他想要的一切，而那些邪灵贩子又两手空空地去为他服务了。”

姥爹沉默半天，对铁小姐说道：“他们的内幕你打探得很清楚了。”

“当然。”

“那么我想托你帮我打听一个人，不知道可以不可以。”

“你要打听的人叫什么名字？住在哪里？”

“我既不知道她叫什么名字，也不知道她现在住在哪里。”

铁小姐迟疑道：“哦？这就有点麻烦了。没有任何信息的话，我该怎么找到你说的那个人呢？”

“我可以告诉你的是，这是一个女人，曾经跟我哥哥有过一段情缘。在我哥哥赴京赶考的时间里，她住在京城，并且跟我哥哥的几位举人朋友见过面。我哥哥名字叫马辛元，去世之前金榜题名，并且是二甲进士，或许京城里还有人对我哥哥有点印象。”姥爹说道。

“信息太少了。”

“我知道要找到她很难，无异于大海捞针。如果可能的话，麻烦你帮我打听一下。”

铁小姐点点头，说道：“我可以试一下，但不敢说一定能打听到。毕竟时隔多年，你又不知道那个女人姓甚名谁。不过，你打听这个女人干什么？”

姥爹沉默片刻，说道：“我想……她或许跟我哥哥的死有关系。”

“你怀疑是她害死了你哥哥？”铁小姐问道。她曾在画眉村待过一段时间，知道姥爹放下四书五经转而研习玄黄之术的原因，“如果你哥哥不是因病而逝的话，那个人就成为改变你命运的人了！如果没有那个人，你就会继续寒窗苦读，考上举人进士，成为父母官，甚至出将入相……”

“不，据说她是一个温文尔雅的女子，我想她不会害死我哥哥的。就算有关系，她也不会是直接害死我哥哥的那个人。”姥爹打断她的话。

“好的，我会派人去寻找这个温文尔雅的女子。”铁小姐说道。

“谢谢。”姥爹由衷地说道。

“如果是她害死你哥哥的，你会恨她吗？”铁小姐问道。

“恨改变不了已经发生的事情，我只想弄清楚我哥哥去世前到底经历了什么。”

“那你恨泽盛吗？”铁小姐又问道。

姥爹嘴角扯出一丝笑意。

“在你进入狗肉馆之后，我的人又打听到一个新的消息。他说泽盛已经知道你和小米渡过了荒河，泽盛已经下令，说是要让小米能渡过荒河来，却回不到荒河那边去。”

姥爹收起笑容，冷冷道：“恨改变不了已经发生的事情，但有的人必须为他做出的事情付出代价。”

姥爹将装着狗的麻袋交给铁小姐，嘱咐她一定要将这些狗送回给魏伽荃。铁小姐劝他去她的公馆休息，姥爹却执意和小米回到旅店。

回到旅店后，小米将小木箱和小瓷瓶往桌子上一搁，坐到床上，对姥爹说道："我用掉了好多槐牛的怨念，你骂我吧。"

姥爹摸摸小米的头，说道："我们回去的时候多收集一些其他的怨念补充就好了，如果我们还能一起回到荒河南边去的话。"

小米抬起头来，问道："为什么这么说？我们不能一起回去吗？"

姥爹看着小米的眼睛，微笑道："会的。如果不能，我们就都不回去。"

"不。你不回去的话，赵姐怎么办？马岳云怎么办？我们必须回去。我会保护你平安回去的，就像今天晚上一样。"

姥爹本想说"今晚他们没想为难我"，可担心这句话让小米伤心，便咽了回去，笑了笑，说道："我不能让你保护我，应该由我来保护你。好啦，太晚了，洗漱了睡觉吧。"

姥爹端来打了热水的脸盆，小米已经和衣倒在床上睡着了。

姥爹便将脸盆端到小米的床边，给她擦手洗脸。

当手巾擦拭到小米的手腕时，姥爹碰到了她的玉手镯。姥爹盯着玉手镯看了半天，心想当初叫罗步斋他们不要在小米面前提到谢小米，自己却粗心大意将这谢小米的贴身之物戴在了小米的手上。如果小米记起前世，说不定正是因为这个玉手镯惊醒了她的阿赖耶识。

就如七颗枣核惊醒了他自己的阿赖耶识一样。

虽然他自己的阿赖耶识被惊醒，但仍然像一个刚刚从睡梦中醒来的人一样不够清醒。前世的记忆虽然在眼前浮现，但仍然如清晨回忆昨夜的梦境一般模模糊糊，部分清晰，部分模糊，部分缺失。

姥爹给小米擦拭完，给她掖好被子，然后陷入了无穷无尽的回忆里。

他回忆起前世在简陋的寺庙抄写经书的情景，回忆起坐在一棵枣树下面手握七颗枣核的情景，回忆起躺在草丛里看着身边一颗灵芝的情景，回忆起到处收集怨念最后封印在石牛身上的情景，回忆起在修眉山那个洞里给迷海传授本领的情景，回忆起曾经跟弱郎大王争斗的情景，回忆起站在一棵树旁边看着树上的寄生植物吸收阳光并且模仿的情景。他想起了很多很多。而回忆就像一个无底洞，每次想起来，他便像在无底洞中往下坠落，永远也落不了地。

回忆得太深，他便怀疑现在坐在小米旁边的情景是个梦境。他从来没有遇见过谢小米，也没有遇见过小米。如果谁把他叫醒，他就会发现自己还在前世里，就会发现身边还有好多经书要抄写，就会发现手里依然握着七颗两头扎人的枣核。

这让他非常恐惧。

姥爹曾听一个人说过，这个世界其实是一位神在海洋上做的一个梦，我们都生活在他的梦境里，就像我们做梦时其他人也在我们的梦里一样，如果他从梦中醒来，我们都会由此消失。

姥爹那时候不相信那个人的话，但是此时此刻，看着睡熟的小米，看着她手腕上的玉镯子，看着房间里跳跃的烛火和墙上的阴影，姥爹有些理解那个人的话了。

真实的生活有时候就是如此的虚幻。

正在想着这些虚无缥缈的东西时，姥爹眼睛的余光忽然感觉脸盆的水里闪过一道白茫茫的光，如同月光从上面掠过一样。

姥爹看了看窗户，为了防止寒露进来，窗户早就关上了，月光不可能漏进来。

莫非水里有异常？姥爹心想。

于是，姥爹挪动身子去看那脸盆。

这一看不要紧，姥爹吓了一跳。那脸盆的水中居然有一个倒映的世界！那里有山有水有鸟有人。

姥爹仰起头来，屋顶还在，房梁还在，竹溜子还在房梁上打盹儿。水中的世界不是这个世界的倒影。

忽然，一个脑袋从那边的世界探了出来，那是三恩和尚的脸。

三恩和尚看到姥爹的脸，不紧不慢地说道：“我感应到你的恐惧了，所以来看看你，以前你从来没有恐惧过。”

姥爹见是三恩和尚，心情平复了许多，回答道：“是啊，我从来没有恐惧过，这次恐惧也不是因为看到了恐怖的场景或者遇到了什么危险。我恐惧的是害怕我现在的生活是一个梦境，醒来就没有了。”

三恩和尚哈哈大笑，笑声震耳，可是这样的笑声并没有惊醒床上的小米和房梁上的竹溜子。

“你笑什么？”姥爹问道。

“你终于成为一个真正的人了。”

“我记得我前世是一个高僧，那时候我还没有成为一个真正的人吗？”姥爹疑问道。

“因为你那时候没有过恐惧。”三恩和尚双手合十。

“没有过恐惧就不能称为真正的人？”

三恩和尚一笑，说道：“你知道你为什么几乎记不起前世之事吗？即使有这么多机会唤醒你的阿赖耶识，也没能让你清清楚楚地记起前世？你的修为远在九一道长之上，九一道长能记起百世甚至更多，可你的阿赖耶识怎么呼唤也唤不醒。”

“愿闻大师指点迷津。”

“因为你的前世没有情。你前世虽然法力高深，修为精湛，神鬼不能侵扰，但就如一棵遮天蔽日的千年大树，如一块经过海浪拍打万亿次的坚硬磐石，如一条流经百川横穿大陆亘古不变的磅礴江河。你前世虽然身为有情众生之一，但心境无限接近无情众生。为什么无情众生不参与到六道中来？因为它们没有情，没有情便没有记忆或者忘却的需求和渴望，没有记忆或者忘却的需求和渴望，便没有记忆的种子，也就是没有阿赖耶识。因为它们没有想要记起的东西，要阿赖耶识何用？没有记起的渴望，有阿赖耶识又有何用？有情众生和无情众生其因的区别是有情和无情，其果的区别是有阿赖耶识和无阿赖耶识。”

姥爹心中默默道：“情即是阿赖耶识？”

三恩和尚却听到了他心里的声音，说道：“对，阿赖耶识其实就是情，情就是阿赖耶识。你前世没有动情，心境淡泊，无忧无怖，没有记起的渴望，所以你今生的阿赖耶识形同虚设，是只有空白的种子。你前世没有刻意要记起的事情，所以今生难以想起前世之事。君不见，今生记起前世的人，莫不是前世曾有过刻骨铭心的记忆；今生难忘的事情，莫不是从前有过刻骨铭心的经历。这都是融汇相通的道理。”

“可是……这情，这阿赖耶识，这前世记忆，跟恐惧有什么关系呢？”姥爹追问道。

“阿赖耶识只缘起于有情之人，而只有有情之人才有恐惧。”三恩和尚开始转动手中的佛珠，一粒一粒，如生世轮回。

“只有有情人才有恐惧？”

三恩和尚再次哈哈大笑，笑完唱出一段偈语：“一切恩爱会，无常难得久。生世多畏惧，命危于晨露。由爱故生忧，由爱故生怖，若离于爱者，无忧亦无怖。”唱法古朴而平淡，似念非念，似唱非唱，而有古寺钟声，余音绕梁之势。

偈语的声音还在耳边，但脸盆水中的三恩和尚已经消失，山山水水也随之消失。水面如镜，镜中只有姥爹模糊的脸。

“由爱故生忧，由爱故生怖……”姥爹沉吟三恩和尚的话，回头看了看沉睡的小米。

睡梦中的小米脸上浮现一丝笑，如同平静的水面突然因风掠过而荡起波纹。

第二天，姥爹让小米留在房间里将昨晚消逝的怨念的名字从记录中划掉，以便后面继续收集怨念的时候可以再用。怨念从小瓷瓶中召唤出来的时候是要呼唤它被赋予的名字的，而且它们扑出去的动作都是小米用法术调遣的，哪些被白先生和夜先生消灭，哪些还存在，小米都记得。

姥爹没有召唤它们，所以不清楚哪些怨念还在，哪些怨念已经不在，想给小米帮忙也帮不上。

于是，姥爹独自出了旅店，又去了刘家狗肉店。

赫连天见姥爹来了，欣喜不已，忙邀他去昨晚的大厅里坐下。

赫连天给姥爹道歉道："兄弟，昨晚我的白先生和夜先生杀死你朋友那么多怨念，实在抱歉！你今天回去之后一定要代我送上歉意。"

"不用不用，误会而已。"姥爹说道。

"兄弟这么早就来我这里，莫非是有什么要问的？"赫连天问道。

姥爹确实来得早了，狗肉馆里还没有一个客人，馆里空空荡荡，跟昨晚的热闹景象完全不同。才隔一晚，同样的地方仿佛是两个世界。

吃客没有这么早的，热闹的时候都在晚饭之时。

"我想听听你找徐阿尼的往事。"姥爹说道。

"你怎么会对这种事情感兴趣？我刚才还以为你又要问你哥哥的事情呢。"

姥爹笑道："徐阿尼是开皇十八年时候的人，距今已有一千三百多年。你现在还记得她，说明你是有情之人。"姥爹脑海里浮现出昨晚脸盆中三恩和尚的样子。

"有情之人……有情却被无情恼……"赫连天苦笑道。

"我也曾寻找过我的徐阿尼。"姥爹补充道。

"哦？"赫连天惊讶地看着姥爹，见姥爹没有半点开玩笑的意思，点了点头，继续说道，"那你找到她了吗？"

"就是昨晚驱使怨念的那个人。"

"原来如此！你真是幸运的人！"赫连天露出羡慕之情。

姥爹无奈一笑，不做辩驳。

“你既然是玄黄之术的高人，又有跟我类似的经历，那我将这件往事说给你听也不算唐突了。”赫连天一口气喝下一整杯茶，又给自己倒满。

润了口舌，赫连天便将他的遭遇说来。

原来他就是一千三百年前将猫蛊之事弄得满城风雨的独孤陀，不过他不是从那时候活到现在的千年不死之人，而是通过“灵魂嫁接”的方式活到现在的。

他说，他的家族在两千年前就开始养猫鬼了，并且作为家族秘术一直保留至今。前朝两次大范围捕杀猫，也没能将他们家族的秘术中断失传，只不过更加隐蔽罢了。

在他的家族里，如果有人去世，必定有会养猫鬼的人等在亡者身边。亡者一断气，养猫鬼的族人便驱使猫鬼将亡者最后一口气吸走。

说到这里，他停了下来，问姥爹道：“你听说过‘殃打’吗？你知道‘殃打’的话，才能理解我的族人为什么要用猫鬼吸走亡者最后一口气。”

姥爹点头说道：“听说过。人死之后，有一口殃气会堵在喉咙上，据说是绿色的，乃是人的一生中所积攒的毒气，这口气会在一个特定的时辰飘出来，落在一个方位上。粘到花草，花草就会枯萎，粘到人，人就会大病一场，还有死亡的危险。这就叫殃打。俗语里有‘遭殃’一说，便是借用了这个意思。”

姥爹在画眉村的时候就有人因此向他求助。向姥爹求助的人是马金刚，马金刚后来生了七个孩子，其中有一个是哑巴。

他被叫作马金刚，是因为他总给人抬棺材。画眉村那个地方的风俗习惯里，抬棺材的八个人被称为八大金刚。别人是因为跟亡者有点亲戚关系或者偶尔帮忙才去抬棺材，马金刚则是以此为业。丧户是要给抬棺材的人一定报酬的，另外还要送一些东西，以示感谢和重视。

马金刚给丧户抬棺材就是冲着这些东西去的。

他抬了无数次棺材没有出过事，但是有一回就出问题了。有一次，他在别的村给丧户抬了棺材，回来就开始浑身酸痛，软绵无力，吃什么都觉得像吃泥土一样。

住在马金刚家隔壁的一位老太太见他天天躺在床上，像死蛇一样，便对马金刚的妻子说，你丈夫可能是殃打了，找个厉害的人挑殃吧。

马金刚的妻子不知道该找谁，便将老太太的话说给马金刚听，让他自己拿主意。

马金刚叫他妻子找姥爹求助。

姥爹来到马金刚家里，见他两眉之间发青，心中已经有了七八分把握。姥爹问他是不是在亡者还没有断气的时候就去了亡者家里，并且到了亡者的床边。

马金刚说是。他怕丧户提前找好八大金刚，没了他的份儿，便在亡者将死未死的时候就去了亡者家里。亡者落下最后一口气的时候，他在旁边。

姥爹一听是这样，便确认他遭遇殃打了。

马金刚和他的妻子忙求姥爹给他挑殃。

姥爹看了看外面的天色，对马金刚说，我可以帮他挑殃，但是今天是阴天，阴天不能挑，等天晴了再来。阴天挑的话，容易把殃挑散了，这样的话会更严重。

待到天晴之后，姥爹又去马金刚家，拿一根女人用的绣花针念念有词地在马金刚眉间发青的地方挑，挑完之后就挤血。挤出来的血是黑色的，有一股臭味。挑完眉间，又在他前胸和后背挑。

挑完之后，姥爹嘱咐他十天之内不要出门，不要洗澡。洗脸洗脚也只能用拧干的手巾擦拭，不能直接沾水。

过了十天，马金刚精神抖擞地来姥爹家里拜谢。

姥爹继续说道：“人吐出了最后一口气的时候，也是魂魄离开身体的时候。猫鬼看似吸的是亡者的最后一口气，恐怕真正要吸的是人的魂魄吧。”

赫连天赞赏地笑了，说道：“对，人死的时候吐出的最后一口气叫作殃或者殃气。这口气飘浮在空中，然后落在一个位置，三天内不和其他空气混合。因为这是人体内的元气所化，所以与平时呼出的气体是不一样的。殃也可以说是一种煞气，有的地方把殃叫作白煞。在人吐出最后一口气的同时，人的身体对魂魄没了牵引力，魂魄随之离开已经死亡的躯壳。猫鬼将亡者的最后一口气吸走，等于同时吸走了亡者的魂魄。猫鬼本是魂器，亡者的魂魄在猫鬼的身体里就得以保存，不会消散，就像邪灵贩子用狗的身体装邪灵一样。狗这种魂器远远不如猫，所以邪灵贩子弄来的邪灵我们要称一下重量，大部分魂魄会在运来的过程中消散一些。消散的重量多，拿到的钱就少。当然，不同的人魂魄重量本身就不同，但是我们只能用这种方式来迫使邪灵贩子们尽量卖给我们相对较好的邪灵。”

姥爹点点头，表示理解。

“而猫就不一样了，特别是经过我们族人培养的猫鬼，装在猫鬼体内的魂魄几乎不会有任何损伤。由于猫鬼是在人即将断气的时候吸走了最后一口气，所以保存的魂魄是最完整的，几乎完美无瑕。当然了，猫鬼本就是半灵体的魂器，自然不会像普通人那样容易被殃所伤。”

赫连天说，这些保存的魂魄便是用来做“灵魂嫁接”的。

别人的族人只是将族中亡者的名字记在族谱上，他们的族人则是将族中亡者的魂魄寄存在魂器中。当族中女人怀孕的时候，族人便会将魂器中的魂魄提取出来，转嫁到怀孕妇女的肚子里去。其方式就如苹果接于沙果、梨接于杜梨、柿接于黑枣、核桃接于核桃楸，在别的树根上嫁接树枝，使得被嫁接的树枝替代原来应该有的枝芽。他们的族人认为苹果树、梨树、柿子树、核桃树以种子繁殖的方式生长品质会越来越差，认为传统繁衍方式也会让他们的优良品种渐渐变得平庸，所以学习植物的嫁接方式，发明了这种“灵魂嫁接”——

世世代代人变换，但魂魄不会变，借此来保证他们族人的优越性。

他就是通过这种方式活到现在的。当然，即使这样，他也无法避免胎中之谜，依旧会像常人一样忘记上辈子的事情。

他经历了许多世的“灵魂嫁接”，活到了这一世。

由于前世和家族的原因，他小时候学养猫鬼学得很快。他智力超常，读四书五经也读得很好。他本想通过科举走上仕途，可惜考上举人之后再无进展，接连三次会试名落孙山。于是，他另辟蹊径，去某地学习兵法，希望可以从军界踏入政界。

可是在即将从军的时候，他性情大改，目标也变了。

他在一个著名画家的画展上看到了一幅女人画像。他看到那个女人画像的第一眼就感觉心中非常苦楚，忍不住流下了眼泪。这突如其来的悲伤让他自己也非常惊讶。当天晚上，他做了一个梦，梦中回到了一千三百多年前，梦到了愤怒的皇帝，梦到了独孤皇后为他求情，梦到了被杀的徐阿尼，也梦到了徐阿尼的猫。

梦中的徐阿尼就如从那幅画像中走出来的一般，唯一的差别是画像上的女人眼睛下方多了一颗泪痣。

他记起了一千三百多年前的前世，他记起了自己曾是独孤陀，画像中的女人是徐阿尼的转世。当初御林军携带明晃晃的刀枪冲入他的家里，将徐阿尼带走的时候，他没来得及跟徐阿尼道别。

第二天，他去找那个画家，询问他是在哪里看到那个女人并且为她画下这幅画的。

画家说他是在商海看到这个女人的，他只是匆匆一瞥便记下了这个女人的容貌，这容貌让他一直难以忘怀，所以画了这幅画。

于是，赫连天疯了一般地在商海寻找眼睛下方有一颗泪痣的姑娘。

他用尽了所有办法，可是没能在商海找到那位姑娘。他猜想那位姑娘或许已经离开商海了，于是扩大寻找范围。

可是天下如此之大，而世道正乱，要找这么一个姑娘不是件容易的事情。

他找了很多年，都是白白浪费时光。

在他茫然无助的时候，有人给他说起了可能帮到他的一个人，一个可以捕捉梦境的人。

他欣喜不已。他想，如果将那幅画像给那个人看，再让他去别人的梦境里搜索这个姑娘的影子，那么找到她的概率就会大大增加。有的梦是前世回忆，有的梦是日有所思夜有所梦，不管梦的是前世还是今生的情景，只要梦里出现了这个姑娘的影子，便是寻找她的重要线索。

他的想法跟姥爹当初让泽盛去捕捉梦境寻找小米如出一辙。

经人介绍，他见到了瓜尔佳氏的捕梦者。

瓜尔佳氏的捕梦者提出了条件。瓜尔佳氏会用捕捉梦境的方式帮他寻找画像上的姑娘，而他必须帮瓜尔佳氏接手买卖邪灵的事情。

他想都没想就接受了。

于是，他来到了定州，开始跟这些邪灵贩子打交道。由于他擅长养猫鬼，而猫鬼是比能装九个邪灵的猫还要好的魂器，他将邪灵生意做得风生水起，深得捕梦者的信任。

“我欠她一个拖了一千多年的致歉。”赫连天说道。

“仅仅是为了道歉？”姥爹问道。

赫连天没有回答。

“徐阿尼既然会猫鬼之术，为什么她没有转世在你的家族里呢？”

“虽然我们家族历来主人仆人都会养猫鬼，但是只有家族内部的人才有资格通过灵魂嫁接的方式转世。徐阿尼不是我们家族的人，所以去世前没有猫鬼吸走她的最后一口气。”赫连天解释道。

“可是一千三百多年前的那个人姓独孤，而你姓赫连。你到底算是独孤家族还是赫连家族的人呢？既然是家族内部转世，为什么你的姓氏变了？”

赫连天道：“不用太在意这个，独孤和赫连本是同源。我们家族觉得血液是形外之物，姓氏自然也不是那么重要，只有灵魂才能保持我们家族的纯粹，才值得继承下去。”说到此时，他不由自主地露出高傲的表情。

“祖上有一段时期从母姓。”他补充道。

“原来如此。可是你怎么知道泽盛有没有帮你去找徐阿尼的转世呢？”姥爹问道。

“他应该不是这样的人吧？”

姥爹本想说出泽盛当初寻找小米的事情，但是一则担心赫连天仍然相信泽盛，二则不愿让赫连天希望落空，便说道：“那他跟你说起过寻找徐阿尼的进展没有？”

“没有，我想他找到徐阿尼了自然会告诉我的。”赫连天说道。这句话说明他还是非常相信泽盛的承诺。

“可我听说他双腿残废了，晚上出去应该不怎么方便吧？”

“确实不怎么方便，所以难为他还要帮我寻找她。”他的语气里没有半点怀疑，却充满了感激。

姥爹觉得瓦解他们之间的信任还不是时候，便先放弃了这个打算。

这时，一只小黑猫从一个角落里爬了出来，喵喵地叫唤。

赫连天问姥爹道：“你既然会玄黄之术，为什么不跟我一起做这买卖邪灵的生意呢？如果你愿意的话，我向泽盛推荐你，你也可以得到重用的。”

“千万不要。”姥爹忙摆手道。

“为什么？你可以帮魏伽茎进行交易，为什么不能跟我做这个呢？”

姥爹道：“实话告诉你，泽盛曾经找过我，希望我加入他。我拒绝了。”

“为什么要拒绝？”

“我自从丢下四书五经那一天开始，就断绝了走官路的想法。我不奴役别人，也不给别人为奴，那种生活不适合我。”

“兄弟是闲云野鹤啊。”赫连天赞赏道。

姥爹拱手道：“什么闲云野鹤，懒惰之人而已。所以还请赫连兄不要在泽盛面前提起我，免得他又来烦扰我。”

“既然你志不在此，我自然不会勉强，也不会在泽盛面前说起你。”

姥爹要的就是这句话，连忙告谢道：“那就多谢赫连兄体谅了！我们见面之事也不要在他面前提起，免得徒生麻烦。”

“放心，你我之事我绝不提半个字。来来来，喝茶喝茶。”赫连天说道。

姥爹喝了一口茶，想起了一件事，便问赫连天道：“赫连兄，不知道你以前听说过弱郎这种东西没有？”

赫连天点头道：“听说过，是熙沧的一种邪物，摸人顶会使人也变成它的同类。你突然问这个干什么？”

姥爹说道：“我之前听魏伽荃说弱郎摸顶会使人变成弱郎，但是对魂器没有效果，比如说动物中的猫狗，人中的孕妇。你是个中行家，可知道这种说法是真还是假？”

赫连天点头道：“你算是问对人了，是有这种说法。僵尸都是魂魄残缺的行尸走肉，僵尸跟弱郎的区别在于僵尸不能将别人变成僵尸，弱郎则可以。弱郎通过摸顶的方式将人变成弱郎，是将魂魄健全之人的魂魄损坏，使得他魂魄残缺，这样的话，他就跟弱郎僵尸一样了。魂器具有吸纳魂魄的作用，就可抵御摸顶。简单的说来就如一个力气稍小的人想从你这里偷走东西，而被一个力气很大的人摁住了一样。正是这个原因，使弱郎认为魂器是它们的同类，并且是比它们‘力气更大’的同类。”

“如此说来，你的猫鬼是不是可以对付弱郎？就如一个力气大的人对付一个力气小的人那样？”姥爹心中生起一线希望。如果猫鬼可以对付弱郎的话，家里的门槛就不用做得那么高了。

赫连天将茶杯放下，想了想，说道：“我虽然养猫鬼这么多年，但是从来没有用猫鬼对付过弱郎，你可把我问住了。你怎么会想到这个呢？你要对付弱郎吗？”

姥爹叹了一口气，将自己在熙沧遇到弱郎大王，并且现在还被弱郎大王纠缠不放的经历说了出来。

赫连天听完，慷慨大方道：“只要你有需要，我的猫鬼随时给你差遣。”

很快，他又补充道：“不过猫鬼不会听你的话，须得我在场才行。”

姥爹道：“可是我不知道它何时何地出现，恐怕到时候想叫你也来不及了。”

赫连天沉吟片刻，突发奇想道：“要不这样吧，只是要委屈你了。你拜到我的门下，这样算是自己人了，我就可以教你养猫鬼的方法。”他指着在大厅里走来走去的小猫，说道：“我可以从小猫鬼中选出一只上好的送给你，让你培养它。那样的话，你就有了自己的猫鬼，就可以用它来对付弱郎大王试试。”

姥爹说道：“我倒不是在乎身份地位的人，但是我父亲在世时常说‘男不养猫，女不养狗’，所以我家的人从来不养猫。我即使有所需求，也不能忘记父训，因此不能跟你学养猫鬼。”

“如此说来，那我爱莫能助了。”赫连天不无遗憾地说道。

“能有这份心我就很感谢了。”姥爹说道。

姥爹说话的时候，赫连天眼睛往别的地方瞟。

姥爹说完，赫连天没有表示客气，他又朝窗户那边瞟了一眼，然后发出了“咦”的一声。

姥爹问道："怎么啦？"

赫连天抬手做了一个压制的手势，示意姥爹不要说话，他悄声道："你看窗户那边。"

姥爹朝窗户那边看去，温和的阳光打在窗户的窗纸上，像水一样渗透进来，流在了地上。并没有什么值得一看的。

姥爹正要回头，却看到一张黄色的纸从窗户与窗台的间隙里钻了出来，像是外面有个人故意塞进来的。可是窗户外并没有任何遮挡阳光的影子，那里不可能有人。

那是一张粗劣的人形黄表纸。

那张纸从缝隙里钻出来之后，飘落在紧挨窗户的地面上。它似乎害怕人发现，落地之后急忙爬到了墙角下，然后顺着墙角往姥爹这边爬来。

这个纸人立即引起了正在大厅里散步的小猫的注意。小猫警觉起来，盯着那个移动的纸人看了许久，如临大敌。

纸人继续往姥爹这边爬。

小猫扭头看了看赫连天，赫连天向它示意去抓纸人。

小猫轻轻悄悄地朝纸人靠了过去，就如发现了一只老鼠那样小心谨慎，仿佛生怕吓到它，让它跑了。而那只"老鼠"显然大大咧咧，似乎从来没有过偷窃的经验，不知道猫是它的生死敌人。

小猫终于移到了它认为合适的距离，然后一个跃身，朝那纸人扑去。

或许是纸人太薄了，不像一般的老鼠那样好逮，也或许是小猫本身的本领还没有学到家，那纸人居然从小猫的双爪中溜走，如夹缝里灵活自如的泥鳅一般，原路返回迅速朝窗户那边逃去。

小猫穷追不舍，连跃几次之后终于扑在了纸人上，用猫爪子将纸人死死摁住。

那纸人在猫爪下面拼命挣扎，意图再次逃脱。

小猫又回头看了看它的主人赫连天。

赫连天打了一个响指。

小猫低下头去，用嘴将纸人叼起，依然像叼着一只老鼠一样。

小猫走到赫连天的面前。

赫连天从它嘴里将纸人拿出来，在姥爹眼前晃了晃，说道：“昨晚我烧掉了一个，今天又来了一个！”

姥爹看出来还是小米剪出来的纸人，但是昨晚小米拒绝承认是她驱使的，因此姥爹不好下判断。姥爹能看出来，小米昨晚的否认并不是假装的。

赫连天将那纸人揉成一团，扔向那只小猫。

小猫跳了起来，在半空中接住那个纸团，然后囫囵吞枣般将它硬生生咽了下去。

“我昨晚还以为是我那个朋友驱使纸人来这里的，这看起来像是她剪出来的。”姥爹说道。

“哦？昨晚那位从我这里将你‘抢走’的朋友？”

姥爹点点头。

“你昨晚没有问她吗？”

“问了，她说她没有驱使纸人。”说完，姥爹又补充道，“我相信她说的话。”

“真是让人惊讶！”赫连天撇嘴道。

“惊讶？为什么？”

赫连天说道：“我低估了她的实力。能将纸人驱使到这个程度的人，并且是无心之间就能驱使到这个程度的人，我还是第一次遇见。”

“我都说了不是她驱使的。”姥爹以为赫连天没有听清楚。

赫连天笑了笑，不紧不慢地喝了一口茶，说道：“就是因为这个，我才惊讶。她说她没有驱使纸人，这是一句谎言，但是她没有骗你。”

姥爹不明白他的意思，问道：“你说她跟我说的是谎言，但她又没有骗我？”

“是啊。”

“别卖关子了，你到底要说什么？”

赫连天道：“我没有卖关子。她跟你说的是谎言，因为那个纸人就是她驱使的。她没有骗你，是因为她自以为她没有驱使纸人。”

“你的意思是……她自己都不知道自己驱使了纸人？”

赫连天点点头，说道：“是啊，这都是她无心之中做到的。她关心你，从昨晚她的举动中就可以看出来。她担心你在我这里不安全，担心我谋害你，她想看到你在这里到底是否安然无恙，可是她进不来。所以呢，这些从她手底下剪出来的纸人被她的想法驱动，在她自己都没有发觉的情况下潜入了我的狗肉馆。”

姥爹拧起眉头，体会赫连天说的意思。

“就像想念一个人一样，你恨不能时时刻刻看到她，想知道她此时此刻在做什么。或许你跟她之间有很遥远的距离，但是你的心思在她那里，就像丢了魂儿一样。为什么说像丢了魂儿一样呢？因为这种感觉就像你的身体无法立即跟她在一起，但是魂儿像束缚不住的野马一样狂奔千里，到了她的身边。”

姥爹似有所悟，说道：“你的意思是，我那位朋友太关心我的安全，无意之间驱使这些纸人来到了这个房间？她的想法到了这里，她的心思到了这里，所以纸人无形之间被她的想法心思驱动到了这里？”

“是啊。她的想法和心思给纸人赋予了灵魂，就像想一个人的时候丢了魂儿一样。”

“还有这种事？”姥爹将信将疑。

“哈哈哈，这种事要是遇见了别人，还真不一定知道其中奥妙。我养猫鬼这么多年，所以熟知，能洞察其中道理。其实啊，所谓人心叵测，未必是那个人有多好或者有多坏，往往是无心之间做出了善事或者恶事。一时善良如菩萨，一时奸诈如狐狸，一时情深似海，一时冷漠如冰，都是偶然。魂善魄恶，人的魂魄本就是善恶两者并存，一时善一时恶。你那朋友就是这样，无心之间无比关心你，可是问起的时候她又否认。人心叵测，自己的心也无法揣测。只是她无心之间散发出来的意念就有这么强大，这让我非常惊讶。昨晚白先生和夜先生跟她交手，我估摸她的实力是在姥姥级别。可是自己没有用心却能驱使纸人跑到这里来，这种实力已经超过姥姥级别所能发挥的最大极限了。"

"你也将实力级别分为姥姥之类？"姥爹惊讶道。

"是啊，我们家族的人对不同等级的猫鬼有不同的待遇。实力很差的，就叫作外甥。实力较好的，就叫作舅舅。实力超强的，叫作姥姥。实力无可匹敌的，叫作祖宗。你看到我对白先生和夜先生的态度了吧，那便是对姥姥该有的态度。如果猫鬼达到了祖宗级别，我请它之前必须下跪迎接。像刚才那只小猫，它是入门级的猫鬼，我就把它当外甥，没有那么恭敬。我知道江湖上有些术士将鬼魅精怪也以外甥舅舅姥姥祖宗来称呼，跟我们对猫鬼的区分有异曲同工之妙，相同称呼的实力相当。"

"你说我朋友的实力超过了姥姥级别？"

赫连天抿嘴严肃地点头，说道："说超过吧，又没超过；说没超过吧，也不准确。"

姥爹道："赫连兄，你今天是怎么了？刚才说我朋友说了谎话却没有骗我，现在又说既超过又没超过，你能不能把话一次说清楚？"

"这么说吧，她的实力在姥姥级别，但是你也知道，初生牛犊不如成年的牛吧？但初生牛犊不怕虎，狗急了还能跳墙。她爆发出来的能力超过姥姥级别，已经达到祖宗级别！"

"何以见得？"姥爹问道。

赫连天指着那只小猫说道："别看刚才只是一张小小的纸，要在没有实物连接的情况下驱动它可不容易。"

姥爹打断道："可是我看到过拜月猫妖驱动许许多多的稻草人。稻草人比一张纸重多了吧，可见驱动一张纸人没有你说的那么难。还有赶尸人驱赶尸体，也没见难到你说的这个程度。只是术业有专攻，善于驱物的能驱动，不善于驱物的看起来太难罢了。"

赫连天摆手道："你说猫妖驱物，赶尸人赶尸，那都是用了邪灵的力量。猫号称九条命，并且可以作为魂器，就是因为它魂魄多，驱使其他物体的时候，它要将魂魄分散附到那些物体上。赶尸人赶尸，也是要先将尸体的残余魂魄收回来，依附到尸体上，才能协助他赶尸。"

他喝了一口茶，继续说道："而今天和昨晚来到这里的纸人，它本身没有尸体的残余魂魄，这是其一；驱使它的人没有猫或者其他灵体那样多或者可以分散的魂魄，这是其二；其三，即使如你所说，猫妖控制稻草人，赶尸人驱赶死尸，都有距离限制，超过一定距离，稻草人和死尸的操控术便不行了。"

"这倒也是。"

"我还没有说完呢。其四，猫妖控制稻草人和赶尸人赶尸都要付出非常大的精力，而你这位朋友居然是在无心之下完成的。你说说看，我怎么能不惊讶？你想想看，她的实力是不是既在姥姥级别又能突破到祖宗级别？"赫连天拍了拍桌子，像在开严肃的军事会议一般，这或许是他以前学习兵法时留下的习惯。这是他无心之中表现出来的，虽然之前一直隐藏得非常好。

"虽然说起来是无心的，但要做到这个程度，这无心的意念也必须是特别强大特别强烈的。"赫连天补充道。

经过赫连天的提点，姥爹这才醒悟，原来小米的实力已经如此可怖，小米对他的关心如此深切！

"赫连兄，我有个不情之请，不知道你能不能答应。"姥爹说道。

赫连天伸出手做出一个“请说”的姿势。

“我想让我这个朋友代替我拜入你的门下，让你教她养猫鬼。”

姥爹这么想是有考虑的。小米习惯将怨念凝聚成猫形，可是徒有猫形没有猫性。如果她能跟着赫连天熟悉猫性，那么以后凝聚成形的猫会更加强大。另外，猫鬼是比普通猫还要好的魂器，如果小米炼成了猫鬼，便无须用小瓷瓶来装怨念或者游魂了。再者，姥爹打算去找泽盛，但不能带着小米去，他想让小米暂且在赫连天的保护下留在定州。

“这个……”赫连天有点为难。

“作为交换，我可以帮你查明泽盛是不是真的在给你寻找徐阿尼的转世。”

“他会给我找的，他承诺过。”

姥爹道：“他曾经也给我承诺过，但后来他杀死了我要找的那个人。我的徐阿尼。”

赫连天目瞪口呆。

姥爹勉强扯出一丝笑，说道：“赫连兄，你是读过兵法的人，应该知道‘兵不厌诈’和‘知己知彼’这两条最基本的道理。如果你信得过我，我去帮你查查，看看他有没有真的给你寻找徐阿尼的转世。如果他没有寻找，我想或许我可以跟你一起寻找她。”

赫连天转动手里的茶杯，眼睛凝神盯着杯中的水，仿佛看着一片大海一般深邃。

姥爹又道：“泽盛骗你，是为了让你给他效力。我骗你能得到什么？你想想。”

赫连天点点头，将茶杯放在桌上，深深吸了一口气，说道：“你说得对。我见过你哥哥，知道你哥哥是个好人，我相信你也是。你因为你父亲的一句话就放弃了科举，你的朋友为了保护你而爆发出惊人的实力，这些都很打动我。我可以答应你，让你的朋友到我的门下来学猫鬼之术。我不会把你的朋友当作下人，而是当作我的朋友。而你，代替我去伏川偷偷查看泽盛有没有按照他的承诺去做。”

“他现在在伏川？”姥爹问道。

“是的。这次交易完成后，我们要派人将邪灵送到伏川去充当阴兵，所以最近他会在伏川等着。”

“他为什么会在伏川？他应该去更加偏远的地方，避人耳目，或者躲在更加繁华的都市，大隐隐于市，怎么选择这个既不算偏远又不算繁华的地方？”

“因为瓜尔佳氏人认为伏川是他们的福地。”赫连天说道。

姥爹从狗肉馆回到旅店的时候，小米已经将怨气的名字整理好了。

她见姥爹回来，假装很累地躺在床上，揉着手腕说道：“我们没了五分之一的怨念，看来我的实力还是太弱了，消耗了这么多怨念也没能打败黑猫白猫中的一只。真是令人泄气！”

姥爹这回非常清楚小米的实力了，现在几乎不弱于谢小米那时候的程度。但他见小米这么说，便顺着她的话说道：“是啊，你还要加强练习。所以我给你想了一个好办法，稍待时日，你的实力就可以翻上一番。”

小米惊喜地从床上跳了下来，问道：“真的吗？什么办法这么厉害？”

竹溜子正百无聊赖地在桌子上打瞌睡，听到小米跳下床的声音，吓得急忙爬了起来，左顾右盼地看发生了什么。见是小米制造出的声音，它不满地转了个身子，头朝里面，将屁股对着小米和姥爹，然后继续打瞌睡。

“对啊，不过办法不在我这里。”姥爹说道。

小米歪着头问道：“不在你这里？在谁那里？”

“刚刚我见过的人。”

“你去铁小姐那里了？她能教我什么？”

姥爹摇头道：“不是她，是另外一个人。”

“你在定州除了认识她，还能认识谁？”

姥爹道：“昨晚你以为要扣住我的那个人。”

“狗肉馆的那个？”

“是的。你应该也发现了你自己的弱点，你的猫只有外形，却没有猫应该有的敏捷动作。那个狗肉馆的人是养猫鬼多年的高手，你跟他学学，应该会受益匪浅。另外，你如果学会了养猫鬼，我们就不用带这么多收集怨念的东西了，猫鬼可以当作存储魂魄的容器，还能自己走路。”姥爹说道。

“学养猫鬼需要花一段时间吧，我们会在这里待很长时间吗？”小米问道。

姥爹答道：“嗯，是要待一段时间。在你学养猫鬼的时候，我会去别的地方看看，很快就会回来。”

“很快？”

“嗯，很快。”姥爹声音低了许多。

“可我不想跟那个人学什么东西。”

“我已经帮你答应人家了。”姥爹说道。

小米呼了一口气，嘟起嘴，但还是乖乖说道：“好吧，你已经答应人家了，就不能不守信。”

姥爹走到桌边，摸了摸桌上的剪刀，低声道：“小米。”

“嗯？”小米有点不高兴，但还是回答了他。她转过头来，发现姥爹似乎突然变得有些懦弱，这让她一头雾水。

“你再剪些纸人吧。”姥爹摸着剪刀的刀刃，那是非常危险的地方，一不小心就会让人受伤。

小米蹙眉道：“我以前剪的时候你不总说我浪费了黄表纸吗？今天怎么又要我剪了？”

姥爹将剪刀合上，藏起锋刃，笑道："你看你，不要你剪的时候偏偏要剪，让你剪吧你又问这问那。"

姥爹和小米两人吃完午饭，便一起去了赫连天的狗肉馆。

小米乖乖地按照姥爹的交代跟着赫连天做了简单的拜师入门仪式。赫连天见小米跟昨晚完全不一样，聪明伶俐，讨人喜欢，连说收小米为徒是他的幸运。

赫连天将一群小猫鬼唤了出来，让小米挑一只做她专属的猫鬼。

小米毫不客气地选了一只。

姥爹发现小米选的那只恰恰是上午捕捉过纸人的那只小猫鬼。

赫连天夸小米好眼力，选到了所有小猫鬼中最好的一只。那只小猫鬼名叫白夜，是白先生和夜先生结合而生下来的。

小米迷惑道："先生不都是公的吗？怎么会生小猫呢？"

赫连天解释道："其实白先生是母猫，夜先生是公猫。不是男的才叫先生，非常有学问非常令人尊敬的女的也被叫作先生。这是一种尊称。白先生早就达到了姥姥级别，自然被称为先生。"

"哦。"小米恍然大悟。

"选好猫鬼之后的第一课便是要让它认主。不让它认主的话，猫鬼养了也白养，因为它跟你没关系。养灵宠容易，让灵宠认主不容易。"赫连天很快就进入了当师父的状态。

"认主？认我为它的主人吗？以后会天天跟着我跑吗？"小米欣喜不已，她那孩子的一面终于又显现出来。小孩子好像都喜欢有个跟屁虫一样的小宠物。

"要猫认主很难吧。"姥爹说道。

"是啊，猫和狗都是魂器，但差别可以说是一个天上一个地下。狗认主很容易，并且特别忠实；猫就不一样了，猫极不受控制，几乎没有忠诚度可言。它虽然跟你住在一起，但它拿你当冤大头，吃你的喝你的，还要你摸它、逗它、伺候它，简直是你认它为主人，你是它的仆人。你如果对它不好，它很可能从外面带来不干净的东西阴你一把。你看我的白先生和夜先生，我让它们做点什么都是恭恭敬敬的，生怕惹了它们不高兴，好在它们还给我点面子。”赫连天自嘲道。

赫连天说话的时候，那只小猫自顾自地在那里舔爪子，完全不知道自己被面前的小女孩看上了。

“我的家族养了这么多年的猫鬼，才勉强有了一点相对可靠的驯猫套路。小猫出生三天后马上要和母猫分开，任何人不许见，只许见主人，由主人一个人喂，用牛奶之类的东西喂它。一直到猫长到半岁大的时候都不要让它离开家门，就死关在家里，吃喝拉撒都不许出去。这样它才会护家，这时你赶它它都不会走了。喂食不要喂饱，时时饿着它一点，这样它会认为家里穷，才会运财帮补家用。”赫连天说出经验之谈。

“运财帮补家用？不是做魂器什么的吗？”小米迷惑道。

赫连天解释道：“猫鬼最初是用来运财的。”他看着姥爹，苦笑道：“要不是这样，我就不会对不起徐阿尼了。”

姥爹点点头。

“可是白夜现在已经超过半岁了吧？”小米掩饰不住失望的神情。

赫连天安慰小米道：“是的，白夜已经超过了半岁。但是我不是说了吗，这种驯猫套路只是勉强相对可靠而已。实际上很多猫即使这么驯养了，认主还是会失败。比如说饿它的时候稍微没有把握好，把它饿狠了一点，它就觉得这个地方不能待了，就会想着跑掉。”

小米嘲弄道：“驯不驯都不会认主，那不是白说了？”

“是啊，要猫认主护主太难了，必须要很深的缘分和道行，还要有些手段。缘分天注定，没有办法；道行是你现在的状况，不能再等上十年二十年。你现在唯一可用的就是手段了。”赫连天说道。

“什么手段？”小米问道。

姥爹也将头转向赫连天。

“滴！血！认！主！”赫连天一字一顿说道，每个字几乎都是从牙缝里挤出来的。仿佛每个字都淌着血，让人听了不禁打寒战。

“滴血认主？血咒？”姥爹问道。

赫连天道：“对，这是一种以血液为引导的血咒，可以让小米和白夜产生血液连接，血脉相通，如同亲人。血脉相通了，就容易产生共鸣，情感交流更畅通，有利于认主。”

“这样会不会有危险或者反噬？”姥爹担忧道。

小米则问道：“怎么滴血认主？”

赫连天回答道：“每天从你身上取一滴血，从小猫鬼身上取一滴血，滴在香灰里，然后存储在同一个容器里。如此坚持十四天。十四天后，将储存吸取了你和小猫鬼的血的香灰搅拌，做一个简单的血祭仪式，然后将装着香灰的容器藏到一个很难被人发现的地方。这样，你和小猫鬼便有了血液连接，你们俩之间的灵魂便有了一定的感应，它就容易认你为主人了。”

“要不算了吧，我本意就让她随便学学而已，没想让她学这么深。”姥爹犹豫了。

“不行，我要么不学，要学就要学好。”小米反驳道。

赫连天对小米投来赞赏的目光，他对这个小女孩越来越感兴趣了。因为昨晚她不服输的表现，赫连天猜到她会这么回答。

小米摸了摸小猫鬼的头，小猫鬼顺从地眯上眼睛，一副很享受的样子。

“取我的血没有问题，但是取它的血我不赞成。它这么小就要割伤取血，肯定会很痛，我不能让你这么做。即使它不认我为主，我也心甘情愿。”小米看着白夜，眼神如同夜晚的月光，少见的温和清澈。

赫连天为难道：“要滴血认主的话，就必须取你和它的血，少了任何一方的都不行。”

“你先教我其他的嘛。”小米说道。

赫连天无可奈何道：“要是它不认你为主人的话，这养猫鬼的第一步就失败了，其他的术法都要它配合才能学，不能先学其他的。可以这么说，只要它认主了，你后面的不学也已经算成功了一大半。对于普通人来说，猫能对他完全认主，那已经是非常非常了不得的事情了。”

“认主有这么重要？”小米不相信地问道。

“那是当然！我曾遇到过一个孤身的老太太，她养了一只认了主的猫。那只猫跟老太太一起生活了不知多少年，由于她俩相依为命，她对那只猫又特别好，那只猫对老太太认主的程度非常高，远远超过我的白先生和夜先生。那只猫几乎把自己当成了老太太的亲人。听当地人说，那个老太太和她的猫已经五六年没有出过她的小屋了，吃的用的都靠外面的人送进去。在我离开那里的头一年，老太太住的那间房子要被拆掉，因为要从那里修一条路过去。她不愿意搬迁，但是修路的人逼迫她搬走。老太太抱着她的猫大哭了一场，令人惊讶的是那只猫也流泪了，它能感应到老太太的情绪。修路的人并没有因此动恻隐之心，仍然催促老太太离开这里。老太太没办法，最后还是抱着猫从屋里出来了。一出门，猫就怪叫不止，很快就死了。老太太年纪太大，做不了体力活儿，就央求邻居们在不远处挖个坑把猫埋了。邻居们出于同情心，就挖了坑，老太太亲自将猫放进坑里，然后亲自盖土。土一盖完，老太太就扑倒在猫坟上一动不动了。邻居一摸老太太的鼻子，发现老太太断了气。那老太太本来白胖白胖的，一死就马上变成了灰色，而且立即干瘪下去，很快就成了一块腊肉干的样子。在场的邻居和修路的人都非常吃惊。”

小米脱口而出道：“是那只认主了的猫一直保着她？”

赫连天点头道：“嗯。有人说，那个老太太应该在五六年前死去的，因为那只猫在房子里镇着她的魂魄，所以老太太又活了很久。猫只能在房子里镇着人的魂魄，一旦离开了房子，离开了镇眼，猫就镇不住了。那猫有些修为，本来还能活好长一段时间的，但是它将自己的命给了老太太用，就是希望能死在老太太前头，让老太太亲手埋葬它。”

“好感人的猫。”小米被打动，“为什么猫本来可以活很长的时间却只能让老太太坚持一会儿呢？”

赫连天解释道：“人与人之间以命抵命不是一年换一年，而是好几年换一年。如果是猫的命抵换人的命的话，差的就不止十倍百倍了，所以猫的命只能换老太太一会儿的时光。你想想看，如果一只猫能认你为主，即使不学猫鬼之术，那也是了不得的事情了。”

“那怎样才算是认主了呢？”小米问道。

赫连天道：“认主分不同层次的认主。它认识你，这是最低层次的认主，像见过面的人一样，不过这没有多大作用。它认识你并且勉强有所交流，像熟人一样，这算是跨进了认主的门槛。它如果能按照你的请求做一些事情，那就算很不错的认主层次了，像朋友一样，我就在这个层次，还得客客气气请求它们按照我说的做。如果它有主动保护你的意识，像刚才说的保护那位老太太那样，那是非常好的了，这时候它已经把你当亲人了。如果它对你如影随形不离不弃，这就是最理想的认主层次，这时候它是真的完全把你当主人了。”

“见过面的人，熟人，朋友，亲人，主人？”小米侧着头说道。

“对，就是这样的差别，它对你就像对这五种人一样。如果只是见过面的人，它可搭理可不搭理。如果是熟人，给你一个招呼就不错了，但这是关键也是门槛，至少你们有点感情交流了。如果是朋友，也许会给你点面子，但不会事事听你的。如果是亲人，它会尽量维护你，亲人也有亲有疏，维护你的程度有高有低。如果是主人，它就会把你放在第一位，把自己当作你的附庸，对养猫鬼的人来说，这是一个完全不同的境界了。我们家族养猫鬼这么多年，也就一千三百多年前一个名叫独孤陀的人的外婆能够做到。除了独孤陀的外婆，还没有人能做到。”

姥爹叹道：“正因为这么难，猫鬼才这么强大而让狗坚定不移地认主相对来说容易太多了。绝大多数情况下，越难得到的东西越有难得的价值。”

“越难得到的东西，人们越想得到。但是人们不愿意花相对应的时间和精力，所以尝试走各种捷径，便有了滴血认主这回事。”赫连天说道。

姥爹点头。

赫连天低头问个子还不算高的小米道：“我给你指出了现成又轻易的捷径，你确定不走吗？”

小米想了想，问道：“是不是我滴血认主之后，别人还可以通过滴血认主的方式让它认别人为主？”

赫连天摇头道：“滴血认主之后的猫鬼只能跟着它唯一的主人，别人再滴血是没有任何作用的。主人在，它就在；主人不在了，它就亡。因此，很多养猫鬼的人即使有机会也有时间驯养猫，也不会花时间驯养。他们往往选择滴血认主，防止自己的猫鬼离开他或者背叛他。所以，你不用因为要割伤它取血而觉得对不住它，大家都这么做。”

白夜发出“喵呜”一声，好像是赞同赫连天的提议。

“你们养猫鬼的人太自私了。”小米将手从白夜的头上移到了背上，给它轻轻地挠背。

白夜喉咙里发出呼噜呼噜的声音。

赫连天哑然失笑，看了看白夜，然后说道：“它被你摸得很舒服，看来它很喜欢和你在一起。不过你刚才的话说错了，不是我们太自私，而是因为人都有私心。比方说如果你喜欢一个人，就希望他不再喜欢除你以外的人一样。”

不等小米反应，赫连天又补充说道：“哦，抱歉，我不应该打这个比方，你还小，还不懂得喜欢一个人的感受。”

小米给白夜挠背的手停住了。

白夜睁开眼睛看了看小米。小米跟它对视了一眼，继续给它抓挠。

小米沉默了片刻，说道：“我不会这么自私的，就算有一天我不在了，我希望它还是好好的，还可以有新的主人。”

赫连天愣了。

小米将白夜抱了起来，说道：“所以，我不要滴血认主。”说完，她抱着白夜到外面玩去了。白夜趴在小米的手臂上，温顺得像一条没有生命的毛巾。

赫连天看了看姥爹，征求他的意见。

姥爹道：“她不愿意就随她吧。”

赫连天摊开双手道：“那好吧，不过这样的话，白夜是不会认主的。”

“过几天或许她会改变主意。”姥爹说道。

“嗯。”赫连天点头。

很快，姥爹和赫连天听到了外面的猫叫声和小米的欢笑声。

当天姥爹和小米在狗肉馆吃过晚饭才回到旅店。临走之前，小米请求赫连天让她将白夜带走。

赫连天道：“它没有认主的话，我是不能将它送给你的，不过我可以让你带它回去玩耍几天。”

姥爹从赫连天的话里听出了他还是想让小米滴血认主的意味。

“太谢谢了！”小米兴奋不已，没有因为只有几天的时间限制而郁郁不乐。她高兴地低下头去捋白夜的胡须。

白夜甩了甩脑袋，不让小米捋它的胡须。一般的猫都不太喜欢人碰它的胡须，但是白夜没有从小米的臂弯里跳下来。

“我看白夜真的比较喜欢你。以前我碰它的胡须，它都会立即跳走。”赫连天笑着说道。

小米莞尔一笑。

回到旅店之后，小米一心照顾白夜，都不怎么搭理姥爹了。

姥爹见她和白夜玩得开心，心里非常高兴，尽量不去打扰他们，做什么事情都轻手轻脚的，仿佛没有重量的影子一样在房间里飘来飘去。

“你怎么悄无声息的啊？”小米有时候会这么说他。

他就回答道：“你看看，我这猫脚一样轻的功夫就是跟猫学的。”

接下来的几天里，姥爹和小米白天在旅店待着，晚上出去收集新的怨气来补充缺失的怨气。

小米收集怨气的时候带着白夜。白夜就如黑夜里的一个精灵，时而在姥爹和小米身边，时而消失不见。

有一次，姥爹觉得白夜消失太久，怕它走丢了，便问小米：“白夜怎么还没有回来？”

小米一边收集怨气一边不以为意地回答道：“不要担心，它很快就会回来的。”说完，她会在完全看不清远方的黑夜里望一望，露出放心的微笑，仿佛她的眼睛能透过墨汁一般的夜幕看到白夜正在某个地方奔跑。

果然，不一会儿，白夜就跑回来了，它的身子比刚才鼓胀了一些。普通的猫在外面都可能被怨灵侵染，猫鬼就更不用说了。姥爹以为是游魂或者怨念侵染了白夜。

小米则放下小木箱，抱起白夜，温和地说道：“谢谢你，可是我不知道你是从哪里收集来的怨念，不知道给它们取什么名字。”

姥爹这才知道，原来白夜是要帮小米分担收集怨念的任务。

小米放开手，让白夜从她手臂上跳走，再次消失在黑夜里。

姥爹站在朦胧的夜色之中，感觉如同站在昏暗的海底，而白夜就是海里的一条鱼，来去自如，不会迷失。

后来姥爹曾对小米说，人其实就是鱼，空气不是空的，是气，就像水一样弥漫在人的周围。对鱼来说，水就像是气。

姥爹发了一会儿愣，然后对小米说道："不错哦，它现在不只是喜欢你，还主动帮你分担重任了。"

小米高兴地点头，说道："是呀。"

"我应该带你和白夜去见见你师父，问问他这算不算认主。"姥爹道。

"我真的不在乎它是不是认主。"小米说道。

姥爹对小米养猫鬼还是存在期待的。不论是在君山岛，还是在画眉村，抑或是在从画眉村到这里来的路上，小米都是比较孤僻的，不合群的。他希望小米有个伙伴，属于她自己的小伙伴。另外，猫鬼如果真能养成的话，姥爹会更放心一些。泽盛或许会冷不丁地对小米下手，如果猫鬼养成，就多了一道防卫。

"如果你跟它确实有缘，它已经认你为主了呢？"姥爹说道。

小米一笑，她肯定从心底里也希望跟白夜有认主的缘分。因为赫连天说过了，如果不能认主，白夜就只能陪她几天，并不能属于她，最后他还是要将白夜收回去的。

"如果真是这样的话也不奇怪啊。"小米说道，"有时候看起来很难的事情只要你用心去做，其实不难的。有时候看起来选择了容易的捷径，实际上是堵住了更好的那条路。"

姥爹会心一笑，说道："你应该在你师父面前说这句话。"

小米撇撇嘴，继续收集怨念。

不一会儿，姥爹和小米稍微走得距离远了一些。姥爹走到了一个小山坡上收集怨念，而小米停在山脚下。

突然，姥爹听到了小米的惊叫声。

姥爹急忙往山下跑，看到了惊慌失措的小米和龇牙咧嘴的白夜。

姥爹看了看四周，没有任何异常。

“怎么啦？”姥爹问道。

小米抹了一下脸，说道：“刚才一个邪灵突然从树后面蹦出来。”

有些邪灵喜欢恶作剧，常常冷不丁地吓人一跳，并且像顽皮的小孩一样乐此不疲，小米和姥爹在野外收集怨念的时候时常碰到。有些喜欢恶作剧的邪灵面相肮脏可怖，又是突然出现，小米还是会吓到。

姥爹左看右看，没有看到面相肮脏或者可怖的邪灵。

“邪灵在哪里？”姥爹问道。

小米指了指站在她脚前的白夜，说道：“被……被它吃了……”

姥爹朝白夜看去，它一脸无辜的样子，好像受了什么委屈一般。可是它的嘴还在做咀嚼的动作，舌头不时地伸出来舔舐，只差打一个饱嗝了。它的肚子比刚才还要圆，胖乎乎的如同怀了小猫崽。

姥爹摸了摸白夜的肚子，一股力量透过白夜的肚皮传递到了姥爹的手上。姥爹惊讶不已，仔细看去，发现白夜的肚皮某些地方不断地鼓起又平复，仿佛一个皮袋里装了一个拼死挣扎的活物。

“被它吃到肚子里去了？”姥爹放开白夜，问小米道。

小米点点头，说道：“是啊，吓到我的不是突然蹦出来的邪灵，而是白夜！”

“白夜吓到你了？”

“嗯，它吃掉邪灵的样子吓到我了！”小米心有余悸地说道。

难怪白夜要摆出一脸无辜的样子，它必定是看到突然出现的邪灵后想保护小米，没想到自己的动作反倒吓到小米了。

不过，看到一只猫将一个人一样的邪灵吃掉，确实会让人毛骨悚然吧。

姥爹想起在狗肉馆中一群猫鬼将人吃掉的情景。连有血有肉的人都能吃掉，这虚体的邪灵自然不在话下。

姥爹摸摸小米的头，安慰道：“你怕什么呢？它是想保护你呀。”

小米干咽了一口，蹲下去摸了摸白夜的头，说道：“对不起呀，白夜，我不该怕你的。”

白夜眯上了眼睛。

姥爹趁势劝道：“小米，你摸摸它的肚子，那个邪灵还在它肚子里面打拳踢腿呢。”猫鬼毕竟不是普通的猫，这次吃了邪灵，下次不知道还会干出什么让人惊讶的事情来。小米应该尽快接受白夜是一只不普通的甚至非常恐怖的猫的事实。

小米仰起头看了看姥爹，还是不太敢，这跟曾经亲手砍下水猴的头的那个小米似乎不是一个人。女人往往就是这样，有时候弱得提不起一个空水桶，但有时候能提着一满桶的水健步如飞；有时候手指擦破皮便大呼小叫，但有时候伤痕累累仍然一脸刚毅；有时候看到小虫就会吓得脸色大变，但有时候挺身赴死也无所畏惧。

小米还不是女人，但她身体的变化确实越来越明显。平时抛头露面，已经有男人为她侧目。

“试一下。我刚才摸过了，没什么大不了的。”姥爹鼓励道。

小米终于怯怯地将手覆盖在白夜的肚子上。小米的脸上浮现出快乐的笑容，她惊喜道：“真的哎，它在里面踢打，它不会伤了白夜吗？”

“不会的。白夜是小猫鬼，是魂器，专门装魂魄的容器怎么会被邪灵伤到呢？”姥爹说道。

小米的玉镯子发出一道淡绿色的光，一闪而过，仿佛那道光只是人产生的幻觉。

不一会儿，白夜的肚子不再鼓起，如同池塘里因为丢进一个石子而激起的波纹终于渐渐归为平静。

“这不是装魂魄，这是吃掉邪灵。”小米纠正姥爹的说法。

“好吧。不是装，是吃掉。”姥爹认同道。

在姥爹和小米白天无所事事的时间里，铁小姐来找过姥爹几次，但是也没聊什么东西，坐一坐就走了。她似乎比较忙，因为定州也有她的斗灵场。

有一次，铁小姐正在喝茶，白夜从床底下爬了出来。

铁小姐见了那猫，问道："马秀才，你开始养猫了？我在画眉村的时候听人说过，好像你的父亲说过'男不养猫，女不养狗'的话。"

姥爹瞥了白夜一眼，回答道："不是我养它，是小米养它。"

当时小米不在房间。有铁小姐在的时候，小米便不会跟姥爹还有她待在一个房间里。不过她频繁地进来出去，借口要找什么东西。

姥爹回答铁小姐的时候，小米刚好进来。

小米看了看姥爹和铁小姐，立即说道："你们继续，我是来抱我的猫出去玩的。"之前她一会儿进来拿剪刀，一会儿又进来拿黄表纸。

姥爹和铁小姐都知道小米为什么频繁地进出。小女孩的心思总是容易被大人们看穿，但小女孩还要装作不是那么想的样子。

"小米，你养的猫？"铁小姐问道。

小米点点头。

"猫是很恐怖的动物，尤其是定州的猫。你可要小心哦。"铁小姐说道。

小米问道："为什么是定州的猫尤其恐怖？"

"定州的猫近年常常出现怪事。"

"什么怪事？"

铁小姐道："你坐下，我给你讲两件吧。"

小米坐了下来。

"第一件事情发生在定州城南。城南有个卖醋的人，他养了一只猫，那只猫长得油光水滑，像老虎一样生猛健壮，那个卖醋的人很喜欢它。有一天，这只猫死了。卖醋的人舍不得丢掉它，把它放在家里好几天。时间一久，猫腐烂发臭了。卖醋的人没有办法，于是带着那只死猫去了附近的一个池塘边，他要把死猫丢在水里。可是他把死猫丢下去转身要走的时候，突然听到池塘里一阵水响！”

“死猫活了？”小米惊讶道。

“还不算活了，至少这时候还不算，你听我往下讲。”

“嗯，你说。”

“那个卖醋的人听到水响，回头一看，看到心爱的猫居然在水里挣扎，好像想要游到岸边来。他急忙下水去救它，可是他一下水就手脚抽筋，倒在水里，很快就溺死了，而那只猫很快登上了岸。这一幕恰好被一个不会水的妇女看到，很快这件事便在定州城里传开了。”

“那只猫后来怎么样了？”小米没有被这个故事吓到，她只关心那只猫的去向。

“那只猫不知道去哪里了，卖醋人的街坊邻居再也没有看到过它。”铁小姐说道。

姥爹插言道：“他不应该把猫丢进水里的，应该挂在树上。”

小米转而问姥爹道：“为什么要挂树上，不能丢进水里呢？难道猫跟水有什么我们不知道的联系吗？”

“具体原因我也不清楚。有的人说猫死后神魂不散，会来害人，所以要把它吊在树上任其腐烂，以绝后患。俗话有‘死猫挂树头，死狗弃水流’的说法。除此之外，还有‘鸡无八年，犬不六载’的说法。”

“鸡无八年，犬不六载？什么意思？”小米问道。

“鸡不能养超过八年，狗不能养超过六年。据说是怕这些动物和人相处时间太长通了灵性，慢慢成精害人。当然了，这些都是道听途说的传说，当不得真……也不能完全不听。”姥爹说道。

“还有一件事呢？”小米见姥爹的话说完了，又问铁小姐道。

铁小姐笑了笑，说道：“第二件事是去年夏天发生的，事发地点是城中心的余家公馆。一天晚上，余老板正跟出生不久的孩子在家里睡觉，他家里的猫忽然大叫，吵醒了孩子。余老板叫下人用枕头去扔那只猫。因为是家养了许多年的猫，他是舍不得真打它的，可是那只猫被枕头击中后死了。”

“一个枕头怎么能把猫打死呢？”小米又忍不住打断了铁小姐的话。

“余老板也觉得诧异。但这还不是让他最惊讶的，猫死之后，他那才两三个月的孩子再哭的时候便怎么听都像是猫在哭。没过几天，他的孩子就去世了。”

“是猫报复吗？”小米问道。

铁小姐摊手道：“到现在谁也不知道是怎么回事。”

“马秀才，你知道是怎么回事吗？”小米问姥爹道。

“我想，第一个应该是猫夺取了卖醋人的魂魄，第二个应该是猫的魂魄夺取了人的身体。”姥爹想了想，回答道。

铁小姐对小米道：“不管是夺取魂魄还是夺取身体，这都不是我要说的意思。我的意思是，猫的报复心特别强。余老板只是叫下人扔了枕头，它就要了小孩的命。我想卖醋的人溺死，可能是因为曾经不小心得罪过它，即使人家那么喜欢它，死了都舍不得丢弃，它也不会为之动容。小米你要养它，就要做好心理准备。你不能做任何得罪它的事情，因为它到死都会记得清清楚楚，最后变本加厉地返还。”

铁小姐说话的时候，白夜走到了小米的身边。

小米将白夜抱起来，一手抚摸白夜的毛，说道：“嗯，谢谢你的提醒。我跟我的猫相处得很好，它不会报复我的。”

说完，小米抱着白夜出去了。

铁小姐喝完茶就走了。

一天早晨，小米在桌边剪纸人，姥爹则在靠着窗户的位置打盹儿，阳光打在他的身上。

姥爹很喜欢晒太阳，这种习惯一直保持到他老得走不动的时候。在走不动了的时候，他还是要躺在他的老竹椅上，老竹椅摆在堂屋中央。阳光透过屋顶的玻璃瓦和瓦缝，或四四方方或圆溜溜的落在姥爹的身上仿佛是衣服上的补丁。

小米冷不丁说道："马秀才，她喜欢你。"

姥爹睁开眼睛，问道："谁？"

"铁小姐。"

"哦。"姥爹闭上眼睛，想象自己是一棵植物，露在外面的皮肤就是植物的叶子，缓缓地吸收来自太阳的能量。

房间里能听到剪刀刃与黄表纸摩擦的嗤嗤声。小米的剪刀有些松了，剪纸的时候纸会卡在剪刀刃之间。纸仿佛不是被剪开的，而是被撕开的，纸人的边缘留有粗糙的毛边。

小米心不在焉，将纸人的脚剪掉了。她脚下的白夜立即跃起，用爪子去打纸人的脚，玩得不亦乐乎。

正在房梁上打盹儿的竹溜子听到白夜蹦跳的声音，懒洋洋地往下面看了白夜一眼，不明白那只猫为什么会对一张纸片如此感兴趣，就如一个成年人不明白一个小孩子为什么会兴致勃勃地玩小石头。

小米抽出一张新的黄表纸，揉成一团丢在地上。白夜立即抛弃那个纸片，又追那个纸团去了。

小米看着白夜玩纸团，假装漫不经心地说道："难道你没看出来？"

"太阳真好，你应该过来跟我一起晒晒太阳。"姥爹说道。

将缺失的怨念补充得差不多了之后，姥爹又带着小米去了赫连天的狗肉馆。他决定把小米寄托给赫连天，自己尽快启程去伏川找泽盛。自从那天小米拒绝跟白夜滴血认主之后，姥爹也想过把小米寄托给铁小姐。但是姥爹感觉到小米不是那么喜欢铁小姐，让她在铁小姐那边或许会不太适应。

赫连天见姥爹和小米来了，非常高兴，又见白夜寸步不离小米，颇为惊讶。

姥爹问赫连天："赫连兄，你真要把白夜收回去吗？这几天她和白夜形影不离，愈发亲密了。你要是把白夜收回去的话，我想小米和白夜都会伤心。"

赫连天看着小米逗白夜，缓缓道："恐怕我想收也收不回来了，白夜已经认她为主了。"

"已经认她为主了？"姥爹又惊又喜。

赫连天打了一个响指。

正在和小米玩闹的白夜停止了跳跃，安静了下来。

姥爹记得，上次赫连天打响指的时候，小猫鬼乖乖地将小米无心之间驱使的纸人叼起来送到了赫连天面前。响指是赫连天给小猫鬼的指令。

小米见白夜突然安静下来，愣住了。

如无意外，白夜会按照赫连天的指令来到他的面前，这是赫连天的隐秘家族世世代代驯养猫的指令。

赫连天看着白夜，等着它走过来。

白夜也扭头去看赫连天。显然，它听到了赫连天的响指，也知道这个指令的意义。

姥爹屏住了呼吸，他已经很久没有这么紧张过了。他记得自己考秀才的时候都没有紧张过，没有期待过结果。当然，那时候不紧张，或许是因为自信，因为认为自己一定能如愿以偿。而眼前的一幕，让姥爹不那么有信心。

白夜抬起了前腿，朝赫连天的方向迈出了一步。

赫连天不禁脸上浮现出一丝笑容，那丝笑容很细很淡，仿佛落在他脸上的一根毛发，轻轻一吹就会消失不见。

他的笑是自信的笑，培养猫鬼这么多年，这个指令就像是装在猫鬼身上的开关一样，只要他一碰触，猫鬼就会毫不犹豫地执行。当然，这种开关效果会随着猫鬼的等级增长而显得渐渐失灵，但是对付这种刚刚入门级的小猫鬼绰绰有余。至少这时赫连天是这么想的。

但是白夜迈出第二步的时候动作僵硬了。

赫连天的笑容也僵住了。

“白夜……”小米轻轻唤道。她的神色有些紧张，但呼唤白夜的语气非常温和，仿佛要将某个人从梦中唤醒，喊太大声怕吓到他，喊太小声怕喊不醒。

小米嘴里唤出的声音变成了一根线，拴住了白夜的脚。

姥爹隐隐感觉到这是赫连天和小米之间的抗衡，赫连天用响指引导白夜过去，小米用声音呼唤白夜回来，而这种抗衡的输赢全由那只小猫鬼决定。这也是小猫鬼自己的抗争，一头是日久习惯的命令，一头是温和友情的召唤。

这个抗衡没有持续多久。

白夜第二步掉了头，朝小米走去。

“喵呜……”白夜叫了一声，这是对小米呼唤的回应。

小米笑得眼睛都弯了，俯下身去，将一只手伸到白夜面前。白夜的一只猫爪搭在小米的手上，朝小米的胳膊上爬。小米顺势将它抱了起来，将那张俊俏的脸贴在白夜的背上亲昵磨蹭。

赫连天目瞪口呆。

姥爹也定格在那里，半天没有动。他知道这几天白夜越来越喜欢小米，小米也越来越喜欢白夜，但没料到他们之间的关系可以在这么短的时间里超越它和赫连天之间长期存在的类似主仆的关系。

赫连天神色黯然。他当然会为此伤心，就如养了许多年的女儿突然有一天跟了别人离他而去一般。

不过他已经有了白先生和夜先生这种姥姥级别的猫鬼，其他小猫鬼对他来说犹如鸡肋，弃之不舍又食之无味，所以他没有特别伤心，很快转悲为喜，为小米和白夜的紧密联系而高兴起来。他走到小米身边，微笑道："小米，白夜是我养的所有小猫鬼里最有灵性最聪明的，现在它选择了你，你要好好照顾它哟。"

小米用力地点头，如小鸡啄米一般。

赫连天又道："小米，你的未来也是无可限量的。我们家族养猫鬼的历史有两千多年，在这两千多年的时间里，我们家族只有两个人让猫认主的时间可以跟你媲美。一个是名叫独孤陀的人的外婆，一个是因独孤陀而受牵连的徐阿尼。"

"徐阿尼？这个名字好听！"小米说道。

"对，对我来说，这是世界上最好听的名字。"赫连天的眼神里荡漾出难得一见的柔情。

"徐阿尼现在在哪里呢？"小米问道。

赫连天笑道："她在很远很远的地方。"

姥爹会意一笑。

"你说她的名字是世界上最好听的名字，一定很喜欢她吧？那你为什么不去找她呢？"小米追问道。

"哈哈哈，我也想去找她呀。可是那个很远很远的地方不是你想去就能到达的地方。"

"有这样的地方吗？"小米认真地问道。

"有啊。这个地方如果你不想去，自然就不会到达；如果你想去，但是那个地方不接纳你，你还是不能到达；只有你非常想去，它又愿意接纳你的时候，你才能到达。"

姥爹拍拍小米的肩膀，笑道："赫连师父在逗你呢，你快带白夜出去玩吧。我跟你师父还有点事情要谈。"

小米抱着白夜出去了。

赫连天看着小米的背影，对姥爹说道："她让我想起了徐阿尼。

你不知道，白先生的祖先就是徐阿尼养的那只猫，白夜和徐阿尼的猫有血缘关系。”

“那你舍得吗？”姥爹问道。

“有什么舍得不舍得？良将配宝剑，良马配好鞍。他们俩能有这种罕见的默契关系，这才不辜负了白夜的潜在能量。没有滴血认主的情况下就能达到这种认主层次，真是让我惊讶！对了，你说有事情要跟我谈，是不是要起身去伏川了？”赫连天问道。

姥爹点点头。

“什么时候出发？”

“今天晚上。”

“这么着急？你跟她说了吗？”赫连天问道。

“没有，趁着她全心关注白夜，我好偷偷离开。不然的话，她一定会坚持要跟着我走的。”姥爹说道。

赫连天笑道：“应该是你怕拖延几天后舍不得离她而去吧？”

姥爹淡淡一笑，说道：“你可要帮我照顾好她，她是我的徐阿尼。”

赫连天道：“你放心。”

在狗肉馆吃过晚饭之后，小米催促道：“马秀才，我们早点回去吧，待会儿天就黑了。”

姥爹道：“以后我们就在这里住。”

“可是我们的东西还在旅店里啊。”

姥爹道：“没事的，我这就和你师父去旅店拿，你不用担心。”

小米搂了搂白夜，点点头。

那晚，姥爹没有再回狗肉馆。他和赫连天先到了旅店，将大部分行李交给赫连天带回去。他自己则卷起一个包裹，包裹里有少量旅途中要用到的东西，然后踏入茫茫夜色之中。竹溜子紧跟其后。

姥爹先到了京城，在京城的时候打听了一下哥哥曾经交往过的女人，但是没有打听到任何信息，后来又去了好些地方，最后到了伏川。

离开定州之后，姥爹体会到了前所未有的寂寞和孤独。每次重新入住旅店，他常常突然去找小米，以为她跑到外面玩去了。找了一会儿他才想起小米留在狗肉馆了，然后就在原地愣神一会儿。

在人潮人涌的街道上行走时，姥爹常常看到人群里有个小米的背影。他挤开人群走到前面去，发现小米的背影消失不见了。这时他才清楚地知道，小米是不会来到这里的。

半夜醒来，他总要朝窗户那边看一看，因为小米喜欢睡在靠窗近的一方。没有看到她的时候，他心里一慌，好像突然记起什么重要的东西遗失了一样，之后便辗转反侧，难以入眠。他不知道小米会不会此时此刻也醒过来，是不是也有同样的感受。但他又不希望小米有这样的感受，因为这种感受就如蚂蚁噬心，实在不是什么好滋味。

姥爹不能理解自己为何会有这些感受。别说从画眉村到淄川再到定州的一路上从未有过这种感受，哪怕是当初一个人在熙沧在丽川也从来没有过。

偶然拿起带在身上的黄表纸时，姥爹便想起小米剪纸人的样子，以及剪刀切割纸片时发出的细微声音。这时，姥爹便去查看窗缝和门缝，检查得仔仔细细，总莫名其妙地感觉那里是应该藏着几张纸片人的，可是每次都没有找到纸片人。

每次检查完窗缝和门缝，他又想，小米的纸人跑到赫连天的狗肉馆里就足以让见多识广的赫连天非常惊讶了，怎么可能离开定州一路跟随他到这里来呢？于是姥爹控制自己不要徒劳地去检查窗缝和门缝。

姥爹后来才知道，在他离开的那个晚上，小米一夜没有睡觉。她看见赫连天搬着行李回到狗肉馆的时候惊慌失措，脑袋朝赫连天的身后看了又看，以为姥爹躲在赫连天的身后逗她玩。

小米问赫连天：“马秀才呢？”

赫连天道：“他要去办点事，要一段时间才能回来。”

小米的脸顿时变得煞白，白得让赫连天都暗暗恐惧。

赫连天赶紧说道：“你不要担心，我会好好照顾你，他跟我说了，一定要我好好照顾你。这里就像你的家一样，你不用拘束。”

小米咬着嘴唇，不说话了。她抚摸白夜的手也停了下来，哆哆嗦嗦，好像站在寒冷的风中。

“他担心你跟着去有危险。他不是故意偷偷走掉的，他担心你。”赫连天继续说道。

可是小米一副完全听不进去的样子，她的眼睛仍然朝远处望去，期待赫连天说的是谎话，期待姥爹从远处出现。

“孩子，他是真的走了。”

小米的眼里流出泪水来。泪水流到下巴，滴在白夜的身上。

白夜的心情也低落下去，趴在小米的怀里一动不动，不发出任何声音。

赫连天怕夜露让小米着凉，连拖带拉将小米拽进屋里。

那一夜，赫连天起来看了好几趟，看见小米的房间一直亮着。

赫连天担心小米晚上偷偷跑掉，去追不知道在哪里的姥爹。他每隔半个时辰就起来看一次小米。到了第二天早晨，赫连天再去看她的时候，发现她已经倒在床上睡觉了，但眉头还拧着，嘴角向下，一副忍住要哭的样子。床边的地上撒了无数散落的纸人。

第三章 \ 影壁 \

小米在姥爹离开之后的十多天里一直闷闷不乐，不怎么跟人说话，只有逗白夜的时候勉强笑笑。到了傍晚，她便去门口附近，似乎在等姥爹回来。

赫连天知道她在等姥爹，走过去说道：“他去的地方很远，一两个月是不可能回来的。你要等的话，一两个月之后再等吧。”

大概半个月之后，有一天小米突然对赫连天说道：“师父，你教我养猫鬼的本领吧。”

赫连天欣喜不已，他知道小米潜力巨大，早就想教她，无奈这段时间她心情不好，所以不想烦扰她。另外，学一些东西可以让她转移注意力，或许能让她变得开心一些。

“学好了养猫鬼，我就可以去找马秀才了。”小米说道。

赫连天不相信她能在马秀才回来之前学好所有的猫鬼之术，但他又不想打消小米的积极性，便说道：“嗯，你很有天分，学好了猫鬼之术，实力大大提升，出外能够保护自己，就可以去找马秀才了。”

其后的日子里，小米的飞速进步让赫连天惊讶不止。

让他惊讶的不只小米，白夜的行为让他也颇感意外。在教小米的过程中常常需要白夜的配合，赫连天在这过程中渐渐发现白夜不只能作为魂器来装邪灵，还能将邪灵吃掉。每吃掉一个邪灵，白夜的实力就大涨一次，几乎是将邪灵的能量全部吸收并转化为它的能量了。邪灵越邪，白夜吸收之后增加的实力就越强。

小米也发现了白夜与其他小猫鬼以及白先生、夜先生的不同。她猜想是那晚她跟马秀才在外收集怨念的时候白夜发生转变的。那晚白夜帮忙收集了一些，可是马秀才因为不知道它收集的地点而无法取名，所以没有要，接着它便吃掉了跳出来恐吓小米的邪灵。白夜将邪灵吃掉，或许是考虑到装进肚子里也没有用。

但小米和赫连天还是低估了白夜的实力。

有一次，赫连天带着小米和白夜在荒山野岭里锻炼，回来的时候没了水，他们在路边一户人家讨水喝。

赫连天喝水的时候一眼瞥见那户人家睡房的墙壁上有个人影。他一惊，急忙将水瓢放下，冲进屋里。

给他水喝的是个二十多岁的小伙子，那小伙子见赫连天突然冲进屋里，忙喊道："大哥，你干什么呢？"

"你那个房间里有邪灵！我刚才看到了！"赫连天不由分说，直接冲进睡房。

小米带着白夜急忙跟上。

他们进了那间睡房，影子还在那里，一动不动。

那个影子在斜对着房门的墙壁上。墙壁是刷了白石灰的，那个影子就像是烟熏过的痕迹。

"对不起，这影子太像人影了。我第一眼看到的时候以为是邪灵。"赫连天对那个小伙子道歉道。

确确实实，那个影子隔远看很像是一个人靠墙站着。

没想到那个小伙子说道："大哥，你的眼睛太准了！这就是一个邪灵！"

赫连天大为意外，惊问道："兄弟你可别骗我。实话实说，我见的邪灵多了去了，从没有见过画在墙壁上的邪灵。”话虽然这么说，他其实还是有几分相信这个小伙子的。

小伙子说道：“我骗你干什么？我天天住在这里，难道自己吓自己不成？我看你一眼就认出它是邪灵，想你应该不是寻常之人，或许可以帮我把这邪灵驱赶走，所以我才告诉你的。”

“那你先说说看，这邪灵是怎么来的？”赫连天问道。

小伙子邀请他们在堂屋里坐下，给他们慢慢说来。

小伙子说，他叫范景，他有一个赌鬼表哥，名叫尹向东，这房子原来是他表哥的。

这尹向东本来家里有点小钱，还娶了一个漂亮的妻子。可是尹向东一直有赌博的嗜好，输多赢少，渐渐将家里的钱都输了出去。他的妻子余氏特别贤惠，日日夜夜织布养家，可是织布赚来的钱还不够他输的。几年之后他输得家徒四壁，一贫如洗。即使这样，他还是日日夜夜泡在赌馆里不回来。

有一天，尹向东在赌馆里输得精光，被其他赌徒赶下桌，可是他还站在赌桌边不愿离去。刚好那天范景也在赌馆里赌博，尹向东便将范景拉到一旁，偷偷对范景说：“兄弟，哥哥我没有钱下注了，你能不能借一点给我翻本？”

范景知道借钱给表哥便要不回来，便说没有钱了。

尹向东两眼一翻，咬牙道：“不借钱可以，但是看在兄弟情分上，你得帮我一个忙。”

范景便道：“除了借钱什么都可以。”

尹向东道：“我家里还有三四个银圆，你去帮我拿来。”

范景不明白，问道：“你家里的钱你自己去拿就是了，何必要我去拿？”

尹向东道：“那是你嫂子织布赚来的辛苦钱，被她藏在床底下的小木箱子里。我跟你嫂子毕竟夫妻一场，她跟我受了不少苦。那钱我一直没有拿，是因为那是她的最后一点血汗钱，我下不去手。今晚我实在没有钱了，没有办法，所以辛苦你去跑一趟。”

范景不愿意去，推托道：“我不能去。你都说了这是嫂子的最后一点血汗钱，我怎么能偷呢？”

尹向东央求道：“我拿它翻了本就会把你嫂子的钱悄悄放回去。兄弟你不帮我，我就没有办法翻本了！”

范景只好答应去帮他偷嫂子的钱。

范景出了赌馆，赶到表哥的房子前，发现嫂子刚好不在屋里，便立即偷偷潜入房中。他溜进嫂子和表哥的睡房，在床底下找到了小木箱子，将里面仅剩的四个银圆揣入兜里。

他正要离开，外面响起了脚步声和嫂子的咳嗽声。嫂子正朝屋里走来。

他急忙躲到了房门后，用门板挡住身子，等机会再溜出去。

房门的一条条木板之间有缝隙，他可以从缝隙中看到房间里的一切。

嫂子关了外面的大门，走进睡房。房间里非常暗，嫂子点了一根蜡烛，然后在床旁边的织布机上坐下，扎扎地织起布来。

范景知道眼下不能出去了，只好默默地待在门板后面，看着嫂子织布，心想等她织完了布吹灭了蜡烛再找机会溜走。

这个睡房有两扇门，一扇门是直通堂屋的，范景正是躲在这扇门的后面，还有一扇小门在范景正对面嫂子的身后，那扇门是通着一个小储物间的。

嫂子坐下了不一会儿，那扇小门里忽然走出一个男人来！

那个男人穿一身油绿袍，外着青马褂，头戴小秋帽，面色潮红，两眼发光，仿佛眼珠子被点燃。他站在嫂子的身后，看着嫂子织布。

范景愤愤不平，心想，这男人肯定是嫂子的情夫，趁表哥不在家，她跟这情夫幽会来了！亏我一直认为是表哥对不住嫂子，没想到嫂子是深藏不露的人！

可是等了一会儿之后，范景的想法改变了。

那个戴小秋帽的人一直站在嫂子的背后，不说一句话。而嫂子专心致志地织着布，仿佛没有感觉到身后有人。

难道那个不是人？范景心中一惊。

范景心里刚这么想，那个人走到嫂子身旁，用手将嫂子手里的线扯断。

嫂子还是像没有看见那个人一样，她见线断了，便将线接起来，继续织布。

范景心里可以确定那个是邪灵了。并且这邪灵他能看见，嫂子却看不见。

那邪灵见嫂子继续织布，又上前将线扯断。

嫂子只好又停下，将那断掉的线接起来。

范景看见嫂子继续织布的时候，那邪灵再次上前将线扯断。

嫂子见线再次断掉，眼泪簌簌地落了下来，一脸悲伤地自言自语道："我那男人不争气，把家里的东西都输光了，怎么劝都没有用。我这织布机也不争气，线头总是断，处处与我作对。看来是天意要让我遭受折磨，我活着还有什么意思！"

范景听嫂子这么说，心里一寒，恨不能立刻将兜里的银圆如数放回床下的木箱子里去。

那邪灵听到嫂子这么说，喜不自禁，手舞足蹈。它刚才再三扯断线，就是为了让她郁闷悲伤。

嫂子哭了一会儿，似乎更加心灰意冷，她站了起来，手持蜡烛在床对面的柜子里翻出一根绳子。她将绳子一甩，绳子的一头就穿过房梁垂了下来。

那邪灵更加高兴了，他在嫂子身边跳来跳去，像个兴奋过度的小孩子一般。紧接着，他帮忙将绳子打结，将凳子移动到绳子下面。

范景看见嫂子已经有点神情恍惚了，任由那邪灵扶着她踏上了凳子。嫂子伸了伸头，那邪灵一手抓住绳子，将绳套往嫂子脑袋上戴。

范景见嫂子即将被那邪灵骗上吊，命悬一线。他再也忍不住了，将门一踹，从门后跳了出来，几乎扯破喉咙大喊道：“要死人啦！”

他其实非常恐惧，害怕那邪灵转而对他下手，于是用尽全力叫喊，以声势壮胆。

那邪灵见状，惊恐非常，不知所措，站在那里一动不动，愣愣地看着青筋直冒、两眼圆睁、五官扭曲、歇斯底里叫喊的范景。

左邻右舍听到叫喊声，急忙破门而入，冲了进来。

冲进来的人看见范景的嫂子扑倒在地，口舌紧闭，眼角带泪，神志不清，看见范景扑在地上浑身颤抖如筛糠，也看见那个戴小秋帽的人呆立原地，嘴巴微张，眼皮不眨，仿佛一尊泥塑。

众人将范景的嫂子扶起来，问范景这个戴着小秋帽的人是谁。

范景哆哆嗦嗦地从地上爬起来，两只脚还像踩着棉花一样。有人拿来温水给他灌了几口，他终于安定心神，细述整个经过。

众人一听，立即有年老的人说这是缢灵，俗称吊死鬼。

缢灵是上吊自杀而死的邪灵，它死后会勾引别人也上吊自杀，其情形类似于水鬼溺死后要拖别人下水。不过水鬼拖人下水是要做替身，缢灵则没有做不做替身的说法，它纯粹是要引导别人犯下它曾经犯过的错，让别人也变成它。这跟人做坏事一样，有的人做坏事是为了自己得到益处，有的人做坏事就是因为自己想害人，不管是不是对自己有益。

有人问道，为什么我们都能看见它，但是你嫂子偏偏看不见呢？

范景摇头不知。

老人又解释道，可能是只有被害的人才看不到，不被害的人能看到吧。

老人自己没有经历过这种事，不知道具体原因，只能凭着多年的生活经验猜测。

老人的猜测是对的，缢灵这种东西一般时候不会出现，只会在活人对生活没有眷恋的时候偷偷出现。缢灵会引导那个绝望的人更加绝望，将那人的负面情绪引发，从而让那人不知不觉地走上不归路。很多自寻短见的人或多或少是受了这类邪灵的影响。

有的人甚至是自己被自己害死的，即使没有缢灵这类坏心眼的鬼引导，有的人体内恶性的魄会分离出来，扮演缢灵之类的角色，亲手杀死自己。

众人得知这是缢灵之后，急忙远离它，生怕它扑过来。可是等了许久，也不见那缢灵有什么动作，依旧保持僵硬的状态。

一个胆子稍大的人拿起扫帚在缢灵的眼前晃了晃，那缢灵眼睛一眨也不眨。

那人胆子更大，用扫帚捅了捅缢灵，扫帚从缢灵的身体里穿过。

众人见它没有任何反抗动作，便拿起木棍纷纷乱打，可是木棍如同打在烟雾上一样。缢灵也没有任何损伤。

这缢灵就如凝结成形的烟雾，无法伤及毫分，不能消散。

老人又道，这缢灵恐怕是被突然跳出来又大喊大叫的范景吓傻了。有句话说，人怕鬼三分，鬼怕人七分。有的邪灵胆子比人还小，见到突然出现又是怪模怪样的人会被吓到。范景被它吓了三分，它被范景吓了七分。

众人问老人该怎么办。

老人也不知道如何办才好。

众人拿它没有办法，只好让它继续待在这里。过了几天，人们发现这缢灵的面容变得有点模糊了，好像浸了水的人物画一样。它站的位置越来越靠近墙壁，好像要逃走。

范景的嫂子醒来，知道了一切。她知道范景来偷了她最后四块银圆，并且是她丈夫教唆他来偷的。她跟丈夫大吵了一架，决意离开这个没有良心的男人。她也知道那晚上吊是上了缢灵的道，不再自寻短见。于是，她回了娘家，再也不来这里。

范景的表哥见事情败露，无脸见人，便将这房子交予范景，要他将房子卖掉，换来的钱送到嫂子娘家去，然后消失不见了。

可是这房间里有一个缢灵，谁也不敢买这个房子，范景只好自己搬了过来，一是怕房子漏雨被盗，二是想办法将这房子出售换钱。

在随后的时间里，那缢灵越来越靠近墙，终于有一天挨着墙了。

范景心想，这下你该溜走了吧。

可是那缢灵没有顺着墙溜走，却渐渐融入墙壁。

又过了一段时间，那缢灵完全进入了墙壁，只留了一个人影在墙壁上，仿佛是某个有绘画功底的人画上去的。

范景见缢灵到了墙上，便欺瞒想要买房的人说这是一幅画在墙上的画。

果然有买家买了这个房子。

赫连天打断范景的话，问道："既然这房子卖了，为什么还是只有你一个人住在这里呢？"

范景道："买家住了一天就要退掉。"

原来买家住进来之后晚上睡觉时感觉脖子被什么东西勒住，喘不过气来。憋醒之后一看那墙上的人影，居然异常清晰，完全不是白天那种模糊的样子。

买家受了惊吓，立即找范景要退钱。

范景没办法，只好重新寻找买家。

"原来这样。"赫连天说道。

范景满怀期待地说道："很多不是这个街道的人看到这缢灵的影子根本不知道是怎么回事，您是高人，一眼就认了出来，您能不能想办法帮我把这影子去掉？"

赫连天无可奈何地感叹道："这我帮不了你啊，兄弟！缢灵的怨气非常大，基本都是生前受了莫大的打击或者羞辱才走上这条路，不是寻常的邪灵。它之所以能在这屋里不消不灭，就是怨气太重，没有办法散去。”

后来赫连天跟姥爹说起这段事情的时候承认，他当时并不是完全没有可能帮范景驱逐缢灵，他是不想插手这种棘手的事情。缢灵不同于一般的邪灵，有的邪灵是遭遇意外去世，有的邪灵是他人谋杀而死，但总的来说，有怨气的邪灵比没怨气的要强大，自杀的邪灵比不是自杀的邪灵要难缠。即使水鬼，也大多是失足落水，怨气仅限于悔恨而已。而一个人走到上吊自杀的地步，必定生前的怨气已经过于浓厚，过于难以消散，其悔意超过常人，其恨意炙烤人心。这种怨气将他自己带入死亡，也会将被他感染的人带入死亡。

而这缢灵怨气强大到如烟雾而不消散，甚至融入墙壁中，可见其恐怖程度！

赫连天不想在与自己并不相干的事情上耗费心力。他想过了，即使自己打算出手相助，恐怕也要耗费九牛二虎之力。哪怕让白先生和夜先生来，这怨气恐怕也会让白先生和夜先生累得半死。

范景见他说没有办法，连连叹气，说这房子恐怕是卖不出去了。

他们喝完茶水便告辞。

范景送他们到门外。

赫连天和小米走出了一段距离。赫连天低头一看，白夜不在这里。

赫连天问小米：“白夜呢？”

小米露出一个深浅莫测的笑，说道：“待会儿就来了。”

“它干什么去了？”赫连天问道。

小米道：“不告诉你！”

赫连天便没有再问，带着小米先回到了狗肉馆。

他回到狗肉馆后喝了一杯茶，才看到白夜从外面回来。回来的时候，白夜浑身圆鼓鼓的，仿佛一个毛线球。

小米见了白夜，高兴地将白夜抱起来。

赫连天见白夜不太对劲，问小米道："白夜怎么变这么胖啦？是不是吃了什么不该吃的东西？"猫鬼装了邪灵是会变胖的，这个他很清楚。但是变成毛线球那样滚圆滚圆，还是让人有些担心。白先生和夜先生到了姥姥级别，装邪灵的时候尚且要悠着点，何况白夜这种初出茅庐的小猫鬼？

小米将手盖在白夜的肚子上，感受到了里面踢打的力量。她跟马秀才收集怨念的时候，白夜曾当着她的面吃掉过一个邪灵，吃完之后肚子里也是有这样踢打的力量，但是这股力量很快被白夜消化了。

所以这一刻小米并不担心，她对赫连天说道："师父，没事的，一会儿白夜的肚子就会恢复原状了。"

赫连天见小米这么说，猜到她以前遇到过类似情况，便没再多问。

可是，很快小米就发现白夜有点不对劲了。它无精打采，病怏怏的，跟小米玩耍的时候蹦也蹦不动，跳也跳不起来。

小米以为它累了，便放下它休息。

到了吃晚饭的时候，白夜没有跑到饭桌下来。自从小米被马秀才留在狗肉馆之后，她每次吃饭的时候白夜都要在她的脚下钻来钻去，不时发出喵喵的叫声。

小米见白夜没来，饭吃到一半就扔了筷子，去找白夜。

赫连天见小米饭没吃完就跑了，便跟在她后面。

小米在狗肉馆的门槛旁找到了躺在地上的白夜。此时的白夜看起来更懒了，眼睛微眯，前脚后脚耷拉着，尾巴只有末端一翘一翘的，肚子还是圆鼓鼓的。它横躺在地上，这样显得肚子更大，大得像一张摊开的饼。

"白夜！"小米预感不妙，叫了它一声。

平时白夜只要听到小米的呼唤便会生龙活虎地奔跑到小米的脚下。这次它听到了小米的呼唤，却只扭头看了看她，四只脚抖了抖，别说跑到小米面前了，连站都没有站起来。

赫连天紧接着打了一个响指。

白夜看都没看赫连天一眼。

赫连天心中暗叫不妙。

小米惊慌地跪在门槛边，焦急地抚摸白夜，问白夜道：“白夜，白夜，你怎么啦？是不是不舒服？”

赫连天不知道发生了什么，站在小米后面干着急。

白先生和夜先生不知从哪里冒了出来，走到白夜身边，用舌头舔舐白夜的毛。

赫连天从白先生和夜先生的动作中看出一些迹象，说道：“白夜恐怕是病了！”

小米的手停在白夜的肚子上，然后眼眶湿润地抬头对赫连天说道：“师父，它肚子里的东西还没有消化！那东西还在踢打白夜的肚子！”

赫连天急忙蹲了下来，摸了摸白夜的肚子，果然感觉到里面有一股异常强大的力量，仿佛要破茧而出一般从白夜的肚子里顶撞出来。

赫连天脸色一暗，问小米道：“它肚子里装了什么东西？”

小米见赫连天脸色变了样，更加惊慌，脸唰地一下变得苍白，双手哆嗦道：“我……我让它吃了……吃了那个缢灵……”

“缢灵？躲进墙壁里的那个？”赫连天几乎不敢相信自己的耳朵。

小米点头。

“那缢灵怨气极大！白先生、夜先生装下都勉为其难，你怎么能让白夜装呢？它级别远远不够，这种邪灵会把它撑死的！”赫连天也急了，语气中带着严厉的责备。

小米双眼噙泪，不敢回答。

“哦，不！你说的是吃，不是装？白夜是吃下了缢灵吗？”赫连天问道。

小米含泪点头。

“天哪！你怎么能让它吃呢？如果是装下的，实在不行的话我可以让白先生和夜先生将缢灵转移到它们的肚子里去！如果是吃下去的，缢灵已经破碎了，那就没有办法转移了！这可怎么办？”

小米哽咽着说道：“它吃掉的话可以将能量吸收，仅仅是装进去的话没有什么进步，所以我都让它直接吃掉的……”

赫连天闭上眼睛摇头，叹息道：“你太急于求成了……”

小米哭着说道：“我只是想快一点学成，早点去找马秀才……”

“急于求成不但会害了白夜，还会害了你自己。”

“师父，求求你救救白夜吧。”小米见白夜软瘫如泥，知道它快被无法消化的缢灵撑死了。

“恐怕是回天乏术了……”赫连天颓然坐在地上。

白先生和夜先生绕着白夜走，喵呜喵呜地低声叫唤，似乎想把看起来昏昏欲睡的白夜唤醒。

白先生和夜先生的呼唤没能将它们的孩子唤醒。

晚饭后不到一个时辰，白夜就闭上了眼睛，没有了气息。

小米抱着白夜大哭起来。

赫连天要小米连夜将白夜埋掉。普通人家的猫死了之后都是要立即处理的，要吊在树上。这猫鬼体内有许多不干净的东西，猫鬼死后便无法束缚体内的东西，所以比一般猫更危险，如果不及时处理，可能会引起许多麻烦。

小米紧紧抱住白夜，不肯松手。

赫连天见她之前确实跟白夜很有缘分，不愿生硬抢夺白夜的尸体，便让她抱着，想等到第二天早晨再说。

第二天早上，赫连天还没有去找小米，那个范景却找到狗肉馆里来了。他要感谢赫连天，说他们走后不久，墙壁上缢灵的影子就消失了。他认为赫连天表面说不能帮忙，实际上暗地里帮了他的忙。他说那个房子终于可以卖个较好的价钱了。

赫连天被范景这一打岔弄得哭笑不得，勉强跟他搭了两句话，就把他送走了。

赫连天走进小米的房间，看见小米还是抱着白夜的尸体。

赫连天找她要，她依然不给。

“它已经死了，给我吧。”赫连天好言相劝。

小米将白夜的尸体抱得更紧，避开赫连天伸出的手，说道：“不行，它是我害死的！我要把它救活！”

赫连天道：“快给我吧，如果它体内的缢灵怨气泄露出来，你染上了就会变得很暴戾的！白夜不在了，我还可以给你挑个新的小猫鬼。我还有一群小猫鬼呢，随你挑！你这么快让白夜认主了，其他的猫鬼也会很快就接纳你的，你很快就会有一只跟白夜一样聪明又厉害的猫鬼！”

他知道人跟猫之间是讲缘分的，小米跟白夜这么有缘，不一定跟其他猫鬼也这么有缘，就如人跟人之间的缘分，并不是每个人都能一见如故。其他的猫鬼很难再有跟小米这么合拍的，这种概率太小太小，小到可以忽略。白夜和小米的缘分就已经让他大为意外，认为是奇迹了。这种意外不可能在短时间里出现两次。

奇迹之所以称之为奇迹，就在于它很少发生。

他这么说完全是为了安慰小米。他还把小米当小孩子，用大人骗小孩的方式来安慰她，却不知道这完全没有作用。

小米把他的话当成了耳边风。

她专心致志地给白夜的尸体挠背，跟白夜的尸体说话：“白夜，你快起来呀，快陪我玩呀！”

赫连天催促道：“快给我吧，它会腐烂发臭的！”

小米一惊，问道：“腐烂发臭？”

赫连天不知道小米为什么惊讶，点头道：“当然啊！活的东西死了都会腐烂。尘归尘，土归土。”

小米仿佛想起了什么，她立即站了起来，抱着白夜的尸体跑了出去，将赫连天一个人留在房间里。

她来到了一个小池塘边，搂了搂怀里的猫尸体，对着猫尸体说道：“铁小姐说过，如果把猫扔在水里，猫就会活过来，不过要把主人拖下水。我现在把你扔下去，你待会儿一定要游上来哦！你既然是我害死的，我就把命还给你！”

说完，她一扬手，将白夜的尸体丢进了池塘。

扑通一声，白夜的尸体落在了水里。波纹从落水点向外扩散开来，仿佛白夜的尸体里泄露了什么能量。

小米站在岸边，紧张地看着渐渐下沉的白夜的尸体。她期待白夜像铁小姐说的那只猫一样死而复生。

可是白夜的尸体如沉甸甸的铁秤砣一样往水下深处坠落，小米的心也跟着往下沉。

白夜的尸体一直往下，最后消失在水中。

“为什么它没有游上来呢？”小米自言自语。她仍不放弃，干脆坐在了池塘边，心里不停地祈祷白夜从水中浮起来，然后游到她身边。

她祈祷了许久，可是池塘的水面平静如一潭死水，没有半点活的气息。小米开始怀疑铁小姐说的话，死了的猫怎么可能从水中游起来呢？那不过是大人骗小孩的把戏而已！她当初那么说，完全是为了让我不养猫而已！她不喜欢我找借口进去打扰她和马秀才，所以编了这个故事吓唬我！

小米坐得腿都麻了，她后悔这么草率地相信了铁小姐的话，让白夜连个葬身之地都没有。

她爬了起来，决定回狗肉馆，找赫连天想办法把白夜的尸体捞上来。

她刚起立转过身要走，就听到背后哗哗哗地一阵水响。

她惊喜地转过身来，看到一只巨大的老虎带着一身的水朝她扑来！那老虎的斑纹古怪，黑白相间；那老虎的胡须抖擞，挺如钢针；那老虎的目光凶狠，刺透人心；那老虎的嘴巴巨大，犹如血盆！

那老虎是从池塘里跃出来的，浑厚的冲力带起了无数大大小小的水珠，仿佛是逆天而上的雨！

小米没想到跳上来的不是白夜，而是一只猛虎。

小米的脸被老虎带出来的雨水打湿，眼睛还没来得及闭上，就被猛虎扑倒在地。随之而来的一股阴冷而汹涌的血腥肃杀之气让小米呼吸都感觉到艰难。

她听到这猛虎狂吼一声，如平地一声雷，震得她两耳嗡嗡响，两眼一黑，便晕厥过去……

不知道过了多久，她感觉自己已经昏昏沉沉地醒了过来。

但是她感觉非常疲惫，仿佛梦魇又不是梦魇，不但手脚疲惫得没有一丝力气，眼皮也沉甸甸的仿佛有千斤重，怎么用力也睁不开。她感觉身体沉浸在水中，她能听到周围有激流暗涌的声音。激流暗涌的声音非常奇妙，只有在水底下潜过水的人才知道。小米在老河里游过水，除此之外，这声音一直在她的记忆深处潜伏，那是一段噩梦般的记忆，她对这声音非常熟悉。

隐隐约约中，她听到了猫叫声，忽近忽远，如梦似幻。

她心里急起来，不知道那是不是白夜的声音，听起来像又不像。这一急，她的眼睛就睁开了。

眼前是一张熟悉的猫脸和一张人脸。猫是白夜，人是赫连天。

赫连天见她睁开了眼睛，欣喜道："你终于醒过来了！你已经睡了五天五夜！急死我了！如果你有个三长两短,我怎么向马秀才交代！"

白夜见小米醒来，立即从赫连天身上跳下来，落在小米的身上，将脸往小米的脸上蹭。

"白夜！"小米欣喜地抱住它。

赫连天道："幸亏你没有让我埋掉它。你落水的那天，它湿漉漉地回来了，是它领着我们去那池塘边找到你的。"

"我看到了一只老虎！"小米想起晕厥前的情景，心有余悸。

赫连天一愣，说道："你看错了吧？这定州城里哪有什么老虎？"

小米看了一眼白夜，那老虎跟它长得并不像。白夜打了一个呵欠，嘴巴张得很大，就这张嘴还有点那只老虎的影子。

"或许是我看错了吧……"小米将心里的话隐匿下来。她不确定那只老虎和白夜有什么联系，估计赫连天也不清楚。

赫连天问道："你是怎么让白夜复活的？你又怎么落水了？"

小米反问道："我怎么会活过来？"在铁小姐的故事里，猫的主人应该会溺死的，一命换一命。只不过铁小姐故事里的主人是被迫，而小米是自愿。

赫连天道："我们跟着白夜赶到那个池塘，救起你之后，你还有很微弱的气息。我让白先生和夜先生守护在你身边，如果你断了气，就让它们将你最后一口殃气吸走，把你的魂魄保存起来，再另想办法。没想到你的气息虽然微弱得几乎随时都会断掉，但是一直要断未断。后来我想起族人以前说起过一种叫返魂香的东西，据说是祖宗传下来的，便从族人那里讨了来，在你床边点燃焚烧。没想到还真有作用，你很快就身体回暖，居然睁开眼睛了。"

小米果然闻到一阵奇异的香味。

"师父，你以前见过猫鬼死而复生吗？"小米又问道。

"听说过许多，但这次是第一次见到。"赫连天说道。

"你是第一次见到？"小米觉得不可思议，"你养猫鬼这么多年，居然没有见过这种事情？"

赫连天笑道："有些事情不期而遇，有些事情你想遇也遇不到。"

第四章 人精

一个黑衣女子进来打断了赫连天和小米之间的对话。那个黑衣女子说一个什么人来了，要见一下赫连天。

赫连天对小米道："抱歉，这个人比较重要，我先去见见他。你先好好休息，等身体恢复得差不多了，我再教你其他的猫鬼之术。"

小米点点头。

赫连天一走，小米就从床上爬了起来逗白夜玩。有了这次失而复得的经历，小米更加珍惜白夜了。白夜也更加顺从小米，认主程度更深。

小米认真检查了白夜，发现它的肚皮已经恢复正常，不知道吃进去的缢灵是被它消化了，还是在水中的时候消散了。

到了傍晚，赫连天还没有回来，而来狗肉馆的人越来越多，其中很多客人是回头客，小米都认识一部分人了。他们大多数是醉翁之意不在酒，而在那些黑衣女子。

赫连天买卖邪灵要花去很多钱，有出就要有进，狗肉和人肉便是回收资金的绝佳途径。

姥爹不将小米寄托在铁小姐那里，而将她寄托在狗肉馆，是有他的考虑的。他知道，铁小姐虽然密切监视泽盛的一举一动，泽盛必定也暗中关注铁小姐的一举一动。倘若将小米交由铁小姐照顾，这不但不是将小米隐藏起来，反而是将她暴露在泽盛的视野之中。狗肉馆虽然有着隐藏的皮肉生意，将年幼的小米放在这里似乎不佳，但正是因为这里鱼龙混杂，各式各样的人都有，个别人才不会引起特别的关注，才能混淆视听，所谓越危险的地方越安全。况且这里本就属于泽盛自己的地盘，更是不会引起关注。

赫连天不在的时候没有人管束小米，小米便带着白夜来到热热闹闹的狗肉馆玩耍。邪灵贩子跟黑白无常一样，哪里有灾荒战乱，他们就往哪里跑。这些人身上或多或少会染一些不干净的东西。小米想让白夜将这些人带进来的东西吃掉，借以提升白夜的实力。虽然这些东西如同稀汤挂面之于饥饿之人一样没有多大作用，但聊胜于无，有点总比完全没有好。缢灵这一次差点将白夜害死，小米也不敢让它乱吃不知深浅的游魂恶灵了。

来狗肉馆的人里不乏前不久在这里赚了不少钱的邪灵贩子，他们大多数爱喝酒，喝多了便胡乱说话，说的话题无外乎酒、女人和邪灵。小米仔细听他们说的关于邪灵的话题，从而得知他们在哪里发现了大批的邪灵，哪里阴气比较重，哪里常常出怪事。小米一一记在心里，等待有机会了带白夜去饱餐一顿。

如果他们说到定州在某个地方发现了许多邪灵，小米第二天就带白夜赶到那个地方去让它来一次饕餮大餐。

邪灵贩子在某方面有些像小偷，平时会先踩点，到了快交易的时候才去取得他想要的东西。而在交易之前，他们踩的点已经被小米一一光顾了。

在这段时间里，白夜在小米的培养下变得越来越强大。

一天晚上，小米吃过晚饭之后带着白夜出去猎食。

走到一个偏僻的小山岗的时候，小米看见前面不远有个老态龙钟的夜行人。那个夜行人似乎走路有些困难，步履维艰，走得很慢。

小米赶了上去，问那夜行人："这位大爷，这么晚了，你是要到哪里去？"这个小山岗已经离定州城有些距离，这个老人却不是向城里走，而是向郊外走。

这老人听到小米的声音，停下了脚步，用鼻子在空气中嗅了嗅，用嘶哑的声音说道："孩子，你快点走吧，这里危险！"

小米觉得好笑，如果这里危险，他这个跑不动的老人为什么要走到这里来呢？

"我嗅到了老虎的气息！"那个老人说道。

小米笑道："大爷，你别吓唬我啦，我师父说过了，这定州城里城外没有老虎。如果有老虎，你为什么跑到这里来呢？"

那老人摆摆手，说道："我又不怕老虎！我什么都不怕！"

小米本想撇下他，带着白夜继续往前的，听这老人这么说，倒生出几分好奇心来。她跟着老人走，问道："你什么都不怕？为什么呀？"

老人露出一个古怪的笑容，抬起一只手指了指他自己的双眼，说道："我眼睛瞎了，什么都看不见，怎么会怕呢？"

小米这才发现老人的两颗眼珠子是全白的，像死了几天的鱼的眼珠一般。

"管它多吓人，我都看不见，它就吓不到我了。"老人嘿嘿笑道。

小米不知道该怎么反驳这句话。

老人又嗅了嗅周围的空气，问小米道："这只老虎跟着我们？"

小米忍不住生气道："大爷！这不是老虎，是我的猫！"

"是猫？"老人不相信。

"当然是猫！要不我让它叫一声给你听听？白夜，叫一声给这位大爷听听！"

"嗷呜……"白夜叫了一声。

老人眉头一皱，又舒展开来，说道："看来我没有猜错嘛。"

小米觉得这位大爷真是糊里糊涂了，嘟囔道：“明明是猫叫，大爷你还不承认错误！眼睛看不见，难道耳朵也听不见吗？小心小心，你前面有个大水坑呢！”小米伸手去拉那位老人，引导他绕开了那个水坑。

老人的笑容融化在沟沟壑壑的皱纹里，说道：“小丫头嘴巴不饶人，心倒是挺善的。那我就不妨对你说吧，你这猫可不一般呢。”

小米说道：“要不是看你眼睛不好，我才懒得管你呢，我还有事情要忙。当然了，不用你说我也知道这猫很不一般！”小米心想，我这是猫鬼，不是猫，说出来怕吓到您老人家！

老人不怕小米打断他的话，继续说道：“我知道定州城里有个养猫鬼的高手，是雄怒族后裔，姓赫连，他祖宗改姓是为了取赫赫连天的意思。但你这只猫不只是猫鬼这么简单，小丫头！”

小米被老人的话镇住了，她这才明白这老人眼瞎心不瞎。

“小丫头，你知道吗，猫属白虎，是最令妖邪胆寒且法力无边的四大神兽之一。四大神兽分别为青龙、白虎、朱雀、玄武，西为白色，所以白虎为西方之神，与青龙共为镇邪的神灵，同时白虎也是战伐之神，具有避邪、禳灾、祈丰及惩恶扬善、发财致富等多种神力。我感应到了它的神力，所以说它是只老虎。”老人神秘兮兮地说道。

小米道：“可是……它明明是只猫呀……”

老人微笑道：“小丫头，你说你还有事情要忙，是带它去前面不远的乱坟岗吃邪灵吧？”

小米一惊，问道：“你是怎么知道的？难道你会掐算？”

“虽然我能掐会算，但这无须我来算啊。古书中有道，‘虎者，阳之物，百兽之长也，能执搏挫锐，噬食鬼魅’。你这猫既是白虎神兽，又在这个时候出来，自然是要去噬食邪灵。”老人说得有板有眼。

“算你厉害。”小米佩服道。

老人又道："你这猫死过一回吧？"

小米诧异得无以复加："你这又是怎么知道的？"

老人高深莫测地笑了笑，说道："就阴阳五行而言，青龙生于离，离属火，故云'龙从火里出'，白虎生于坎，坎属水，故云'虎向水边生'。一只普通的猫，要变成神兽白虎，必须从水里死而复生！当然，那只猫的命还得足够大！万里挑一！所以我不但知道你的猫死过一回，还知道它死后是从水里复生的！小丫头，我说得对还是不对？"

小米佩服得五体投地，心服口服道："大爷，你真是厉害！我师父都不知道这些。"此时，小米终于明白在池塘边为什么看到一只猛虎从水中冲出来了，原来那就是白夜！

"你师父？那个姓赫连的？"老人问道。

"是啊，你跟我师父认识吗？"

老人摇头道："我认识世人，世人不认识我。你有了这只白虎神兽护佑，你师父加上他的黑白二猫都不是你的对手。不过，你还得懂得如何控制这只白虎神兽。如果一股特别强大的力量不受控制，你可能反受其害。"

"我知道我的能力还不够，现在正在努力学习师父教的术法呢。"

老人又摇头，说道："你师父教的是怎么养猫，你带的却是一只猛虎，怎么能用驯猫的方式来驯虎呢？"

小米听老人这么一说，觉得有道理。可是目前除了跟着赫连天学之外，她没有其他修炼途径。

"你师父低估了你的实力，你自己也低估了你的实力。"老人说道。他白色的眼珠子有什么都看不见的可怜，又似乎有目空一切的高傲。

"我何尝不想尽快提升实力？可是没有其他办法呀。"小米说道。

老人停下脚步，面对小米，慎重地说道："如果你答应我一个条件，我就亲自来教你，让你快速提升到你应有的实力。”

“你可以提升我的实力？”小米将信将疑。信是因为刚才他说的那番话，证明他确实知道得很多；疑是因为他连面前的水坑都不知道避开，这样的人能有多少真正的实力？

老人道：“一个瞎子能骗你什么东西？”

小米想了想，觉得不妨一试，便问道：“你的条件是什么？”

“带我去一个地方。”

“什么地方？可我不是本地人，对这里也不熟啊。”小米为难道。

老人道：“小丫头，那个地方我会去，一个人也能去。所以即使你不认路也没有关系。”

小米迷惑道：“那你为什么还叫我带你去？”

“小丫头，可不可以不要问这么多问题？有多少人求我教他术法我都不会答应呢！”老人自负地说道。

“可是我没有求你呀。”小米根本不买他的账。

“你不跟我学，以后就控制不住你的老虎。”

小米哼了一声，说道：“我师父以前还说我不能让它认主呢，你们总以为自己知道的很多，但总被知道的东西蒙蔽！”

老人无可奈何道：“哎，多少人想拿走我的东西而求之不得，我要给你我的东西你却不领情！不过也好，这就是我们的缘分，要是对我有所求的人，我还不放心呢。”

“我才不要你的东西。”小米将老人上上下下打量一番，“看你穿成这样，身上也没有什么好东西。”

这位老人确实穿得略显寒酸，布衣布鞋，皮肤干涩，手指粗糙，跟乡村里的老农没有什么区别。

“小丫头，不要以貌取人。我说的东西不是寻常之物，是我多年来的修为精髓。”老人说道。

小米道：“老人家，恕我直言，如果是动物修炼成人，那才叫修为，可是我和我的猫都没有感觉到你有什么妖气，不然我的猫就会发现了。如果是鬼怪幻化成人，那也叫有点修为，可是我和我的猫也没有嗅到半点邪气，不然我的猫就会把你吃了。如果是人有高深法术，那当然叫修为，可是你走路都磕磕绊绊，眼睛也看不见，我刚才不拉你一下，你都摔到水坑里去了，我看不到你有任何修为。”

老人得意地点头道:“这就对了！你看不见我的修为,这就对了！”

“这怎么就对了呢？”小米不解。

老人问道：“嘿嘿，狐狸修炼会成为什么？”

“狐狸精。”

“黄鼠狼修炼会成为什么？”

“黄鼠狼精。”

“那人修炼会成为什么？”

“人精。”小米不假思索，脱口而出。

老人哈哈大笑。

“不对！”小米想改口。

老人却打断她，说道：“对！我就是人精。”

“你是人精？”小米绕着老人走了一圈，还是没有看出什么来。

“世间万物皆有灵性，皆有道心，皆可修炼。山石树木，虎豹豺狼，飞禽走兽，无不可修炼成精成怪，人当然也不例外！”老人铿锵有力地说道。

“人不是修炼成仙吗？”

“可是你看到过神仙没有？”老人用那双白色的眼睛盯着小米。

小米摇摇头，怕老人看不见，又道：“这还真没有。”

“就是嘛，修仙太难太难，基本没有人修成。所以，修仙还不如修炼成人精。人道算是六道里面很好的了，不然为什么那些飞禽走兽都想通过修炼得到人身呢？我们已经得了人身，夫复何求？”

“求的可多啦。生老病死，还有跟喜欢的人在一起。”小米说道。

老人本来想以历经沧桑的长辈姿态来谆谆教诲涉世未深的晚辈，没想到被小米一句话给噎住了。

“这……这……”老人结结巴巴。

小米将手一挥，一副大人不记小人过的样子说道：“算了吧，算了吧，人虽然是有情众生，但无情的人并不少，只求活着，不求其他。”

老人一脸沮丧。

“对了，你要去哪里？什么时候教我驯……驯虎的术法？”小米问道。

“今晚就开始教你！我先跟你们去那乱坟岗，等你的伙伴吃饱了就开始训练。至于我要去的地方，合适的时候再给你说。”

小米欣然应诺。

于是，小米和白夜带着老人去了乱坟岗……

一天，在饭桌上吃饭的时候，小米突然问赫连天道：“师父，你说这个世界上有人精吗？”

赫连天想了想，说道：“人精？以前听家里长辈说过，但是从来没有见过。我想应该是没有的吧。”

“你听家里人说过？他们怎么说的啊？”小米顿时兴奋起来。她原本只是因为压抑在心里不舒服，随便碰碰运气说说看，没想到赫连天居然听说过。

“是啊，猫狗猪牛都可能修炼成精，人也可以修炼成人精。这人精跟其他修炼的术士不一样，他们获取的能量从来不使用出来，而是转化到自身，使得自己的肉身变得异常坚韧，从而抵挡时间的摧残。都说肉身是渡人舟，魂魄是舟上的人。但是渡人舟随着时间的推移会腐败衰老，所以舟上的魂魄不得不通过轮回投胎的方式获取新的渡人舟。有的人修炼是为了摆脱渡人舟的束缚，想魂魄离开肉体也能生存下来，这就是所谓的羽化登仙。而人精考虑的角度不一样，他们希望无限加固自己的肉身，阻止或者减缓渡人舟的腐败衰老，让舟上的魂魄不用弃舟另寻新舟。”

小米沉思片刻，问道：“这么说来，人精活的岁数可以远远超过普通人？”

“是啊。”

“人精是不是非常厉害？”

“如果有的话，当然非常了不得。一个人活到四十岁，就可以说不惑了，活到七十岁，就可以说从心所欲不逾矩，能活到一百岁，简直能看透所有世事。倘若能活几百岁甚至上千岁，你想想，他要历经多少事情？基本就会将所有别人不明白的事情看透吧？”

小米问道：“可是有些人能记起前世，是不是跟人精差不多？”

赫连天摇头道：“说起来差不多，但差距还是很大。弃舟再找新舟，中间要经历胎中之谜，忘却许多细节。即使记起前世，也如梦中那么虚幻缥缈，获得的体验差别甚大，并且一切要从头来过，今生的自己要跟前世的自己有很多冲突需要调解，耗时耗力耗心。这么说吧，转世而记起前世，就如破箩筐装米，一边装一边漏。人精修炼则是一直装，不会漏。所以算起来时间相同，实际上差别巨大。”

“哦……”小米若有所思。

赫连天觉得解释过于复杂，补充说道：“换个简单的方式说，转世依赖的是阿赖耶识，种子识，转世再修炼，就如取了前世的种子来浇灌，让它重新发芽长成大树。人精则是一直生长，直接长成参天大树。这就是它们之间的区别。”

这次小米明白了，感叹道：“难怪他们要用这种方式修炼！”

“但人精仅仅出现在传说中。”赫连天耸肩道。

“万一有呢。”

“万一有，他也不敢出来。”

“你不是说人精比转世的修炼者还要厉害吗？这么厉害的人为

什么不敢出来？”小米问道。

“人怕出名猪怕壮。这种打破俗世修炼法门的人如果被发现，肯定会成为众矢之的，有的人想杀他，有的人想跟随他。不论是想杀他的还是想跟随的，都对他没有任何好处。”

“为什么？”

“想杀他的人不用说吧。跟随他的人越多，他就暴露得越明显，反而有利于想杀他的人找到他。”

“为什么会有人杀他呢？”

赫连天一笑，说道：“如果人精确实存在，其他修炼方式便没有了吸引力，那些修炼高人便没有了追随者，他们就会假借违背天伦、替天行道的口号来杀死人精。”

“被你说得如此厉害的人精难道对付不了那些修炼高人吗？”

“就如动物修炼成精一样，并不是所有动物最后都能修成精的，要看天赋和机缘，修成者毕竟少之又少。人精也一样，他们在人数上占绝对劣势，自然抵挡不住遍布大江南北的修炼高人的明枪暗算。或许……或许人精在历史上确实有过，但被众多修炼先辈剿杀了吧。”赫连天干脆放下了筷子，“这就是众生。众生团结起来，会产生可怕的力量，但也会消灭一些力量。”

“这就是人精不敢出来的原因？”

“对。所以，有时候你即使拥有非常强大的力量，你也要懂得忍耐。”

小米从赫连天最后一句话里听出别有所指的味道。白夜的复活，自己的溺死，以及最近白夜表现出来的恐怖进步，或许让赫连天有些不安了。她忍不住去看了看桌子下面的白夜。

桌下的白夜也看了看她。

白夜自从经过那老人的间接调教之后眼睛的颜色发生了细微变化。它的瞳孔周围渐渐变蓝，仿佛是一片海洋，一片天空。小米凝视它的时候，仿佛望不到头，又仿佛要向它的眼睛坠落下去。

“师父，我听人说，人精的眼睛是瞎的。有没有这么一回事？”因为白夜的眼睛，小米回想起老人教她训练白夜时那双白色的眼珠子。她怕赫连天发觉，便假装是别人说的。

赫连天见小米没有吃饭的意思了，便朝旁边伺候的黑衣女子招招手，示意收拾桌子，然后对着小米点头道：“是啊。你听谁说的？怎么还知道人精的眼睛是瞎的？”

小米掩饰道：“哦，在大街上听下棋的老人闲聊说到的。为什么人精的眼睛是瞎的呢？”

赫连天道：“动物修炼成人，破坏六道，所以会遭到雷劫阻拦。人精虽然没有跨越六道，但是已经破坏伦常，也会遭到天谴。为了躲避天谴，人精往往自毁双眼。”

“自毁双眼？”小米不寒而栗。她以为那位老人的眼睛天生如此，或者是遭遇不幸才这样，没想到是他自己故意毁成那样的。

“是啊，世间不少类似的例子，算命先生道破天机，所以往往是瞎子，或者天生失明才学算命。瞎子看不到天机道破之后给人间带来的改变，所以上天惩罚较轻。人精从中悟出避灾道理，所以自毁双眼，减轻恶业。”

小米在画眉村的时候听姥爹说过算命先生多是瞎子的解释，知道其中道理。

小米也明白了为什么那位老人要她带他去不用引路也能去的地方。

老人并不需要别人带路，但他需要一个幌子向外界表示他是一个盲人，是一个弱者，是一个需要别人扶持的人，从而隐藏他真正的实力。

他是在演戏给别人看。

小米想知道他到底要去哪里，老人还没有告诉她。

在他帮忙训练白夜的时候，小米不止一次地询问过。可是老人摸摸下巴，总说：“不急，不急，到时候自然会告诉你。”

小米曾问过他的名字，意料之中，他不愿意透露。他说道：“我要告诉你，也会告诉你一个假名字，这有什么意义呢？”小米只好仍旧以“大爷”称呼他。

一个时时刻刻想要隐匿的人，怎么可能会告诉别人他的名字呢？

“小丫头，你也不用告诉我你的名字。”老人似乎觉得这样就跟小米扯平了，“我见过的人太多太多，比你见过的蚂蚁还多。岁月太久远，我记不住他们的名字。我有时候想，我会不会忘记自己的名字。”

“自己的名字都能忘掉？”

“小丫头，你没有我这样的经历，就不会理解我在说什么。只要时间足够久远，没有什么是忘不掉的。名字不过是一种应激咒语，忘不忘记其实都没有什么大不了的。”老人翻了翻他的白眼珠说道。

虽然他翻白眼跟没翻差不多，但小米还是能看出他的眼珠子在动。小米有时候忍不住猜测，这老人的瞳孔是不是藏在眼珠子的后面。别人是黑色瞳孔在前，这人精却将瞳孔藏了起来，并不是眼珠全白。

小米听姥爹说过，人的语言本身就是一种咒语，但是没听说过人的名字也是一种咒语。她觉得老人说得有点新奇，顿时很感兴趣。

“为什么名字是咒语呢？”

“如果我叫一下你的名字，你就会回头来看看我，这是你对自己的应激，这就是名字起到的作用。当别人说到一个你认识的人的名字时，你就会想起他的样子，这是你对别人的应激。但是，多少年以后，世界上不存在你这个人了，再也没有人记得你的名字，这个咒语就失效了，没有作用了。你说说看，对我这种活得太久的人来说，名字还有什么意义？原来我认识的人全部不在了，知道我名字的人也不在了，所以我的名字已经失去了任何作用。”老人说道。

小米听完沉默了片刻，问道：“那你一定很寂寞。”

老人淡然一笑。

“我好像能理解你，又好像完全不能理解你。”小米说道。

老人微笑道：“你可以把这种感觉运用到你和猫的交流中。你需要它的时候，不要想着它的名字，而要想到它，那个真正的它。”

“真正的它？”小米问道。

“它的名字叫白夜，但白夜不是它。你要避开名字，直接与它沟通。用名字这种应激咒语来操控它，这种操控关系是非常脆弱的。你应该避开这种脆弱的沟通，直接与它沟通。忘掉它的名字，就像你自始至终不知道我的名字，但是我们沟通起来没有障碍一样。没有名字，只有你我。”老人将最后八个字说得很用力，好像每一个字都带有重量一般，非得舌头非常用力才能将它们抛出来。

小米再次看向白夜，果然有了一种全新的感觉。

小米对这个世界也有了新的认识，原来人人都会一些简单术法，人呼叫别人的名字时，就是施展了咒语的力量；人使用了这种应激咒语，又被它束缚。

这种感应一旦形成就终身难以摆脱。姥爹将每一个收集来的怨念命名，除了加以区分，实际上也在无形之中给它们戴上了束缚的枷锁。小米记得赫连天曾经说过某些地方有些邪灵如果将它的名字告诉你，那便表示它臣服于你，以后听由你调遣。

小米也终于明白人精为什么不肯告诉她名字了。他是要避免别人用名字来束缚他，暗算他。

自那之后，小米再也不问他的名字。

虽然问到名字的时候很不爽快，但他的实力确实不容小觑。在他的辅助训练下，白夜的眼睛越来越蓝，吃的邪灵越来越多，吃的速度越来越快，吃的方式越来越凶狠。

小米问他从哪里学的驯虎技能，为什么驯得这么好。

老人笑道：“人精嘛，就是凡是人能做的事情，我都见过学过，无所不会，还要做得比一般人精明一些。”

他知道猫的每一个动作和每一种叫声代表的意义，然后将这些知识传授给小米，让小米跟白夜之间的沟通更加顺畅。

小米在驯猫的过程中也得以提高了自己的实力。

在驯猫的第十五个晚上，老人突然对小米说道：“小丫头，明天晚上可以让你的猛虎试着尝尝鲜了。”

“哦？尝鲜？尝什么鲜？”小米心想，白夜吃的都是魂魄，不像人一样吃饭还讲究色香味俱全，有什么新鲜可言？

“尝得了还是尝不了，现在还说不准呢，但这是对这些天来训练成果的一个考验。明天要来的‘鲜’比让它死过一次的缢灵还要厉害。”

“比缢灵还要厉害？那是什么？”这些天白夜的进步她看在眼里，记在心里，但是白夜还没有跟较高级别的邪灵较量过。她也想尝试一次。老人既然开了口，应该对白夜有几分把握，但小米对白夜上次撑死的事情还记忆犹新，如果白夜再死一次，不知道扔到水里还会不会游起来，而自己还有没有那么好的运气不被淹死。

这些未知因素让小米既害怕又期待。

“明晚你就知道了。今天就到这里吧，你该回去了，不然你师父会怀疑的。”老人说道。

小米每次跟老人待在乱坟岗的时间也就一个多时辰而已，太早出来太晚回去，都可能让赫连天追问去了哪里。

小米不知道老人在哪里借宿的，不过每次看他来去自如，也就放心了。

回到狗肉馆后，小米剪了许多纸人才睡下。虽然这段时间过得很安逸，她依旧期盼姥爹早日归来。她剪的纸人比以前好多了，不仅仅有外形，还剪出了五官，有鼻子有眼睛，甚至还有衣服样式。

以前剪了纸人随便扔，现在剪了纸人她都会叠整齐放在床边的桌子上，用镇尺压住。

第二天一大早，小米被狗肉馆的人吵醒，她听到外面有人叫喊。

小米还没有爬起来就有一个黑衣女子冲进屋里，表情依然冰冷，但着急地指手画脚道："小姐，你的白夜跟其他猫鬼打起来了！你快去看看吧！"

小米急忙穿好衣服，跟着黑衣女子飞奔出来。

等到小米赶到的时候，地上已经躺着四五只血淋淋的小猫鬼了。

小米吓了一跳，以为白夜已经倒在血泊之中，她抓住黑衣女子急切地问道："白夜呢？我的白夜呢？"

小猫鬼都长得差不多，很容易混淆。

黑衣女子指着不远处那只被众小猫鬼围住的小黑猫，说道："它在那里。"

小米稍稍放下心来，问道："它们怎么打起来的？"

黑衣女子道："其他小猫鬼正在玩地上的纸人，你的白夜突然冲出来，要将其他小猫鬼赶走。小猫鬼们就跟你的白夜打起来了。"

"原来是要保护我的纸人？"血淋淋的小猫鬼旁边有十多张她昨晚剪好然后用镇尺压好的纸人。她不知道这些纸人怎么跑到这里来了。

"应该是的。小姐，快把你的白夜叫回来吧，它一连咬死好几只小猫鬼了！现在它引起了众猫鬼的愤怒，要围攻它呢！如果再打起来，恐怕会两败俱伤！这些猫鬼都是老爷的心肝啊！"黑衣女子央求道。

小米顿时感动不已。白夜为了保护她珍爱的纸人，居然跟它以前的伙伴们反目成仇！不过它下手确实太狠，居然咬死好几只小猫鬼！

感动的同时，小米也惊叹白夜在这么短的时间里远远超过原来跟它一样的小猫鬼。

小米朝白夜所在的位置看去，二三十只小猫鬼围绕着白夜，龇牙挠爪，却不敢贸然发动进攻。看来前面牺牲的四五个同伴让它们见识了全新的今非昔比的白夜。

白夜虽然陷入包围之中，但丝毫没有胆怯，反而威风凛凛，气势逼人。它沉浸在恶斗之中，没有转头来看小米一眼。

小米见白夜似乎充满信心，便没有听黑衣女子的话叫白夜回来，她倒想看看白夜到底有多大能耐。毕竟人精老人说了，今晚要考验这些天的训练成果。如果白夜对付不了这些小猫鬼，恐怕更对付不了比缢灵还要厉害的邪灵。

她甚至默默祈祷白夜打不过这一群小猫鬼的乌合之众。如果白夜被挠伤，她就可以以白夜有伤在身为借口，叫老人先不要考验白夜。

她还是担心白夜会再次被撑死。

越是在乎的东西，越容不得一丝闪失，越不能让它冒一次险。

正在小米等待猫鬼们打起来的时候，赫连天过来了。

赫连天见了死猫鬼的惨状和活猫鬼的紧张氛围，急忙喊道：“不要打！”

这些猫鬼无一不是赫连天费心费力养成的，虽说白夜最为灵动，但手掌手背都是肉。

当时他打一个响指就能将它们召唤过来，但他没有这么做。他知道响指已经对白夜不怎么起作用了，万一其他小猫鬼放松警惕，说不定白夜会趁机偷袭，让小猫鬼的伤亡更加惨重。

他要将伤亡降到最低。

于是，他转过身去，对着黑衣女子怀里的白先生和夜先生说道：“白先生，夜先生，麻烦你们帮我劝劝白夜吧！”

白先生和夜先生从黑衣女子怀里跃出，朝那群小猫鬼走去，仿佛两个大人要去劝年轻气盛爱好斗殴的小孩子们。

赫连天没有叫小米劝回白夜，因为他知道白夜如果撤退，那些小猫鬼也会趁机攻击。他见白先生和夜先生过去了，便走到小米身边说道：“猫鬼的事情就让猫鬼来解决吧。”

小米觉得赫连天的处理方式合情合理，白夜是白先生和夜先生的孩子，虎毒尚且不食子，白先生和夜先生应该不会像其他愤怒的小猫鬼那样伤害白夜。

白先生低沉地喵了一声，走到白夜对面。夜先生稍微显得漫散，心不在焉地跟在白先生后面。

其他小猫鬼见白先生和夜先生过来了，稍稍散开一些。

小米见那些小猫鬼并没有离开，有点慌地问赫连天道：“白先生和夜先生也劝不走那些猫鬼吗？”

赫连天神色凝重道：“猫跟猫之间，也像人跟人之间一样。白夜犯下的不是小错，它咬死了好几个同伴，就像我们杀死了好几个人一样，是不能轻易放过的。”

“那它们想怎样？”小米担心道。

“根据我以往的经验，恐怕白夜要流点血并且认错认输，以示惩罚。”赫连天道。

“要白夜流血认错认输？”

“这是猫鬼家族的惯例。这还要看小猫鬼和白先生、夜先生之间怎么商定，如果白夜不肯认错认输，可能就比较麻烦。”

“不认错认输的话会怎样？”

“那就……流血到它认错认输为止……”赫连天的眉头拧得更加紧了，“以前发生过这种事情，有一只小猫鬼犯了错但不认输，结果被白先生和夜先生撕成两半了。”

小米打了一个寒战。“要怎样才算认输？”

“把尾巴藏在两腿之间，低头，主动去蹭白先生和夜先生。”赫连天看着白夜说道，仿佛他已经看到白夜俯首称臣了。且不说白先生和夜先生的个头比其他猫鬼要大，就凭姥姥的级别和资历就该让这些入门级的小东西敬若神明。

“夹起尾巴做人……原来是这个意思吗？”小米虽然不想白夜受到伤害，但想起白夜卑躬屈膝的样子就心中不快。

白先生在白夜对面站定，毛茸茸的尾巴高高翘起，笔直冲天，绒毛飘飘，仿佛是一面代表权力和地位的旗帜。它等着白夜乖乖低下头，然后走到它面前来蹭它洁白无瑕的皮毛。它期待白夜像缴械的叛臣一样归顺，期待白夜像回头的浪子一样归来。

“快过去呀。”赫连天忍不住低声道。

可是白夜站在原地一动不动，像一个倔强的孩子。

“嗷呜……”白先生发出更加低沉的声音，颇有猛兽发威的味道。它的毛竖了起来，瞬间看起来胖了好多。

周围的其他小猫鬼听到这个声音之后都哆嗦了一下，有的悄悄后退几步，它们嗅到了风雨欲来的危险气息。

夜先生听到这个声音也不禁提起了精神，没有了刚才那种懒洋洋的样子。

经过人精老人指点之后，小米听出白先生这动作是警告，是威胁，是愤怒。小米在狗肉馆住的时间不短了，她知道白先生和夜先生向来养尊处优，高高在上，连这个狗肉馆的主人赫连天都要谦让三分，可以说在一定程度上白先生和夜先生才是这里的主人。而在白先生和夜先生之中，白先生地位更高，夜先生多半扮演护卫的角色。

显然，在这个地方，一切让白先生愤怒的举动都是不明智的。

小米见白先生都这样了，也转换心意，期待白夜暂且认输退让。

可是白夜还是一动不动。

这挑战了白先生的权威，白先生当然不允许这样的情况发生！它缓缓走到白夜面前，张开嘴，露出尖锐的牙齿和血红的口腔，发出嘶嘶的声音。

人精老人说过，这是猫独有的恐吓对方的方式。

毕竟白夜是它的孩子，它要用最后一种强烈的方式来扭转白夜的态度，就像气急败坏的长辈最后用嘶吼的方式来责备不听话的晚辈一样。

白夜接下来的动作让人惊讶。

它居然四肢直立，身体前倾，对着白先生怒吼过去！

“嗷呜——”白夜发出凄厉的一声，仿佛即将下山的百兽之王！它无所畏惧，无所忌惮！畏惧的应该是它们！忌惮的也应该是它们！而不是自己！

不用说赫连天和小米惊呆了，就连白先生都惊呆了！

白夜居然反过来要威慑白先生！它居然这么明目张胆地挑衅白先生！

白先生愤怒了！白先生伸出前爪朝白夜狠狠扇去！

白夜被扇得飞了起来，朝旁边围观的小猫鬼们砸了过去。

众小猫鬼急忙闪开一块空地。

小米忍不住发出一声尖叫！

白夜狠狠地摔在了空地上。白夜一个骨碌，急忙爬了起来。可是刚爬起来，它的前爪一歪，一个趔趄又摔倒在地。看来它的头被白先生扇晕了，掌握不了身体的平衡。它又站起来，又倒在了地上。

白先生直立的尾巴甩了一个圈，彰显它的权威。

夜先生则冷冷地看着白夜，不知道它作何感想。

其他小猫鬼终于放松下来，发出喵喵或者咕噜咕噜的叫声，仿佛一帮闲来无事的看客，对刚才的一幕议论纷纷。

小米心想，如果能完全听懂小猫鬼的语言，必定能听到小猫鬼们在讥笑白夜刚才嚣张的样子。

白夜在小猫鬼的“讥笑”中终于站稳了脚步，身子晃了晃，但没有再倒下。

白先生抬起脚步，又走到白夜的对面。

赫连天说道："这不算完，不是挨了打就完了的，白夜必须示弱认错，白先生才会放过它。在动物的族群里，首领必须维持它的威风和尊严。"

这时候，白夜瞥了小米一眼。

小米心中一冷，她觉察到了白夜眼神中所包含的意义。她知道，白夜是不会认输的，就像她一样。

夜先生走到白夜身边，居然伸出舌头给白夜摔到的地方舔舐，似乎在安抚它，劝它尽快认错认输。

小米仿佛看到一家人闹情绪的场面。孩子仍然顶撞，母亲正在生气，而父亲一头要维护大人的尊严，一头又疼惜自己的孩子，跑到孩子身边劝："你这倔强的孩子，你就承认一下错误嘛。只要承认错误了，你娘就不会打你了！"

白先生的强硬对白夜来说没有用，它也不吃夜先生软的那一套。

白夜张嘴龇牙，对夜先生发出嘶嘶的恐吓声，示意夜先生离它远一点。

"这也太叛逆了吧！"赫连天不禁皱眉，"才这么些天，它的变化怎么这么大？"

说完，赫连天将质疑的目光对准小米。

小米避开赫连天的直视。

白夜的嘶嘶声没有惹怒夜先生，却让白先生更加愤怒。

白先生一个跃身，冲到白夜面前，举起爪子再次朝白夜的头拍去！

白夜突然往后一缩，让白先生的爪子落了空！

按道理来说，身经百战的白先生是不可能让初出茅庐的白夜躲过的。但白先生或许没有想到它会躲闪，粗心大意了。白先生的力量落空，导致自己一个趔趄，失去平衡，幸好它经验丰富，立即又站稳了。

夜先生见白先生差点出糗，立即前爪腾空，像人一样立了起来。然后，它从白夜的侧面猛地一扑，将白夜扑倒在地，它的双爪按在白夜的身上。

白夜在夜先生的爪子下挣扎了半天，没能站起来。

忽然，白夜不挣扎了。

紧接着，在场所有人听到了一声野兽的吼叫！

“嗷呜——”那是百兽之王的怒吼！

即使黑衣女子面无表情，惊慌的眼神也出卖了她们。

“老虎？”赫连天环视一周说道。

小猫鬼们的脑袋朝各个方向扭动，想寻找声音的来源，就连白先生和夜先生也顿时一缩身。白先生的尾巴放了下来，浑身的毛不再张开。

还没有等赫连天反应过来，地上的白夜一跃而起，反将夜先生按倒在地！

白先生见夜先生遭到偷袭，急忙腾空而起，要将白夜扑倒。

白夜立即放开夜先生，再次腾空而起，张牙舞爪地朝白先生反扑！

两只猫在空中相撞！

“喵呜——”不知道是白夜还是白先生发出的叫声。

它们俩在半空中扭打在一起，落地之前又顺利地分开。

白先生落地时就地打了一个滚儿，而白夜稳稳当当地四脚落地！

白先生站起来后，赫连天和小米看到它的眼睛下面一道冒血的伤口！

白夜对着白先生发出“嗷呜”的叫声。

白先生这次居然没有发声！它肯定感觉到了脸上伤口发出的疼痛感，它也肯定看到了周围小猫鬼讶异的眼神。

这是白先生第一次受伤，这是它的耻辱！

赫连天目瞪口呆。

他训练了多年的白先生和夜先生居然被一只幼小的猫鬼打败了！资历平庸者才死缠烂打，抓皮扯毛，高手之间则失之毫厘差以千里，点到即止，一点小的地方被对手碰到便是失败。能将夜先生扑倒，能将白先生挠伤的小猫鬼自然不是完全凭运气可以做到的！

在众人和众猫鬼的片刻惊呆中，白夜转身溜出了门外。

“暴戾之气！”赫连天望着白夜逃出去的背影说道。

小米问道：“你说白夜有暴戾之气？”

赫连天点头道：“虽然我不知道你是怎么这么快把它训练成这样的，但是过于快速的成长对它来说未必是好事。就像人一样，补药虽然好，但是吃多了容易上火。它进步太快，犹如吃了太多补药，因此产生了暴戾之气。”

“马秀才也曾说我暴戾之气太多。”小米眼神空洞地说道。

“你也曾这样？”赫连天问道。

小米点头。

“难怪白夜和你这么投缘。”赫连天感叹道。

小米轻哼一声，说道：“我们脾气相投可不是因为都有暴戾之气！”

“对不起。”赫连天自觉失言，急忙道歉。

“该说对不起的是我，你都不敢对白先生不敬，我的白夜却让你的白先生和夜先生在猫鬼们面前颜面尽失，还把你的白先生弄伤了。”小米满怀歉意地说道。

在白先生逼近白夜的时候，赫连天为白夜担心，在白夜抓伤白先生后跑掉时，赫连天也没有阻拦。小米对此心怀感激，所以她的道歉也是真心实意的。

赫连天拍拍小米的肩膀，有些失落地笑道：“没关系的。你快去找白夜吧，别让它在外面闯祸。在家里闯祸了，只要认错，家人都会原谅的；在外面闯了祸，可就难以收拾了。它暴戾之气正重，你要看好它！”

小米点点头，走出门去寻找白夜。小米清楚，刚才如野兽一般的吼叫是白夜发出来的。它正是激发了白虎状态才打败了白先生和夜先生。这种状态下的它从家里逃出去，就如老虎游街一般危险。

果然，不多久小米就在一个巷道里找到了白夜，白夜已经变成了一只老虎那么大，身上不再是漆黑如炭，而是黑白条纹。那就是小米在池塘边看到的那只老虎！它正咬着一个人的袖子，将那人往别处拖。

那人吓得脸色苍白，哇哇乱叫，手打脚踢，可是没有任何作用。

“白夜，放开他！”小米大喝一声。

巨大的白夜扭头看了小米一眼，松开了嘴。它瞬间缩小了许多，变回了一只小黑猫。

那个人躺在地上哆哆嗦嗦，他太害怕了，都不敢站起来逃跑。他背对着白夜，没有看到白夜从白虎变回黑猫的情景。

小米走上前，将那人从地上拉起来，问道：“你叫什么名字？”

那人说了他的名字。

“你家在哪里？”

那人说了一个附近的位置。

小米对他道：“你跟着我走。”

那人点点头，跟在小米后面。

小米带他走到了一间房屋门口。小米问道：“你家是这里吗？”

那人打了一个哆嗦，点点头。

小米敲门。

一个胖女人开了门，看见敲门的是小米，疑惑不已，问道：“小姑娘，你找谁呀？”

小米问道，这是某某家吗？某某是那人自己说的名字。

那人站在小米身后，依旧哆哆嗦嗦，仿佛是冬天里只穿了单衣单裤的人。他低着头，一声不吭。

胖女人道：“是啊。他在里面睡觉呢，你找他有什么事？”

小米说：“哦，我可以去他房间吗？”

胖女人迷惑不已，但还是带着小米进了屋。

小米回头对那人说道：“快跟进来。”

那人立即乖乖地跟了进来。

胖女人听小米说话，回过头来，见小米身后跟着一只小黑猫之外没有其他人，便问道：“小姑娘，你跟谁说话呢？”

小米忙解释道：“哦，跟我的猫说话呢。我叫它跟着进来。”

胖女人到了一个卧室门口，对着里面喊道：“喂，懒鬼！快起来！有个小姑娘找你，不知道有什么事！”

小米回头对那人道：“快进去吧。”

那人乖乖地进了卧室。

胖女人见卧室里没有反应，便走了进去。小米没有跟进去。

胖女人刚一进去，小米便听到里面一个男人惊慌的声音响起：“哎呀，哎呀！刚才做了一个噩梦，梦见我被一只老虎拖到屋后的巷道里去了，差点把我吃掉！那嘴比澡盆还大！吓死我了！”

小米又听到胖女人说道：“你真是做白日梦！老虎还能跑到定州城里来？”

男人的声音道：“你是不知道那个梦有多真实！幸亏一个小女孩突然出现，救了我一命！要不我就被老虎吃掉了！”

胖女人的声音道：“行啦，行啦，你就算在梦里被老虎吃了，醒来还是活蹦乱跳的！又不是真的把你吃了！”

男人的声音道：“简直跟真的一样！我在梦里认为我要死了！从来没有做过这么真实的梦！喂，你看看，我现在手脚还在哆嗦！”

胖女人的声音不耐烦道：“行啦，行啦，外面有个小姑娘要找你。我不认识，你快起来去看看吧。”

“小姑娘？难道我做这个梦是预示有个小姑娘要来找我吗？哎哟，我的脚……”

“你的脚怎么啦？”

“刚才梦里我被老虎拖走的时候，我的脚磕伤了。”

胖女人的声音更加不耐烦了：“还有完没完了？你睡在床上怎么会把脚磕伤呢？梦里磕伤了你还真疼上了不成？快起来吧！”

“真的好疼。哎哟，哎哟，嘶……”最后是男人牙齿咬紧吸气的声音。

小米不等那男人出来就离开了那间房子。她知道，刚才被白夜咬的那个人其实是这个男人的魂魄。

小米一边疾步离开那里，一边摸着白夜的毛。

白夜以前只能吃邪灵，刚才是第一次将活人的魂魄夺走。

小米以前听姥爹说过，亡魂就像没有寄居之所的流浪者，活人的魂魄就像住在高屋大厦里的主人。亡魂东游西荡，除非自己实力强大，否则很容易受欺负；活人的魂魄则不一样，它有房屋的保护，其他人或者魂灵很难伤到它。

当然，有躯体寄居的魂魄并不是就可以高枕无忧了，有些修炼层次相当好的人或者鬼灵能够达到“夺舍”的境界。修炼到这个境界的人或者鬼灵，可以夺取他人的肉身，让自己的灵魂进驻。这与附身不同，附身多半是借助别人的躯体来办一些事情，夺舍则是一种强夺占取的行为。

肉身如同住舍，所以这种行为名为“夺舍”。

这是一种极不容易达到的境界。

白夜刚才便是完成了“夺舍”的一半——将肉身中原来的魂魄驱赶出去，它没有自己占据那个人的肉身。

虽然只是一半，但已经非常了不得了。

小米对怀中的白夜说道：“白夜，我们不能乱伤害人，我们只惩罚那些应该得到惩罚的人，知道吗？”

白夜眯上了眼睛，肚子里发出咕咕的叫声。

“以后你不许跟白先生和夜先生对着来，它们毕竟是你的父母。”

小米说教道。

白夜的肚子又咕咕地叫。

几乎是在同一天，画眉村的赵闲云在家里打瞌睡的时候做了一个梦。她梦见自己站在家门口，远远地看到老河那边有姥爹从老河往家里这边走的身影。姥爹的身边还有一个人影，模模糊糊，看不清楚。

她见姥爹终于从远方归来，欣喜不已，急忙从家里奔走出来，要去迎接姥爹。

她在两边有池塘的大道上碰到了姥爹。她欣喜地握住姥爹的手，眼泪像决堤的水一样夺眶而出。

姥爹旁边站着一个女子。赵闲云以为那是小米，可是小米没有这么高。赵闲云想看那个女子的脸，可是怎么看也看不清楚。

姥爹握着她的手，说道："哭什么呢？我从远方给你带来了好东西！"

"什么东西？"赵闲云问道。

姥爹将手缩了回去，在口袋里摸索了一会儿，然后握着拳头伸到赵闲云面前。

赵闲云将手掌摊开，放在姥爹的拳头下面。

姥爹的拳头一松，几颗小东西掉在了赵闲云的掌心上。赵闲云一看，那是七枚枣核。

赵闲云不解道："你从远方带来这七枚枣核？枣核哪里没有啊，何必从那么远的地方带到这里来？"

姥爹微笑道："你当初给了我七枚枣核，我也得给你七枚枣核。"

赵闲云心中不安，说道："我听你说过，两个人能在一起，是因为上辈子谁亏欠了谁，这辈子是来还债的。如果债没还完，怎么吵怎么闹都不会分开。一旦债还完了，不吵不闹也会分开。"

姥爹点头道："我是这么说过。"

赵闲云心中一酸，泪水几乎将眼眶填满。她伤心地说道：“这么说来，我给了你七枚枣核，你现在全部还给我了，那么我们的缘分要到此结束了？”话一说完，她抑制不住地哭出声来。

姥爹抱住她，不说话。

赵闲云哭着说道：“就算我们的缘分只有七枚枣核这么多，这么浅，但是我求求你不要这么快全部还给我，好吗？你一年还我一枚，行吗？”

姥爹点点头。

虽然姥爹答应了她的要求，她还是伤心地哭个不停。她不怨恨姥爹，她怨恨自己，恨自己当初为什么不给姥爹一大把枣核。

她双手环住姥爹，脸贴在姥爹的肩头，泪水打湿了姥爹的衣衫。

她就这样一直哭到梦醒，发现自己的脸挨在竹椅的靠板上，那是姥爹在画眉村时常用的椅子。姥爹不在的时候，赵闲云便常常半躺在上面休憩。

罗步斋进门的时候看到满脸泪水的赵闲云，吓了一跳，问出了什么事，是不是马秀才写书信回来报告不好的消息了。

赵闲云摇摇头，说了自己做的那个梦。

罗步斋听完，笑道，不过是梦而已，不用放在心上。

后来姥爹和赵闲云的孩子六岁的时候，赵闲云病逝，恰好陪伴姥爹的时间只有区区七年。

那时候罗步斋回想起那个不经意的傍晚赵闲云说的梦，才知道那七枚枣核所代表的意义。他由此无端想到“枣核七枚”，“枣”谐音赵闲云的“赵”，“核”即是种子，代表留下姥爹的孩子。可是他不明白赵闲云梦中姥爹身边跟着的看不清脸的女子代表什么意义。

而在赵闲云做那个梦的前后时间里，姥爹正蛰伏在离伏川不远的一个小镇上。由于连天阴雨绵绵，道湿路滑，姥爹不能按计划继续往伏川进发。

一天早晨，姥爹照常起来。

姥爹拉开窗帘，想看看外面是否晴朗了。

窗帘一拉开，姥爹被眼前的景象吓了一跳！

外面的窗台上玻璃上到处都是被雨水打湿了的小纸人！小纸人是黄表纸剪成的，有鼻子有眼睛，五官俱全！

姥爹打开窗户，将玻璃上的纸人撕了下来。

虽然这些纸人比小米之前剪的要精致，但是姥爹还是从中认出了小米剪纸的影子。小米剪纸人的时候容易把脖子剪得很短，把双腿剪得很长。毛边没有了，鼻子和眼睛有了，但是这个缺点她一直没有改变。

许许多多的纸人落在窗台和玻璃上，仿佛是昨夜窗前一树的叶子被秋风吹落了。

叶子从树上落到窗台和玻璃上并不难，可是纸人要来到这个小镇很不容易，它们要穿过多少森林平原，飘过多少河流小溪，躲过多少人牛马羊，才能来到这里，来到姥爹的窗前！

姥爹记得赫连天说过的话，知道这些纸人是小米无心之下驱使而来的。赫连天已经因为纸人悄悄潜入狗肉馆而惊讶，如果他知道纸人还能来到这里，必定会惊讶得目瞪口呆！

姥爹不知道，赫连天已经因为小米和她的白夜而惊讶得难以置信了，哪怕他能看到姥爹眼前的景象，恐怕现在也不会觉得有什么了不得了。

姥爹将窗台和玻璃上的纸人小心翼翼地一张一张撕下来，生怕它们扯坏一点点。然后他将纸人放到屋里，让它们慢慢晾干。

外面的雨小了很多，但还是淅淅沥沥地下个不停。街道上没有一个行人，天色也暗得跟傍晚没有什么区别。

这雨很像南方家乡的雨。

姥爹想起了画眉村的亲人，赵闲云、孩子、罗步斋还有余游洋。他不知道此时画眉村的天气如何，不知道画眉村的人过得怎样。

他抬头看了看还在房梁上睡觉的竹溜子，心中稍稍好受了一些。他拿出烟具，点上了烟，轻轻吸了一口，然后缓缓吐出。

竹溜子闻到烟的香味，立即睁开了眼睛，大口大口地吸起烟来。

姥爹对着竹溜子说道："你快点修炼吧，要是你修炼得慢了，小心小米的白夜吃了你！"

竹溜子不搭理姥爹，兀自吸得畅快。

小米的白夜确实勤快多了，但它的火气也比竹溜子大多了。

打败白先生和夜先生之后，白夜在小猫鬼中显得更加离群，更加独立孤行。

小米担心白夜回到狗肉馆之后还会被其他猫鬼逼迫认输认错。

赫连天安慰道："猫鬼中的最强者是不用认输认错的，认输认错从来都是弱者避免更为严厉的惩罚而选择的躲避手段。可惜的是白先生和夜先生实力大大减弱了。"

小米惊讶地问道："白夜只不过是把夜先生摁倒，在白先生的脸上挠了一下而已，没有伤筋动骨，白先生、夜先生怎么会实力大大减弱呢？"

赫连天苦笑道："猫鬼跟人一样讲究一个气势，气势盛，则实力盛；气势弱，则实力弱。以前白先生和夜先生有绝对地位，气势上就胜出其他猫鬼许多，还没有开始较量，就可能已经在气势上压倒了对方。就像一个穿着寒酸的人碰到一个穿官服的人，前者不由自主地就要向后者弯腰屈膝，而后者对前者说话时嗓音就要大许多。"

小米道："为什么穿着寒酸的人就要弯腰屈膝呢？其实没有必要！"

赫连天道："可现实就是这样啊。白先生以前威风凛凛，气势强盛，现在突然被白夜打败，气势大损，进而影响了它的实力。"

吃过晚饭之后，小米带着白夜又去了乱坟岗。

小米到乱坟岗的时候看到人精老人已经在那里等着了。

人精老人见小米来了，急忙上前对小米道：“待会儿会有两个人到这里来，你可以让你的猛虎吃掉那两个人的魂魄。”

小米问道：“两个人？你要杀两个人吗？”

人精老人摇摇头，说道：“不是我要杀他们，是他们要杀我。”

小米问道：“他们杀你干什么？”

人精老人道：“因为我是人精。”

小米想起赫连天说到人精时的那番话，心想赫连天说的那些果然不假，原来人精确实有好多人要追杀。

“如果他们确实要杀你，我就让白夜帮你。”小米心想，就看在人精是个年迈老人的分儿上，自己也得帮帮他，何况他还教了白夜那么多东西。

不一会儿，果然有两个人找到乱坟岗来了。

走近了一看，小米发现那两个人的眼睛居然是黄色的！

那两个人一高一矮，手里都拿着一个金属十字架，腰上都佩戴小刀。

高的那个人一见人精老人，就用古怪口音喝道：“吸血鬼！终于让我们找到你了！”

小米一愣，他怎么叫人精吸血鬼呢？

人精老人哼了一声，说道：“是我故意让你们找到的，如果我不想让你们找到，你们怎么都找不到我。”

矮的那个人提醒道：“他说是故意让我们找到的，难道这里有陷阱？”

高的那个人笑道：“这里就一个老人，一个小女孩，一只小猫咪，能有什么陷阱？我们好不容易找到他的踪迹，现在必须抓住他，带回去领赏！他将是我们找到的第一个吸血鬼！”

不知道那两人实力如何，白夜是不是能够对付他们，小米有点犹豫。

矮的那个人淫笑道："你说得对！一个老人，一个小孩，一只猫，能有多少力量？把这老吸血鬼抓起来之后……嘿嘿……这个小女孩长得不错，我还没有试过这么小的女人……"

高的那个人也淫笑起来，渐渐向老人和小米逼近。

"不要过来！不然我不客气了！"小米喊道。

高的那个人模仿小米的声音喊道："最好乖乖的，不然我不客气了！"说完，他将腰间的小刀抽了出来，一手挥舞十字架，一手挥舞刀刃带着寒光的小刀。

小米着急地问人精老人道："你这么厉害，怎么不出手？"

老人耸肩回答道："我跟你说了很多次，我是人精，我不能暴露。我杀了他们俩之后会有很多人发现我的行踪，就会有更多的人来找我。现在只能你来救我了。"

"他们为什么叫你吸血鬼？"小米问道。她后退几步，拉开距离。

老人道："他们知道我超过了人类寿命的最高上限，认为我是靠吸别人的血来保持自己的活力的。"

"你不是一直隐藏得很好吗？怎么会被他们知道呢？"

老人道："我毕竟是人啊，要跟人打交道，免不了会走漏一些风声。他们俩不是我的对手，但是我不能出手杀死他们，杀死他们会引来更多人。如果是你杀死的，外面的人便会以为你是受了威胁才杀死他们的。"

"你想得挺周到。"

"那必须的，我是人精嘛。"

"可我不想让白夜杀人。今天中午我还跟它说了，我们不能胡乱伤害人。"小米说道。

老人道："你答应过要给我带路的。如果我死了，或者被这两个人抓了，你怎么给我带路？"

“你真是人精！”小米愤愤道。她不喜欢被要挟的感觉。

“嗯，刚才说了，我就是。”

高的那个人打断他们，说道：“漂亮姑娘，乖乖的，不然我的刀会让你后悔！”

矮的那个人趁机突然出手，用小刀向小米刺来。

小米叫了一声，往后一躲。

“嗷呜……”

一声猛兽的号叫声响彻夜空！

想刺小米的人眼睛瞪大，手里的小刀跌落，露出难以置信的惊恐表情。

小米还没来得及回头看，一只黑白相间的老虎便从她背后蹿了出来，向那人扑了过去。

那人双手交叉招架，吓得大声尖叫。

尖叫过后，他愣了一愣，放下手来，发现自己毫发无伤，那只恐怖的老虎不见了！

“幻术！哈哈哈，原来是骗小孩的没有用的幻术！你这只是障眼法，伤不了人。”高的那个人得意地笑了起来。

矮的那个人却痛苦地说了一声：“我的天哪！”他回过头来，看到了另一个自己。那个跟自己一模一样的人被刚才那只老虎叼在嘴里。

他这才反应过来，原来那只老虎穿过了他的身体，将他身体里的魂魄叼了出去！他的身体还站在这里，可是魂魄已经危在旦夕。

神兽状态的白夜看着小米，它在等待小米的指令。

那人的眼神变得特别痛苦，对着小米摇头道：“不要……”

小米置之不理，对白夜点了点头。

那人立即跪了下来，继而痛得打滚。

白夜将那人的魂魄撕咬成了碎片。

高的那个人立即从怀中掏出一个拳头大小的水晶球来，不过在他有所作为之前，白夜放开了咬碎的魂魄，转而扑向他。

这个人显然机灵多了，他就地打了一个滚，避开了白夜的扑击。

他嘴里念着小米听不懂的咒语，突然将手指往水晶球上一点，同时喊出“啵”的一声。水晶球顿时白光绽放，将乱坟岗照得如同白昼！那水晶球的光线太强，小米和老人都不能直视，连忙用手遮挡扑面而来的光线。

老人说道：“他们就喜欢用这种东西，跟我喜欢玉石檀木一样。他们认为水晶经过几亿年天地精华灵气的滋养，包含宇宙意识，能够散发着宇宙能量，握在手中能感觉到其中的能量，能令人精神振奋。你要小心，不可小视了它。”

“你能看见他手里的东西？”小米问道。

老人道：“我能感觉到它的光。因为世上的事物见得太多，我只需要感觉到光的强度就能知道是烛光、灯光、阳光还是其他发光物体，我只需要闻到气味的香或臭或苦就能知道是植物还是动物、石头或者水，我只需要听到声音的细微差别就能知道发出声音的是人是鬼还是畜。闻过的、听过的、摸过的感觉都在，用不上眼睛了。”

“你是蝙蝠？”小米知道蝙蝠是不用眼睛判断事物的。

老人一笑，说道：“蝙蝠凭的是耳朵，我凭的是除了视觉之外的所有人生经验，要有许多的积累才能获得我这种能力。修炼之人常说要打开第三只眼睛，其实第三只眼睛并不是眼睛，而是这种经验。”

“第三只眼……”小米记得马秀才似乎说过人除了两只眼睛之外还有一只天眼。他说人类如同一座拥有十道门的城市，眼睛、鼻孔、耳朵、嘴、尿道及肛门九道门通往外在的感官世界，第三只眼是第十道门，通往无限的内在意识。小米模糊记得马秀才说天眼也叫作第三只眼。

两人说话间，那人的水晶球里飞出一个阴影，落在地上变成了一只雄狮。

“嗷呜——”雄狮也叫了一声，跟白夜的叫声差别不大，只是比白夜的声音更低沉。那雄狮浑身散发金光，如同金子铸就。

“他居然也有神兽？”小米惊讶道。

老人翻动白眼珠说道：“这不是神兽，感觉其氛围应该是怨灵兽，听其声音应该是狮子，除了狮子之外，还有狼、牛、虎、鼠、猪五种怨灵兽，你要收集的槐牛就是怨灵兽的一种。”

老人似乎什么都知道，小米虽然没有跟他提起过槐牛，但是他能说出来也不觉得稀奇了。槐牛虽然是马秀才造就的，但是马秀才从来没有跟她说过怨灵兽之类的解释。槐牛是马秀才的前世禁锢在画眉村那个池塘底下的，或许这世的他已经不记得怨灵兽这回事了。

“狮子是不是比槐牛要厉害很多？”小米问道。

老人道：“怨灵兽都是怨灵怨念组成，其形态并没有高下之分，主要看它的怨念是重还是轻，是多还是少。不过他这狮子浑身散发金光，必定不是无能之辈。”

小米紧张道：“那你看白夜能打过它吗？”

老人没有直接回答她，而是说道：“依我看，这一只金狮相当于十个你们先前遇到的缢灵。对不起，我没想到他们有怨灵兽，低估他们了。”老人略显慌张，这对一个活了太多年见过太多世面的人来说已经是非常难得一见的表情了。

小米打了一个寒战。小米昨晚听老人说让白夜尝尝鲜，以为来者最多达到缢灵的水平。小米担心的也不是白夜能不能打败缢灵，而是白夜吃下跟缢灵差不多的游魂恶鬼之后会不会被撑坏。

刚才小米对付这两个人确实有点心不在焉，还跟人精老人说这说那，就是因为她认为对方没有什么威慑力。

而眼下小米不得不担心白夜会不会被这头突然出现的金色狮子吃掉！

小米不由自主地攥紧了拳头，似乎自己攥得越用力就能传递给白夜越多力量。

白夜没料到半路杀出个程咬金，对这金狮子不知底细，于是绕着它走来走去，想等它露出破绽。

“嗷呜——”金狮子又吼了一声。

白夜趁它吼叫的时候突然腾空而起，扑了过去。

金狮子前腿一蹬，居然像人一样立了起来。它没有扑下，而是立着等白夜扑过来。

小米一看这架势就知道形势对白夜不利。

白夜也意识到对方已经做好了守株待兔的架势，自己这样扑上去等于自投罗网。可是它已经跃在空中，想要退回已经无从借力。它在即将落到金狮子的头上时猛地一扭身，避开它那双锋利的爪子。

白夜一扭身，等于将自己的背部暴露给了对方。

金狮子抓住机会，一爪子拍过去，拍在白夜的背上。

白夜哀号一声，飞出去几丈远，在地上打了一个滚。

在水晶球的光芒照耀下，小米看到白夜摔在地上的时候激起了许多灰尘。灰尘在强光下看得清清楚楚，每一个颗粒浮上飘下都看得真真切切。

“白夜！”小米大喊一声。

金狮子以胜利者的姿态向躺在地上的白夜走去。

“它要吃了白夜吗？”小米喃喃道。

“不管它要做什么，你都不要靠近它！白夜都不是它的对手，你上去就是肉包子打狗。趁这个机会我们溜走吧，君子报仇十年不晚。”人精老人劝告道。

小米对老人的话置若罔闻，她从兜里掏出一个什么东西，朝金狮子冲了过去，然后将手里的东西往前一抛。

老人闭上眼睛，似乎想闻到什么气味或者听到什么细微的声音，他要借此来判断小米手里拿的是什么东西。

那个手捧水晶球的人也朝小米手里看，然后笑道："什么东西？又要施展幻术吗？哈哈哈。这次什么幻象都没有嘛。找死！"

在金狮子即将到达白夜面前时，脚步突然停止了。

小米在它身后平伸双手，仿佛拽住了什么东西。

"什么东西？"那人感觉到了异样。

人精老人辨认出了小米手里的东西，轻声道："原来是蹚丝儿，她从哪里得到这种东西的？"

那人迷惑不已，明明小米的手里什么也看不到，而金狮子也没有看到什么束缚，可是她将金狮子拽住了。

金狮子低吼一声，更加愤怒，脖子上的毛都立起来了。它认定这个小女孩也就仅仅能圈住它的脖子而已，除此之外别无用处。它抬起脚，以力抗力，继续朝白夜走去。

或许它低估小米的能力没有问题，但是低估蹚丝儿的韧性可就错了。

"以之缚人则能杀人，以之缚鬼则能杀鬼"的说法可不是凭空而来。小米就是凭借这一根细得看不见的线杀了耍猴戏的人，杀了水猴，缚住过弱郎大王。凭这金狮子有多大神通，总归是怨念组成，小米料想它总不会超过弱郎大王。虽然自己的手要忍受剧烈的疼痛，但是金狮子照样要忍受同样的疼痛。

果然，金狮子意识到了脖子处的危险。

它暂且撇下白夜，转过身来要对付小米。

小米见它转身，急忙往回跑，保持蹚丝儿上的力度。如果蹚丝儿使不上劲，那就对金狮子构不成威胁。

可是她哪里跑得过狮子，金狮子和她之间的距离越来越近。

白夜见小米遇到危险，从地上挣扎起来，意图从背后偷袭金狮子。

局势发生改变。金狮子担心白夜偷袭它，又转过头去防备白夜，而金狮子转过身的时候，小米又用力拽住瓣丝儿。

人精老人见金狮子招架小米和白夜去了，他朝那人跑了过去，想抢夺那个水晶球。

金狮子见状又去拦人精老人。

“一个小女孩都这么仁义，如果我溜掉就太不仁义了。”人精老人自嘲道。他双手摆出一个火焰的手势，顿时浑身起了一层蓝色的火焰，如同身上被浇了油又被点燃。那蓝色纯净而透彻，给人一种祥和的感觉。

小米见老人终于不怕暴露行踪后被无数人追杀而出手相助，她感激地看了他一眼。

金狮子朝老人扑去，可是双爪一碰到蓝色火焰就急忙缩了回来，仿佛抓到了一块烧红的烫铁一样。

人精老人哈哈大笑道：“怎么样？我的阳气比较烫手吧？”

小米知道人的阳气旺盛之时，邪灵看见人周身是火。每个人的阳气不一样，就如满天的星光有强有弱，又如漫天的萤火有明有暗，但是人看人的时候看不到火光一般的阳气。

而此时人精老人的阳气不但小米可见，居然还有颜色！

这么强烈的阳气，怨灵自然不敢接近。

小米顿时想起那个火焰状的手势是庙里菩萨常用的手势，但是那个菩萨叫什么菩萨，小米已经忘了。小米曾在马秀才的藏书里看到过这个菩萨的画像，那个手势似乎就有瞬间提升自身阳气的能力。

人精老人的火焰手势分开，两团蓝色火焰凌空于手掌之上。人精老人两手一弹，两团蓝色火焰飞出，落在白夜的身上，白夜如同枯燥的干柴一般被蓝色火焰点燃！

白夜身上也如老人一样浑身是蓝色之火。

这蓝色之火是人的阳气形成，不是人间烟火，不会将白夜灼伤。但白夜吸收太多阴气，本身也属阴，多多少少对白夜本身不利。老人对小米说道：“你让白夜尽早收拾这只烦人的狮子吧。火焰不能用太久，虽然白夜不是怨灵组成，不用太害怕阳气，但毕竟也是靠怨念为食。”

小米立即给白夜发出命令：“白夜，消灭它！”

白夜得到命令，立即朝那金狮子猛扑过去。

此时金狮子不再威风凛凛，而是东躲西藏，不敢应战。

白夜穷追不舍。

金狮子没有办法，一直退到那人身边，然后回头往水晶球里一钻，居然钻到水晶球里面去了。

小米趁势冲了上去，用蠹丝儿将那人的手和脖子捆在了一起。

白夜再次从那人的身体中穿过，将他的魂魄叼了出来，然后像吃饼干一般将那魂魄吃得干干净净。

小米捡起了水晶球。

那人眼看着自己的魂魄被白夜吃掉，很快抽搐不已，最后一动不动了。

小米再去看之前那个人，他早已死去。

人精老人收起手势，身上的火焰渐渐熄灭，他看了看地上的尸体，说道：“一下子死了两个高人，我们必须躲起来。”

“怎么躲？我不能离开狗肉馆，不然马秀才回来后不知道我去了哪里。”小米说道。

老人说道：“现在该你带我去不用你带路我也能去的地方了。”

小米说道：“哦？我等你这句话好久了，今晚就走吗？”

老人摇头道：“不，今晚就走的话，必定引起别人的怀疑。我们明天早上汇合，你吃完早饭便去回龙街的拐口那里等我。”

“好。”小米回答道。

老人道："那个水晶球你好好保存，细细体验其中的力量。如果有一天你也能把金狮子召唤出来就好了。"

小米道："我已经有了白夜，不要什么金狮子。"

老人笑道："小丫头不是贪心之人，这很好。你不要金狮子，也可以把它当作食物让白夜吃掉啊。它吃了金狮子，就如修道之人服了仙丹一样，可以大大提高它的实力。白夜这些天的功力突飞猛进，但是根基不够稳。有了这金狮子做金丹，它的根基就会筑牢，对以后大有裨益。"

小米说道："我师父说白夜现在有太多暴戾之气。"

"哎，你师父的见识太浅，这有什么稀奇的？无论是人还是动物，一旦实力突然提升，谁都会有一点暴戾之气。就如人突然有了一大笔钱，不知道该怎么办才好，等掌握这笔钱之后，他由穷突然暴富，极有可能性格大变，自以为是。你不要担心你师父说的暴戾之气，让白夜早日服下水晶球中的'金丹'，筑牢根基，这问题自然而然就不存在了。"

"师父认为我也有暴戾之气。"小米小声道。

老人哈哈大笑，说道："小丫头，我能感觉出来，你的实力原本就在那里，现在不是突飞猛进，而是渐渐恢复而已。所以，你的暴戾之气不是源于实力的突然提升，而是另有起因。情感之事，我是给不了你任何建议的，你只能自己慢慢改观了。"

小米问道："你不是说你积累了太多的人生经验吗？为什么给不了任何建议呢？"

老人收起笑容，轻叹一口气，说道："你听说过一句话吗？情深不寿。"

"情深不寿？"

"嗯。这句话的意思是，感情太深的话，这感情的寿命就不会太长。你太在意一个人，太喜欢一个人，用情太深，反而伤害到你自己和你喜欢的那个人。就我的经验来说，情深不寿还有一个意思，就是用情太深的人不会活太久。古代深情之人，容易心情郁结，悲春伤秋，进而影响身体，多抱怨而终。多情女子没有善终的例子，有因情而病亡的，有因情而自尽的，那就不胜枚举了。”

小米轻轻点头。

“所以，我要成为人精，第一道修炼法不是其他，而是摒弃一切感情。”

小米一愣。

“感情对人精来说才是第一大孽障。除了悲春伤秋，我还得忍受曾经熟悉的人一个接一个离开我。像我这种人，什么白头偕老，什么生则同床死则同穴，那都是不可能的。”

小米想想也是，谁能跟一个千年不死的人白头偕老？

老人继续说道：“如果我对人用情太深，我就会在这种离别的折磨中痛苦不堪。如果我痛苦不堪，那我的生命还要这么漫长干什么呢？那不就是无法翻身的无间地狱了吗？这就跟我追求长生的目标相违背了。所以，我的修炼第一课，是除却烦恼的源头——不要用情。一个从不用情的人，如果给一个深陷其中的人一些建议，那不是笑话吗？”

说完，他的嘴角挂起一丝勉强的笑。

“原来是这样。”小米终于明白了，她知道人精老人说的是实话。一个穿越数百上千年的人，首先面对的便是不断的生死离别。别说他为了修炼而刻意避开感情，就算他以前是个有情之人，一次又一次的生死离别也会让他的心渐渐起茧。

人精老人说道：“如果你非要我给你什么建议的话，我就将‘情深不寿’四个字送给你吧。希望你将它记在心中。”

第二天，定州城有了明显的紧张气氛，小米在去回龙街的路上发现到处可见巡逻盘查的士兵。小米听到有人偷偷议论，说是两个身份特殊的人失踪了，有人给知府大人施压，要知府大人彻查此事。

小米急匆匆走到回龙街的拐口，可是没有看到人精老人。

小米等了一会儿，见老人还没有来，便顺着街道往前去找。虽然时间比较早，但是街道上的人不少。绸布店、药店、饭店、旅店等商铺里都有人来人往。小米带着白夜在人群里挤来挤去。

街前街后找了一遍，小米还是没有找到老人。小米有些心急，莫非老人这么快被逮捕了？

又找了一个来回，小米还没有找到老人。

就在小米要离开的时候，一只手搭在了小米的肩膀上。

一个嘶哑的声音响起："这位小丫头，要算命吗？"

小米一喜，转过头来，来者不是别人，正是人精老人。

"你怎么才……"

老人做了一个嘘声的动作，示意她不要多说。

小米立即噤声。

老人的手没有从小米的肩膀上拿下来，他凑到小米的耳朵边说道："往前走，往城门方向走，带我出城吧。"

小米便往城门方向走。

"你要离开定州吗？"

"无所谓离开，我来来去去无数次了。"

"你还会回到定州来吗？"

"无所谓离开，就无所谓回来。"

小米扭头问道："难道对你来说，去哪里都一样吗？"

"对于一个没有家、没有亲人的人来说，哪里都是一样的。每一座城都是砖头垒成，砖头里面住着一群人，个个都有七情六欲，个个都要住行吃穿。"

小米看了看近处的砖头房和远处的砖头墙，看了看身边拥挤的人群，试图体会老人说的那种没有家的感觉。

“你跟世间所有人没有任何感情联系？”小米一边走一边问道。

“哈哈，是啊。”老人的笑声干巴巴的。

“这么说来，你岂不是属于无情众生了？”小米想起马秀才曾经跟她讲过的世间分为有情众生和无情众生的话来。人精老人可以说是有情众生中的精怪，可是他修行的首先要义便是抛弃感情，其行为与无情众生雷同。

老人又笑了，笑得搭在小米肩膀上的手直抖。

“你笑什么？”小米不认为她刚才的话有什么好笑的。

老人道：“你知道我现在跟着你在这人群之中穿行是什么样的感觉吗？”

“不知道。”

“就像是走在森林中的感觉。”

“森林中的感觉？”

“是啊。在你或者其他人看来，我已经接近无情众生了，但是在我看来，我周围的人才是无情众生。我走在这里，就像走在寂静无声的森林中一样。他们与我无关，也不关心我。我与他们无关，也不关心他们。他们每一个人，都像森林里的一棵树木。别说这里了，大江南北，塞外边疆，对我来说都是无人森林。有时候我会有错觉，似乎这个世界上只剩下我一个人了。”老人缓缓说道。

“可是……其他人也有他们喜欢的人，有他们关心的事情啊。怎么可能是无情众生呢？”小米不理解老人的想法。

“跟我有关之人，便是有情众生；跟我无关的人，便是无情众生。你会因为一个人喜欢上一个地方，一座城市，一种味道，一件你不喜欢的事情。那个地方，那座城市，那种味道，那件你不喜欢的事情，就都变成了有情众生。因为你有感情跟它们交流了，好像它们也能感觉到。当那个喜欢的人不在了，或者根本就没有那个喜欢的人，那个地方，那座城市，那种味道，那件你不喜欢的事情，就是所谓的无情众生。”

小米一边走一边想。

“这是我个人世界的无情众生和有情众生，与佛理中的无情众生和有情众生无关。”老人说道。

小米记得马秀才说过，有情众生即是一切有感情、有见闻觉知之生命。如果一个人感觉不到对方的感情，感觉不到对方对他的见闻觉知，对方便是无情众生？小米感觉渐渐有了人精老人的体会。

“原来还可以这样区分有情众生和无情众生。”小米说道。

一个人到处行走，求得长生，最后却活在一片荒芜世界中。这到底是人精的幸福，还是人精的无奈？

“快到了。你不要紧张，你只要带我出城门即可。”老人摇了摇小米的肩膀。

小米抬头一看，前面的青砖城门已经近在眼前。

再走近一些，她就听到守卫城门的士兵吆三喝四的声音了。

走到城门下的时候，守卫城门的士兵没有为难这个小女孩和步履蹒跚的盲眼老人。毕竟一个尚未长成的小女孩和一个路都看不清的老人很难引起怀疑。

走出城门很远以后，老人停了下来，对小米说道：“就到这里吧，谢谢你。你可以回去了。”

小米心中不舍，说道：“我再送你一段吧。”

“不用了。我其实不用人带路的，你也知道。”老人说道。

小米站住了。

老人绕过小米，继续朝前方走去。

小米在他背后问道：“你不怕迷失在无情众生的森林里吗？”

老人头也不回地回答道：“我没有目的地，怎么会迷失呢？到哪里都一样。”

“希望我们以后还能见面。”

老人没有回答，越走越远。

小米直到老人的背影消失才转身回城。

回到狗肉馆之后，小米问赫连天马秀才什么时候回来。

赫连天说：“快了快了。”

事实上，姥爹还被雨水困在离伏川不远的小镇上。无聊的时候，姥爹便和旅店老板下下象棋解闷。

两人相谈投机，棋艺都不错，所以渐渐成了朋友。

姥爹注意到旅馆老板有个女儿，那个女儿一天到晚将自己关在闺房里，极少出来。

一次，姥爹正在和旅馆老板下棋，老板的女儿从闺房里走了出来。

姥爹一看，吓了一跳，这老板的女儿长得太瘦了，简直是皮包骨！似乎一阵风就可以把她吹走。

老板的女儿拿了一件什么东西就回到闺房里去了。因为太瘦，她走起路来都是悄无声息的。

见她回了房间，姥爹便悄声问老板道：“你女儿怎么这么瘦？如果身患疾病，应该带她去看看医生才是。再者，你得劝她多到外面来走动走动，天天待在屋里不见阳光，树木都会枯瘦呢。”

老板叹道：“马先生，我何尝不知道疼惜自己的女儿？可是我想尽了办法也没能让她身体好起来。”

姥爹暂且放下棋局，问道：“她一直这么瘦吗？”

老板道：“那倒不是，两年前她胖过，胖得难以置信。去年才瘦下来的。”

“如此说来，这不是疾病，便是心病。”

“哎，她确实经历过一段离奇往事，不过不是什么好事。”

“可否说来听听？说不定我能帮上忙。”姥爹说道。

老板说道："我这女儿十九岁的时候得过一场重病，那时候瘦得厉害，但还不至于到现在这般光景。那时候她走路都需要人扶着。"

"在胖之前她还这么瘦过？"姥爹问道。

老板点头："是啊。"

"那她后来怎么胖起来的，胖起来之后怎么又瘦成这样的？"

老板说，女儿十九岁的时候，他到处求医问药，希望女儿身体好起来，免得耽误了婚娶的最佳年龄。可是医生看过无数，补药吃过无数，女儿的身体没有任何好转的迹象。

后来有书生模样的人来到旅馆，他自称朱某，要去某某地方上学。

老板见他眼睛圆，耳朵大，脸胖且身上赘肉多，肚子凸出，不像是读书之人。可是旅店来者皆是客，老板没有细究他的身份。况且世道混乱，鱼龙混杂，正道、邪道、白道、黑道的人都有，多嘴容易惹祸端。即使知道可疑，也要睁一只眼闭一只眼才好，不然这旅店开不了多久时间。

似乎是巧合，但回想起来又似乎早有预谋，那书生住了几日见到老板的女儿后，主动找到老板，说他能治好老板女儿的病。

老板见朱某的模样不像医生，不相信他能治病。

在此之前，有不少卖狗皮膏药的江湖郎中主动请缨来给他女儿治病，可是大多骗了医药费便没了下文。老板认为这个姓朱的文弱书生也是个骗子，所以老板拒绝了他要帮忙治病的请求。

老板走进女儿的闺房后，女儿问他，刚才外面是谁在说话。

老板还没有回答，那朱某便闯了进来。

老板急忙拦住他，呵斥道，我女儿的闺房不允许外人随便进入！

那朱某一手推开老板，直接走到他女儿的病床前，将盖在她女儿身上的绣花被揭掉，使得他女儿春光乍泄。

老板的女儿吓得抱住身子，缩到一角。

朱某赞叹道："这么白嫩的皮肤，这么好看的双脚，真令人销魂啊！”

老板见他如此放肆下流，急忙喊几个下人进来，将朱某拖出去。

朱某被人强行拖出去的时候两眼还离不开老板女儿的身子。

老板的女儿急忙起床穿好衣服，在屋里走了一圈，然后坐在椅子上。

老板见女儿浑身乱抖，以为女儿会责骂他让这么一个莽撞而好色的男人闯进她的闺房，连忙向女儿道歉。

可是女儿没有一点要责备他的意思。

他发现女儿面颊微红，气喘微微，眼神闪烁。她时不时地瞥向刚才朱某闯进又被拖走的那扇门，竟然有不舍的意味！

第五章 肉妖

老板以为是自己多心，见女儿刚刚受了惊吓，也不便多问，便没放在心上。

当天晚上，老板正在睡觉的时候被妻子推醒。

老板迷迷糊糊问道："干什么？"

妻子小声说道："你听听这是什么声音。"

老板以为是小偷进了屋，顿时吓得醒了一大半，霍地一下子爬了起来，从床头抽出一把刀来。这老板以前在县衙做过衙役，有一身武艺，尤其擅长用刀。后来他用当衙役的积蓄买了这个旅馆，开始做旅馆生意。手痒痒的时候，他便会拿出刀来舞一番，睡觉的时候习惯将刀挂在床头。

老板提了刀要出去。

妻子却拉住他，说道："你仔细听听。"

老板细细一听，那声音并不是脚步声，而是女人的呻吟声。再一听，那声音似乎是住在隔壁的女儿发出来的。

"这是怎么回事？"老板问妻子道。

妻子爬了起来，披了件衣服，对老板说道："你就别过去了，让我过去看看吧。"

“如果是强盗潜入女儿闺房，你对付得了？”老板说道。

妻子道：“怎么可能是强盗？如果是强盗的话，她早就喊了。”

“那……莫非女儿养了野男人？”

“别乱说！我们女儿还要名声呢。你先在这里待着，我去女儿房间看看，如果有什么意外，我自然会叫你。”

老板只好答应。

妻子偷偷走到女儿的房间门口，然后突然将门推开，走了进去。

老板的妻子刚进去，女儿就从床上坐了起来，气愤地看着她母亲。

老板的妻子环视屋里，没有别人，稍稍放心，问道：“你刚刚在干什么？”

女儿不高兴道：“我的事情你别管。”

老板的妻子见女儿没事，屋里也没有其他人，便悻悻地从屋里退出来。

第二天，那位朱某便退房走了。

从那晚之后，老板和他妻子就睡不好觉了。天天晚上女儿从隔壁传来呻吟，并且愈演愈烈，愈来愈放肆。之前还努力压抑，似乎怕别人听到，后来叫得很欢，基本无所顾忌。

每次老板的妻子走进女儿房间，又只见女儿一人。

家丑不可外扬。老板和他妻子对外都三缄其口，绝对不提女儿晚上欢叫的事，怕这样的事情传出去之后别人会认为他们的女儿养了野男人，影响她的婚姻。

事情的发展有忧也有喜。一个月之后，老板惊喜地发现女儿苍白的脸上居然有了几分血色，身板也越来越好，居然日渐发胖，之前的衣服渐渐穿不进了。

三个月之后，女儿的胃口大开，吃的东西比她父亲都多，吃肉的时候连肉带骨头嚼碎吃下，牙齿咬得咯嘣响。吃相非常难看，着急的时候甚至直接用手抓饭抓菜往嘴里送，往往饭一吃完，脸上手上满是碎屑和油。

倒老板见女儿精神头儿比以前好很多，也不怎么担心了，但他很为女儿的吃相头疼，可是怎么说都没有用，女儿根本听不进。

大概过了半年多，老板见女儿的身体已经好得差不多了，越来越希望尽早给她寻个好婆家。但女儿晚上喜欢大声呻吟，白天吃肉喜欢吃掉骨头的毛病还没有改。如果女儿这样子就嫁了人，老板担心过不了多久便会被婆家赶回来。

此前老板就认为女儿中了邪，经过半年多的观察，他更相信自己的猜测是正确的。

于是，他去附近山上的寺庙里找到会驱邪的和尚，请和尚下山来旅馆里驱邪。和尚答应第二天去旅馆，让老板先回去。

他从寺庙回到旅馆，刚到旅馆就看见半年前来旅馆住宿的朱某站在门口。

朱某见了老板便破口大骂，骂他忘恩负义，骂他恩将仇报。朱某说他好心治好了小姐的病，老板却要将恩人赶走。

朱某说，他精心照顾小姐半年多，让小姐恢复精元，从来没有亏待过小姐，小姐也倾心于他。

老板听他这么说，大发雷霆，责骂朱某贼心不死，用邪术缠着他女儿，玷污他女儿的名声。

朱某一气之下说道：“那好，我这就离去，你不要后悔！”

这时，老板的女儿从闺房里跑了出来，对着朱某的背影喊道：“朱郎，不要走！朱郎，不要走！”

朱某没有回答她，头也不回地离开了。

老板的女儿痛哭流涕，泣不成声。

第二天一大早下起了绵绵细雨，一个撑着黑色油纸伞的光头和尚来到旅馆。

老板客客气气将他迎进门，给他泡上了上好的茶。

光头和尚接了茶，却没有喝，先问道："施主今天请我来这里，请问家里有什么怪异的事情？"

老板尴尬道："高僧是出家之人，这怪异的事情恐怕有污高僧的耳朵。"

和尚道："见怪不怪其怪自败。施主不要有所忌讳，照直说来就好。"

老板便将女儿晚上发出呻吟的事情说了出来。

和尚听完，毫无窘态，悠然自若道："如果她床上有其他人，则是男欢女爱；既然她床上无人，则是自淫自爱，与他人无关。人到了年龄，自然会想这些事。"

老板道："我们从来没有让她接触过这种事情，她怎么突然发出那种让人难堪的声音呢？不是有人暗中指使诱惑，就是中了邪。"

和尚道："这种事情何须别人指使诱惑？此事犹如哺乳啼哭，小儿生下来就会，只是时间稍晚而已。要说是中了邪，那人人会中这样的邪，我们出家人也会中这样的邪呢。"

老板惊讶道："出家人还会这样吗？"

和尚道："此事乃是天性使然，人人都有。出家人也是人。"

老板没想到和尚会说出这样的话，一时不知该如何作答。

和尚举起茶香四溢的瓷杯，说道："只不过我们将注意力转移到茶上而已。品茶之细腻、醇香、苦涩、甘甜，一如品女人之温柔、亲近、嫉妒、美丽。倘若戒色又不喝茶，没有天大的定力，恐怕就会成为花和尚。"

"我以为出家人四大皆空，无色无欲，没想到也摆脱不了这个牵绊。"

和尚又问道："除了此事，可还有其他异常？"

老板又将女儿吃肉嚼骨头的烦恼说了出来，然后充满信心地问道："高僧，这一定是中邪了吧？"

和尚道："施主，令爱十九岁之前颇为厌食，身板薄弱，可能突然喜欢上肉荤而一发不可收拾，由此身体渐渐好起来。"

"这么说来，我女儿是没有中邪啰？可是昨天我从寺庙回来，那个自称姓朱的人说他照料我女儿半年多，责怪我请高僧来驱邪呢。"接着，老板又将之前朱某闯进女儿闺房做出不雅举动说出猥亵之词的怪异表现说给和尚听。

和尚听完，说道："那我可否见一见令爱？"

老板点头道："当然可以。"

于是，老板将和尚领进女儿的闺房。

此时老板的女儿又回到了床上，以泪洗面。

和尚看了看她，说道："令爱果然是绝色佳人！虽然现在体态丰腴，但仍然令人心驰神往。阿弥陀佛！"

老板讶道："高僧是出家之人，为何说出这种话来？"

和尚双手合十，低头道："出家人不打诳语，和尚看到令爱闭月羞花之貌，实话实说而已，并没有什么不妥。"

和尚又问："可否揭开被子，让和尚看看？"

老板觉得不太合适，但心想和尚既然心中坦坦荡荡直来直去，如果自己多想，反倒显得自己心中藏污纳垢不敢示人了。于是，老板将女儿身上的被子揭开。

和尚目光发烫，炯炯有神。

老板见他这样，急忙将被子盖上。

和尚做了个深呼吸，说道："那朱某真是说得对呀，令爱的皮肤果然白嫩，胜似冬雪；双脚果然好看，犹若莲花！"

老板不高兴道："照高僧说来，那朱某并不是妖邪？"

和尚道："妖邪也有真心赞美之句，常人倒有违心奉承之词。"

"那高僧能否为我女儿施法，让她夜里不再发难堪之声，吃饭时不再做难看之相？"老板问道。

和尚道："你们家里妖气虽然没有完全散去，但是妖已经在我来之前走了，所以无须我来驱邪。"

"那朱某确是妖邪吧？"

"当然，一个未做妖邪之事的妖邪。"

"那我女儿以后会好吗？"

"妖邪既然走了，妖魅之事自然会消失。但令爱会不会好，那还要看令爱自己是否觉得好。"和尚说道。

"依高僧看来，这朱某到底是什么妖邪？"

和尚道："从施主说的朱某的身形和令爱的吃相来看，朱某极有可能是肉妖。"

"肉妖？"

"是啊。此妖嗜肉，男则嗜好女人之肉，女则嗜好男人之肉。这朱某爱吃肉，所以引得令爱饕餮肉食。因为他嗜好女人之肉，所以让令爱长肉，既能治好令爱身弱之病，又能投其所好。"

"万一他还来呢？高僧可否赐一避免肉妖再来的法子？"

和尚道："肉妖既然走了就不会再来，无须避免之法。"

最后，和尚什么都没有做就走了，那杯茶从头到尾没有喝一口。

从朱某离开之后，老板的女儿晚上便没再发出怪异的声音。可是女儿的胃口越来越差，又不怎么吃饭了，看到肉就哭个不停。

没过多久，老板的女儿又瘦了下来，几月之后，她瘦得比以前更厉害，一直瘦到现在。

听老板说完，姥爹走了一步棋，说道："恐怕那个和尚不是真和尚。"

老板的心思已经完全不在象棋上了，探身问道："为什么？我明明去寺庙里请了，不可能啊。"

姥爹道："不信你可以去那寺庙问一问。不但如此，恐怕那个肉妖也不是真肉妖。"

“啊？这还有假？”

“那个被你误认为是肉妖的朱某也没有离开你女儿的闺房。”

老板惊得站了起来，问道：“还没有离开？我看见他走的啊！并且和尚也说不用驱邪了！”

“既然和尚不是真和尚，自然他说的话也不可信。”姥爹说道。

老板将残局扒乱，心烦意乱道：“不可能。我看见朱某走了，也看见和尚来了，还看见我女儿变胖又变瘦，难道我被欺骗了这么多年？”

姥爹将象棋收入象棋盒中，说道：“如果你不相信，可以去你当初求助的寺庙问一问。不过这事不要让你女儿听到。”

“这又是为什么？难道我女儿也骗了我吗？”

“你说朱某离开的时候你女儿非常不舍，所以这种可能性不能排除。”姥爹说道。

老板沉默了。

姥爹在那个小镇待了十多天，终于迎来一个晴天。可是他没有立即赶往伏川，而是在旅店老板的要求下陪同他去了附近一座山上的寺庙。

那寺庙不大，和尚不到十个。

老板找到庙里的住持，询问一年前去他家帮忙驱邪的和尚是哪位。

住持便将一个和尚叫来了大殿。

老板一看来的和尚，顿时脸色大变。走入大殿的和尚高高瘦瘦，脸皮枯黄，而一年前去他店里的和尚胖墩墩的。

老板问那和尚：“一年前我来庙里求住持派高僧帮我驱邪，那位高僧可是你？”

和尚回答道：“正是贫僧。可是那天我刚刚下山，便碰到你差来的人，告诉我已经另请高明驱了邪，不用我去了。于是我回了山，并没有去你的店里。”

老板惊讶道：“我没有派人叫你回去啊！”

和尚也惊讶不已，说道：“难道有人从中捣乱？”

姥爹插言问道：“请问那位叫你回山的人长得什么模样？”

和尚道：“胖乎乎的，油光满面，矮。”

姥爹跟老板对视一眼。拦回和尚的人十有八九就是朱某。朱某亲自拦住前去驱赶他的和尚，而又不被和尚发现，可见朱某修为超过和尚。即使和尚到了店里，也不见得能赶走朱某，这一点，姥爹和老板都心知肚明了。

既然如此，老板即使再叫他下山也是徒劳。

老板没有说穿，敷衍几句便下了山。

下山的路上，老板道：“果然如你所言！看来这朱某还在我家里啊！可是为什么我晚上没有听到呻吟声了呢？我女儿也从胖变瘦了，难道不是朱某离开引起的吗？我到现在还没有想明白。”

姥爹道：“他当年在这山脚下拦回驱邪的和尚，又变成和尚模样去找你，问出你觉得不对劲的地方，然后一一将你觉得不对劲的地方改掉，给你造成邪魅已去的错觉。这样的话，他就能长久地住在这里了。”

“他当时愤愤而去的样子也是装给我看的？”老板问道。

“嗯，是装给你看的，也是装给你女儿看的，迫使你女儿答应配合他来蒙蔽你。你女儿瘦下来，看见肉就哭，都是为了给你造成他已离开的假象。”

“这专门驱邪的和尚都被他骗了，你是怎么看出来的？”

姥爹说道：“我在你店里住了这么久，只发觉你有个女儿，却没有见过她的面。那天我们下棋，你女儿出来了，我闻到了猪圈才有的气味。可看看你女儿，衣衫整洁，不像是不爱干净的人，这是其一。后面听你说那驱邪的和尚做派跟那朱某有些相像，说话处处维护朱某，像是他自己要跟你辩白，简直是朱某的化身，这是其二。

前些天一直下雨，我无聊时在附近溜达，偶然看到你女儿闺房的窗户下有猪脚留下的脚印，这是其三。”

“猪脚留下的脚印？”

“嗯。三者综合之下，我就判断那使你女儿中邪的并不是肉妖，而是猪妖。”

“猪妖？”山路还很潮湿，老板脚底一滑，差点摔下去。

姥爹扶了老板一下，点头道：“是啊，这也恰好解释了你女儿为什么一度胃口那么好，长得那么胖，这正是猪妖作祟的效果。不过这算不上作祟，毕竟你女儿因此身体好了起来。他自称朱某，朱者猪也。”

“这么说来我还要感谢猪妖不成？”老板气呼呼道。

“人就是人，猪就是猪。即使它有心维护你女儿，这伦理天常也不可混淆。你放心，今晚我来将它捉住，让你女儿摆脱它的迷幻。”

“你能帮我捉住朱某？”老板将信将疑。

“可以试试。”姥爹答道。

“怎么捉？”

姥爹道：“你给我准备一桶猪食，一把杀猪刀，杀猪刀必须是杀过猪的刀，你可以去肉铺借一把。有了这两样东西，我就能将它捉住。”

“这么简单的东西就能捉住它？”老板不太相信。

姥爹笑道：“这两样东西看似简单，但是对猪妖来说很不简单。猪的天性使然，见猪食而不能抵御诱惑，见杀猪刀而不得不恐惧。猪莫不是依靠猪食而生，遇杀猪刀而死，对它来说，这是一生一死的大事。众生大半是贪生怕死之辈，所以这两样东西足够对付它了。江山易改禀性难移，人是这样，畜也是这样。你尽管按我说的去安排，就算不成，也花不了你多少钱和气力。”

“好，好，好。”老板连忙答应。

当晚，老板悄悄准备好了一桶猪食和一把杀猪刀。姥爹又用油纸将装了猪食的木桶裹住，不让猪食的气味散发出来，再用黄表纸将杀猪刀包住，不让它的杀气泄露出来。

姥爹算好了时辰，又向老板交代了几句，然后在老板的配合下提着猪食桶闯入老板女儿的闺房。

进了闺房，姥爹便将油纸撕开，猪食的气味顿时散开来。姥爹敲着猪食桶“啰啰啰”地叫唤。“啰啰啰”是叫猪来吃食的意思，发音要抑扬顿挫。在画眉村这一带，人在给家禽喂食时都会发出跟它们沟通的声音，比如喂鸡的时候要“咯咯咯”地呼唤鸡来吃食，喂狗的时候要“哦哦哦”地召唤在外玩耍的狗回到家里来，行走的牛只要听到“哇”的一声就会立即站住。这是人跟牲畜相处几千年来得出的经验。

姥爹刚呼唤几声，一头庞大的猪便不知从哪个角落里跑了出来，发出哼哧哼哧的声音，猪鼻顶在猪食桶上，牙齿在木桶上乱咬。那猪有普通家养猪的三四倍那么大，浑身是白色的粗毛，只有背脊上一条黑色的鬃毛，如水墨画。

姥爹身后的老板大吃一惊。

姥爹不管三七二十一，将猪食桶往旁边一抛，木桶倒了，里面的猪食流了出来，屋里猪食散发出来的古怪气味更浓了。

那庞大的猪立即奔走到猪食旁，痛快淋漓地大吃一通。

姥爹则拿出奲丝儿，趁着那猪大快朵颐的时候在它的四只脚上绕了一圈又一圈。

这时，老板的女儿从床上爬了起来，见地上到处是猪食，一头大猪在她房间里吃食，吓得大叫起来。

那猪听到老板女儿的叫声，似乎想起了什么，急忙停住吃食，想要逃跑。可是它的蹄子刚迈开，庞大的身躯就轰然倒地，屋里的小物件都震得跳了起来。

髼丝儿将它的脚绊住了。它的四只脚互相牵制，所以一迈步就会跌倒。髼丝儿又细，将它的脚勒破，它疼得嗷嗷乱叫。

它的叫声又尖又细，几乎将屋里人的耳膜刺穿。

店里其他伙计听到叫声急忙跑来，见了那猪便上前去按住它。可是五六个人根本按不住它，它打了一个滚，那几个人纷纷倒地，有的人被它压得惨叫。猪食被它滚在了身上，脏兮兮的。

它的蹄子乱踢，可是再怎么奋力都无法将髼丝儿挣断，徒给自己增加痛苦而已，蹄子上已经流出血来。

老板按照姥爹进门前的交代对着女儿大喊道："你看看！你仔细看看！这书生到底是个什么东西！别看他平时在你面前装扮成什么样，他实际上是一头猪！一头猪！"

老板女儿顿时惊住了，两眼不敢相信地看着躺在地上号叫的猪。

老板的女儿当时应该是相信了父亲的话。因为后来她主动承认说，她曾看到朱某的后背上有一条黑色鬃毛，摸上去比较扎手。

那头猪听到老板对着女儿的叫喊声，暂时停止了号叫，两只猪眼盯着老板和他的女儿，居然流出两串泪水来。

老板继续喊道："闺女啊，你别看他平时一副学生模样，装作读书之人，你看看真实的他是什么模样！你还要跟他在一起吗？"

老板的女儿捂住脸发疯一般哭号着跑了出去。

老板急忙追出去。

这猪妖见老板的女儿跑了，又打起滚来，将屋里的椅桌都撞烂了。

进来帮忙抓他的几个人只能围着他转，近不了他的身。

姥爹将黄表纸包裹的杀猪刀拿了出来，解开红布，甩手一扔，杀猪刀就直直地飞到了猪妖的脖子附近，挨着猪妖的脖子扎在了地面上。

猪妖顿时停止了打滚，哆嗦起来。他果然害怕杀猪刀。

姥爹喊道："不是我要坏你好事，是你自己做事不地道！要想娶她必须经过父母之命媒妁之言，现在她父母没有答应，你是用欺骗的方式得到了她的好感。况且你是猪她是人，有违人伦。看在你这么久以来并没有加害于她，还让她身体恢复，我才没将这杀猪刀插进你的喉咙里！倘若你还执迷不悟，那就不要怪我下狠手了！”

猪妖发出哼哧哼哧的叫声，但不再奋力挣扎。

姥爹将手一挥，屋里其他几个人急忙上前，用新的麻绳将它死死捆住，然后拖到旅店后面的马棚里去了。

老板已经将女儿找了回来，跟他妻子一起劝说女儿。

旅店里其他人议论纷纷。

姥爹走到屋里，对老板的女儿说道：“小姐，那猪妖我已经让人关到后面的马棚里去了。要是你让我把他杀掉，杀猪刀已经准备好了；要是你让我把他放走，我就叫人解开绳套；要是你还要跟他一起生活，我就叫人把他牵回来。”

老板和他妻子刚要反对，姥爹给他们使了一个眼色。他们便又坐了回去，对他们的女儿说道：“是啊，闺女，你愿意怎样就怎样。我们听你的，我们不怕外面人笑。”

老板的女儿抹了抹眼泪，说道：“杀掉他吧……”

老板和他妻子脸上浮现出高兴的笑容。

姥爹则一愣。

“杀掉他吧，我又于心不忍，毕竟一日夫妻百日恩。”老板的女儿哽了一下，继续说道。

老板和他妻子脸上露出失望的表情。

姥爹心中稍稍宽慰。

“他虽然是猪妖，但是从来没有真心要害我。虽然他露出本来面貌的时候让人恶心，可在我面前时穿着得体，说话暖心。如果我杀掉他，对他来说太不公平，我也会心中有愧，寝食难安。”

老板忍不住微微颔首赞同。

“但是以后还要一起生活的话，一想到我的丈夫是一头猪，我就觉得难受。你们也会受人耻笑，说迎了个猪女婿，以后如何在外做人？他以前跟我说，他只是嗜好吃肉的肉妖，即使和尚来了也舍不得驱赶的善良之妖。后来父亲请来的和尚对他有偏袒之词，让我误信了他的话。他虽然对我好，但没有跟我说真话，这一点我不能原谅，所以我不可能跟他生活下去。”

老板的妻子终于松了一口气。

老板问道：“你怎么配合他骗我们呢？他到底怎么让你相信他的？”

老板的女儿说，朱某第一次闯入她的房间，揭开她的被子时，她对朱某又气又喜欢。气是因为他的莽撞和猥亵，换了谁都会生气；喜欢是因为朱某对她的夸赞，她从小到大没有听过别人的称赞，由于自己体弱多病，身板薄弱，别人见了她都会笑话她身材像门板。哪个女孩不喜欢别人的夸赞呢？可是她从来没有得到过，所以她宁愿闷在屋里也不愿出去。这个朱某虽然让人生气，但看到被子下的她时，竟然没有笑话她，而是由衷地称赞她好看。这是第一个欣赏她的男人，她不由得心中小鹿乱撞。

父亲将他轰走的时候，她甚至有点埋怨父亲，觉得自己对不起朱某。她认为朱某是因为她而被父亲轰走的。

当天晚上，她正迷迷糊糊要睡觉时，朱某突然来到她的房间，爬到了她的床上。

她下意识里要惊叫，朱某捂住了她的嘴，急忙表白自己的爱慕之心，说他早就注意到她了，这次大胆以住店的名义来到这里，然后冒昧地闯入她的闺房，说了那些心里话。

她常年足不出户，但是看过不少私订终身的苦命鸳鸯书，羡慕过张生和崔莺莺、梁山伯与祝英台。她幻想自己和朱某也是其中一对，便答应了朱某，任由他垫上她的绣花枕，钻了她锦绣被。

可是后面的状况让她非常意外，完全不是那些爱情故事的模样。

朱某钻进她的被窝之后，她以为朱某会温柔地对待她，没想到朱某凶猛如虎，让她几乎招架不住。她的皮肤几乎被他搓破，她的骨头几乎被他捏碎。

她本想忍住，可是身上太疼了，还是忍不住地痛苦呻吟起来。几番折腾之后，她渐渐尝到其中甜头，往后又忍不住地欢快呻吟起来。

她害怕隔壁的父亲母亲听到，只是她的声音仿佛自个儿从喉咙里蹦出来的。

朱某来无影去无踪，每次梦醒，她见朱某已经不在，无法抑制地感觉到失落。每次睡觉前，她不由自主地期待朱某出现，即使他把她的皮肤搓破，把她的骨头捏碎，她也心甘情愿。

有一次，她的手刚摸到朱某的后背，手就被扎了。

她心生疑惑，便偷偷找机会去看朱某的后背，想弄清楚到底是什么东西把她扎了。

后来她终于看到了朱某的后背，发现他的后背有一条从脖颈到尾骨的鬃毛。

她问朱某为什么背上有鬃毛。

朱某很不高兴地说那是胸毛。

她说胸毛应该长在胸口，怎么长到背上去了呢？

朱某不耐烦地叫她不要问这么多。

她见朱某每次提到后背的毛就不高兴，后来就没有问了。

说来也是奇怪，自从跟了朱某之后，她以前不喜欢吃的东西突然非常喜欢吃了。以前觉得肉味难闻，现在听人说到肉就口流涎水，感觉肚中饥饿，吃肉的时候忍不住连骨头都啃碎吃掉。

她开始也觉得自己这样饕餮的样子让人生厌。她说给朱某听的时候，朱某不以为然地说，人看到美色垂涎三尺，看到钱财奋不顾身，都没有觉得不好意思，你不过是吃点肉而已，有什么不好意思的？

她深以为然，便不再想改观。于是，不知不觉间，她身体渐渐发福。一段时间后，朱某欣喜不已，夸奖她的身材更好了。

她见朱某高兴，也跟着高兴，吃饭吃肉的时候更加没有节制，即使父母再三说教，她一句也听不进去。

又过了一段时间后，她胖得走路都气喘吁吁。她感觉自己已经肥胖如猪了，在朱某面前展露自己的身体时感觉到不好意思，怕朱某嫌弃她，可是朱某似乎越来越喜欢她。

她问朱某，我已经胖成这样了，难道你不嫌弃我吗？我以后吃肉还是要克制一点的好。

朱某道，古人曾有一朝以肥胖为美，你要是生在那时候，那比贵妃都美呢！我喜欢胖的人。你看看我，我不也是这样吗？

又如此过了一段时间，朱某意外地中午就来了她的闺房，哭诉她的父亲要请人来赶他走。

她早就知道这朱某来历不明，定然是异类。有一次母亲曾经突然来房中检查，恰才还在的朱某忽然就不见了。她知道父母迟早会怀疑的，心中早有准备，于是劝朱某像上次一样躲一躲就会过去。

朱某说，这次她父亲请的是附近寺庙里的和尚，恐怕躲是躲不过去了。

她问朱某到底是邪灵还是妖，是邪灵的话是什么邪灵，是妖的话是什么妖。如果是好邪灵好妖，她一定帮忙劝劝父亲，让父亲成全他们。

姥爹这时插言道：“肯定是你这一句提醒了他，让他变成和尚来到这里欺骗你父亲。”

老板的女儿点头道：“当时不明白，现在回想起来确实如此。”

朱某跟她说，他是一种少见的肉妖。

她问朱某，肉妖是什么妖。

朱某说，世间有色鬼、酒鬼、赌鬼、占了吃喝嫖赌中的三样，他占了其中剩下的一样——吃，尤其爱吃肉，除此之外，并没有什么不良嗜好或者害人的想法。

她满生希望，说道，既然是无害的肉妖，我和你一起向我父亲说明，说不定他会改变主意的。

朱某摇头道，不会的，他铁了心要赶我走，我不如主动离去。你我的姻缘恐怕只能到此为止了。

她惊慌不知所措。

那天下午，父亲回来，她听到父亲的脚步声，想去跟父亲说明，求得父亲回心转意。可是她还没起身，朱某的声音已经在外面响起。朱某向父亲发了一通脾气，说了一些愤怒的话，便拂袖离去。

等她从屋里出来的时候，朱某已经走远。

“后来他又回来了？”老板问道。

“是啊。”老板的女儿又抹了抹溢出的泪水。

她说她见朱某离去，顿时心灰意冷。她跟父亲赌气，父亲也不搭理她。

第二天，父亲请的和尚如约而至。

她心想，朱某的一面之词或许有所偏颇，自己说不定错怪了父亲。于是，她决定听一听和尚的说法。

和尚来了之后不说朱某的坏话，却处处赞美朱某。

她越听越心疼，越听越恨父亲。她记起了朱某的种种好，忘记了朱某的不好，忍不住又大哭了一场，恨不能随朱某而去。

和尚走了的当天晚上，她扑在床上流泪，突然听到朱某的声音在耳边响起。

她扭头一看，居然真的是夜夜潜入闺中的朱某。

她怕父亲听见低声问朱某怎么又回来了。

朱某笑嘻嘻道，我见你如此眷恋我，舍不得走了。

她问道，你跟我父亲说了那些狠话，我以为你不会再来了。

朱某说，那些话是说给你父亲听的。

她又道，今天来的和尚没有说你坏话，倒是处处夸奖了你一番。

朱某笑着说，那和尚是真正懂得佛法的出家人！凡夫俗子说不出那样有见识的话来。出家人不打诳语，你就算不相信我的话，也该相信和尚的话，我只是一个不会害人的肉妖而已，除了爱吃肉之外，没有什么害处。

她欣喜不已。

朱某说道，从今以后，你我都要小心行事。以后你要抑制叫声，免得你父亲母亲听见，发现我又回来了。以后你吃饭要像以前一样几乎不动碗筷，如果你瘦下去，他们更以为我是真的离开了，也更加相信和尚说的不用驱邪的话。

她连连点头。只要换得朱某回来，要她做什么她就做什么。

于是，朱某照样夜夜潜入，而父亲母亲毫不知觉。

从此以后，她一天比一天瘦。

父亲母亲见她日益瘦弱，认为她还在想念已经离开的朱某，也认为之前的异常已经消失，虽然对她身体健康越来越担心，但对于驱邪一事已经抛诸脑后，不再提及。她的母亲甚至因此偶尔说出不该赶走朱某的话来。

一天一天过去，她渐渐发现一些令人生疑的端倪。或许是朱某见她因为失而复得更加珍惜他，便放松了戒备，频频露出马脚。

一天晚上，她闻到了米糠的味道，看到朱某嘴里有米糠。

朱某急忙将嘴边的米糠抹掉，解释说，他虽然爱吃肉，但偶尔也吃些粗粮米糠换换口味。

她问朱某为什么不吃大米或者面食，偏偏吃养鸡养猪的米糠？

朱某结结巴巴，说不出个所以然来。

又有一次，朱某进来时哆哆嗦嗦。

她问他怎么了。

朱某说，这店里今晚住进了一个屠夫，带了很多屠宰的刀。

她问道，在我家旅店投宿的人三十六行，行行都有，你能看出哪个是屠夫？再说了，他带了刀也是放在房间里，你是怎么知道他带了很多刀的？

朱某说道，我能感觉到屠夫的血腥之气和屠刀的杀气。

说到这里，老板对着姥爹感慨道：“幸亏你提前将杀猪刀裹上了黄表纸，不然朱某嗅到杀猪刀的杀气就跑了。”

虽然朱某露出种种破绽，但老板的女儿依然相信他。她像她的父亲一样不知道朱某设下的计谋，他们都受了假和尚的蛊惑。

老板的女儿说，今晚朱某刚来不久，我就听到“啰啰啰”的声音和敲木桶的声音，我知道这是喂猪时引猪来吃食的声音。我还心想，我家没有养猪啊，店后的马棚里也只关住客牵来的马或者骡子，没见过哪个住客牵着猪来住店的。

她还没有反应过来，朱某就跃身而起，朝那声音发出的方向冲了过去。

朱某落地时，她没有听到往常正常的脚步声，却听到“咚咚咚”的蹄子踩地发出的声音。

接着，她听到了猪发出的哼哧哼哧声。那声音她听起来居然十分熟悉！在父亲没有请和尚来驱邪之前，她常常听到朱某发出类似的声音，虽然这声音跟那声音有三分区别，却有七分相似！

她慌忙穿上衣服下床来看，果然看到一头庞大的猪在她的闺房里吃食！那头猪的脊背上一条异常熟悉的猪鬃毛映入眼帘！她浑身一颤，禁不住大声尖叫起来！

那头猪听到她的叫声，想要逃跑，但脚下一崴，跌倒在地。

这时，她醒悟了。这猪就是朱某！朱某不是什么肉妖，而是猪妖！她跟朱某不是什么崔莺莺和张生，也不是梁山伯与祝英台，而是高翠兰和猪八戒！

她尖叫着冲出了闺房，可是出了闺房之后她不知道自己该往哪里去。

回头一看，父亲追了出来。她这才明白，自己除了回到父母的怀抱之外并没有其他地方可去。

说完，老板的女儿又呜呜地哭起来。

老板的妻子抱住女儿的头安慰她，却又忍不住埋怨女儿不懂事：“闺女啊，你为什么要隐瞒我们呢？”

老板的女儿哭着说道：“你们不知道，一个长期被人歧视嘲笑的人如果遇到一个欣赏她的人，即使那人有些缺点或者毛病，她也会置之不管的；即使自己知道不应该相信他，也会处处维护他。”

姥爹道：“猪妖应该是看准了她的这个弱点才来找她的吧。其实人人都有这个弱点，士为知己者死，男人愿意为欣赏自己、栽培自己的人而赴死，不一定是为正确道义而死；女为悦己者容，女人愿意为欣赏自己、喜欢自己的人而精心打扮。人都希望被欣赏，被赞美，有时候为了获得这些欣赏和赞美，宁愿自己暗地里受苦受累。”

老板的妻子连连叹气。

老板感激地对姥爹说道：“多亏了你，不然我们不知道要到什么时候才能发现猪妖还没有走，我女儿也不知道什么时候才能看清朱某的真面目。”

“还是你女儿机缘好，如果她没有出来又恰好碰到我，我也看不出端倪。其实世间坑蒙拐骗的事情不少，被坑蒙拐骗后没有发觉的人也不少，没碰到能看出来真相的人的话，大部分人也就这么过去了。”姥爹客气道。

老板的女儿朝姥爹鞠了一个躬。

姥爹连忙扶住她，说道：“你不想杀了他，也不想继续跟他生活，那就只能放走他了。”

老板的女儿泪眼婆娑道：“可是放了他的话，他会不会出去祸害别的女人呢？”

姥爹道：“或许会。”

“那让我再想想吧。”

姥爹点点头。

老板的女儿转头对老板说道："爹，你能不能再给我准备一桶猪食？"

老板问道："你要猪食干什么？"

她说道："毕竟夫妻一场，他也照顾了我这么久，明天早上我想亲自给他喂一次食，算是报答他以往对我的好。"

"可是他欺骗了你啊，闺女。"老板的妻子不甘心道。

老板则答应下来，说道："好吧，我会给你准备猪食的。"

"好了，你们都走吧，我想一个人静一静。"老板的女儿说道，疲倦地挥了挥手。

姥爹和老板以及老板的妻子走出房间，留她一个人在屋里。

姥爹见天气已经好转，出了房间后看了看天空，天空夜星繁密，漆黑的天幕仿佛被针扎了无数的小孔，天幕那边的明亮光线从小孔里漏了下来。天空有星星的话，第二天的天气不会太差。姥爹决定处理完猪妖之后继续往伏川的方向前进。

早点解决泽盛的事情，就可以早点回到小米身边，然后早点回到荒河以南去，再早点回到画眉村。那里还有他的妻子孩子，以及不是亲人胜似亲人的人。

第二天，姥爹起来得有点晚。

起床之后，姥爹在窗前吸食了一会儿阳光，然后走出客房，打算去旅店后面的马棚看看。

走进马棚之后，姥爹发现猪妖不在这里了。

姥爹有些慌，以为猪妖趁着所有人睡下后逃走了。他急忙去找旅店老板。

老板听了姥爹的话，还不太相信。他说："昨晚不是将他捆得像麻花一样吗？怎么可能跑得掉？"

老板跟着姥爹来到马棚转了一圈，发现猪妖确实不在了，这才相信姥爹的话。但他答应给女儿准备的猪食桶还在马棚里，桶里的猪食已经没有了。

“他不会又到我闺女的房间去了吧？”老板担心不已。

老板去他女儿的房门前敲门，门内没人回应。

刚在外面扫地回来的下人见老板敲门，便说道：“老板，小姐今天一大早就出去了。”

“她不怎么出门的，怎么会一大早出去呢？”老板不相信下人的话。

下人赌咒发誓，坚称亲眼看到小姐出了门。

老板脸色煞白，问姥爹道：“我这闺女昨晚不会是装作相信我们的吧？她说她之前想过跟那朱某离家而去，不会今天早上悄悄带着朱某跑了吧？”

姥爹道：“应该不会。如果她要带着朱某跑掉，就不会先给他喂猪食。”

“朱某吃饱了才有力气跑啊。”老板说道。

“不。第一，你女儿讨厌朱某吃猪食，如果想和他私奔，不会喂他吃这种东西。第二，朱某不差这一餐，吃一桶猪食太花时间，他们不会在逃跑前浪费这些时间的。”姥爹分析道。

“可是现在他们不见了啊！”老板焦急地走来走去，抓头挠耳。

姥爹道：“不要着急，我们分头去找。”

于是，老板将店里的下人都喊了出来，叫他们去镇子的各个方向去找。

姥爹清点了一下人数，发现少了一个婢女。

姥爹对老板说道：“这下我更确定你女儿不是和朱某私奔了。”他找到平时跟那个婢女关系很好的人，询问那个婢女是什么时候离开旅店的，有没有说过什么话。

那人回答说，婢女是一大早走的，说要去早市。她在去早市之前还叫了几个人一起帮忙将昨晚捉住的那头猪抬到了一辆板车上。

姥爹连忙叫老板带几个人一起去镇上的早市寻找他女儿。

镇上的早市不大，姥爹和老板几人到了之后很快找到了他女儿和那个婢女。那个婢女推了一辆板车，唯独不见猪妖。

姥爹走上前，急忙问道："那个姓朱的呢？"

老板的女儿没好气地回答道："卖了。"

"卖到哪里去了？别人知道他是……嗯……别人控制得了他吗？万一闹出人命怎么办？"老板紧张地抢言道。

"你放心，他再也害不了人啦。我把他卖给一个杀猪的屠夫了。"老板的女儿露出快意的笑。

"卖给杀猪的屠夫？"姥爹大吃一惊，他以为老板的女儿对朱某还存有几分难以表达的感情，没想到这么快就要将朱某置于死地！朱某到了屠夫手里，必定像猪一样被屠夫杀掉。老板的女儿说过，朱某在有屠夫住进旅店的时候就吓得哆哆嗦嗦。此时的他不知道会有多么惊恐！

"是啊。"老板的女儿点头道。

"你不是说不忍心杀掉他的吗？"姥爹问道。

"对啊。我不忍心，但是屠夫杀猪杀习惯了，应该不会不忍心吧？"她冷冷地说道。

老板忍不住说道："闺女，你这么做是不是不太妥当？"

"当初你不是一心想要赶走他吗？现在我让你没有了后顾之忧，为什么又说我做得不妥当呢？再说了，早上我给他喂过一桶猪食，算是给他报恩了；吃完猪食再将他卖掉，算是报仇。我恩仇分明，有什么不妥当？"她挤出一丝难看的笑。

"快告诉我，你卖给哪个屠夫了？"姥爹催促道。

她不回答，将头一转，对那婢女说道："走，我们回去！"

姥爹不好拉住她，只好在早市里问其他人有没有看见老板的女儿将拖来的那头猪卖给了哪个屠夫。

老板也觉得女儿转变太大，一时之间难以接受，便留在姥爹身边帮忙询问。

不一会儿，姥爹终于问到一个人说看到老板的女儿将猪卖给了离这里不太远的开肉铺的某某。

姥爹问那肉铺在哪里。

那人指出方位。

姥爹和老板急忙赶往那个肉铺。

可是一切都迟了，那某某见姥爹和老板询问刚才买的猪在哪里，嘿嘿一笑，说道："付了钱的就是我的！你们想要也要不回去！"

姥爹说愿意多付一倍价钱。

那人指着挂在铁钩上的一条条红白猪肉，说道："已经杀啦！你要买的话，也只能买肉了！"

"这么快就杀了？"姥爹惊讶道。

那人说从老板女儿手里买来时付的价格很低，他怕她家里人找来退钱，所以一回来就急急忙忙把这头猪宰了，免得对方反悔。他猜到她家里人会来退钱，但他没想到有人会出两倍的价钱买回去，早知道这样，就不急急忙忙宰掉猪了。

姥爹将那切成一条一条的猪肉翻过来看，果然看到脊背位置都有一块黑色，应该是刮了鬃毛之后露出来的。

姥爹连连叹息，可是猪妖已经变成猪肉，只好作罢。

老板充满歉意地说道："我也不曾料到我闺女会下手这么快。"

姥爹见他如此，又道："一报还一报，虽是意料之外，却也是情理之中的事。"

老板窃窃道："我跟你想的一样，虽然说是一报还一报，但还罪不至死嘛。既然已经这样，我们也没有办法了。不过……这猪妖的肉能吃？”

姥爹道：“吃倒是能吃，就是老一点而已，煮的时间比普通猪肉要长两三倍才行。猪妖修炼多年，不知道吸取了多少天地精华，吃这种肉对人只有好处没有坏处。不过普通人体会不到其中的好处，只会觉得难以咀嚼下咽，肯定会以为屠夫卖给他们的是假猪肉。这屠夫如此贪财，等着顾客吃完来找麻烦吧。”

离了肉铺，回到旅店之后，姥爹开始收拾行李。他要继续往伏川去。

第六章 桃木

姥爹刚离开小镇，旅店老板就从后面追上来了。

姥爹见旅店老板追了过来，立即停下脚步，问老板怎么了。

老板气喘吁吁道：“朱某没有死！”

姥爹不信，问道：“你我不都看到屠夫切成一条一条的猪肉了吗？怎么会没死呢？就算把那些肉拼起来也不可能让他复活啊！你别逗我了，我还要赶路呢。”

老板拉住姥爹说道：“朱某真的没有死，刚才那个屠夫来找我了！”

“他找你干什么？”

“他说他没有杀死那头猪，他说杀了是骗我们的。他把那头猪藏进了他自家的猪圈里，他见那头猪的肉比一般的猪多几倍，想留着它当种猪。”

“当种猪？”姥爹问道。

“是啊。他说即使我们出双倍的价钱，他也不愿意把那头猪退回给我们。有了这种猪跟母猪配种，以后会生下很多这种类型的猪，赚的钱可不止两倍三倍！他怕卖家找回来退钱，就杀了一头外形跟朱某差不多，背上也是有黑鬃毛的猪。”

姥爹听老板这么一说，有几分相信他的话了。

“可是屠夫做的这些事情你是怎么知道的？他无缘无故跑到你的旅店里跟你说这些？”姥爹还是心中存疑。

老板回答道：“他来找我是因为他猪圈里的几头母猪都被那头猪咬死了！猪圈的木栅栏也被咬坏，他逃出去了。那屠夫来看看是不是跑到我这边来了。”

“把母猪咬死，然后逃跑了？”姥爹一愣。这猪妖也太凶狠了，虽然被那屠夫当成种猪，但不该这么报复他吧？

“是啊。所以我来追你，希望你帮忙将猪妖找回来。你帮我发现了猪妖的计谋，我女儿又将他卖掉，说不定他会回来找我们麻烦！屠夫只是把他当作种猪，他就咬死所有母猪，弄坏猪圈。如果他回到我家里，你说他会怎么对待我和我女儿？”老板光是想一想就心惊肉跳。

姥爹担心帮人不成反害了人，立即答应跟他一起去将猪妖找回来。

姥爹决定让竹溜子循着朱某的气味寻找他。在菜市场和肉铺的时候，那里气味混杂，即使是竹溜子也很难分辨其中是否有朱某的气味。

现在朱某跑了，竹溜子寻找他的气味就容易一些。

于是，姥爹和老板回到肉铺那里，从肉铺周围开始寻找。

老板见了姥爹捉猪妖的场面，知道姥爹不是寻常之人，所以见他驱使一只老鼠做事也没有表现得特别惊讶。

屠夫不知道那头猪是猪妖，姥爹和老板也没有打算告诉他，所以经过肉铺的时候没有叫他。

由于朱某逃跑前咬死了其他母猪，他身上一定带着猪血的气味，这更有利于竹溜子寻找。

竹溜子带着姥爹和老板越走越远，越走越偏僻，最后走到了一座荒山上。那座山上有许多大石头，只有寥寥几棵树。

快到山腰的时候，竹溜子突然转身回来，爬到了姥爹的肩膀上。

老板问道：“怎么啦？”

姥爹道："前面有人来了。"

姥爹的话音未落，前面的山道上就走出来一人一猪。那人是个盲人，老态龙钟，两眼翻白，手里拿着一根桃树枝。那猪正是姥爹要找的猪妖！

老板见了那猪，要上前去。姥爹急忙将老板拦住，示意他不要着急。

猪妖的蹄子在石子路上敲出嘚嘚嘚的声音，掩盖了盲人的脚步声。那人虽然两眼翻白，但走路似乎完全没有犹豫停滞，虽然一副老态，但脚步轻松自如，让人认为他并不是盲人。并且，他时不时举起手中的桃树枝，准确无误地抽打在猪的臀部，迫使它往前奔跑。桃树枝划破空气，发出呜呜的声音，可见落在猪妖的臀部时猪妖会有多疼。

可是整座荒山上并没有一棵桃树的影子。

姥爹感觉到这个盲人不简单。

当盲人和猪快到姥爹跟前的时候，姥爹干咳了一声。

那头猪见了姥爹，嗷嗷地叫了起来。

姥爹拦住他和猪的去路，问道："这位老先生，您这头猪是从哪里找来的？"

盲人回答道："山顶上碰到的，莫非这是你家的猪？"他的嗓子很嘶哑。

姥爹朝老板使眼色，老板急忙站出来说道："老先生，这是我家的猪。"

盲人说道："你家的猪为什么不好好关在猪圈里呢？跑出来万一做了坏事，你说谁负责？"

姥爹知道盲人"看"出了这头猪的不同寻常，故意问道："不过是一头猪而已，能做什么坏事呢？"

盲人露出微笑，说道："比如说撞到了看不见的人。"

"可是你走路时脚步没有一点阻碍。"姥爹说道。

"年轻人，路是脚走出来的，有路没路在你们明眼人看来才有区别，对我这个看不见的人来说，有没有路无所谓。脚下的就是路，怎么会有阻碍呢。”盲人回道。

老板争辩道：“可是你每一脚都踩在山道上，没有绊到石头，也没有踩到路外面去。”

盲人道：“我只是恰巧踩在路上而已。”

姥爹赞赏道：“老先生说得很有道理。不知道老先生是从哪里来的？”

盲人道：“从定州来。”

姥爹一喜，说道：“我也是在定州待了一段时间才过来的。”他顿时对这位盲人多了几分莫名的好感。

“我只是恰巧从那里路过而已。”

“你有没有去过定州城北刘家狗肉馆？”姥爹希望听到一点关于小米的消息。

盲人摇头道：“没有。”

“你在那里有没有听到过小米这个名字？”姥爹还不甘心。

“我从来不问别人的姓名，也不记别人的姓名。”

老板不知道姥爹问这些干什么，他的注意力在猪妖身上。他对盲人说道：“老先生，这头猪是我家的，您能不能将它归还给我？”

盲人点头道：“我要这头猪也没有什么用，既然是你的，你就赶回去吧。不过你得用我这根桃树枝抽打它，不然它不会听你的话。”说完，他要将手里的桃树枝递给旅店老板。

老板犹豫要不要接。

姥爹示意他接下。

于是老板将盲人手里的桃树枝接了过来。

“桃树枝可以抽打邪灵，抽一头猪那是绰绰有余。”盲人说道。

姥爹听出来他是要老板用桃树枝制伏猪妖。

“谢谢老先生帮我们把猪赶回来，老先生可否赏脸一起喝个茶？”姥爹对这位老人有莫名的亲切感，又见他身怀异术，用一条桃树枝就轻轻松松将猪妖制伏，顿时心生结交之意。

盲眼老人大大方方道：“好啊，走了这一路，正渴得舌头冒烟！”

于是，姥爹、老板还有盲眼老人一起回到旅店。

老板叫下人将猪弄到马棚里去。

盲眼老人制止道：“你把它关在马棚里，它又会跑掉。”老人一边说，一边将手中的桃树枝折了一小段下来。他走到猪妖身边，顺着猪背往前摸索，一直摸到猪耳。他的手法飞快，只见他的手一抖，只听得猪妖叫了一声，一颗黑色的东西就留在了猪耳上。

“我送他一颗桃木耳钉，它就跑不了了。”盲眼老人拍拍猪背，叫下人将猪赶到马棚里去。

姥爹虽然用猪食和杀猪刀制伏了猪妖，但他无法让猪妖不再逃跑。见老人用一根桃树枝就能让猪妖乖乖返回，用一颗桃木耳钉就能让它逃跑不了，姥爹知道自己的实力远远不如这位老人。

“老先生的玄黄之术真是让我叹为观止！”姥爹拱手佩服道。

“不敢不敢。”老人谦虚道。

姥爹问道：“桃木耳钉缘何能让猪妖服服帖帖呢？”姥爹知道，即使对这位老人说明这头猪其实是猪妖，老人也不会觉得突兀。老人在扬起桃树枝抽打这头猪的时候，应该已经知道这头猪是猪妖了。姥爹甚至猜测，猪妖在逃离屠夫的猪圈之后变幻成了朱某的样子，是老人用桃树枝将他抽回了原形。

姥爹早前就听说桃树枝可以抽打妖魔鬼怪。他二十多岁的时候曾听说某地有一位捕捉邪灵的高手，那高手常常将害人的邪灵绑在树上，然后用桃树枝抽打以示惩罚，有些邪灵则用桃木杖击毙。他想要拜访那位高手，可惜去了之后发现那人已经去世了。据当地的人说，那人死后身上莫名出现许许多多一条条的紫黑瘀痕，仿佛是活活被抽打死的。有人说他活着的时候邪灵害怕他，一死则立即遭到了报复；也有人说那是他的手段太狠，引起了反噬。

姥爹记得古书有言："桃者，五木之精也，故压伏邪气者也。"桃木既可以压制邪灵，也能压制妖怪，因而已故的那位高手用它抽打邪灵，眼前的老人用它抽打妖怪。姥爹并不是没有用过桃木，他收集怨念时用的小瓷瓶的木塞就是桃木做的，阻止收集的怨念从瓶口逃出去。

姥爹用过桃木，却对其中的道理一知半解，更不知道抽打邪灵的高手和这位老人是怎么做到的。就如一个人用过铁器，却不一定会打铁，虽然知道打铁要趁热，还要在水中淬火，但不知道铁匠怎么可以打得那么好。

对姥爹来说，他自己就是用铁器的人，这位老人就是铁匠。

可是老人接下来的回答让姥爹大吃一惊。

老人回答道："我也不知道桃木耳钉为什么可以让它服服帖帖。"

这等于一个铁匠告诉别人，他不知道他为什么可以打出这么好的铁器来。这怎能让人不惊讶！

不过接下来老人的回答又让姥爹觉得有几分道理。

老人继续说道："我这么做，是因为很久很久以前有人告诉我这么做可以压制邪气，令邪灵妖怪无法藏匿，无法变化。"

"哪位高人？"姥爹年轻时遍访高人，就算没有遇到过，但凡有些名气的，名字大多耳熟能详。

老人却说："我不知道那位高人的名字。我说过，我从来不问别人的姓名，也不记别人的姓名。"

姥爹非常失望。

"不过我记得他长什么样子。他是我失明前看到的最后一个人，所以不论时间过多久，我都记得他的样子。"

"哦？"姥爹微微惊讶。

"他是一个苦行僧，一个与众不同的苦行僧。就是这位高僧让我今天来到这里，说是有事相求。"老人说道。

“哦，那你碰到那位高僧了吗？”姥爹有点后悔把他邀请到这里来了，这或许耽误了老人跟他所说的高僧的约定。

这时老板已经将茶泡好，每人倒了一杯。

“还没有。”老人的白眼珠翻了翻，拿起茶杯喝了起来。

老板泡完茶便在他们旁边坐了下来，说道：“老先生，就算你此时碰到那位苦行僧，你也没有办法确认啊。你虽然记得他的样子，可是你现在看不见他的样子啊。”

老人缓缓放下茶杯，将手一摆，说道：“哎，你这话就说得不对了。人的声音会变，容颜也会变，就算我双眼能看见，我也不能确认啊，还不如看不见，心中反而清朗。”

老板道：“声音和容颜都会变老，但是只要见过听过，再次相遇还是能分辨出来吧？怎么会不能确认呢？”

老人笑了，摇摇头，说道：“你说的是一百年之内再怎么变化也能辨识，确实如此！哪怕是小时候见过的人，到了青年中年老年，或许还是能认出来。可是超过一百年两百年的人，你怎么辨识呢？”

“老先生说笑了。超过百年，人都死了，还谈什么认得不认得？”老板说道。

姥爹则俯身问道：“老先生今日要见的人是超过一百年两百年的人？”

老人点点头。

“超过一百年两百年的约定？如此说来，老先生你……”姥爹惊讶不已。

老人微笑点头，示意姥爹不用多说，领会即可。

老人转而对老板说道：“这位先生，那头猪虽然耳朵钉了桃木耳钉，但是肚子早已空空，能不能麻烦你去给它弄点吃的？”

老板答道：“我这就去。”说完，他起身离去。

老板不是傻子，他知道这位老人是故意支开他的，他看出老人似乎有话要单独跟姥爹说。两个都是帮过他的人，也能看出来都是懂得玄黄之术的人，他乐意给他们两人单独的聊天空间。他对玄黄之术一窍不通，坐在这里也是无聊，还不如自己寻个清净。

姥爹见老板离去，问老人道："你有什么话要跟我说吗？"

老人喝了一口茶水，说道："说说我们之间的约定。"

"我们之间有什么约定？"姥爹问道。

老人不直接回答姥爹，两颗白眼珠对着窗外的阳光说道："时光真是如同白驹过隙啊，转眼这么多年过去了。"

姥爹见他开始回忆，便不再说话打扰。

"记得你我第一次见面的那天，阳光也是很不错。那时候我能看到耀眼的阳光，现在我能感觉到阳光的强烈。"

姥爹看了看从窗缝漏下来的阳光，确实强烈。

"那时候我还是一个年轻人，五百多岁的年轻人。你是一个老人，我想那时你至少有六十岁吧？"老人说道。

姥爹心中的猜测越来越清晰。老人口中的高僧，极可能就是姥爹的前世——那个去过修眉山的僧人，去过熙沧的僧人，去过李家庄后山的僧人，封印过石牛的僧人。

经过老人的提点，姥爹尘封的记忆渐渐浮出水面，姥爹似乎看到了老人所描述的场景。姥爹感觉到脑海里的阿赖耶识开始旺盛生长，就如将七枚枣核握在手中的时候那样！

姥爹觉得面前的老人越来越熟悉。

老人说，他修炼成超过五百多岁的人精非常不易，要像其他企图修炼成人的妖精一样躲避上天的惩罚。每到打雷之时，他便四处躲藏，害怕雷劫降临在他的身上。那时候他的双眼还没有失明，能看清世间万物。

除了雷劫，他还要躲避其他的修炼之人。他的寿命超过五百岁的消息泄露之后，许多修炼者到处寻找他，有的想学习他的修炼之法，有的打着替天行道的口号意图杀害他。

有一次，百十个修炼者联合起来找他。那时候他的修为还不高，不是那些人的对手。他不得已在一座山上躲了一个多月，天天以雨水解渴，饿得前腹几乎贴着后背。

他虽然是五百年的人精，但没有吃的还是会饿死。

他躺在狭小的山洞里，饿得两眼昏花，意识迷糊。他饿醒来，醒来后又饿得昏迷入睡，如此反复。

在他半醒半寐迷迷糊糊之时，一个脚步声在洞口响起。

此时的他连爬起来逃跑的力气都没有了，心中满是懊恼悔恨。修炼了五百多年，老天没能阻止、他收拾他，同类却要阻止他、杀害他。

斗得过天，却奈何斗不过人。

他以为那脚步声是寻找他的修炼者发出来的。他躺在洞里，一心等死。

脚步声在洞口消失了一会儿，接着越来越近。

躺着的他忍不住战栗起来，他害怕进来的人用利器将他杀害。他最怕死了，他修炼的初衷其实是因为害怕死亡。

那人走到了他面前。

他看到那人是一个慈祥的僧人，僧衣布鞋，年龄在六十以上。

“可算是找到你了。”那僧人说道。

他心中一凉。

僧人在腰间摸了摸。

他以为僧人是要摸出小刀来结果他的性命，未料僧人从腰间摸出一块干粮来，塞在他的嘴边。

他急忙咬住，来不及用牙齿咬就囫囵吞枣地咽了下去。

僧人见他吃了，便在他身边坐下，脱下了布鞋，将鞋底朝上用力晃了晃。他的鞋底应该是进了沙子。

他心想，或许僧人见他可怜，让他临死之前吃一点东西，免得成为饿死鬼。死刑犯临刑前都会得到一餐断头饭的，或许僧人是让他吃饱了好上路。

他胡思乱想了一番。

僧人将鞋子里的沙子倒掉，然后穿上。

他感觉刚才吃的东西蕴含了许多能量。吃完之后，他的脑子清晰了不少，身子似乎也有劲儿了。

洞外的阳光非常强烈，外面还有枯燥无味的知了的叫声。那知了的叫声似乎有一股无形的力量，压在他的胸前，让他觉得呼吸不是那么顺畅。他深深吸了一口气，然后对那个僧人说道："谢谢你，谢谢你让我临死前吃了一点东西，让我可以清醒地死去。你可以动手了。"

僧人听了他的话，又脱掉另一只布鞋，将那布鞋中的沙子倒掉。

他看着僧人鞋子里的沙子落在地上。

"这么想死的话，你还修炼成人精干什么？"僧人终于说话了。他的声音听起来有些低沉，如同古寺钟声，清越悠扬，让人觉得舒适安心。

"不是我想死，是天要我死，人要我死。"他灰心丧气地说道。

"天要你死，是因为你违背天常；人要你死，是因为人的私心和嫉妒。既然这样，你何不顺从天意，让天饶过你；避开闲人，让人饶过你呢？"僧人说道。

他听出这僧人不是来害他的。他刚才吃了点儿东西，身体有了点儿力气。他急忙坐起来，问道："你不是来取我性命的吗？"

僧人笑道："如果我来取你性命，那还不是易如反掌？我是来救你的。"

他不敢相信，问道："高僧为何要救我？"

僧人不回答他，反问道："你何不想想，我为何要骗你？"

他想了想，觉得僧人说得有道理。刚才自己饿得爬起来的力气都没有，如果僧人不是要救他，就没有必要给他吃的，没有必要说这番话。

“你不怕一心想杀我的人对付你吗？你救了我，他们就会把你也认定为敌人。”他说道。

僧人笑道：“在他们的世界里，我是他们的敌人。但只要我不将他们视为敌人，我的世界里就没有敌人。别人怎么做与我无干，我怎么做别人奈何不了。所以我只做我认为对的事情，不考虑其他。”

“你认为我修炼成人精是与人无干的事情？是对的事情？”他活了五百年，从话里听出隐藏的意思还是轻而易举的。

僧人点头。

“你的世界没有任何敌人吗？”他对僧人的处世理念颇为好奇。

僧人摇头。

姥爹听人精老人说到这里时心生疑问，自己的前世怎么可能没有敌人呢？记忆中不是前世就与弱郎大王为敌了吗？是这老人由于时间太久而记错了，还是那时的前世说错了？姥爹模模糊糊记起洞中情景，但是对话内容已经忘得一干二净。

“你也要进入没有敌人的世界才能继续修炼下去。如果你的世界里有敌人，你就会有危险。”僧人说道。

“我的世界没有敌人才能修炼下去？可是想害我的人太多，我如何不将他们视为敌人呢？”他茫然道。

“将他们视若无物。”僧人单掌立在嘴前，虎口夹着一串磨得光亮的佛珠。

“他们处处逼我，我无法将他们视若无物。”他咬牙道。

“要是你的眼睛看不见了，会不会视他们如无物呢？”僧人拇指拨动，佛珠在指间滑动起来，“我有一法，让天不惩罚你，他人不嫉妒你，如此可让你继续修炼，远远超过现在的修为。”

“你有办法？说来听听。”他心中诧异。世间想要突破六道而修炼的生灵，无不处处遭遇上天阻拦，遭遇人类狙击。动物修炼成人形者，除了要避开雷击，还要避开真假道士的捕捉，其危险境地跟他没有什么差别。他活了五百多年，还从未见过有谁能避开天和人。而这个僧人说世间有这样一法！

“说起来容易，就怕你做不到。”僧人说道。

“只要不死，没有什么做不到的！”他大声道。

僧人道：“要无视世间变化，要无视世间敌意，唯有自毁双眼。”

他打了一个寒战，说道：“自毁双眼？”

僧人点头。

他问道：“这样确保我继续如此生活下去？”惊恐之后，随即而来的是惊喜。在他生活的这五百年中，他遭遇的痛苦已经远远超过可以预见的失明的痛苦。他虽然多次躲过雷劫，但身上并未毫发无伤。雷光之火曾灼伤他的皮肤，震痛他的耳朵，耀花他的眼睛。他虽然多次躲过明刀暗箭，但从未睡过安稳觉。那时候他还没有将世间有情众生视若无情森林，他有认识的人，有朋友，他目睹了这些人因他而死。

如果仅仅是双眼看不见可以换来天灾和人祸的离去，他觉得交换也值得。

“当然可以。算命先生道破天机，所以往往是瞎子算命。因为瞎子看不到天机泄露之后的后果，所以上天惩罚较轻。同样，突破人道的你自毁双眼，看不见世间百态，也可以减轻恶业，这是其一。其二，如果你是瞎子，他人定认为你是无法自理的弱者，这样可以迷惑他人。”

他跪拜道：“多谢大师指点！”

僧人扶起他，说道：“其实人还有第三只眼，名为天眼。你两眼倘若失明，可以苦苦修炼第三只眼。只要天眼打开，便可用它代替双眼来观察世界，感受世界。”

他又跪下，央求道：“求大师授予我开天眼之法！”

于是，僧人设法将他带离山洞，然后授予他开天眼之法。

除此之外，僧人还传授他许多其他秘法，其中就包括桃木符之法。僧人跟他说，桃木制人无效，但可以制邪灵，如果以后修炼过程中遇到邪灵骚扰，可用桃树枝或者桃木杖驱赶。

另外，桃木符还可以保护八字非常好的人。按道理说，八字好的人命就好，无须符咒保护，但事实不是这样的。常言道：“红颜薄命。”又言道：“天妒英才。”一切太好的东西都会引起嫉妒，让人或其他邪气想要毁坏。八字太好的人也是这样，从小就容易生病痛，遇到的劫难比常人要多。所以有人说“那人八字太好，但是怕命承受不住”，就是这个意思。更有甚者，刚生下来就遇到凶险。这样的人就需要桃木符的庇佑。

僧人将天眼修炼之法和桃木符之术传授给他之后就离开了。

离开之前，僧人叫他于多少年后的某月某日去某个地方。

他一听，这时间相隔也太久远了，便问道：“那个时候你还在这个世上吗？莫非你也是人精？”

僧人笑了笑，没有回答他，只说一定要按时去那个地方，不得爽约。

僧人是他的救命恩人，在一定程度上又是他的师父，他怎能不答应？

僧人离开后不久，他找到一种洗了便会让眼睛瞎掉的药方，用药水将双眼洗瞎，不再看这五光十色的人间，并在这五光十色的人间隐藏起来。

果然，其后无数年里，他再没有遭遇严重的天劫。除了极个别嗅觉特别灵敏的人之外，他也没再引起太多人的重视。

他也终于体会到了僧人说的没有敌人的世界。他将世间所有人视若草木森林，自然不会将一棵树或者一片树林视若敌人。

随着时间的推移，许许多多的事情都已忘记，但他的心里一直记着僧人临走前交代的话。

今天便是僧人跟他约定的那个日子，这个小镇便是僧人跟他相约的地方。于是，他在今日来到了这里。

姥爹听老人完，咂嘴道：“原来是前世的我叫你来到这里的。”

老人转动白色的眼珠子，笑道：“可惜我现在看不见你长什么样，如果我能看见，或许能从你的身上看到他的影子。不过，他既然跟我约好了时间和地点，他肯定不会爽约的。你说对不对？”

“对。这么说来，前些天阴雨绵绵就是要将我留在这里等你了。老天也有此意啊。”姥爹感慨道。

老人道：“天气即天意。”

姥爹忽然觉得今生遇见的每一个人、每一场雨都是在遇见这个人之前，遇见这场雨之前安排好了的。

人生仿佛一个戏台，戏台上的戏曲已经安排好，人的一生便是从上台到下台之间的演绎。看起来这场戏有起有落，有悲有喜，有哭有笑，但这一切都早已准备好了，一切的偶然都是必然。

或许轮回之中胎中之谜的意义，就在于让人忘记以前，以为眼前的还是全新世界，这样才能让人不至于厌倦。而有些看穿红尘的人，便出家绝尘，说出四大皆空的话来。

人精老人说道：“我想，你的前世叫我来到这里，肯定不是仅仅为了见个面而已。他一定还有其他的事情。”

姥爹无奈道：“可是我也不知道还有什么意义。”

“你完全不记得我们以前的事情吗？你的前世高深莫测，不应该现在什么都不记得啊，难道其中出了什么变故？”

“或许是有变故吧，但是我连变故也不记得。”姥爹说道。

要不是在迷海那里得知吸食阳光之法，要不是在寺庙遇到那位等候了二百三十四个月的法师，要不是现在又遇到这位长生不老的人精，姥爹很难相信他们口中说的那位高僧就是自己的前世。即使脑海中有破碎朦胧的记忆，姥爹也只当作未曾遗忘干净的梦境而已。

人精想了想，问道：“你最近有没有遇到什么困惑？或者需要解决但很难解决的事情？常言道，无事不登三宝殿。倘若没有什么重要的事情，我想你的前世也不会让我特意在这个时间来到这里。”

人精的话点拨了姥爹。姥爹说道：“我路过这里，是要去伏川见一个人。如果我的前世真如你说的那般智慧，我想他让你来这里，应该是帮我完成这件事情。”然后，姥爹将他想去找泽盛的事情说了出来。

人精听完，自信地笑道：“那位瓜尔佳氏的人我早就关注了。如果你想找到他，我确实可以帮到你。”

姥爹犹豫道：“我看你还是不要插手比较好，你在遇到我的前世之前，就因为让人知道你的存在而差点命丧山洞之中。如果因为区区一个泽盛而让你再次暴露，那我前世就白救你了。”

人精笑道：“我当然不会出面，也不会出手。活到现在，我最需要的就是隐藏自己。不过你的前世是我的救命恩人，我不会袖手旁观。我给你做一把桃木剑，一个桃木护身符。这样的话，泽盛的阴兵无法接近你，而你可以用桃木剑将阴兵斩杀，你要接近泽盛就容易多了。”

“那就多谢了！”姥爹身上虽然带着簟丝儿，但毕竟不是很趁手的武器，用来对付泽盛身边的阴兵的话还很受约束。“你从那时活到现在，从来不出面也不出手的吗？看到什么场面也不会路见不平拔刀相助？”

人精闭上眼睛，略一思索，说道：“要是你在以前问我这个问题，我可以毫不犹豫地告诉你，我是这样的。但是就在前几天，我出手了。”

“哦？是谁可以让一个坚持了成百上千年原则的人打破原则？那一定是个很了不起的人吧？”姥爹问道。

“嗯，是一个很了不起的人，更是一个非常特别的人。”人精说道。

“听你这么夸奖那个人，我倒想见一见呢。可惜你从来不问别人名字，又看不见对方相貌，我怕是问不出来了，真是可惜！”

人精道：“我既然不知道那人的名字，也没有见过那人的容貌，不跟没遇见过一样吗？我都没有遇见过，你又哪里来的可惜呢？或许我说的这个人，你以前就遇到过，只是我没有办法跟你说名字，也没有办法跟你说容貌。如果是这样，那就更没有必要可惜了。”

他们两人聊了许久，直到旅店老板进来叫他们一起吃饭才止住。

因为人精，姥爹又在这个小镇多逗留了几日。

人精则为姥爹做了一把桃木剑和一个桃木护身符。

几日之后，人精和姥爹分道扬镳。姥爹继续往伏川方向行进，而人精由此折返。

此时鹜江大陆的空气已经带着几分寒意了。姥爹带的衣服不够，于是在路上的衣店里买了几件御寒的棉服。

到伏川的头一天傍晚，姥爹经过一片小树林的时候看到路边有几个人在烤火。

姥爹的手动得麻木，于是凑过去烤一烤，想暖和一点了再走。

姥爹在他们几人中间挤了挤坐了下来。姥爹将双手伸到火焰之上，然后看了看围着火堆坐的人。

这一看，姥爹觉得这几个人有些面熟，好像在哪里见过。

姥爹便问道：“兄弟几个，我们以前是不是有过一面之缘哪？我怎么觉得你们有点面熟呢？”

那几个人见姥爹这么问，居然都露出几分尴尬的神情来。

姥爹终于想起来了，这几个人是他二十多年前遇见的冻死骨。那个年长者，姥爹还记得他的声音像重感冒了一样透着凉意，仿佛多跟他说一句话就能染上他的风寒一般。

“哦，原来你们是故友！”姥爹记得只有小肚鸡肠的人冻死后才会变成冻死骨，如果直接叫他们为“冻死骨”，他们必定不乐意。

而姥爹说“故友”有两层意思，一是已经见过的朋友，二是“已经亡故”的朋友。这么说既没有错，又能让他们自己会意并知道姥爹已经识破他们的身份。

为首那个年长的冻死骨略微欠身，对姥爹说道：“少年乐新知，衰暮思故友。没想到时隔这么多年还能见到你，真是高兴，不知道这回你是要到哪里去啊？”

姥爹从这位年长的冻死骨话里感觉到他的不简单，上次一心想着救人，没有跟他说上几句话，没有摸到他的深浅。不过此时看来，除了他说话显现出城府之外，他们几个能在跨度为二十年的时间里，在从巴安到伏川这么长的路程里安然无恙，可见他们是有一定能耐的。人间虽多邪灵妖怪，但是如果没有称心如意的修炼之法，再强的能量也会渐渐消散，大部分持续不了多长时间。

当然，姥爹知道这冻死骨害人的方法是将活人的阳气吸走，他们的修炼方式自然也是依靠吸来的阳气。

姥爹感觉到手掌的热量被火堆吸走，但体内的热量源源不断地传到手掌上来，丝毫不惧那诡异的火堆。虽然此时姥爹看不到火堆的真相，但心里清楚，那柴木都是人骨通过障眼法变成的。

“我要到伏川去，不知道几位故友要去哪里？”姥爹问道。

为首的冻死骨诡异地笑道：“我们也是到伏川去，看来我们同路啊，不知道故友愿不愿意跟我们一起同行？”

他这话说得颇有挑衅气味。上次姥爹带着那个人偷偷溜走，这让冻死骨很是气愤，但也必定让他们认为姥爹胆小。他们肯定认为那时姥爹不敢跟他们一起，现在也不敢。

姥爹看出这几个冻死骨今非昔比，可是冻死骨没有看出姥爹也今时不同往日。

姥爹笑道：“好啊，正好路途寂寞无聊，有几个伴儿也好！”

为首的冻死骨一愣，但很快又笑容满面。他必定认为姥爹说这话是假装胆大，过不了多久又会像上次那样找借口溜走。

冻死骨拿起身边的一根柴木加入火堆，火燃烧得更旺了。他说道：“话说得好听，可别撒尿的时候又跑了。”

“如果你不放心，我们可以把手拴在一起。”姥爹一手紧握成拳，另一手从拳头缝中抽出一根细线来。他将那细线在自己的手腕上绕了几圈，打了一个结。

那冻死骨欣喜道：“好啊。”他巴不得姥爹留下来。他认为只要姥爹在这里烤火的时间够久，姥爹便会成为他们的盘中餐。

其他几个冻死骨也露出欣喜的表情。

姥爹心想，伏川是泽盛的老窝，阴兵众多，作祟的事情不少，导致这里的平民百姓晚上不敢出来。正因如此，这几个冻死骨大概也有好一阵子没有吸收上当受骗的人的阳气了，所以他们迫不及待地想让他落入圈套。

姥爹认出他们，知道他们的手段，但不明白他们怎么千里迢迢从巴安来到这里。不过姥爹不着急询问他们，只要为首的冻死骨将手和他拴在一起，后面多的是时间慢慢问。

姥爹手中的线是蟫丝儿。他担心冻死骨看不见蟫丝儿起了警惕之心，便偷偷抓了一把潮湿的土握在拳头中，抽出蟫丝儿的时候让泥土抹在蟫丝儿上，这样冻死骨便能看见。

为首的冻死骨利索地接过蟫丝儿，稍微用力地扯了扯，没有扯断。他笑道：“看起来好细，像女人绣花的线，不过还挺结实，我以为你拿轻轻一拉就断的线来逗我。这是钓鱼的丝线吧？”他一边说，一边将蟫丝儿的另一头绕了手腕一圈，打了一个活结。可是他眼珠一转，将活结一拉，改成了死结，看来他是下定决心不让姥爹走了。

姥爹看着他将活结改成死结，笑道：“我倒是常用它来钓鱼。”

他不禁想起小米在画眉村时用它将要猴戏的人和水猴杀死的情

景来。小米手里现在也有蟗丝儿。有情人都说“千里共婵娟”，或者说“共饮长江水”，总想找一点跟相思人共同拥有的东西。我们俩都有这蟗丝儿，是不是也算一种相思的情趣呢？

不由得，姥爹又想起那句“心悦君兮君不知”的话来。

柴木上的火焰跳跃，映红姥爹的脸。

“钓鱼？”为首的冻死骨问道。

“是啊。钓鱼。”姥爹道。

“哦，我生前最喜欢钓鱼了，死后也是。不过生前钓鱼和死后钓鱼不一样，但都考验耐心。”

姥爹不知道死后钓鱼是番什么样的情形，便问道：“哦？这钓鱼在生前和死后还有不一样？可否说说到底有什么区别吗？”

那冻死骨没有回答，其他几个冻死骨就哧哧地笑起来。

“当然有区别了。生前钓鱼，要在水面上撒饵料，要在鱼钩上穿鱼饵，诱惑鱼儿上钩。”为首的冻死骨说道。

“死后不用了吗？”

“死后就不用了。”

“那是怎么钓？”

“不请自来，愿者上钩。”那冻死骨说道。

其他几个冻死骨又忍不住哧哧地笑了起来。

姥爹这才明白，他说的钓鱼并不是钓鱼，而是用拢火堆的方式诱惑行路人上钩，成为他们的网中之“鱼”。

姥爹见他们笑，便陪着他们笑。

姥爹跟着他们烤了一会儿火，然后问道：“各位，可不可以问问你们为什么千里迢迢从巴安那个地方跑到这里来吗？”

那冻死骨见姥爹已经成为瓮中之鳖，便放松了防范，不以为意地回答道：“告诉你也无妨。我们跋山涉水来到这里，是要投奔一个名叫泽盛的人。听说他到处召集阴兵，我们来这里就是要加入他的阴兵部队。”

“加入阴兵部队？为什么呀？”姥爹问道。

“我们这种邪灵高不高，低不低，靠自己修炼太难，便来寻找机会，看看他这边是不是好一些。”

“原来如此！”姥爹终于明白为什么在这里又碰到他们了。

没想到泽盛在邪灵界还有些名气。

“你们去跟他，还不如跟我呢。”姥爹笑道。

为首的冻死骨皱眉道：“跟你？你能给我们什么好处？”

“让你们不再死一次啊。人死为鬼，鬼死为聻。要是你们变成了聻，要变回来可就难了，更别说重新变成人了。”姥爹说道。

为首的冻死骨哼了一声，冷笑道：“让我们不再死一次？你自己今晚过不过得去还要另说呢，倒好心关心起我们来了！”

姥爹毫不畏惧道：“我知道你们这么些年来吸走了不少无辜之人的阳气，你们定然不再是以前那样弱的邪灵了。但是我这么些年也不是白活的，我今天敢坐在这里，敢和你拴在一起，并不是凭着一时意气。你们这火堆再烤我两个时辰，我也不会觉得冷。你们这人骨柴木再加几根，我也不会畏惧。”

冻死骨诧异道：“你能看出我们的柴木是人骨？”

姥爹此时当然看不出人骨，但上次已经看清楚它们的真面目，这次不用看也知道。姥爹见冻死骨这么问，故意说道：“上次我不知道，现在我都能看清。”

冻死骨一愣，问道：“那你还让我将你拴在一起？”

姥爹哈哈笑道：“你可知道这钓鱼用的线是什么线吗？”所谓擒贼先擒王，现在为首的冻死骨已经跟自己拴在了一起，姥爹料想就算告诉他们，其他冻死骨也不会撇下为首的就跑掉，反而能牵制他们。

姥爹原本想单枪匹马去找泽盛，此时转念一想，有了新的打算。

“你刚才不是说钓鱼的线吗？”冻死骨慌张地站了起来，将姥爹的手拉高一些。他知道这个答案显然是假的。

“你钓鱼这么多年，没见过或者听说过蟶丝儿吗？”姥爹晃了晃手，拉动蟶丝儿，使得冻死骨的手跟着摇晃。

“这是可以杀死邪灵的蟶丝儿？”冻死骨浑身一颤。其他几个冻死骨也瞪大了眼睛。

但还有一个看起来非常年轻的冻死骨问道：“什么丝儿？我以为我死了就不怕再死了，难道还有什么东西可以杀死我不成？”他应该是新死不久的邪灵。

坐在他旁边的看起来比他年纪大一些的冻死骨呵斥道：“蟶丝儿是我们死后变成的东西，它可以轻易杀死你！我们老大被他的这个东西拴住了！”

姥爹心想，人间有“初生牛犊不怕虎”的说法，或许冥界也要有“新死之灵不怕蟶”的类似说法才是。

为首的冻死骨急忙伸出另一只手去解那个死结。

姥爹用自己的手拽了拽蟶丝儿，说道：“只要我用力拽这根线，你的手掌就会掉下来，所以你最好别乱动。”姥爹知道，就算让他解，他也解不开的。蟶丝儿太细，打结的地方根本无法下手。再者，蟶丝儿几乎看不见，虽然刚才上面抹了泥土，但打结的地方未必看起来不是融为一体了。虽然蟶丝儿怕火，但怕的也是人间烟火，并不怕阴火，就算冻死骨将手伸进面前的火堆里也奈何不了蟶丝儿。何况他见到蟶丝儿的时候并不认识，又从哪里知道这东西怕火？姥爹阅遍经典，在得到蟶丝儿之前并不知道它怕火，而是在后面使用的时候偶然发现的。所以姥爹猜测很少人或者邪灵知晓这一点。

“你到底想怎样？”为首的冻死骨胡乱扯了两下，发现解不开也扯不断，气急败坏地问道。

“我想怎样我刚才说清楚了吧？”

“要我们跟你？”

姥爹缓缓点头。

“你要我们干什么？我们只不过是诱人烤火，对你来说没有什么用处。”为首的冻死骨刚才还趾高气扬，以为掌握主动权，此时不得不开始示弱了。

姥爹说道：“要你们去投奔泽盛啊，我刚好也要去找他。”

“你也要投奔他？那我们是一路人啊，你为什么还要我们跟你呢？”为首的冻死骨不明白姥爹的意思。

“我是去找他，不是投奔。你先坐下来，我们好好聊。”姥爹站起来，将他按下去，然后自己也坐下。

为首的冻死骨坐了下来。

“是这样的。我本来打算一个人去找他的，没想到会在这里遇到你们这些故友。既然我们如此有缘，那就麻烦你们几位帮帮我。你们不是要投奔泽盛吗？你们依然可以去投奔他，但是你们要摸清他所在的具体地方，如果可以的话，最好帮我混进去。只要我顺利地见到了他，我就不会为难你们。虽然我身上有蠹丝儿，包里藏了桃木剑，但我不想杀太多无辜的邪灵。毕竟泽盛的阴兵里还有不少是他强行拉入伙的，有的人做了邪灵还牵挂家里的亲人，有的还等着伴儿一起归入黄泉，万一错杀了这些邪灵，我会心中有愧。”姥爹说道。

“你跟泽盛有恩怨？你要杀掉他？”为首的冻死骨问道。

姥爹苦笑道：“如果有不需要杀掉他就能解决问题的办法，我就不至于这么做。目前看来没有更好的办法。”

“狡兔死，走狗烹。等我们帮你见到他杀了他，你也不会放过我们。我们迟早一死，为什么要帮你呢？”为首的冻死骨说道。

其他几个冻死骨也点头。

火焰越来越小，他们忘记添加柴木了。

姥爹道：“你们不用担心。我刚才说了，即使对待泽盛，如果有不需要杀掉他就能解决问题的办法，我就不会杀他。我之所以要杀他，是他逼得我不得不这么做。你们还不至于逼得我不得不杀了你们吧？”

冻死骨们互相看了看，没有说话。

姥爹补充道：“不过以后你们不要诱骗别人跟你们一起烤火了。”

为首的冻死骨说话了：“叫我们不要诱骗别人来烤火，就如同叫水鬼不要拉水边的人做替身，叫缢灵不要诱导想要寻短见的人上吊，叫拜月的猫不要在月圆之夜出来，叫饿死鬼看到供品不要贪吃。我们不诱骗别人来烤火，不借此吸收人的精元来补充自己，我们就会在这人世间消散，还是死路一条。”

姥爹道：“你们可以选择早日投胎转世。如果不想投胎转世，我还可以给你们想其他办法。”

为首的冻死骨无可奈何道：“现在你是刀俎，我是鱼肉，我还有什么选择？我什么都听你的，你说怎么办我们照办就是。”

其他几个冻死骨连忙表态：“冯老大说怎么做，我们就怎么做。”

姥爹这才知道这为首的冻死骨姓冯。姥爹笑道：“冯老大？我们很有缘啊，我姓马，你姓冯，你比我多两点水而已。”

冯老大勉强笑了笑，说道：“马先生果然厉害，烤了这么久的火还安然无恙，脸色没有任何变化，果然是我低估你了。”

姥爹拍了拍衣服，站了起来，说道：“我烤得差不多了，我们一起去找个地方借宿吧。你们是邪灵，整夜待在荒野里也不觉得冷。我是人，晚上必须有张床让我睡个安稳觉，不然明天就没有精神。”

冯老大一愣，说：“我们从来没有在有人的地方借宿过，能不能你先去睡觉，我们在这里等你？”

姥爹知道只要放开他，他们便会趁机溜走，绝对不会在这里等他回来。姥爹道：“从来没有过不代表不能，有了头一回，后面慢慢就习惯了。走吧，不然我只好带着你这只手掌走了。”

这根簟丝儿拴在他的手上比拴在牛的鼻子上还管用。姥爹一拉蕈丝儿，他就乖乖地站起来了。

他低下头叹了一口气，朝其他几个冻死骨招了招手，说道："还看什么看？走吧！马先生说得对，凡事都有头一回，后面慢慢就会习惯的。"

一个冻死骨从屁股下面掏出一个斗笠来，盖在那火堆上。那火堆很快被盖灭了，而斗笠没有被烧坏。那个冻死鬼将斗笠拿起来，拍了拍上面的灰尘，然后戴在了头上。

其他几个冻死骨则捡起那没有烧完的柴木，装进一个袋子里。他们带了好几个袋子，其中一个瘪瘪的，其他几个都鼓鼓囊囊的。

姥爹觉得新奇，便凑到那个戴斗笠的冻死骨面前去看。姥爹发现那斗笠不是用竹篾夹油纸或竹叶棕丝等编织而成，却是竹篾夹了一张大荷叶。

姥爹在跟赫连天聊天的时候听他说有个海岛上的水鬼常常在炎夏的时候头顶一张荷叶，岛上人将水鬼叫作河童。

这冻死骨居然将荷叶做成斗笠戴在头上，不知道这荷叶的作用是不是跟河童使用的一样。

姥爹知道现在问他们，就算他们知道河童，也不会告诉姥爹真正的答案。冻死骨是小肚鸡肠的人，姥爹刚刚将他们的老大抓住，又迫使他们去别的地方借宿，他们心中不快，必定不会这么轻易说出正确答案。所以姥爹干脆憋在心里没有问。

不过，就使用的意义来说，姥爹认为河童的荷叶跟冻死骨的荷叶应该是有很大区别的。人精送给他的桃木剑跟别人做的桃木剑就不一样，虽然看起来都是剑的形状。这做桃木剑就跟画符一样，不同的人画出来的符功能有强有弱，有的能用，有的不能用。或者说，这跟不同的人写对联一样，虽然写的是同样的字，但是有人写得丑，有人写得好看，丑的自然不能张贴出来，而好看的就可以张贴。

姥爹领着他们走了一段路，终于来到一个小村庄。姥爹敲开门，询问是否可以借宿。

那户人家非常友善，很爽快地让姥爹和冻死骨们进了门，给他们扫干净了不常用的炕，还热了炕。

冻死骨不敢睡到炕上去，他们生前正是因为缺少温度而冻死的，所以他们害怕有温度的东西。

姥爹见他们不上炕，只好自己上了炕，却头朝外，因为他的手还跟冯老大的手系在一起。

冯老大靠着炕坐着。

在小村庄借宿一晚之后，姥爹第二天早上被那户人家八九岁的小孩吵醒。

那个小孩在窗外大惊小怪地大呼小叫："爹！娘！快来看啊！我们家窗户上好多纸娃娃！"

姥爹如针扎了一般立即睁开眼醒来，看到窗户上果然有纸人的阴影。

冯老大见姥爹醒来，不自在地笑道："马先生原来留了一手！我本来昨晚要偷偷解开蟫丝儿跑掉的。我的兄弟在外面的院子里发现了好多纸人，这是给你望风放哨的吧？"原来他把这些纸人当成姥爹看住他们的手段了。

姥爹道："你解不开它的，除非我给你弄开。"姥爹望了一眼贴在窗户上的纸人，继续说道，"我这蟫丝儿只是用来考验你的，你现在也看到了，就算你挣脱了蟫丝儿，其实还是逃不出我的手掌心。这里每一个纸人都有我的意识，如果你要离开，我即使睡着了还是能知晓。"

既然他这么认为，姥爹便借此打消他要逃跑的心思。毕竟这蟫丝儿不能一直系着，到了伏川还是要解开的，姥爹不可能直接跟着他们去见泽盛。

小孩的父母跑到外面去看那些纸人，赞叹道："这纸人是谁家姑娘剪的啊？怎么能剪得这么漂亮？"

冯老大讥笑姥爹道："马先生，你听听，他们说你是姑娘呢。要不我们今晚继续留在这里，我们帮你把他们一家人的阳气吸干。我们可以叫他们不要烧炕，来跟我们一起烤火。你觉得如何？"

"不用了，我们待会儿就出发。"姥爹心想，他们果然小肚鸡肠，连别人的无心之言都这么在意。

冯老大皱眉道："我们是邪灵啊，白天是要躲起来的，如果在太阳底下走，就会被太阳晒没。"

姥爹确实没有想到这一点，带上了他们几个，就只能白天休息晚上行动。

昨晚灭火的冻死骨拿起那个荷叶斗笠，对冯老大说道："冯老大不用担心，我们不是每人都有一个斗笠吗？我们可以戴斗笠走，以前有时候白天不得不走，我们不就是这么做的吗？"这是个心直口快的家伙，一下子就泄露了荷叶斗笠的秘密。

姥爹笑了起来。

冯老大生气地瞪了那个冻死骨一样，厉声道："你不说话没人把你当哑巴鬼！"

姥爹道："看来只能戴斗笠出发了。"

冯老大在其中一个鼓囊囊的袋子里拿出摞在一起的荷叶斗笠，每个冻死骨分一顶。

姥爹领着冻死骨们来到院子里的时候吃了一惊，这院子里不只他的房间窗口有纸人，围墙上，地上，院中的树上，到处可见纸人。纸人的剪功显然又比上次高了一个档次。

姥爹顿时感觉天气也没有那么冷了。

这家好客的主人见姥爹要走，坚决不肯，非得他们一起吃了早餐再走。

姥爹恭敬不如从命，便带着冻死骨们跟这家人一起吃饭。因为瞿丝儿本身很难看见，而姥爹尽量装作自然，这家人没有发现姥爹的手和冯老大的手是拴在一起的。

姥爹吃了几口，这才想起冯老大他们是邪灵，是吃不了饭的。姥爹侧头看去，只见他们面前的馒头和大饼都没有动。他们都闭着眼睛，用鼻子嗅馒头和大饼，看起来都比较享受。

这家人的大人正吃得香，没有发现异常。那个小孩子却惊讶地问冻死骨：“叔叔伯伯，你们怎么不吃啊？”

小孩子的话一说完，正埋头吃饭的大人抬起头来。他们见冻死骨一口都没有吃，便问道：“是做得味道不对吗？”

冯老大故意说道：“味道很好。”

小孩子歪着脑袋想了想，问道：“你都没有吃，为什么说味道很好？”

冯老大挤出笑脸，假装温和地对小孩子说道：“我不用吃啊，闻一闻就饱了。”

小孩子好奇地问道：“不用吃就能饱？”

冯老大假装认真地点头。

“我听说只有邪灵才不用吃饭呢。”小孩子说道。

小孩的父亲急忙说道：“各位不要生气，我家小孩口无遮拦！”

冯老大对孩子的父亲道：“童言无忌，没事的。”

姥爹也道：“小孩子说什么话都不要紧。”

小孩的父母亲尴尬地笑了笑。

可是那小孩又说道：“难道你们几个都是邪灵不成？”他已经忘记吃饭了，一双眼睛在冻死骨的身上瞄来瞄去。

孩子的父母又道歉。

冯老大笑着对小孩说道：“对啊，我们就是邪灵，是冻死的邪灵。你是怎么看出来的？”

姥爹没想到冯老大会直接将自己的身份说出来，还是当着小孩子的面。不过也只有小孩子才会问这样的问题，大人是不关心这些的。

姥爹给冯老大使眼色，叫他不要过火，可是冯老大假装没有看到姥爹示意的眼神。

小孩子说道："因为我看你们很像啊。"

还别说，经小孩这么一说，姥爹再看冻死骨们的时候，忽然觉得他们的样子确实有些不同寻常。他们的脸色都寡白寡白的，没有血色，眼睛都陷进去了一个窝，而眼睛的周围有很重的黑眼圈。姥爹见到他们的时候都是在火堆旁，红色火光照耀在脸上，看起来就没有那么明显。

还是小孩子的眼尖。

孩子的母亲敲了一下孩子的后脑勺，说道："别乱说，叔叔伯伯们昨晚没有睡好而已，继续吃你的饭。"

姥爹担心这家人真的将冻死骨认出来，见孩子的母亲这么说，暗暗松了一口气。

小孩子的好奇心是难以抑制的，他咬了一口馒头，又问道："你们是没有睡好吗？"

冯老大神秘兮兮地回答："邪灵是睡不好的。"

这一句话又将小孩子的好奇心吊了起来。他咽下馒头，眨巴眨巴眼睛问道："邪灵也睡觉的吗？为什么邪灵睡不好呢？"

姥爹插言道："冯先生，你胃口不好不吃就是了，小孩子不宜听这些，不要乱说。"

冯老大不以为然，朝那小孩子挤眉弄眼道："大伯没有骗你。我就是邪灵，我就睡不好，还有很多邪灵都睡不好。"

小孩的父亲以为冯老大在逗孩子玩，虽然觉得不太好，也没说什么，但脸阴沉着。

冯老大还不住嘴，继续说道："要不，我变个鬼火给你看看？"

姥爹刚要阻拦，那小孩子欢快地拍手叫道："好啊，好啊！"

冯老大抬起手来，五指一张，一团绿色的火焰就在手中出现了。

火焰跳跃，冯老大将那火焰从左手颠到右手，又从右手转到左手，让那小孩看得两眼发直，惊喜非常。

小孩兴奋道：“让我玩玩，让我玩玩！”

他的父亲担心道：“你不能玩，会烧到手的。”

“可是他没有烧到手啊。”小孩辩驳道。

他的父亲说道：“大伯是魔术师啊，他的手上抹了油，不怕烫。你的手一接，就会烫得哭起来。”

姥爹趁机道：“是啊，大伯不是什么邪灵，他是魔术师。你相不相信，他再弄一会儿火，他的手会变没了？”说完，姥爹扯了扯簟丝儿。

冯老大能听出姥爹的威胁，如果他继续这样下去，姥爹会毫不留情地用簟丝儿将他那只手勒断。

那小孩更加惊讶了，眨巴眨巴眼问姥爹道：“他的手会没有吗？他是魔术师，可不可以把手又变回来呢？”

姥爹笑道：“对呀，他能不能把没有了的手变回来呢？我也想看看。”

没有了的手当然不能变回来。冯老大脸色一凝，急忙将手中的火熄灭，不敢再诱惑小孩。

姥爹意味深长地对冯老大道：“玩火者，必自焚。”

冯老大赧然。

竹溜子躲在房梁上，懒洋洋地看着饭桌上的一切，忍不住打了个呵欠。

第七章 坐贾

吃完早饭，姥爹立即离开了这里。他不愿让无辜的人多冒一分风险，这几个冻死骨实在不让人省心。

冻死骨各自戴着荷叶斗笠，冯老大乖乖地跟在姥爹后面，其他冻死骨跟在冯老大后面，乍一看姥爹还有点像赶尸人，只差手拿一个摄魂铃来摇晃了。

当天他们就到了伏川，姥爹先找了安身的旅馆。夜幕降临后，姥爹催促冻死骨去寻找线索，找到可以联系泽盛并投奔的人。姥爹没有将冯老大的瓕丝儿解开，而是让别的冻死骨去办这些事。

人找邪灵非常难，邪灵找邪灵容易多了。如果不是有意害人的话，一般的邪灵看到人就躲开了，而看到同类就不会太在意。

伏川并不大，冻死骨出去了不到两个时辰就回来了，并说已经找到帮泽盛招募阴兵的阴官。阴官见他们是从巴安那边千里迢迢奔赴过来的，很爽快地答应帮他们引荐泽盛，叫他们等消息。

姥爹放下心来，走到外面散步。

当时月牙斜挂，夜风微冷。姥爹不禁打了个哆嗦，心想小米添衣服没有。

此时小米正在乱坟岗训练她的白夜。

人精离开她已经有好些天了。没有人精的时候，虽然白夜还是一天比一天强，但是她明显感觉到白夜的进步不如以前那么大了。所以她更是夜夜来这里训练白夜，迫不及待地想得到师父赫连天的认可，让她可以早点帮助马秀才。

白夜的毛发生了一些改变，原来漆黑如一的毛居然长出几根白色的来，仿佛是一夜白了少年头。这让小米有些担心。

小米训练白夜半个时辰后会稍作歇息。

定州的天气也早已转凉，小米坐下来歇息的时候，居然忍不住哆嗦了一下，为了训练白夜时更灵活，她衣服穿得有点少。

她抬头一看，月细如钩，就连淡淡的月光似乎都带着些许寒意，不用风吹，月光洒下来就有冬雪飘下的错觉。

她心中担忧起来。她记得马秀才走得匆忙，没有带多少可以遮寒的衣物，从画眉村带来的大部分行李被赫连天搬到狗肉馆来了。如果此时马秀才出门，会不会很冷？

她犹豫着要不要跟赫连天说一声，让他给马秀才送一些衣物过去。说吧，她又怕赫连天笑话她；不说吧，她又担心。

不过呢，她又有些不想送衣物过去，或许马秀才觉得太冷，就会早些回来，她就能早一点见到他。如果送了衣物过去，马秀才不冷了，说不定在外面待的时间更长。

她一人在月光下胡思乱想，没有一个确定的主意。

白夜见她哆嗦，跃进她的怀里，互相取暖。

小米低头抚摸白夜的毛，对白夜说道："我要是一只猫就好了，马秀才走的时候就不会丢下我了。竹溜子他就带去了，因为竹溜子会照顾自己，还能帮到他。"

白夜眯着眼睛喵了一声。

小米叹道："欲寄君衣君不还，不寄君衣君又寒，寄与不寄间，妾身千万难！"

这是小米在画眉村跟着马秀才读书时看到的一首诗。这首诗不是马秀才教给他的，是她自己偷偷翻阅看到的。那时候她看到这首诗还偷偷笑了，笑这诗中的女人傻，寄一件衣服还用得着这么为难吗？居然说出“妾身千万难”的话来。

此时此刻，小米跟这个傻女人有了深切的共鸣。

就在她胡思乱想的时候，白夜的毛突然扎手起来。

小米低头一看，白夜的毛炸开了。

小米知道，这是白夜感觉到周围有异常的表现。她立即环顾四周，却没有看到什么东西。

白夜从她怀里溜到地上，对着前方凝视，蓝色的眼睛如同两团火焰。

不一会儿，果然前面走来了一个人。

“谁？”小米对着那个人问道。虽然有月光，但毕竟太淡，两人相隔数十米的时候是无法看清脸的。

那人举起一只手，说道：“请不要紧张！我是来送东西给你的！”

小米见白夜没有扑过去，知道来者不是邪灵而是人，于是稍稍放松，问道：“送什么东西？”

小米心想，莫非马秀才跟我心有沟通？刚才想到他，他就托人来给我带东西了？带的什么东西？衣物还是信件？哪怕是一句话也好呢。

那人越走越近。

小米看到那人身穿青布长袍，鼻梁上挂着一副眼镜，头顶一个瓜皮小帽，脑后一条小辫。那人年纪在三十四岁的样子。

“嘿，小姑娘，我送的东西肯定是你想要的。”那人说道。

小米暗暗惊喜，莫非还真是马秀才派来的人？我想要的东西就是他托人送来的任何东西。顿时，小米凭空对那人多出几分好感来。

那人在小米跟前站住，用手推了推鼻梁上的眼镜，举止文雅，有几分儒生之气。

可是再看眼镜片后面的那双眼睛，精明之气毫无掩饰地泄露出来。或许那人是有心掩饰的，可惜掩饰不住。

“是一位姓马的先生叫你来的吗？”小米充满期待地问道，她几乎已经听见对方说“是”，几乎已经看见对方点头了。

过于期待的人往往容易在别人给出答案之前幻想得到答案的结果。

那人一脸茫然，问道：“姓马的人？没有啊！”

小米顿时感觉一阵凉意将自己穿透。

不过她心存侥幸地想，或许马秀才在外不方便透露真实姓名，捏造了一个假名假姓叫他来见自己，但是那个假名假姓肯定自己一听就知道是他。

“那是姓什么的人叫你来的？”小米有点恐惧那人的回答不是她想要的了。

那人尴尬道：“不是什么人叫我来的，是我自己来的。请问，你是在等什么人吗？”

“哦……没有，我就随口问问。”小米失望透顶，“你说你是来送东西给我的，是送什么东西？为什么送我？”

那人立即从尴尬的境地中摆脱出来，他露出一个谄媚的笑，伸出一个手指胡乱比画了一番，兴奋地说道：“我是解人之难去人之忧的人！我这里有所有人都想要的东西！什么东西都能从我这里拿得到！”

小米心想，这是一个骗子，晚上出来骗小孩的骗子。

“我关注你好久了，见你天天夜里在这里训练你的小猫咪。你是从狗肉馆里出来的，我知道狗肉馆里的赫连先生是养猫鬼的，你必定是他新收的徒弟了！”

小米一听，这又不像是骗人的骗子，骗子不会将这些东西和盘托出。小米点点头，说道：“对啊，赫连先生是我的师父。”既然这人已经观察这么久了，知道得这么详细，那就也没有什么隐瞒的必要了。

他用力地拍了一下巴掌，表情更加兴奋：“啊哈！我没有猜错吧！你就是他的徒弟！他从来没有收过正式的徒弟，这么些年来从来没有收过！”

“那又怎样？你到底要干什么？”

“赫连先生既然收你，那说明你的潜力巨大，天资聪颖，将来必定成大器成大材！”那人不吝辞藻地夸奖道。

没有人完全不喜欢被夸奖。小米觉得这人挺有趣，于是颇有兴致地看着他，让他把话说完。

那人见小米没有驱赶他，脸上露出几分得意，似乎这是他意料之中的事情。那人继续说道：“要成大器成大材，除了你自己的聪明和努力，还需要一点外界因素。好风凭借力，扬帆正有时。你说是不是？”

“外界因素？什么外界因素？”小米问道。

那人笑嘻嘻道：“外界因素嘛，就是能帮助你和你的小猫咪快速进步的条件啊。”说完，他从怀里掏出一个小盒子来。

小米一看，那盒子外形如一具缩小的棺材，就连外面的漆都是棺材那种黑到发亮的漆。

那人将“棺材盖”一打开，小米立即听到蜂拥而来的哭泣声，其声呜呜然，让人听了感觉人世间凄苦无比，绝望无比。

白夜龇牙咧嘴，如临大敌，浑身的毛又炸开来！

那人立即将“棺材盖”合上。哭泣声立刻消失不见！

小米一惊，知道那人来路不简单，于是问道：“你到底是谁？叫什么名字？为什么来找我？”

那人谄笑道：“我是坐贾，说得通俗点，我是一个商人，但我不做普通生意。我算得上是一个阴阳两界的沟通者，但是我的沟通方式比较特别。阳间的人想要阴间的东西，或者阴间的鬼想要阳间的东西，我都可以帮他们办到。‘坐’字分开来看，是‘人土人’，一个人，一个土里人。古人将商人叫作商贾，所以我们被阴阳两界称之为‘坐贾’。你不要问我的名字，我的名字已经卖给别人了。至于为什么来找你，自然是因为觉得你有所需要，而我恰好可以提供你需要的东西。作为一个坐贾，是不会轻易放过做生意的机会的。”

“坐贾？我以前怎么没有听说过？”小米不太相信他的话。

坐贾道：“大千世界，无奇不有，不是所有的事情都是你听过或者见过的。”

“那倒也是。不过仅凭你几句话，我怎么可能完全相信你呢？”

坐贾道：“刚才的亡灵棺就可以证明我的身份，你刚才听到了哭泣声吧？那是装在亡灵棺里的众多亡灵发出来的，这也是我要送给你的东西。”说完，他将那个漆黑的小盒子递给小米。

小米看着那个古怪的亡灵棺，不敢伸手去接。

“既然是商人，那应该要价才是，怎么会随随便便送东西？”小米警觉道。

坐贾哈哈一笑，暂且将东西收回，然后说道：“小姑娘，我这是试用品，先让你体验一下。等你觉得好了，再找我买也不迟。太多人太多邪灵不相信我，我跟新顾客的头一笔生意从来不赚钱的，用好了回头再来就是。”

小米心想，他这倒有几分做大生意的样子。不过刚才亡灵棺里发出的凄厉哭声让人不舒服，估计不是一般的亡灵，而是恶灵。但转念一想，白夜现在正是需要这些东西来充实自己实力的时候，要是能再次遇到上次已经遇过的缢灵才好。

“你将我送你的亡灵喂给你的小猫咪吃，可以大大提升小猫咪的实力，你就不用到处找孤魂游灵给它当猫食了。”坐贾又推了推鼻梁上的眼镜。

“可是我没有什么钱，就算觉得你送的东西不错，我也给不了你多高的价格，甚至一个都买不起。”小米说道。

坐贾道：“小姑娘，我卖东西的价格不是我定的，而是你定的。你说它值多少钱，就给我多少钱。你也可以用东西来交换，以物换物。”

“由我自己定价格？我从来没有见过这样做生意的人，这样肯定做一笔亏一笔吧？我刚才还觉得试用的办法挺聪明的，现在又觉得你太愚笨，你这样做不了长久生意的。”

坐贾摇摇头说道：“世人不但生活远离了最初的意义，生意也已经远离了最初始的形式。生意发源便是以物换物，自己定价。不论你这东西是金是铁是木是泥，这东西是我需要的，我才会用觉得跟它相等的东西交换。我觉得它值多少，它就值多少，并不是你标什么价，我就得出多少钱。”

“好新奇的做生意方法！”小米将信将疑。

“有的东西定不了价格的，所以只能交换。”坐贾补充道。

“什么东西定不了价格？”

“美丽、健康、魂灵、寿命等等，太多了。可以标价的其实都是不值钱的东西。每个人都有无价的东西，可他们往往又不珍惜，反而常常舍弃无价的东西去追求有价的财物。于是，作为一个敏锐的坐贾，生意就出现了，这是比做普通生意要强无数倍的大生意！”

“哪里有大生意？”

“你想想，人们不珍惜无价之宝，而吝惜可标价的有价之物，他们不是在主动做亏本的买卖吗？”

小米想了想，回答道：“确实如此。”

坐贾眼镜片后面的眼珠一转，说道：“有亏的就有赚的，我可以用有价之物赢得他们的欢心，从而获得他们的无价之宝。你说这不是大生意吗？”

“那你是想让我亏什么？你想从我这里赚到什么？你既然想做我的生意，为什么要把你的想法说给我听呢？不怕我因此拒绝你的生意吗？”小米问道。

坐贾笑道：“这赚和亏不是这么简单的。你弃之如敝屣，那它在你这里就是不值钱；但别人奉之如瑰宝，那它就是值钱。不能说你把自己觉得没有用的东西抛弃了，我将它转手给需要的并出高价的人了，那就是亏了你，对不对？”

小米若有所思。

坐贾又将那个亡灵棺递了过去，说道：“试用一下吧，等你觉得可以接受的时候再跟我做生意也不迟。”

小米将亡灵棺接了过来。

坐贾笑道：“以后只要你还想要这些东西，你就拿着亡灵棺来这里，我会再给你一些的。不过，那个时候你就要开价了。”

“好的。不过请你告诉我，这亡灵棺里的亡灵到底是怎么来的？它们为什么哭得如此伤心？让人听了都觉得活着没什么希望。”小米道。

坐贾皱了皱眉头，说道：“哀莫大于心死，它们都曾是心死了的人。”

“难怪……”

“心未死的人产生的怨气可以害人，心已死的人产生的怨气只会害到它们自己。后者的怨气比前者的怨气蕴含的力量要恐怖得多，但它们不会伤害到你的小猫咪，所以这简直是你的小猫咪最好的食粮！”坐贾说道。

坐贾走后，小米小心翼翼地将亡灵棺拉开，那哭得让人心胆俱寒的声音响了起来。小米将那亡灵棺伸到白夜面前。

白夜后退了几步，似乎也害怕亡灵棺中的力量，它绕着亡灵棺走了好几圈才凑了过去，如吸食殃气一般对着亡灵棺吸气。

哭泣声渐渐变小，渐渐变小，最后没有了。

而白夜的肚子大得厉害！白夜疼得满地打滚。好在疼劲儿很快就过去了，它安静下来，眼睛里如同燃起两团蓝色火焰，火焰几乎要喷薄而出了！

回到狗肉馆的时候，小米发现其他小猫鬼看见白夜就闪电般逃走了。自从白夜打败白先生和夜先生之后，小猫鬼看见白夜回来都会畏畏缩缩，做出一副随时要逃走的姿态，但只是摆出那种姿态而已，并没有真的转身就走。

可是白夜吃了坐贾的亡灵后，小猫鬼见它就如人见了鬼一般惊慌，不再畏畏缩缩，而是撒腿就跑。

小米心中窃喜。人精花了十天半月才让其他猫鬼敬畏白夜，而坐贾只用片刻就让其他猫鬼恐惧白夜了。在小米看来，被敬畏和被恐惧所代表的实力差别可不小。

吃饭的时候，小米问赫连天："师父，你听说过坐贾没有？"

自从上次问过人精之后，小米有了问题就问赫连天。在狗肉馆住久之后，她跟赫连天没有那么生疏了。

"商贾商贾，行商坐贾。在外行走做生意的是商人，也叫行商；在店里坐着等生意上门的是贾人，也叫坐贾。"赫连天漫不经心地回答道。他以为小米在书上看到这两个字才问这个问题的。

"没有别的意思吗？"小米问道。

"那就不清楚了。"

"我听说有做人和邪灵之间生意的自称为坐贾。"小米说道。

"做人和邪灵之间的生意？如果遇到这样的人你要避开才是。"

"为什么？"

"既骗人又骗邪灵的人，你想想他该多精明狡猾？这样的人必定口齿伶俐巧舌如簧，能将是说成不是，不是说成是；黑说成白，白说成黑。如果我见到这样的人，首先会割了他的舌头！不然你听了他的话就会相信他，他把你卖了你还在帮他数钱。"赫连天道。

小米听了赫连天的话，决定不再带亡灵棺在身上，免得那坐贾以为要跟他做生意又出现。

可是没过两天，小米又改变主意了。

人就是这样，原本安安分分的方式过得挺好，一旦发现有更好的方式，便会嫌弃以前不够好。小米见白夜上次吃了坐贾的亡灵后进步比人精指点的时候还要快，便一直心里痒痒的，总想着再找坐贾要两个新的亡灵棺。

何况坐贾说了，价格随便她开，用她认为没用的东西换都可以。

终于，小米忍不住带上亡灵棺去了乱坟岗。

坐贾很快就出现了，他似乎早已料到小米会再来找他。

“还有亡灵棺吗？”小米问道。

“当然有，不过我说过了，这次你得开价或者交换。”坐贾说道。

“我用纸人来换吧。”小米掏出一叠纸人，共有二十多张。她怕一张显得没有诚意而被坐贾拒绝，虽然他允诺用什么都可以。

“这是你剪的吗？”坐贾问道。

“你不是说随便我用什么换吗？为什么还问是不是我剪的？”小米认为承认是自己剪的无关紧要，但坐贾问的时候一本正经，好像这是很重要的事情。

“我要确认这确实是属于你的东西。”

“当然是我剪的。”

坐贾恢复谄媚的笑，说道：“那就好。”

坐贾掏出一个新的亡灵棺来，递给小米，充满歉意地说道：“你来得太快，我还没有准备足够的亡灵。这个亡灵棺里的亡灵少一些，如果你觉得不划算，可以拒绝这次交易。”

小米觉得他能答应交换就是奇迹了，哪里想过拒绝？

她急忙道：“没事。”

她从坐贾手里抢过亡灵棺，将纸人塞到坐贾的手里。

坐贾看了看黄表纸剪成的纸人，扶了扶鼻梁上的眼镜，慢条斯理地问道：“你觉得这些纸人的价值跟亡灵棺的价值相等吗？虽然我们之间的交易不标价，但是仍然要物有所值。”

小米心慌道：“当然！这些纸人可是我小心又小心地剪出来的！在我心里，它是非常珍贵的东西！”

坐贾一张一张地看过纸人，微笑道：“嗯，看得出来你剪得很仔细，很花心思，连眼睛鼻子都剪出来了。你说它是你非常珍贵的东西，必定上面承载了你不少的情感。用这个来交换，等于是用你的部分情感交换，你想好了吗？”

小米毫不犹豫地说道：“想好了。”她担心坐贾反悔。毕竟就算那些纸人在她看来有价值，但是别人看来或许就是几张纸而已。

坐贾点点头，小心翼翼地将纸人用一块绸布包了起来，然后塞进怀中。

“还有需要的话，你可以继续来这里找我，记得带上亡灵棺。”坐贾说完就转身离去。

小米欣喜如狂，急忙将亡灵棺打开，让白夜饕餮一番。

再回到狗肉馆的时候，只要有白夜在，其他小猫鬼就不出来。白先生和夜先生看到它都会绕着走。

小米为之欣喜，觉得可以带着白夜去找马秀才的日子近在眼前。

有人欣喜，就有人担忧。

赫连天虽然事务繁忙，但白夜的表现太显眼了，他无法不注意到。他忧心忡忡地对小米说道：“白夜的进步实在太快了！我上次就跟你说过，它进步太快的话不是好事，这会促使它的暴戾之气更多更旺，就像吃了过多的补药会上火一样，就像田地里施肥太多会烧苗一样。”

小米嗤之以鼻。

又过了两天，小米去乱坟岗的时候又带上了纸人和亡灵棺。这次带的纸人更多，有五六十张。她还是担心坐贾不认同纸人的价值，只能加大数量来让他认为价值更高。

坐贾一出现便气急败坏地对小米说道：“你怎么可以坑骗我呢？

你说了要用纸人跟我交易的，为什么反悔？”

小米丈二和尚摸不着头脑，迷茫地问道：“反悔？我为什么要反悔？我今天带了更多纸人来跟你换亡灵棺啊！”说完，小米将准备好的纸人拿了出来。

坐贾一愣，将信将疑道：“你没有把给我的纸人偷回去？”

小米诧异道：“我偷你的东西干什么？上次给你的纸人不见了吗？”

坐贾点头道：“真的不是你想方设法弄回去了吗？上次我在这里拿走了你的纸人，第二天早晨发现那些纸人不翼而飞了！我还以为是你偷偷跟到了我住的地方把它们偷走了呢。”

“我没有跟踪你，既然答应了要换的东西，我怎么可能偷回来呢？再说了，我还想跟你换新的亡灵棺呢。如果我偷回来，岂不是不想从你这里买亡灵棺了？”话虽然这么说，小米心里其实已经咯噔一下了。她有几次早上起来的时候发现纸人少了或者都不见了，上次白夜跟白先生夜先生打起来也是为了纸人。她心想，难道那些纸人有手有脚就能自己跑了？

她不敢将心中所想说给坐贾听，怕他得知纸人会跑之后认为被她耍了。这样的话，后面的生意就别想继续做了。

坐贾眉头紧皱。

小米怯怯地问道：“那今晚的生意还做不？”

坐贾叹了一口气，怏怏道：“既然不是你做的，那么这笔损失应当由我自己承担，与你无关。生意自然还可以做，但是我为了保证自己的财产安全，我不能再接受你的纸人了。请你谅解。”

小米觉得他说得在情在理，无法辩驳。可是她又不想放弃这笔诱人的交易，于是抿住嘴不说话。

坐贾见她不说话，轻咳了一声，说道：“我知道你很需要我的东西，你可以用别的东西来跟我交换。”

“可是我没有什么可以交换的了。”小米说道。

坐贾道："那可不一定。"

小米立即抢先道："我是不会用情感、容貌或者寿命来跟你交易的。我的情感要留给一个人，容貌也留给他，然后我要有足够的时间陪伴他。"

坐贾故作惊讶，说道："你还这么小，就知道要把自己美好的东西都留给某个人啦！"

"我不小了。"小米不服气道。

"那……看样子我们的生意做不成了，实在抱歉。"坐贾转身要走。

小米想喊住他，可是想了想，自己确实没有什么东西可以交换。

坐贾走出了好远，突然停住了。

小米看着他的背影，不知道他要干什么。

坐贾转过身来，跑到小米跟前，指着小米手腕上的血丝玉镯子说道："这样吧，你用这个东西交换，我可以给你十个亡灵棺。"

小米低头看了看血丝玉镯子，说道："实在抱歉，这个东西就是我说的那个人送的。我自己的东西都要留给他，怎么会把他送给我的东西让给别人呢？"

"这东西不吉利，你戴在身上不好。"坐贾说道。

"不吉利？不好？"小米捏住玉镯子。

"你不知道吗？这血丝玉镯子可不是一般的玉石，它是吸过人血的，进过墓地的。要做成这种血丝玉镯子，必须选上好的玉石打成玉镯，然后随同死人一起埋葬入土，让地下死人的血液沁入玉镯中。等死人化成血水又消失之后，这玉镯子才能挖出来，才有可能变成血丝玉镯子。"

小米戴了这么久这个镯子，却从来没有听说过它是经过坟墓和尸体得来的。

"我还以为它是一种血玉呢，和其他玉石一样可以直接挖到的。"

小米说道。

坐贾摇摇头，说道："玉石中并没有血玉这个种类，血玉说的是透了血的玉。当人落葬的时候，准备好的玉石被当作衔玉强行塞入亡者口中，就像有的亡者口中衔一枚铜钱一样。富贵的人不仅仅口中衔玉，手上戴玉，有的在肛门处也塞玉。倘若人刚刚死，一口气咽下的时候恰好玉石被塞入，那么这个玉石就会随气落入咽喉，进入血管密布的地方。如此久置千百年，死血透渍，血丝直达玉心，便会形成华丽的血玉。这种东西被发掘的时候往往落在骷髅的咽下，是所有尸体玉塞中最宝贵的一个。"

坐贾所言不假，骛江大陆早有"九窍玉"一说，古人用九件玉器分别封住亡者的九个窍门。古书中有言："金玉在九窍，则死人为之不朽。"古人相信玉器不但能让活人平安，还能让死者不朽。

坐贾又道："有些黑心商人将狗打死，然后将玉器塞在狗的嘴里，将狗埋葬，数十年之后，将玉器挖出来，这样会得到狗血玉，其模样跟血玉非常相像。黑心商人将这种假血玉说成是经过成百上千年尸血浸润而成的血玉，从而获取高额利润。我们坐贾是绝对不会做这种事情的。当然了，不管是人血玉还是狗血玉都比较通灵，可是狗血玉有怨气凝在其中，对佩戴者有害无益。"

"那人血玉对佩戴者有害吗？"小米迫不及待地问道。

坐贾回答道："这要看什么人佩戴。如果是身子非常弱的人，命非常薄的人来佩戴，那就非常合适。它可以帮助身子弱的人调理身体，可以帮助薄命之人平安度过劫难。如果身子本来就好的人，或者本来就是有福之人，那戴了反而不好。因为世上少见血玉，很多人并不知道这一点。"

"哦，原来我这镯子还有这般来历！"小米咋舌不已。

"我看你身体无恙，能让小猫咪如此认主也必是有福之人，所以这玉镯子对你来说并无益处，还不如让我转手给需要的人。其中的利润，你拿大，我拿小。当然，你的获利可以换成十个亡灵棺。你看怎样？”

小米想了想，说道：“不行，就算它是从坟墓里挖出来的，就算它对我不利，可它也是那个人送给我的。我不能转手给你。”

坐贾诡异一笑，说道：“要说吧，这血丝玉镯子是有原主人的，并且我认识它原来的主人。你和送你这个玉镯子的人，都算不得是它的主人。你让出来也算是一桩功德，可以让它物归原主，何况你还能得到你想要的亡灵棺。何乐而不为？”

“你认识它的原主人？”小米不相信。她心想，说不定这坐贾早就盯上这个玉镯子了。

按道理说，这玉镯子现在在小米手上，小米就是它的主人。坐贾此时搬出“原主人”和“物归原主”的话来，只会让小米觉得不舒服不中听，但是小米坦然面对坐贾的话。

她并不是认同坐贾的话，也不是为了亡灵棺而讨好坐贾，而是马秀才给她这个玉镯子之后不久就说过了，这个玉镯子不会一直跟着她。

小米记得马秀才跟他说过，这世上没有谁可以拥有谁，或者谁拥有什么东西。人生来一无所有，死去什么也不带走，你以为拥有的，那都是上天赐予的恩惠。这玉镯子可能在她之前有过别的主人，以后也可能有其他主人。非得要说拥有的话，应该玉镯子才是主人，戴它的人才是过客。

小米不知道类似的话马秀才曾经跟马脸长袍说过。后来她再想起这些话的时候，心想也许马秀才早就知道这个玉镯子的真正来历，只是他不便直说，所以要说出那些深奥难懂的话来让她自己领悟。

“是啊，我认识它真正的主人。”坐贾说道。

“哦？”

“二三十年前，他将这个玉镯子送给了一个姓谢的大富翁，让它来保护那位大富翁的掌上明珠。”坐贾说道。

小米浑身一颤。

坐贾问道：“你认识那位大富翁的掌上明珠吗？”

小米连忙摇头道：“不……不认识……二三十年前，我还没有出生呢。”

“对哦，你才十多岁，怎么可能认识？”

小米说道：“当初它的主人既然将它送出去了，那它就不属于原来的主人了。难道现在又想要回去？”

“它原来的主人将这个镯子送出去，其实不仅仅是为了保护那位富翁的谢大小姐，他还有其他目的。不然你想想，他为什么舍得将如此贵重如此难得的宝物拱手让人呢？”

“其他目的？什么其他目的？”

“他希望那个血丝玉镯子可以让那位大小姐的阿赖耶识觉醒，想起他的样子，以及他们之间的事情。可是不知道为什么，那位大小姐好像没有因为这个玉镯子而想起什么，所以它原来的主人才想将它收回去。”

“你是怎么知道他想收回去的？”

坐贾眉毛一挑，说道：“我是做生意的嘛，自然要知道别人到底想要什么，缺什么。我要提供别人想要的东西才能做成生意啊，就像我给你提供亡灵棺一样。”

“这么说来，你很了解它原来的主人？”小米问坐贾道。

“呃，算是非常了解吧。”

“那你能不能告诉我，他为什么想要那位谢大小姐的阿赖耶识觉醒呢？”

坐贾摊手道：“这是别人的隐私，你的询问超出了我的生意范围。”

小米装作无可奈何的样子说道：“既然你不想说，那我这个手镯也就不会让给你了。你随便说一个不存在的故事想骗得我的同情，从而拿走这个血丝玉镯子。”

坐贾一手指着天，辩解道：“对天发誓，我说的都是事实。”

小米摇摇头，说道：“不对，你说的不是事实。我得到这个玉镯子的时候，那个送玉镯子的人说过它的大概来历。他虽然说到了你刚才说的姓谢的大富翁和大小姐，但是他还说这玉镯子是一个道士送给他们的，他没有提到过这个道士还有其他目的。这就是一个救人的玉镯子，没有其他秘密。”

事实上，姥爹从来没有跟小米说过血丝玉镯子的来历，罗步斋等人也被姥爹要求不要在小米面前提到她前世的一点一滴。

“不，这个道士确实还有其他目的。他想借这个机会让那位谢大小姐记起一些事情，可是不知道为什么，那位大小姐似乎真的无法记起以往的事情了。”坐贾说道。

如果此时姥爹在旁边，必定也不相信坐贾的话。因为谢小米活着的时候曾经跟他说过，那个送血丝玉镯子的道士正是谢小米自己幻化而成的，是她自己将血丝玉镯子送给自己，借此迷惑谢家父母，让他们认为闺女平安无事全赖血丝玉镯子的庇佑，虽然后来谢家父母的种种表现说明他们并没有完全被隐瞒。

“记起以往的事情？不瞒你说，送我玉镯子的人曾经跟谢大小姐有过一段情缘。他跟我说起过谢大小姐，说她其实是寄生草修炼而来，寄生在谢大小姐的身上。你是行走在阴阳两界的人，又知道阿赖耶识，奇奇怪怪的事情你都见过，所以我就不跟你绕来绕去了。既然谢大小姐的前世是寄生草，她又如何跟什么道士有过什么往事呢？就算血丝玉镯子可以引起她的某些记忆，恐怕记起的也是日晒夜露，月圆月缺吧？”小米不由得有些紧张。

坐贾一笑，说道：“你可知道寄生草或许也有前世呢？”

“寄生草的前世？”小米一惊。

白夜见小米神色异常，龇牙咧嘴地对着坐贾叫了一声，示意有它在，他最好对它的主人客气一点。

“是啊。寄生草修炼了一千多年，但是它没有想过一千多年前，它是一个什么样的存在吗？”坐贾两眼直盯小米。

“既然已经是千年之前的事情，不记得也罢。”小米话锋一转。

坐贾诡异一笑，说道：“如果你想知道寄生草在千年之前的事情，可以从我这里购买。同样，你可以用你的东西来换取。”

“我又不是寄生草，为什么它的记忆要我来换呢？”小米知道此时掩饰已经是多余，这坐贾知道的信息太多，可她还是要多余地掩饰一下她的慌乱。

“作为公平的生意人，我不会强迫你购买我的任何东西。还是那句话，我知道谁需要什么。我是提供需要的生意人，雪中可送炭，锦上可添花。如此而已。”坐贾扶了一下鼻梁上的眼镜。

“这个玉镯子我是不会让给你的，我暂时也没有其他东西可以跟你交换。所以即使我想要，我也没有办法从你这里买。”小米犹豫不决。

坐贾见她语气有些改变，急忙抓住机会道：“暂时没有也不碍事。做生意除了买还有赊嘛。如果你愿意，可以先欠下我的，等你有了觉得价值同等的东西再给我也行。”

小米几乎不敢相信他的话，问道：“还可以赊欠吗？”

坐贾点头道：“当然可以。做生意嘛，谁都有周转不过来的时候，如果因为这个放弃了做生意的机会，那岂不可惜？”

“那你可不可以先将这个寄生草的记忆赊给我？”

小米在画眉村的时候曾经跟姥爹去看戏。小米见戏台上扮演姑娘的角色总是哭哭啼啼，觉得她太过懦弱，小米便说她不喜欢哭哭啼啼的人。

姥爹说道，你只看到她哭哭啼啼，却不知道她为什么哭哭啼啼，这是有原因的。这个姑娘前世是一棵草，在即将枯萎的时候，有个路过的人给她淋了水，救了它。后来那个人每天路过的时候都给它浇水，再后来，这棵草修炼成了女体，她为了还恩，于是投胎转世。可是怎么还恩呢？她不能将以前的水都还给那个人，所以把一世的泪水都还给他了。这就是她动不动就多愁善感独自流泪的原因。

看完戏回来，小米便彻夜未眠。她偷偷想过许许多多自己经历的事情，特别想知道自己为什么会有这些经历，是不是也像那位哭哭啼啼讨人厌的姑娘一样有着不解的前世之缘。

她不能去问姥爹，也不敢问罗步斋，甚至连画眉村的老人都不能问。她知道姥爹和罗步斋尽力避免某些话题，她也知道他们避免的原因。

她感激他们这么做，但她也想解开心中的谜团。

此时坐贾居然说他这里有寄生草千年以前的记忆，她怎么能轻易放过？只是她不懂为何有个道士参与进来，还是送血丝玉镯子的那个道士——所谓玉镯子真正的主人。

或许千年之前的记忆会解开这个谜团，小米心想。

可是坐贾两手一摊，为难道："对不起，我无法将这个庞大的记忆带到这里来。如果你真的要买，只能去我的店铺了。"

"你的店铺？"

"是啊。记忆这个东西无色无味无形，不好携带，如果你想获得的话，我还要用一些特殊的方法才行。不过你不用担心，这种特殊的方法并不难，跟入定的修炼方式差不多。"

"你的店铺在哪里？"

坐贾知道这笔生意肯定做成了，欣喜道："离这里不远。如果你想要，我们现在就可以过去。"

"只要不超过两个时辰就行，我不能让我师父发现。"

"两个时辰足够！"坐贾铿锵有力地回答。

于是，小米跟着坐贾往他的店铺走去……

在千里之外的画眉村，罗步斋正坐在马家老宅的大门前看着外面的夜空，他手里抱着马秀才的孩子，孩子在他的轻轻摇晃之下已经安然入睡。赵闲云正在咳嗽，天气稍冷她便染了风寒。余游洋端了一个炭盆烘烤孩子的衣服。南方湿气比北方大很多，这个季节衣服很难自然晾干。孩子换洗比较勤，不用炭盆烘烤的话，孩子的衣服不够用。

“你说马秀才他们什么时候会回来呢？”罗步斋问道。

余游洋将孩子的衣服换了一面继续烘烤，说道：“谁知道呢，怨念收集得够了就会回来吧。”

赵闲云忍住咳嗽，说道：“你们想这么多干什么呢，该回来的时候就会回来。”说完又咳嗽不止。

罗步斋对余游洋说道：“你把衣服放下，去看看赵小姐的药熬好了没有，都咳了好些天了，吃药也不见好转，真是愁人。”

余游洋将没有烘干的衣服搭在椅背上，然后起身去厨房拿药。

屋里弥漫着中药挥发出来的气味，古怪中带有一些芬芳，让人从心底里拒绝却又莫名其妙地享受。

这时，前面地坪里走来了一个人。

“孩子长得多好啊！”那人远远地就赞叹道。

罗步斋转头看去，来者是村里的一个熟人，是住在后山最后一间屋里的马金宝的媳妇。这个媳妇有时候疯疯癫癫的，有人说她疯疯癫癫的原因是小时候受过惊吓，把三魂六魄吓散了。她家里人没有给她喊魂，所以有的魂或魄回来了，有的则跑了。三魂六魄是相对平衡的，魂魄健全的人自我控制力稍强。魂魄不全的人善恶魂魄不平衡，有时候莫名其妙地兴奋，有时候莫名其妙地悲伤，自我控制力比较弱，所以容易冲动。

她因为别人斜视过她一眼而跟人打架，也因为别人给了她一点小恩小惠而跪在别人面前拜。她就是这么喜怒无常。

由于这个原因，村里人都尽力避着她，避不开的时候也不敢得罪她，怕她麻烦，也怕她报复。

她后来生了一个孩子，也是不太正常。那个孩子结婚后又生了两个孩子，大儿子正常，小儿子还是不正常。

她对罗步斋怀里的孩子表现出平时少有的兴趣。

她赞叹孩子长得好，实际上马岳云小时候长得并不好。因为赵闲云的身体一直不怎样，所以马岳云也被拖累。

罗步斋见她朝门口走来，有意要避开她。

她却热情不减地赶紧走到罗步斋身边，用手摸孩子的脸，还噘起嘴来逗孩子。

来者即是客，罗步斋不好赶她走，便要抱着孩子进里屋去。

坐在堂屋里的赵闲云开口说道："没事的，让她看看吧，不要把孩子弄得这么金贵，让人家认为我们太把孩子当宝。"

罗步斋便停住了脚步。

可是接下来她的举动出乎罗步斋和赵闲云的意料！

她摸孩子的手突然一转向，将孩子抱了起来！她这动作太突然，罗步斋根本来不及防范。

"喂，你干什么！"罗步斋大喝一声。

她一惊，抱着孩子就往外跑。

罗步斋以为她的疯病犯了，急忙边追边喊："你给我站住！"

赵闲云没想到她会这样，也急忙起身去追。

正在厨房里煎药的余游洋听到他们的叫喊声，拿着一个盛药的汤匙就跑了出来，见此情景，也赶紧去追她。

马金宝的媳妇跑得飞快，脚下生风，从马家老宅往池塘那边跑。

罗步斋料想她跑到池塘边的时候会往左拐，那条路直通后山的路，那是她家的方向。

可是马金宝的媳妇跑到池塘边的时候没有往左拐，而是往右拐了，往右便是从老河直通村里的大路。

罗步斋大吃一惊，立即明白这抱孩子的举动并不是马金宝的媳妇自己的意识，她肯定是被邪灵附了身！

他和姥爹都明白，他们以前得罪的邪灵不少，那些邪灵总会找到机会报复的，就像当初邪灵指使乞丐报复罗步斋一样。姥爹离开画眉村之前，不止一次地在罗步斋面前提起过这种担忧。他担忧的不是自己，而是羸弱的赵闲云和年幼的孩子。罗步斋信誓旦旦地说会保证姥爹老婆孩子的安全。

可是此时孩子是从他手里抢走的！如果孩子有什么意外，马秀才回来后他该如何交代？

他万万没想到邪灵会借着村里人的身体来抢孩子。

马金宝的媳妇在邪灵的助力下跑得太快了，罗步斋和赵闲云还有余游洋根本跑不过她。他们之间的距离不但没有拉近，反而越来越远。

就在罗步斋以为马金宝的媳妇会像惊飞的麻雀一样逃走时，池塘里突然响起一阵哗哗的水声。

一只白嫩的手从水里伸了出来，准确地拽住了马金宝媳妇的脚。

马金宝媳妇惊叫一声，身体失去平衡，孩子从手里脱了出来！

罗步斋顾不得那么多了，直接朝孩子即将落地的地方扑了过去，企图让落地的孩子砸在他的身上。

可是罗步斋离马金宝媳妇的距离毕竟太远了，这样扑过去为时已晚。

说时迟那时快，一道黑影从水中跃出，如同甩尾跃出水面的鲤鱼一般朝孩子的方向落了过去。

那道黑影将孩子稳妥地接住。

罗步斋看到那个黑影头戴一顶大斗笠，斗笠遮住了脸。那个黑影将斗笠压得太低，几乎要成面具了，所以罗步斋即使躺在地上都没能看到斗笠下面的那张脸。

罗步斋很快就意识到，那个戴斗笠的家伙是水猴。

马金宝媳妇跌倒在地，疼得哇哇乱叫。

在她摔倒的时候，另一道黑影如同她身体上的灰尘一样摔了出来，那道黑影被水里伸出的手牢牢抓住。

罗步斋知道，那是小米留在这里的水客。

自从小米走后，水客和水猴就像消失了一样没有再弄出过任何动静。罗步斋没想到在这紧要关头他们俩一起出现了。

罗步斋安心地露出了笑容。

戴斗笠的水猴将孩子交还到罗步斋的怀里，什么话也不说，沉默地跳回池塘里，发出扑通一声。

水客则从水中露出一个俊俏的水淋淋的头来，问罗步斋道："要我现在溺死它吗？"

罗步斋忙说："等一下。"

罗步斋将孩子交到赵闲云手里，对赵闲云说道："外面凉，你先抱孩子回屋里去，我待会儿就回来。"

他看了看地上呻吟的马金宝媳妇，又对余游洋道："你扶她回去吧。"

余游洋一手拿着汤匙，一手拉着频频回头想弄清楚刚才到底怎么回事的马金宝媳妇走了。

第八章 小米的前世

罗步斋见他们背影走远，走到池塘边，先对水客道了谢，然后看看挣扎不已的邪灵问道：“你是哪里来的？为什么要抢马秀才的孩子？”

水客也帮忙威胁道：“快点说实话！不然我把你摁进水里溺死你！”很多邪灵是怕水的，生前因水而溺死的邪灵除外。所以倘若与邪灵同行，遇到水路的时候它必定会求你背它渡水。

那邪灵求饶道：“饶命！饶命！我也是迫不得已！”

“你怎么迫不得已了？”罗步斋问道。

那邪灵哭丧着脸说道：“我是被泽盛逼迫来的！他说马秀才不在画眉村，是下手的好时机，他还说画眉村有个名叫马金宝的人，他媳妇疯疯癫癫，容易被鬼附身。于是，他叫我附在马金宝媳妇身上，让我在你们没有防备的情况下抢到孩子就跑，把孩子送到他那里去。我该说的都说了，求求你们放过我吧！”

水客见它话已说完，便将它按进了水里。

那邪灵挣扎不已，打起水花，水珠溅到了罗步斋的脸上，但是很快它就一动不动了。

“原来不是特意来报复的邪灵。”罗步斋抹了一把脸。说完，他起身要走。

水客双手放到了岸上，询问罗步斋道："罗先生，请问小米什么时候回来？"

罗步斋一愣。他没想到这个水客还牵挂着小米，而小米是抓住它囚禁它的那个人。不过，今晚水客和水猴出手相救就出乎他的意料了。小米对待它们并不算好，而它们似乎愿意以德报怨，对小米死心塌地。

"我们也期盼她和马秀才早些回来呢。"罗步斋说道。

水客却说："罗先生，你会错我的意思了。我并不是希望小米早些回来，我希望他们在外面待的时间越久越好。"

"你很讨厌小米吗？嗯，不过这合情合理，是她抓住了你，又把你囚禁在这里。"罗步斋说道。

水客笑了，它眨了眨眼，睫毛上还挂着水珠。

"罗先生，你错了。我不希望她早些回来并不是讨厌她，我只是希望她跟马秀才独处的时间越多越好。"水客甩了甩头发，甩起许多水珠。那些水珠如同早就藏在她头发里的珍珠，在夜色下熠熠发光。

罗步斋惊讶道："哦？原来你是这个意思。不过我心里一直有个疑问，不知道可不可以问问你。"

"我知道你要问什么。"

"那你说说看，我要问什么？"

水客道："你想问，我为什么心甘情愿臣服于小米，是不是？如果我是你，我也会有这个疑问，我也没有想过自己会有这么一天。"

"那是为什么呢？我听马秀才说过，小米劝你的那晚没用多少时间，并且小米回来的时候眼眶红红的。我想知道你们之间到底说了什么话，什么话有这么大的力量，让你突然臣服。"罗步斋将脑海中的疑问一股脑儿倒了出来。从那时到现在，他一直没有想清楚那些疑问。

水客道："我变成这样，是因为我认为上天对我不公，所以怨气很大。但是那晚听小米说了她的身世之后，我才知道我经历的那些不算什么，完全不值得一提。她经历了那些事情还能假装平静如水，这让我相形见绌，自愧不如。"

"她的身世？"

"是啊，她叫我不要说出来，但是我认为今晚不妨跟你说说。她说她还是谢小米的时候寄生于死尸，觉得配不上马秀才，所以寻求转世换得肉身再回到马秀才身边来。可是她第一次转世还未长大成人，就被亲生父亲溺死。溺死之后，她被冤死的怨气怂恿，被强烈的报复心扰乱心智，差点成为纠缠于过往而不能重生的厉鬼。可是仅仅凭着冥冥之中对马秀才的记忆，她战胜了心魔，摆脱了怨气的控制，寻得第二次转世投胎的机会。换作是别人，恐怕要以厉鬼的身份在世间纠缠数十年甚至上百年。她第二次转世，却刚好碰到马秀才的婚礼。让她从厉鬼的困境脱身的希望，却在她遇到的时候破灭。第一世遭遇残忍的杀害，第二世遭遇绝望的现实，倘若是我遇到这种境况，恐怕不成为厉鬼，也会成为疯人。可是她能将这一切隐藏在心里，独自去承受它，消磨它，接受它。我不过是遇人不淑罢了，却生出这么多的怨气戾气来，你说我怎能不惭愧？"

"原来她真的都记起来了……"罗步斋两眼空洞地望着老河的方向，想象着小米刚被泽盛送到这里时的情景。

水客道："我跟你说这些，是希望你能理解小米。我不希望她身边的人误解她，认为她有太多暴戾之气，认为她不识时务，认为她做事不够周全。一个经历了两世巨大挫折的人，一个忍受内心折磨的人，一个几乎成为邪灵而扭转乾坤的人，她能做到现在这样，已经是常人所不能的了，已经是奇迹了。如果以后她有什么做错的地方，我希望你和马家的人能谅解。"

罗步斋长叹一声，点头道："是啊，在我看来，前世遭遇那些事情，就算能撇开怨气再投胎人世，恐怕来世依然无法避免成为报复心极炽的毒辣之人。”人天生的暴戾之气，往往跟前世有密不可分的关系。

“另外，小米还告诉我说，那个血丝玉镯子并不是她与生俱来的，也不是自己变成道士送给她的父母的，而确确实实是另一个道士送给她父母的。但是她跟马秀才说，那是她自己的化身。”水客说道。

“她为什么要对马秀才隐瞒？”罗步斋不理解小米将血丝玉镯子的真实来历隐瞒起来的意义所在。

水客摇摇头，说道：“我也不知道，但她肯定有她的原因，就像她知道自己的前世，却隐忍这么多年一样。我今天既然把她的秘密告诉你了，那就该说的都说出来。”

“不对啊。如果她记得前世，为什么在君山岛的时候还听泽盛的话呢？”

水客道：“阿赖耶识的苏醒需要恰当的契机，她不是那个时候记起前世的，而是在来到画眉村后马秀才将玉镯子还给她之后的那个夜里记起来的。她说她那晚做了许多梦，梦里全是前世的记忆。”

“原来如此！”罗步斋恍然大悟。他记得马秀才将玉镯子给她之后的第二天早晨，她的眼眶有些异样。原来她梦醒后哭过。罗步斋和马秀才都发现了小米眼睛的异样，但全然不知是因为这件事情！

“我想过了，虽然我答应过小米不将这些秘密说出来，但这些事情烂在我的肚子里并不好，余游洋和赵闲云知道也不好，最好的办法就是说给你听。你知道了这些的话，以后如果她做了一些让你和马秀才难以理解的事情，至少你或多或少会体谅她。如果马秀才不能体谅的时候，你一定要帮忙缓解他们两人之间的关系。”水客动情地说道。

“很感谢你说这番话。”罗步斋的心里像打翻了五味瓶一样，各种滋味涌上心头。

“如果你帮了小米，我会感谢你。”水客由衷地说道。

罗步斋道："不用谢我，凡是跟马秀才相关的事情，我都会尽心尽力。"

水客抿抿嘴，又说道："虽然血丝玉镯子是世间罕见的好东西，玉器又能替人挡灾挡煞，但我总觉得那个玉镯子会给小米带来不祥，或许是因为她的隐瞒让我有这种想法。你有这种感觉吗？"

罗步斋略微思忖，说道："我没有这种感觉，但我会多多关注那个玉镯子的，你放心吧。"

水客点点头，说道："该说的都说完了，你快回去吧。孩子受了惊吓，需要大人照顾，赵闲云也需要人照顾。"

罗步斋点点头。

水客渐渐往下沉，最后水没过头顶，头发如水草一般漂浮起来，紧接着，水草也沉了下去。

罗步斋见池塘水面归于平静，便急步回家。

罗步斋刚走到家门口，雨水就滴滴答答地下了起来。很小的一阵雨，刚下一会儿就停了，仿佛少女一抹浅露则止的笑。

小米在跟着坐贾去他店里的路上也遇到了一场小雨。

坐贾以手遮头，抱歉道："哎哟，实在对不起，没想到这雨说来就来，我也没有带一把伞在身上。"

小米用双手去接雨，毫不在意道："没事，雨不大，我挺喜欢淋雨的，尤其是这种小雨。"

白夜的毛被雨打湿，耷拉下去，看起来瘦了许多。

这场雨也很快就收住了。

雨一停，坐贾就说了一声"到了"。

小米抬头一看，前面果然有一个小店铺。这店铺周围没有第二间房子，孤零零的。店铺里面也没有灯光，看不到招牌。

坐贾打开门走了进去，小米和白夜跟着进了门。小米一点儿也不担心，她虽然看不见什么东西，但白夜是猫，它的瞳孔能伸缩，能看到黑夜里的东西。如果有什么危险，它必定会叫唤提醒。

进门之后，小米以为坐贾会点灯照亮。

可是坐贾没有点灯的意思，摸黑搬了一把椅子，叫小米坐。

“我要的东西呢？”小米坐了下来，问道。她看不清坐贾的脸，只能看到一个轮廓。

“你坐在这里稍等一会儿，我去拿来。”坐贾说道。

后来她将这段经历讲给罗步斋听的时候，罗步斋问她：“一个刚打交道，了解不深的人叫你去他店里，你就真敢去？你不怕他设下圈套害你吗？”

小米则说，她当然知道有风险，但她心里也早就觉得血丝玉镯子来历不简单。她是在马秀才给她玉镯子的那天晚上做梦梦到前世的，第二天早上起来后对昨晚的梦境还记忆犹新。这玉镯子似乎有唤醒她的前世记忆的作用，由此她想起了自己还寄生在谢小米身上时对马秀才撒谎的事情。她看到马秀才的第一眼就对他心生爱意。当马秀才问她的镯子从哪里来时，她故意说镯子是她自己送给自己的，她莫名其妙地不愿意在马秀才面前提到那个赠送玉镯子的道士。她是从父母口中得知赠送玉镯子的道士的，自己并未见过那位道士，不知道那位道士长得什么模样，年纪几何。

她自己也觉得奇怪，为何要对一个对她有恩，而从未见过面的人如此忌讳呢？为何在别人面前她可以随意提起这个道士，在马秀才面前偏偏改口？

她想不明白，但她知道，一切皆有因缘。自己虽然记得前两世的事情，但冥冥之中还有更深远的事情她已经淡忘。

所以，当坐贾说他认识这个玉镯子的原主人并且可以提供千年以前的记忆时，小米立即答应交易了。

因为她也需要解开这个谜团。

何况她有白夜保护，自认为不惧坐贾。

坐贾离开之前点了一根香。他对他的店了如指掌，一片漆黑的情况下也能轻易找到他要的火柴和香。刺啦一声，火柴燃起，他的脸被微弱的火光映照。很快火柴熄灭，他的脸在黑暗中消失，但一个红色的热点在黑暗中显现出来。

小米能看到红点附近缭绕的烟雾，但再外面一些便看不到了。

香点燃后散发出一种奇异的香气，让人昏昏欲睡。

“我要的时间有点久，你想睡觉的话就眯一会儿。”坐贾又走到小米身边，然后再次一头扎入无边无际的黑暗之中。

小米想起水客在潜入水中也是这样，一头扎进水里便消失了，让人怀疑这水中到底还有没有水客的存在。

夜色如水。

坐了一会儿，小米的困意越来越浓。她见坐贾还没有来，远处也没有脚步声，便闭上眼睛休息了。

白夜躺在小米的怀里，也安静得要命。

小米一手摸着白夜的毛，头像小鸡啄米一般点了几下，打起瞌睡来。

蒙蒙眬眬之中，小米感觉眼皮前有微弱的红光照耀。她抬起沉重的眼皮向前看去，不知何时那个香火的红点变成了一团跳跃的火焰。火焰越来越大，居然将这个房间照得通明。原来那火焰不是香火，而是一个像葫芦形状的炉子中的火焰。炉子颜色暗紫，不知是什么金属，不像铜，也不像金。炉子上有奇奇怪怪的花纹，炉子的肚子上雕有云，有人，有树，还有辨别不清的字。

几年后小米看到一个面如马脸身穿长袍的人给马秀才送来一个紫砂杯，上面也有同样的人和景，才明白那次她看到的炉子并不是金属的，而是紫砂做成。

小米知道那不是普通的炉子，而是制丹炼药的炼丹炉。在画眉村的时候，马秀才跟她讲过，修炼者分为三种，一种是修炼魂魄自身，一种是利用世间精元巩固自身，还一种是两者兼而有之。但是在历史上的某一时期，修炼者特别痴迷利用世间精元巩固自身，到处都是制丹炼药的人。这些人认为仅凭自身修炼进步太慢，并且自认为自身可利用的能量太小，不足以达到目的，所以必须借助外界力量。但是后来这种修炼者不但没有完成自己的愿望，反而损害了魂魄和自身，甚至祸国殃民。

小米心想，莫非这坐贾是痴迷制丹炼药的修炼者？或许他制丹炼药并不是自己利用，而是转卖他人。

小米刚要看看这坐贾的店里都有些什么人鬼俱缺的东西，一个人从火焰后面走了出来。那人满脸惊喜却压低道："你终于来啦！我等你好久了！"

小米借着炼丹炉的火焰看那人，却觉得陌生无比。

那人披头散发，穿一身宽大的长袍。那人年纪在二十岁左右，眉目清秀，肤色稍暗，应是烤久了火的原因。

"你是……"小米问道。

那人环顾四周，然后将手伸到小米的嘴边。

小米闻到一股芬芳的药味，看到他手里一个发着暗光的圆形物体。

"趁没人看见，快吃了它。"那人神秘兮兮道，似乎那是一种非常难得的灵丹妙药。

"可是我没有病。"小米知道他是好意，但她不想乱吃丹药。马秀才说过，不求自身转而求外物，不是上佳的修炼之道。

"师父说过，人人都有病。你有，我有，师父也有。"那人一本正经地说道。

"我没有。"

"人人都有一种会死的病，在不知不觉中病入膏肓，就会死掉。"

"老死也是病？"

"生老病死都是病，区别在快慢而已。这种丹药虽然不能治愈它，但可以延缓。快吃下去吧，别让师父发现了！”那人催促道，急得差点跺脚。

“师父？”小米心想，莫非这个人是坐贾的徒弟？

小米正这么想着，炼丹炉后面又传来非常严厉的一个声音：“子鱼，子非，你们干什么呢？”

那人一惊，急忙将手收了回去，将那丹药藏在手心，他惊恐低声道：“糟糕，师父来了！”

小米循着声音看去，一个年纪比那人大不了多少的人走了出来，头发披散，衣服宽松，目光炯炯一如炼丹炉里的火焰。

马秀才？小米心中一喜。

可是很快她就感觉不对劲了。马秀才明明四十多岁了，可是这个“马秀才”看起来二十几岁。再细细一看，虽然这个“马秀才”跟她认识的马秀才长得很像，但是眉目之间还是稍稍有些区别，形同父子，貌若兄弟。

“师父。”那人毕恭毕敬地喊道。

“马秀才”点点头，问道：“子非，你是不是又拿丹药给子鱼了？”

小米这才知道那人名叫“子非”。她一愣，莫非他们把我当作“子鱼”了？

子非见已识破，伸出手将那丹药交还“马秀才”。

“马秀才”接过丹药，用手指将那丹药捻碎，然后像撒沙子一般将那药末撒掉，叹息道：“鬼谷先生已经承认这种方法炼制不出长生的丹药，你给子鱼吃也没有用。我早说过，修炼在于自身，你偏不听。”

子非惊讶道：“鬼谷先生的方法不灵？”

“马秀才”点头道：“是啊，皇帝听了这个消息很生气，于是鬼谷先生的弟子徐福上奏说，东海之中有三座仙山，名叫蓬莱、方丈、瀛洲。仙山上住着仙人，如果吃了他们炼制的仙药，人就能够长生不老。皇帝才转怒为喜，下令派遣鬼谷先生的弟子徐福去东海寻找长生不老之药。徐福请求皇帝派给他五百童男童女一同去东海，皇帝答应了。”

“徐福是鬼谷先生的关门弟子，深谙鬼谷先生的修炼之道，应该会得偿所愿吧？”子非说道。

“马秀才”摇头叹息道：“恐怕是一去不复返。”

子非脸上露出丧气的表情。看来他对长生之术充满希望，不愿接受这样的现实。

“马秀才”沉默片刻，以沉重的语气说道：“五百童男童女的名单已经确定，子鱼的名字是其中一个。”

子非目瞪口呆，他紧张而又恐惧地看了小米一眼。

“马秀才”则仰起头闭上了眼睛，他似乎也很难接受这件事。

小米终于忍不住试探地喊道：“马秀才？你是马秀才吗？”她抬起手来要抓住“马秀才”，意外发现手上戴着的血丝玉镯子里居然没有了血丝！玉镯子彻身通透，仿佛是绕在手上的水。

突然，一阵磬声响起。

四周立即暗了下来，“马秀才”和子非陷入黑暗的深渊，消失得无影无踪。小米一阵惊慌，左顾右盼，都是漆黑一片。唯有炼丹炉那个地方的火焰还在，但越来越小，越来越小，最后缩成了一个红点。

“马秀才？你去哪里了？”小米喊道。

“看来你已经记起来了。”坐贾的声音响起。

小米定眼一看，坐贾回到了屋里，而那个红点正是他离开前点的香火。白夜还在她的怀里。

“刚才是做梦吗？”小米揉了揉眼睛。刚才一幕太真实了，完全不像是梦。

坐贾笑道：“梦境既是虚无缥缈的，又是实实在在的。那是前世的你经历的事情，你想起来没有？”他点燃了一根蜡烛，烛火细如豆，仅仅能让两人互相看见，周围还是在一片黑暗之中。

小米说道：“只不过是一个感觉很真实的梦而已。”

坐贾将手里的蜡烛交给小米，又点燃一根同样的蜡烛，说道：“你手里的蜡烛，是现在的你。我手里的蜡烛，是前世的你。”

然后，坐贾用手指将他手里的蜡烛掐灭，说道：“有言道，人死如灯灭，但是你看看，灯灭之后还有烟雾。”

小米朝坐贾手里的蜡烛看去，果然灯芯之上还有薄如纱的烟雾。

坐贾划燃一根火柴，将火柴的火焰放到了那烟雾之下。那烟雾居然被点燃，像鞭炮的引线一样使得灯芯复燃！

坐贾说道：“你看，只要点燃它的烟雾，它还能复燃。刚才你看到的景象，就是我给你点燃的前世记忆。”

小米伸出手指将坐贾的蜡烛掐灭，说道：“刚才的景象一闪而过，我还没有弄清楚情况就熄灭了。”

坐贾露出质疑的表情，问道：“刚才的景象没有让你的阿赖耶识复苏吗？”

小米摇了摇头。她看到了一张类似马秀才的脸，但是还有一个人根本不认识，并且，她根本不知道“马秀才”和子非在说什么。她在画眉村的时候听马秀才说过两千多年前的前朝时期有一个名叫徐福的人带着五百童男童女去东海寻仙，但她不知道刚才发生的一切跟远古那些事情到底有什么联系，跟她的前世又有什么联系。

她低头看了看戴在手上的玉镯子，血丝明显。

她心想，刚才看到的玉镯子怎么是没有血丝的呢？莫非刚才看到的景象真是自己千年之前的记忆？那时候这个玉镯子还没有血丝吗？她无法给自己一个答案。

小米迟疑的表情被精明的坐贾尽纳眼底。他惊喜地问道：“你也开始怀疑刚才就是你的前世记忆了吧？”

“是怀疑，但不肯定。”小米说道。

坐贾道：“按理来说，你经历刚才的景象之后应该连带记起那一世的所有事情，就算不能立刻记起所有，但总应该知道大概是个什么样子。”

“我也想像你说的那样，可是我真的没有记起什么。”小米也无奈。

坐贾皱眉道：“如此说来，你的记忆一定是被什么人给禁锢住了。所以你即使能记起前两三世，也无法记起那一世的事情。”

“我在那一世发生了什么事情？”小米问道。

坐贾摊手道：“我怎么知道？虽然我可以卖给你记忆，但是我无法进入你的梦境看到你的记忆，就像我要卖一串珠宝给你，但是我不会戴那些珠宝一样。”

小米灵光一闪，问道：“那你是怎么得到我的记忆的？”

坐贾是阴阳界的商人，从阳间倒腾东西到阴间卖，从阴间倒腾东西到阳间卖，自己并没有什么东西。因此，小米认为刚才的梦境也是坐贾从别人那里得来的。

坐贾支支吾吾，说不出话来。

小米又问了一遍。

坐贾道：“我只是一个纯粹的商人，只图做生意，不会图谋你的性命，不会帮着别人害人。所以你不用管我从哪里得到的，只看这记忆值不值得你购买。如果你有兴趣买，那我们的生意继续；如果你觉得我在骗你或者害你，你随时都可以拒绝交易。”

小米道：“如果你告诉我是从什么人那里得来的，或许有助于我想起更久远的前世。那样的话，我才会买更多记忆。你说是不是？”

坐贾为难道：“恐怕不能告诉你。”

小米从椅子上站了起来，说道：“既然这样，那我就不要了。”她作势要走。

坐贾见她要走，着急道：“实不相瞒，是别人委托我将这些记忆卖给你的。”

“别人委托？”小米惊讶道。

“是的，那个人说他叫子非。”

“刚才我梦里的人？”小米更加惊讶了。一个梦里的人居然可以委托别人联系上她？

坐贾也微微惊讶，问道：“刚才梦里的人？”

“是啊。刚才做的梦里，就有一个人名叫‘子非’，但我不认识他。”

坐贾恍然大悟道：“我终于明白他为什么要将这个记忆卖给你了！原来他就是你前世见过的人！”

接着，坐贾说，他原本是坐在店里等生意上门的商人，并不常出去贩卖。可是有一天，一个道士模样打扮的人来到他的店里，并求他办一件事。他看起来年纪不大，二十出头的样子，却有几分仙风道骨。他出了他认为非常值钱的东西，请坐贾将他的一段记忆卖给一个指定的人，那个指定的人就是狗肉馆的小米。

坐贾做了这么多年生意，多是别人将自己认为值钱的东西卖给他，让他转卖给需要的人或邪灵。他头一次见人要将自己的东西指定卖给某个人。

不但如此，他还指定要买回一只血丝玉镯子，其他玉镯子不要，而那个玉镯子的主人也是小米。

做生意就是这样，越是精准的需要，价钱越高；越是可以替换的东西，价钱涨不起来。这个道士要的东西太精确了。

虽然道士承诺给出极好的回报，但坐贾还是没有答应。坐贾一是怕砸了自己经营多年的招牌，万一那个小米死活不同意，他也没有办法；二是担心借刀杀人，阴间邪灵有嫉恨阳间人的，常常想利用他来害人。

坐贾认为，那道士既要将记忆卖给小米，又要将玉镯子从小米那里拿回来，说不定是跟小米有什么过节，道士自己不好动手，便借坐贾的手来报复。

可是只要他不答应，那道士就天天来他店里。

坐贾被他的诚心感动，决定为他试一试，但要求的回报坐地涨价又翻了好几倍。

道士一口应允下来，不但没有因为坐贾的趁火打劫而恼怒，还对坐贾感激不尽。

坐贾精明多了，他没有立即去找小米，表明想卖给她一些记忆，还要交换她的血丝玉镯子。

他先偷偷关注小米，发现她的喜好和需要，然后先给她提供亡灵棺，再提到记忆和玉镯子，然后把她引到这里来。

“那个子非为什么不自己来找我？”小米问道。

坐贾皱眉道：“也许是怕你直接拒绝他吧？他应该是想给你一个慢慢接受的时间，让你先想起他。我想，他应该是喜欢你的。他来找我的时候，我能从他眼神里看出来，他非常希望你记起他。”

小米道：“可是我在他给的记忆里还看到了另外一个人……”

“另外一个人？”

“是啊。”小米不想在坐贾面前多说马秀才的事情，便说了“是啊”之后没再多说。

坐贾本来是等着她继续往下说的，等了一会儿，见小米没有往下说的意思，只好撇嘴道：“谁的前世都不会只遇到一个人，有其他人出现也没什么大不了的。”

小米轻吁了一口气，说道：“这就是你要卖给我的全部记忆吗？我可不认为它多么有价值。好了，我要回去了，不然我师父会出来找我的。”

坐贾连忙说道：“不，还有一些记忆呢。今天时间不够，下次我再给你一段记忆。如果你认为都没有什么价值，那就不用拿你的东西交易。生意嘛，有赚有亏。”

小米忍不住笑道：“有赚有亏？你刚才不是说那个子非道士给了你翻几倍的回报吗？你已经赚了呀！”

坐贾推了推眼镜，讪笑道：“本来是要两头赚嘛，现在少了一头，可不是亏了嘛！”

“无奸不成商。”小米挤兑道。

坐贾仍旧嘿嘿地笑。

小米带着白夜离开了坐贾的店。

回到狗肉馆后，小米想起梦境中子非和“马秀才”的对话，便询问赫连天：“师父，你听说过徐福这个名字吗？”

赫连天说道：“徐福？是定州人还是外地人？干什么的？”

小米道：“带五百童男童女去东海寻找长生不老之药的那个徐福。”

赫连天道：“哦，他是很久远的前朝时期非常著名的方士。他师父更有名气，名叫鬼谷，这鬼谷通天彻地，兼顾数家学问，人不能及。一是神学：日星象纬，占卜八卦，预算世故，十分精确；二是兵学，六韬三略，变化无穷，布阵行军，鬼神莫测；三是游学，广记多闻，明理审势，出口成章，万人难当；四是出世学，修身养性，祛病延寿，学究精深。那可是了不得的人物！你问这个干什么，你也想长生不老？”

“我就随便问问。对了，你听说过子非和子鱼这两个名字吗？”小米问道。

赫连天摇头道：“没有听说过。”

“我听人说跟着徐福去东海的五百童女中就有一个名叫子鱼的。”小米不敢提起坐贾以及和他交易的事情，所以将这些疑问都说成是听来的。

赫连天狐疑地看了小米一眼，惊讶道：“史书上虽然记载了五百童男童女一同去东海的事情，可是从来没有记录过其中任何一个人的名字。那五百童男童女一去不复返，谁也不知道他们下落。这其中有一个人名叫‘子鱼’的说法从何而来？”

后来赫连天跟姥爹提起姥爹离开定州之后小米的异常时，便说到了那一晚他们的对话。他没想到姥爹居然说：“我知道子鱼这个名字，她确实差点成为五百童女中的一员。”赫连天听了姥爹的话比听了小米的话更为惊讶。

小米故技重演，说道：“我在街上闲逛时听人说的。”

第二天晚上，小米又去了坐贾的店里。

坐贾依旧先点了一根香然后离去。这次他没有说去找东西，而是直白地说避开一下，让小米好进入梦境。

小米眼前的香火又渐渐变大，再变大，最后变成一团热烈的火焰。那个炼丹炉也出现了。这次那个子非跟着炼丹炉一起出现，他坐在炼丹炉前面，脸被跳跃的火焰映红。

她特意低头看了看手上的玉镯子，它里面的血丝又不见了。

她蹑手蹑脚，小心翼翼地走到子非身边，轻轻坐下。

子非侧头见她来了，微微一笑，那笑容如春风拂柳，让看见他笑容的人也觉得非常舒坦。

“你怕吗？”子非轻声问道，语气中带着关切。

小米茫然道：“我怕什么？”

子非道：“怕跟着徐福一起去东海啊。我听说东海之上有许多妖魔鬼怪，一不小心就会让人漂尸于海。如果东海之上真如徐福所说有长生不老之药，那么想要得到这个药的生灵肯定不少，少不了一场腥风血雨。”

“哦。”小米这才明白，他还在为她担心。

“要不这样吧，我去恳求徐福，要他答应带上我，让我替换五百童男的其中一个。这样我就可以一路上保护你。”子非说道。

小米想起马秀才和赫连天都说过那五百童男童女在东海之上消失了，便劝子非道：“不要这么做。东海之上前途未卜，你还是安心留在这里陪师父吧。”

“不行，我不放心。我一定要成为五百童男其中一员，我明天就去找徐福。”子非倔强地说道。在火焰的映照下，他的脸少了几分懦弱之气，多了几分刚毅之气。

“那样的话你会死的。”

子非侧过头来盯着小米看了一阵，看得小米局促不安。

子非说道：“如果我们死了，来世再见的话，你还会记得我吗？”

小米一时不知该如何回答。正如坐贾所言，从子非的眼神里就能看出异样来。小米清楚，在这一世，她根本不记得子非这个人，即使他尝试过让她想起，但她没有想起来。

如果来世是未知的，或许可以为了出于安慰人的目的说出谎言，承诺来世如何如何。

可是现在小米清清楚楚知道自己在来世已经将他忘得一干二净。

她不愿当着子非的面说谎言，可是否定他的回答的话，未免太不通人情了。何况他说的不过是要记得而已，没有说其他山盟海誓的话。

“也许……也许吧……”小米支支吾吾说道。

子非微微一笑，说的话像炼丹炉中的火焰一样温暖：“就算来世的你把我忘记了，我还会记得你。”

小米觉得有些别扭，扭头看了看周围，问道：“师父去哪里了？”

子非收起笑容，蔫蔫地说道：“师父找鬼谷先生去了。鬼谷先生和师父交情很好，师父希望鬼谷先生帮忙说些话，让他徒弟徐福把你从五百童女的名单里拿出来，师父也不愿意让你去东海。不过徐福肯定不会答应。”

“为什么徐福不会答应？”小米问道。

“师父跟徐福在修炼之法上理念不同，在修炼者的名望中不相上下，分庭抗礼，所以有了许多积怨。师父是大度之人，别人不听就罢了，但徐福不一样，他要别人都相信他的修炼之法，他要许多信众。这次他在皇帝身边点名要你加入五百童女之中，就是故意让师父难堪。他想让别的修炼者看到，反对他这种修炼之法的高人的弟子跟了他。”

“鬼谷先生是徐福的师父，徐福应该会听听鬼谷先生的话吧？”小米又问。

子非摇头不已，说道：“鬼谷先生是道家之人，常入云梦山采药修道。因隐居周阳城清溪之鬼谷，故自称鬼谷先生。他是自在人，我们师父跟他论论道或许还可以，但凡涉及世事，他都是不管的。”

小米心想，按子非这么说，自己的前世应该是在两千年前去了东海之上，然后消失了。如果前世的自己就这么消失了的话，那跟“马秀才”没有多少相处时间，没有留下多少缘分，为什么到了两千年之后自己和马秀才之间又会发生这些因缘呢？莫非前世的师徒之缘在后世变成了眷恋之缘？

忽然，小米听到耳边响起磬的声音。

眼前的火焰迅速缩小成为一个红点，周围的一切又迅速退回黑暗的世界。

坐贾从黑暗中走到她面前，问道：“今天有没有新的收获？”他应该是躲在某个地方敲了磬之后才出来的。

小米摇了摇头。

坐贾失望道：“真是可惜，两次都没有想起来，看来后面也很难记起了。”

虽然这次还是没能想起那一世的经历，但小米觉得这两夜没有白费。首先她知道两千年之前的生活里有“马秀才”这个人，其次知道自己被久远的前朝大名鼎鼎的徐福安排进了五百童女之中。

“你让我见见子非，或许我就会记起一些事情了。”小米说道。

坐贾道：“你先将他给的所有记忆回忆一遍再说吧。他托我找你的时候说，如果你没有记起他，他就不会出来见你。他说，虽然他的记忆里全是你，但你不记得他，你们就还是陌生人，见面没有任何意义。只有你记起他之后，他再出来，你们才是久别重逢。”

小米道：“好吧，我明天晚上再来你这里。”

坐贾点点头。

小米因为来坐贾的店里而耽误了一些训练白夜的时间，不过有亡灵棺补充亡灵，白夜仍然有巨大进步。

在伏川迎来第一场雪的夜里，冻死骨给姥爹带来了好消息。冯老大告诉姥爹，泽盛要见一见他们。

姥爹问：“什么时候？”

冯老大回答道：“现在。”

姥爹道：“这么突然？”

冯老大指了指外面，说道：“泽盛的阴兵已经在外面等着了。”

姥爹知道，泽盛树敌不少，必须非常谨慎小心。如果打算接见某人，不会提前几天告诉，免得对手有时间预备。说见就立即见的话，别人会猝不及防，就算有什么心思，恐怕也来不及立即实施。

出门一看，阴兵居然抬来了几顶轿子。看来这泽盛求贤若渴，对这几个冻死骨非常重视。

冯老大叫其中一个冻死骨留下，他和姥爹还有其他几个冻死骨分别钻进轿子。

抬着姥爹的阴兵刚抬起轿子就抱怨起来。

“这位兄弟怎么这么重？不像是邪灵啊！”抬轿子的阴兵大声道。

坐在轿子里的姥爹听到这声音，立即揭开帘子伸出脑袋，对抬着他的阴兵说道：“朋友，实在对不起，我刚死不久，所以比较重。”

坐在前面轿子里的冯老大也帮忙解释，说他确实是才死不久的邪灵。

阴兵这才放下戒心，抬着他们往泽盛的藏身之所赶。

轿子一起，姥爹就知道泽盛为什么要派阴兵抬轿子来接他们了。这不仅仅是为了显示他对投靠邪灵的尊重，还可以防止投靠的邪灵认出去他藏身之所的路。因为轿子跑得太快了，眼睛根本来不及看。那飘落的雪也如乱花迷人眼，又似送殡出葬时被开路人撒出的纸花，居然有种要奔入黄泉的令人发怵的错觉！

大概过了半个时辰，轿子终于在一个看起来非常普通的小院外停了下来。

冻死骨和姥爹从轿子里钻了出来。

阴兵让其他冻死鬼和姥爹站在门口等候，先叫冯老大单独进去。

不一会儿，冯老大喜滋滋地回来了。他说道：“泽盛大人叫我们都进去。”

然后他瞥了姥爹一眼，问道：“你想好了要跟着我们投奔泽盛大人吗？如果你没有想好，现在走还来得及。”

这是他的暗语。

姥爹明白他的意思，他是问姥爹是否确定要像之前说的那么做。如果反悔，现在还有退路。

姥爹摸了摸藏在衣服里的桃木剑和桃木护身符，点头道：“想好了，我们一起进去吧。”桃木剑和桃木护身符都是用黄表纸严密包裹了的，就像他以前对付猪妖时一样。

冯老大点点头，将他们一起领了进去。

他们从大院门口进去，绕过照壁，进了大厅。

大厅里摆设非常简陋，没有一点人间官员家的气派。

到了大厅依然没有见到泽盛。又有阴兵向里面报告，然后得到里面的答复，这才领着他们绕了两条走廊，进了一间比较偏僻的小屋。

可见泽盛比当年要谨慎小心得多了。

姥爹心中不安，他如此谨慎小心，会不会早已发现我的行踪？会不会故意让我进来，深入府中，以便瓮中捉鳖？

可是只要跨进了门，就没有回头的路。姥爹平复心情，决定见机行事。

进了小屋，姥爹还是没有看到泽盛。

给他们带路的阴兵说道：“你们等候一会儿，泽盛大人马上就来了。”

姥爹小声问冯老大：“你刚才不是进来了吗？他怎么还躲躲闪闪的？”

冯老大小声回答道：“我刚才并没有见到泽盛大人。带我进门的阴兵叫我在大厅里站了一会儿，估计泽盛大人在某个角落偷偷观察我，确定我不是他的仇人或者对手才让我们进来的。”

泽盛的谨慎让姥爹惊讶。二十几年前的泽盛远远没有现在这样心思缜密，这二十几年让泽盛改变了太多太多。姥爹惴惴不安，暗想自己是不是忽略了今时的泽盛已经不同往日，就像冯老大再次遇到他的时候没想到他已经不是当年那样。

过了一会儿，姥爹先听到一声咳嗽，然后看到一个熟悉的人坐在轮椅上，由另外一个阴兵推着从门后出来了。他的双腿果然如罗步斋所说残废了。

泽盛那被点破的帝王相依然还在，只不过看起来苍老了一些。

姥爹往其他冻死骨身后避了避，不让泽盛看到他的脸。

那阴兵推着泽盛往书桌的方向走，刚好要从冻死骨们站的地方经过，冻死骨们便两边散开，让泽盛过去。姥爹跟着前面的冻死骨移步，一直躲在冻死骨的身后。

姥爹悄悄拉扯出一截簟丝儿，等阴兵经过前面的时候，姥爹迅速从冻死骨身后跃了出来。簟丝儿迅速缠在了阴兵的脖子上，双手一拉，阴兵的头就掉在了地上。

泽盛大惊失色，急忙亲自用双手滚动轮椅逃跑。

冻死骨没想到姥爹这么快就出手，都愣在了原地。

姥爹杀死阴兵，又急忙去追泽盛。这是千载难逢的好机会，如果不跟着冻死骨混到这里来的话，仅凭姥爹一己之力想近身接触泽盛是非常难的。

屋子空间本来就小，泽盛连人带轮椅一下子就撞在了对面的书桌上。轮椅一歪，他从轮椅上滚了下来，躺在地上。

冻死骨们回过神来，急忙堵在门口，不让外面的阴兵看见。

此时泽盛其实可以叫喊引起外面阴兵的注意，但他知道，即使大喊也来不及了。姥爹已经站在了他面前，手中拉着一根细丝。那细丝瞬间杀了保护他的阴兵，足见这细丝的特殊与厉害。

如果大喊，只会让自己死得更快。所以泽盛不但没有叫喊，反而露出一个笑容，对姥爹说道：“多年不见，别来无恙啊！”

“一切拜你所赐。”姥爹狠狠道。

“看来今天我是逃不过去了。”泽盛双手扶地，勉强支起身子说道。

“该还的都要还。”姥爹想起小米受到的种种折磨，忍不住浑身战栗，但他极力保持平静和清醒。

姥爹并不想一杀了之。他要让泽盛清楚，自己不是非得要杀他，而是他迫使自己这么做的。

“我原本不想管你的事，你做你的阴兵统领、冥界之王，都跟我没有关系。甚至你记恨我想杀死我，我也不会搭理你，想害我杀我的邪灵多了去了，我都不在意。但是你想动小米一根毫毛的话，我就会让你死无葬身之地！”姥爹说道。

“你杀了我，你也走不出这个房间。”泽盛淡淡道。

“那就试一试。”姥爹清楚，如果阴兵众多的话，一根瓕丝儿用不过来，必定会被阴兵俘虏。虽然人精送了姥爹一把桃木剑和一个桃木护身符，但也不知道到底能发挥多大作用。

泽盛又道："你的冻死骨朋友们也离不开这里。"

站在门口的冻死骨们互相看了几眼，眼神中满是恐慌。

"我会尽量带他们出去。"姥爹道。

冻死骨们的眼神对姥爹不太相信。这里是阴兵重地，不是菜园门，想进就进，想出就出的。进来的一路上，他们看到了不少保护泽盛大人的阴兵。

泽盛点点头，然后伸出一只手来，示意姥爹拉他起来。他说道："我的双腿已经残废了，想跑也跑不了啦。你能不能让我坐在轮椅上死得体面一点？毕竟我是尊贵的瓜尔佳氏人。"

"就算是普通人，我也会答应。不过你最好别耍什么花招，除非你再长出两条新腿！"姥爹伸出一只手，想将他拽起来。

未料泽盛突然腾地一下跃起，从姥爹的身侧闪到了姥爹的身后！

别说姥爹了，就连其他几个冻死骨都没来得及反应过来！

一个双腿残废的人怎么可能站起来？怎么可能突然两脚飞奔？这情景谁也没有想到。

泽盛闪到姥爹身后之后脚步不停，直奔堵在门口的冻死骨而去。他毕竟是阴兵首领，深谙邪灵之道。只见他两手一挥，站在中间的两个冻死骨就如从烟囱里冒出的烟雾一般消散了。散乱的烟雾如何拦得住人？泽盛没有丝毫阻碍地夺门而出，紧接着大喊："有刺客！"

即使听到了泽盛的喊声，姥爹还沉浸在巨大的震惊之中。

双腿残废的泽盛怎么可能跑掉呢？难道罗步斋那次撒了谎？

姥爹立即否定心中的猜疑。罗步斋是不可能说谎的，既然他不会说谎，那泽盛的双腿必定是残废的。刚刚泽盛是凭着两条残废的腿跑掉的吗？煮熟的鸭子还真能飞走不成？

姥爹太相信罗步斋的话，所以刚才压根不担心他跑掉。

这时，外面的阴兵立即集结起来，反将这间小屋死死围住了。

姥爹将蠹丝儿收起，拿出桃木剑来。

冯老大和剩下的冻死骨吓得哆哆嗦嗦，用求助的眼神看着姥爹说道："完了完了，这下闯大祸了。全看你了！是你让我们这么做的，你一定要带我们出去！"

姥爹心中愧疚不已。此时他自身尚且是泥菩萨过江，自身难保，哪里能保证他们一起出去？

泽盛在外面大笑起来，笑声刺耳。

"马秀才，我没有去画眉村找你，是因为强龙压不过地头蛇，那里的邪灵妖怪都帮助你。没想到你这地头蛇居然敢跑到强龙的地盘上来！岂不是自找死路？在你的脚还没有踩到伏川的地皮之前，我就知道你要来了！"泽盛在外面喊道。

"你是怎么知道的？"姥爹手提桃木剑，站在小屋门口喊道。

泽盛在袖子里掏出一叠东西来。他将手一撒，那叠东西便在空中飞舞飘落。

那是无数如叶片一般的纸人。

"就是这些无用的东西泄露了你的行踪，也暴露了小米自己。哈哈哈，没想到吧，你们俩都在我的掌控之中！"

"你是从哪里得到这些纸人的？"姥爹心中已有不祥的答案。如果只是自己暴露，那么那些纸人肯定是在自己这边被泽盛的眼线发现的。如果小米的行踪也暴露了，那么那些纸人必定是先在小米那边被发现进而在自己这边被发现的。

果不其然，泽盛邪笑道："这是小米主动送到我的人手里来的。有了她的纸人，我们很快就找到你了。"

姥爹当时不知道小米用纸人跟坐贾交换亡灵棺的事，不清楚小米为什么要将纸人主动送到泽盛的人那里去。他听泽盛这么说，又确确实实拿到了纸人，心中不禁忐忑起来。在那一刻，他还以为赫连天改变了心思，将小米献给了泽盛，而不知道那纸人是坐贾给泽盛的。

“你的腿是怎么回事？”姥爹看着泽盛完好无损的双腿问道。

“哈哈哈，你们都以为我是真的残废了吧？”泽盛低头看了看他的双腿，然后抬起头来看着姥爹。

“难道上次铁小姐和罗步斋没有伤到你的腿？”姥爹问道。

泽盛得意扬扬道：“反正现在你是笼中之鸟，插翅难飞了，那我就不妨告诉你，我是有生灵给我挡灾挡煞的！你们对我的伤害，都会转移到别的生灵上去，而不会伤害我半分！”

“挡灾挡煞？”姥爹迷惑不解。

“走遍大江南北，熟知天文地理的马秀才居然不知道有生灵是可以替人挡灾挡煞的吗？”泽盛揶揄道。

姥爹见过用玉石或者法器挡灾挡煞的，挡灾挡煞的程度有高有低，但从不知道双腿残废了也能挡过去的办法。他曾见识过用封魂罐装魂魄，保持肉身即使受到伤害也不会死的人，但是那不属于挡灾挡煞的范畴。

姥爹冥思苦想，不得其解。

就在这时，一个听似熟悉又不太熟悉的声音响起。

“你用来挡灾挡煞的可是这一对阴阳鱼？”

那声音仿佛雪花一般从天降落，不知发自哪里，发自何人。

泽盛听到这声音，打了一个寒战。

姥爹不知来者是善是恶，忙向四处去看。

这时，一个脸特别长个子特别高的人从飞舞的雪花中走了出来，仿佛他不是从院子外面走进来的，也不是从某个房间走出来的，而是从那雪花之后走出来的，仿佛那飘落的雪花如帘子垂挂，他只是轻轻拨开了这雪花帘子，就从那边走到这边来了。

姥爹心中一喜，原来是曾经寻找他父亲并且救过他一次的马脸长袍。

马脸长袍手里托着一个漂亮的白瓷鱼缸，缸身上绘有一条黑色鲤鱼，摆出一半八卦的形状。其实青鱼的旁边有一条白色鲤鱼相伴，只是夜色朦胧，再加雪花遮挡，不靠近是看不到的。

那时候玻璃鱼缸非常少见，养鱼的大多用瓷缸，而瓷缸上多绘有阴阳鱼。讲究的人是不会养普普通通的金鱼的，大多养鲤鱼。更讲究的人不会养金色锦鲤，而会养黑白鲤鱼。黑白数量也有讲究，最少的自然是养一黑一白，代表阴阳两极，数量虽少，但是比其他数量搭配的都要厉害。

养这种鱼，大多是为了祈求平安多福，广聚财源。

泽盛转头看那马脸长袍，脸上的皮肉战抖，怒喝道：“你是什么人？我的阴阳鱼怎么在你这里？”

几个冻死骨不知道马脸长袍来历，但看出是来救姥爹救他们的，顿时欣喜不已。

马脸长袍走近一些，将鱼缸放到眼底下看了看，用手拨弄缸里的水，叹息道：“作孽啊作孽！鱼是极好的青龙，可惜为你已经伤痕累累。”鲤鱼在四大神兽中应青龙。

泽盛厉声道：“快将阴阳鱼还给我！不然你别想离开这里！”

泽盛身后几个阴兵跃跃欲试，想将马脸长袍捉住。

马脸长袍斜眼看了看泽盛，问道：“管好你的人，倘若我一不小心将鱼缸打碎了，你的鱼就死了。”

泽盛急忙张开双臂，不让阴兵出手。

姥爹身后的冯老大偷偷问道：“这阴阳鱼到底有什么能耐，对泽盛这么重要？”

没人回答他。

“你到底想干什么？只要你将鱼缸交还于我，什么条件我都可以答应你。”泽盛紧张地看着马脸长袍的手，生怕他一失手将鱼缸打碎。

马脸长袍转头看了看姥爹，说道：“很简单的条件，让我带走他们就行。”

泽盛道：“这可是我的仇人，放虎归山留后患，你换一个条件吧。除了这个，其他的我都能答应。”马脸长袍太高，泽盛得仰起头来跟他说话。

马脸长袍眉头一皱，显得脸更长了。

“他不能死。我就这一个条件，你看着办吧。”马脸长袍对着鱼缸吹气，仿佛他捧着的不是鱼缸，而是一个对他来说大小恰好的汤碗；仿佛他吹的不是鱼和水，而是一碗热气腾腾的汤，随时可能将那碗汤一饮而尽。

鱼缸里的鱼弄出哗哗的水声，似乎被他吹得紧张了。

泽盛和姥爹都看不到鱼缸里的情景，只能猜测。

“你跟马秀才是什么关系？为什么要救他？”泽盛问道。

马脸长袍露出失望的表情，轻声道：“我看你是不想要这个鱼缸了。”

泽盛立即改口：“好！不管你们之间是什么关系，我都放了你们！只要你将鱼缸交还给我，什么都好说！”

马脸长袍露出一丝笑意，点头道：“这才对嘛。”

冻死骨们欢欣雀跃。

泽盛的阴兵让开一条道来。

姥爹对着马脸长袍抱拳道：“多谢！”

马脸长袍微微鞠躬，说道：“分内之事，何谈感谢。”

姥爹领着冻死骨们从让出的道中走到了院外，马脸长袍跟着走了出来。

泽盛领着阴兵步步紧逼，却依旧不敢上前抢夺。

马脸长袍跨出门，返身对泽盛道：“你们就站在里面吧。外面台阶滑，如果你们跟在后面，我不放心，万一我回头看你们的时候滑倒，鱼缸摔破，那可不是我故意的。”

泽盛和阴兵在门内站住，不再往前。

马脸长袍将院门关上，用锁锁住，然后拿出一张符贴在门上。

泽盛在里面着急喊道：“你这是干什么？说话可要算话！”

马脸长袍将手中的鱼缸放在了台阶上，回道：“你放心，我从来都遵守诺言的。”

姥爹身后的冻死骨们却着急起来，拉住姥爹的袖子说道：“你可别让他放过了泽盛啊！这次放过了他，我们以后的日子可就不好过了！到时候到处都会有阴兵找我们的麻烦！”

姥爹不言不语。

门后的泽盛透过门缝看见马脸长袍果然将鱼缸放下，顿时放心不少，大喊道：“今日且放过你们！以后绝不会让你们跑掉的！”

马脸长袍眉头一皱，将手伸进鱼缸里。

泽盛大叫道：“你要干什么！”

马脸长袍对他的话置若罔闻，从鱼缸里捞出两条鱼来，然后对门后的泽盛说道：“我当然会信守诺言！你叫我将鱼缸交还于你，没有说将鱼也交还于你。现在鱼缸放在这里，待会儿你自己来取，这两条鱼嘛，我先拿走了。”

说完，马脸长袍提着一黑一白两条鱼朝姥爹这边走来。

门后响起激烈的撞击声。泽盛和阴兵想破门而出，可是门被锁上，泽盛出不来。门上贴了符，阴兵出不来。

“翻墙！翻墙！”泽盛在里面大喊道。

在泽盛带着几个阴兵翻出墙的时候，马脸长袍已经走到了姥爹身边。

马脸长袍不紧不慢道：“可否借你的簟丝儿一用？”

姥爹立即将一截簟丝儿给他。姥爹发现这两条鱼浑身是伤，如即将做菜下锅前被人用刀划开了一般。姥爹心中讶异，从马脸长袍出现到现在，没有人拿刀划它们，它们怎么是这般模样呢？莫非之前就有某个残忍的人故意一刀一刀切割它们，而又让它们带着伤口在水中苟延残喘?

马脸长袍将蠹丝儿缠在那两条鱼身上,转过身来,对着泽盛一笑。

泽盛正带着几个翻墙而出的阴兵追来，身后还有源源不断的阴兵涌出，那院子就如被捅了的蚂蚁窝一般。

泽盛见马脸长袍手提阴阳鱼朝他笑，顿时脸色一暗，暗得如刚刚被人吹灭的灯笼。

马脸长袍将蠹丝儿一拉,两条鱼身首异处,落在了洁白的雪地上,将雪地玷污。

对这两条鱼来说，或许这才是它们最期盼的下场。与其带着浑身痛苦在狭小的鱼缸里忍受活着的折磨，还不如痛痛快快地死去。

鱼没有立即死去，鱼嘴还在雪地上用力地张合，鱼尾勉强地摆了摆。

倒是泽盛的反应剧烈，就如他被蠹丝儿切割了一般。他惨叫一声，迈步往前的双脚突然一停，双膝如被人抽了一棍，跪在了雪地里。

紧接着，他的衣服破裂了好几处，都如被人用刀划开了一般，从里面流出血来，每破一处，他就惨叫一声。他的脸上也骤然出现了好多条伤口，鲜血淋漓。一瞬间，泽盛变成了一个血人。

纵然是害人无数的冻死骨，看到了这种惨状也忍不住露出凄切的表情来。

阴兵见泽盛突然如此，顿时乱了起来。

姥爹和冻死骨还有马脸长袍趁乱逃脱。

“那两条鱼到底是怎么回事？”逃到相对安全的地方后，姥爹忍不住问马脸长袍。

马脸长袍告诉了姥爹其中的缘由。

原来那两条鱼都是认了主的鲤鱼。鲤鱼应青龙，认主之后可以给主人挡灾挡煞。鲤鱼品种有高有低，品种越好，挡灾挡煞的效果越好，其中普通鲤鱼最低，金色鲤鱼较好，全黑或者全白的鲤鱼是为极品。综合起来说，养鱼最佳的是黑白配的阴阳鱼，主人的一切痛苦和劫难都会由它们承担。

泽盛每次受伤，过几天就会痊愈。他身上每消失一个伤口，阴阳鱼的身上就会多一个伤口。泽盛历经无数危险而安然无恙，那对阴阳鱼则伤痕累累。所以当姥爹看到那对鱼的时候，鱼身上有无数类似刀划的伤口。

即使铁小姐和罗步斋曾经使他双腿残废，但没过多久他便痊愈了，而这一切痛苦都由阴阳鱼承载了。

泽盛装作残废是故意给姥爹及其他对手造成错觉，是他们掉以轻心。

冻死骨们也凑在一旁听这阴阳鱼的事情，冯老大听完不禁咋舌道："这阴阳鱼居然这么厉害！我以后也养一对，藏在隐蔽的地方，岂不是高枕无忧？"

马脸长袍道："这阴阳鱼哪里这么容易弄到？泽盛那两条阴阳鱼可以说已经不是鱼了，它们已经变成了青龙。"

冯老大质疑道："青龙？我倒是听说过鲤鱼跃龙门，据说跃过龙门就可以化身为龙。但是那两条鱼还是鱼的形态，怎么会是青龙呢？"

旁边一冻死骨也说："龙是多么凶猛的神兽，怎么可能是这副模样？"

马脸长袍见他们不信，扯长了马脸，像私塾的呆板教书先生一样说道："既然你们知道鲤鱼跃龙门，那就好说了。鲤鱼跃龙门实际上说的不是鲤鱼要跳过龙门峡。鲤鱼有龙相，却无龙形，龙门其实说的是鲤鱼的脑门。鲤鱼年深月久之后脑门会凸出来，脑门凸出来之后便是龙了。虽然它依然没有龙形，但实际上已经是龙了。泽盛的阴阳鱼脑门已经凸出，所以才有这么强大的挡灾挡煞的能力。不过我刚才杀死了阴阳鱼，以前一切的伤痛劫难都回到了泽盛身上，所以他刚才身上到处出血，将以前没有承受的都弥补回来了。”

冻死骨们瞠口结舌，姥爹也是第一次听到这种说法。

在马脸长袍说到这里的时候，姥爹想起赫连天说过的猫应白虎，想起小米的白夜，猫和鲤鱼之间竟然有许多共同之处，只是不知道小米的白夜是什么品种。

“很多传说或者俗语，其实不是表面说的那样，它有更深更隐晦的意义。很多修炼的奥秘也隐藏在平常的传说或者俗语之中，需要有心有悟性的人去揣摩。灵通者可以得到信息，不灵通者永远无法得知其中真正意义。”马脸长袍说道。

冯老大问道：“既然是修炼之法，为什么不用浅白易懂的话来告诉人们呢？而非得要人挖空心思去猜去想？不是多此一举吗？”

马脸长袍道：“这就跟算命一样，许多东西是不能说透的，泄露天机的话，泄露的人会受到惩罚。所以即使洞晓天机的人，也要用隐晦的方式说出来，说得似是而非，似真似假，任由他人去揣摩。得与不得，全靠自己了。”

冯老大急忙问道：“有没有什么俗语隐藏了适合我们修炼的奥秘？”

马脸长袍道：“这就只能你们自己去揣摩了。”

“你是怎么知道我在伏川的？又是如何找到他的阴阳鱼的？”姥爹问道。

马脸长袍神秘一笑，似是而非地回答道：“一切生灵，或人或兽或禽或虫或蜉蝣，没有我找不到的。”

冯老大又问道：“你把泽盛的阴阳鱼杀死，泽盛会不会因此命丧黄泉？他不会再来找我们麻烦吧？”

马脸长袍道：“一切都有定数。他是死是活，全看他自己命大还是不大，这不是我所能控制的。命大者，坠下千尺之悬崖而不死；命小者，一根绣花针也能夺去性命。”这个答案依然似是而非。

冯老大见泽盛的生死没有定论，便央求姥爹道：“求马秀才您收下我们兄弟几个吧，万一泽盛没有死，我们兄弟几个恐怕就没有安身之地了。”

马脸长袍打断他，说道：“你们几个害人无数，也该是得到报应的时候了。这次看在你们没有助纣为虐的分儿上，我且饶过你们。不过你们是不能继续祸害人间了，不论你们愿不愿意，我都要将你们带走。”

冯老大听马脸长袍说要带他们走，惊讶道：“莫非你是牛头马面中的马面？”

“我是马面罗刹。”他终于说出一句肯定的回答。

“马面罗刹？我怎么没有听说过这种名字？”冯老大迷惑道。

姥爹倒是记得某本古书中提及“马面罗刹”，文中称：“亡者神识，见大铁城，火蛇火狗，虎狼狮子，牛头狱卒，马面罗刹，手持枪矛，驱入城内，向无间狱。”

照古书里的说法，马面罗刹应该是一种冥间狱卒。可是马面罗刹具体做些什么，姥爹却无从得知。

又走了一段路之后，马脸长袍道：“马秀才，你现在安全了，我们就此别过吧。冯老大，你们兄弟几个跟着我走吧，你们在人世间逗留得已经够久了，现在是转世投胎重新做人的时候了。不过，就算你们不想跟我走，我也会让你们跟我走的。”说完，马脸长袍将姥爹先前借给他的璺丝儿一甩，璺丝儿套住了冯老大的手。

马脸长袍对姥爹说道：“看来璺丝儿暂时不能还给你了，以后有机会再还给你吧。”

姥爹点点头。

于是，姥爹和马脸长袍分道扬镳。姥爹一个人继续往前，马脸长袍领着冻死骨们走上了另一条岔道。

虽然姥爹很想早点回到定州去，但他还是偷偷折返，去了泽盛藏身的地方。

到了地方一看，到处乱糟糟的，如同遭了劫匪一样。这里已经没有人或阴兵了，空空荡荡。泽盛跪倒的地方血迹还在，但没有看到泽盛的尸体。

姥爹不清楚是泽盛死了之后树倒猢狲散，还是泽盛并没有死，带着阴兵躲藏到其他地方去了。

如果泽盛已死，那就算是了却了一桩心事。如果泽盛没死，那就是打草惊蛇，以后要找到机会就更难了。

姥爹知道，不论泽盛已死还是未死，自己待在这里都已经没有意义了。于是，他找了个地方休息一晚，第二天便往定州方向赶路。

而在定州的小米早就望眼欲穿，盼着马秀才早日回来。

与此同时，她也更加迫切地希望知道自己在成为寄生草之前跟“马秀才”有怎样的前世纠葛，更想知道是什么样的前世纠葛导致今生今世屡屡与他擦肩而过。

她在第三次去坐贾店里的时候，终于有了一些头绪。

坐贾依然点了一根香后留下她一人。

在香火闪耀的地方，她再次看到了炼丹炉的火焰。炼丹炉旁边坐了一个闭目养神的人，那是“马秀才”。

这虽然是前世的记忆，但在今生不过是梦境一般的存在，所以她能在看到前世情景的同时知晓今生的情况。她已经知道“马秀才”是她和子非的师父。

她张开口，差点将“马秀才”三个字喊出口，费了好大劲儿，她才喊出“师父”二字来。

“师父。”她的脖子似乎被人捏住了一般发音非常困难。

她师父睁开眼，眼睛里的火焰随着炼丹炉里的火焰跳跃不止。

“子非呢？”她问道。此时屋里并不见子非的踪影。她想知道前世发生了什么，最好的方式便是问前世的人。但是在今生里问前世，这跟前世已经发生的事情有冲突。那么，此时的梦境到底是前世的重复，还是已经推翻了前世记忆？

有人说，人之所以不能回到过去，是因为回到过去后会做与过去不一样的事情。这样的话，过去就不是既定的了，过去不是既定的，那么导致后面的结果也不一样。如此一来，现在也不一样了。于是，世界会陷入一片混乱，有无数不确定的过去，无数不确定的未来。

但是，小米转而一想，或许现在她问的话就是她前世问过的。前世并没有改变，即使今生去问，依然是按照同样的话去问，只是她心里的感受跟前世不一样罢了。

她师父神情落寞，回答道："子非加入了徐福的五百童男。"

小米一惊。

"他不知道我已经暗地里将你的名字从五百童女的名单里除去了。我想把他再换出来已经不可能，一则徐福已经发现我做了名单的手脚，木已成舟，他也没有办法再把你加进去，但他会加倍防范我再次动他的名单；二则徐福他们明天就启程，我即使能故技重施，可是时间已经来不及了。"她师父说道。

小米不知该如何应答。

"但愿他能找到长生不老之法，算是一点补偿吧。"她师父又闭上了眼睛。

小米心里稍稍清楚了前世的来龙去脉。子非为了帮她而误跟了徐福，却不知师父已经将她从徐福的名单里剔除。徐福一去东海而不复回，子非自然也没再回来。虽然她心里一直以来喜欢的是师父，但子非为了她而一去不返，她不禁觉得有些愧疚。

而子非时隔千年后来这里寻找她，这又让她非常感动。不过此生的她依然心中只有马秀才一个人，再没有位置容下其他人。

"师父，子非能找到长生不老之法吗？"她问道。她心想，在有人指引之前，自己和马秀才都已经将前世忘得干干净净，即使有了指引，前世的记忆依然难以记起，仿佛被什么东西封锁了起来。但子非还一直记得，莫非子非在跟随徐福去东海之后得到了什么修炼之法？

她师父闭着眼睛回答道："人生如梦，梦如人生。长生不长生，无非是梦做得长不长罢了。我在做梦，子非在做梦，徐福在做梦。"

小米听到师父的声音如同洪钟，震得她的耳朵嗡嗡作响。

师父突然睁开眼睛，眼睛里的火焰跳跃，就像闭着眼睛也能在眼皮里面跳跃一般。那简直不是一双眼睛，而是另外一对炼丹炉！炼丹炉将世间精华提炼，眼睛则将世间迷雾看穿。

师父表情苦涩地说道："你，也在做梦！"

小米听师父这么说，惊得一身冷汗。她清楚自己确实在坐贾提供的梦境之中，而不是身处实实在在的前世。师父说这句话，似乎知道了她从来世看到了前生，似乎早已预测到她会忘记前世，寻找前世，得到前世，会遗忘他，寻找他，然后询问他。

如果真是这样，他是如何做到的？

莫非他能洞察前世今生来世？莫非对他来说所有人都是在做梦，而只有他能保持清醒？

小米不觉双膝一软，跪倒在师父面前，如受伤的小鹿一般颤抖不已。

面前的火焰缩小至一个红点，师父的幻象消失，世界重新陷入一片黑暗之中。

坐在椅子上的小米仍然颤抖不已，泪水满眶。

"怎么了？你怎么哭了？"坐贾见小米这番模样，非常惊讶。

白夜也迷茫地看着小米。

小米不回答，只是一个劲儿地哭。

坐贾站在旁边，任她哭泣。"哭吧，把能流的泪水都流干就好了。"

他说道。

许久之后，小米终于安静下来，然后轻声道："我想起来了，我把所有的梦都想起来了。"

坐贾提醒道："你想起的不是梦，是前世。"

"对于今生的我来说，前世就是梦。对于来世的我来说，今生我还在梦中。"小米用袖子整了整脸颊上的泪。

坐贾无言以对。

小米缓和了情绪，对坐贾说道："我明天还来这里。你告诉一下子非，叫他明晚在这里等我吧，我想起他了。"

坐贾露出欣喜之情，这是他又一次做成功的生意。

第九章 \ 子非鱼 \

姥爹从伏川回定州的路上，又经过了先前那个小镇，又在那个旅店里落脚歇息。

旅店老板见姥爹回来，非常高兴，备下好酒好菜款待。

姥爹关心猪妖现在怎样，便问旅店老板。

老板说女儿依旧容不下它，他便偷偷将猪妖送给附近一户农家了。

姥爹道:“如此一来，它还是要沦为刀下鬼，成为盘中菜了。也罢，它本命就该如此。”

姥爹再次离开这个小镇的时候下了一场雪，雪很快就停了。

但定州的雪越下越大。

小米看着外面像鹅毛一样的雪，陷入了犹豫之中。她头一天晚上答应了要见一见子非，但是临到今晚要出门的时候，她又不想见子非了。她记得自己还是谢小米时就不愿意提到子非，虽然那时候她还不知道那个道士名叫子非。她没有理由地尽力避开他，也避开他的话题。因此，那时候马秀才还没有问起血丝玉镯子的来历，她就主动说玉镯子是她自己幻化成道士送给自己的。她不想在马秀才面前提到那个人，不想让马秀才知道有这个人。

她这种忌讳就如胎记一样与生俱来，也跟胎记一样有着前世深藏的原因。

她以前觉得莫名其妙，现在终于知道了，她避开子非，是因为前世时子非喜欢她，而她偏偏不喜欢师兄，却喜欢上了师父。她不敢在师父面前提及子非，她怕师父误解，怕师父生气。

但她还有不明白的，她不明白为什么自己和马秀才都不记得前世，她不明白为什么自己总是和马秀才错过。

还有，她不明白玉镯子是怎么变成血丝玉镯子的，那时候明明在自己的手上，为什么后来要子非送给她。

她陷入了两难的境地，去还是不去，难以抉择。

最后她还是去了坐贾那里。

坐贾见小米来了，急忙邀请她进屋烤火取暖。坐贾终于在店里点燃了许多蜡烛，让小米将他店里的情形看得清清楚楚。

坐贾果然有很多东西，有男人的刀剑，有女人的胭脂盒，有老人的拐杖，也有小孩的玩具。小米知道，这些东西看起来普普通通，但每一件对它背后的主人来说都意义重大。

小米来不及细看，就被坐贾拉到另一个房间了。

那个房间里坐着一个年纪看起来二十左右的年轻人。他坐在一张桌子旁，正对着桌上的一盘围棋残局苦苦思索。

小米心想，莫非这个年轻人就是子非？不应该呀，我还是谢小米的时候他就是一个年长的道士了。现在时隔二十多年，他没有变老，反而变年轻了不成？

那个年轻人手撑着脸，侧对着小米，所以小米看不全他的容貌。

不过，容貌并不是判断他的前世是不是子非的唯一标准。人能从面相看到命运，但人的每一世命运不可能完全相同，因此，每一世的面相都是不同的，也许差异较小，那说明前世今生命运差别不大；也许大相径庭，那说明前世今生命运发生了大变化。小米记得自己还是寄生草时遇到的马秀才和她成为谢小米之后遇到的马秀才都不一样。

坐贾推了推小米，叫她走过去。然后，坐贾自己先离开了，将空间留给小米和那位思索围棋的年轻人。

小米往前走了几步，不小心绊到了一把椅子，发出哐的一声。

年轻人从围棋中回过神来，转头看到了小米。

小米看到年轻人的那张脸，惊讶得差点尖叫起来。

那张脸跟她在梦境中见到的子非的脸一模一样，没有任何差别！那眼睛，那鼻子，那眉毛，都没有任何变化。刹那间，小米以为自己又到了千年前的梦境中。

小米心想，难道子非每一世的命运都完全相同吗？这是不可能的啊！

喵呜……

跟在小米身后的白夜叫了一声。

白夜的叫声也提醒小米，她现在并没有在千年前的梦境里，因为千年前她的身边没有白夜。

子非的眼睛还是梦境里那样柔和而温暖，像早上刚从山头冒出的初阳一般笼罩在小米的身上。

“子鱼……”子非轻声道，仿佛一阵微风掠过那么轻。

小米摇头道：“对不起，我是小米。”

子非淡然一笑，示意小米坐下。

小米在棋盘的另一方坐下。小米曾经跟姥爹学过一段时间的围棋，虽然下棋的水平没有显著提高，但她能看出一些门道来。小米看了看棋盘上黑白分明的棋子，发现黑白两方呈现三劫循环的局面。

三劫连环，顾名思义就是盘面上同时出现甲、乙、丙三个劫而双方互不相让展开循环提劫的局面。即假如黑棋提甲处的劫，白棋就提乙处的劫，那么黑方下一手黑棋不能反提乙处的劫，这时如果黑棋提掉丙处的劫作为“寻劫”，同理白棋也不能马上提丙处的劫，假如白棋去提甲处的劫作为“寻劫”，黑棋又去提乙处的劫。这样就形成了循环，即这盘棋不能再进行下去，因为双方都在甲、乙、丙处循环提劫了。

当然，如果在打劫途中一方退让，停止打劫让对方消劫，那么三劫连环随之结束，退让者会败北。但当那三个劫都事关大棋的生死时，双方都不能退让，唯一的办法就是双方同意和棋。

狗肉馆的赫连天也喜欢下围棋，他说古人将三劫连环视作不祥的征兆。

小米对着棋盘说道：“这是三劫连环，除了和棋没有其他办法。你对着这个棋局看了半天，莫非想将这种棋局破解？”

子非瞥了一眼棋盘上的棋子，微笑道：“我知道这棋局无解，但不知为何，我还是想试试。”

小米道：“那你想出破解的办法来了吗？”

子非道：“我解了两千多年，还是没能找到破解的办法。”说完，他颇有深意地看了小米一眼。

小米知道他说的不只是棋，还暗指她。小米一手将那棋子扒乱，说道：“那就不要想了。我今晚来这里不是跟你下棋的，我想知道我这个血丝玉镯子是怎么到了你手上的。还有，为什么我和师父……不，我和马秀才的前世记忆完全消失了。另外，你为什么一点儿都没有变？”

子非看着棋盘上乱糟糟的棋子，凄然一笑，说道：“子鱼的性情两千年来还是没有变化啊。”

然后，子非将血丝玉镯子的来龙去脉讲给小米听。

他说这个玉镯子的确是子鱼的。他在离开师父和子鱼的时候，还看到玉镯子戴在子鱼的手上。

他不知道师父已经偷偷将徐福的名单变换，不知道子鱼不用跟着徐福去东海之上了。在他知道之时，为时已晚。

于是，他跟着徐福离开了故土，奔赴那渺茫的东海之上。

其实徐福并不知道长生不老之药在哪里，也不知道东海之上是否真有长生不老之药。他带着五百童男童女漫无目的地漂泊在东海。

在陪伴徐福的日子里，他终于得知徐福当初是故意将子鱼纳入五百童女名单的。因为修炼的理念不一，徐福想要借此机会报复他师父。徐福知道他师父跟子鱼暗生感情，原本想借这次皇帝赐予的机会将子鱼纳为己有，没料到他师父竟然偷走名单，修改了名字。

不过徐福也没料到子非会主动加入五百童男。

徐福见到子非的时候大喜过望，从此海上的苦活儿累活儿都交给子非来做，子非在海上的日子苦不堪言。但正是这样，他才有机会意外获得长生不老之法。

有一次，徐福说船上淡水不够了，于是派遣子非驾驶一艘小木舟去附近小岛上找水。

其实当时船上并不缺少淡水。徐福会掐算之术，他算到了那日海上会有大风浪，故意支使子非单人小船出去是想让他葬身海底。

子非在师父那里也学过掐算之术，知道此时出海会有危险，但他不能违抗徐福。

徐福坐镇的大船船舱里有十多艘小木舟，预备紧急时使用的。徐福选了最破最小的那艘给子非。

子非划着那艘小木舟去附近小岛寻找淡水。

在寻找的过程中，他果然遇到了大风暴。他的小木舟像一片树叶一般在海上颠簸翻转，他紧紧抓住船身，闭着眼睛，任由风暴突袭。

风暴过后，他从昏迷中醒来，发现自己到了一个小岛上。那艘小木舟船底朝天，仿佛海滩边的一个大贝壳。

小岛树木郁郁葱葱，居然有鸟雀欢呼、猴子嬉戏的声音。他又渴又饿，见这小岛上还有猴子，心想应该有吃的，于是往小岛深处走，想寻点充饥的东西。万一找不到吃的，喝点水也好。

他走了许久，却没能找到吃的，也没能找到水。

就在他的希望要破灭的时候，他突然看到了惊人的一幕！

前方居然有两位老人坐在一个石桌旁下棋！

他没料到离海岸线这么远的小岛上居然还有人居住。

他悄悄走了过去，发现那两位老人虽然对着棋盘，但一直没有下新的棋子或者拿掉已下的棋子。棋盘旁边有一个小茶壶，茶壶旁边有两只小茶杯。

他觉得两位老人的棋局已经到了生死攸关的地步，所以都在谨慎思考，不敢轻易下子。

子非受过师父教导，别人在下棋的时候，观棋者是不宜开口打扰的。

子非虽然又渴又饿，但觉得还能忍受一会儿，如果自己开口打扰两位老人，或许会让两位老人不快。再者，子非跟着徐福出海之后半月内已经没有见过生人了，此时能在这里见到生人，已属离奇。这两位老人都是一头白发，但红光满面，看起来不像常人。子非心中更多了一份谨慎。他站立一旁，默默地看着棋盘和两位老人。

两位老人静坐思考，没有顾及一旁的子非。

这两位老人要不是呼吸时胸口起伏，偶尔嚅动嘴巴，子非还以为他们俩已经坐化了。

终于，有一位老人开口了，他说道："这三劫连环恐怕是解不开了。"

子非这才知道两位老人遇到了僵局。他在出海前跟着师父学过围棋，却从来没有听说过"三劫连环"的棋局。

另一位老人说道："没有解不开的局吧，不过今天看样子是想不出招儿来了。"说完，他侧头一看，看到了静立一旁的子非，惊讶道："咦？你是怎么到这里来的？"

子非见老人问他，急忙作了一个揖，回答道："在下恰才海上遇险，漂泊到这里，因为腹中饥饿，想来这里寻点吃的。我见两位尊长正在下棋，不敢打扰，所以一直站在这里，等两位尊长下完棋再作询问。”

那位老人捋了捋银色胡子，笑道：“等我们下完棋？要是真等我们下完，恐怕已经是地老天荒了！这三劫连环，我们俩已经想了五百多年了。”

子非一惊，莫非这两位是知道长生不老之法的高人？

另一位老人指着棋盘说道：“或许当局者反而迷惑，你倒是说说，你有没有破解的办法？”

子非道：“在下虽然学过围棋，但棋艺不精。不过我想，所有的局最后都可以破解，只是时间问题而已。”

两位老人哈哈大笑。

叫子非破解棋局的老人说道：“那好，你帮我们想想，时间不是问题。”他拿起那个小茶壶，倒出一杯茶水来，递给子非。

子非早已渴得嗓子冒烟，急忙接了茶水一饮而尽。

茶水喝完，他不但不渴了，居然也不饿了，浑身清爽无比，两腋生风，几乎要乘风飘飘而去。

“好茶！”子非衷心地赞叹道。

老人道：“这茶可不是白喝的，你好好记住这个棋局上的每一颗棋子所在的地方，等你想到了破解这三劫连环的办法再回来找我们。”

子非将棋局上的每一颗棋子都谨记在心。

老人道：“记住了就先回去吧。”

他道了谢，然后返身回到海滩边，将那小木舟翻了过来，驾驶它离开了那个小岛。

他费了两天两夜的时间才找到徐福的船队，回到徐福的大船上。

徐福见子非安然无恙地回来，非常吃惊，问他到哪里去了，怎么花了这么长时间。

子非说自己被风浪卷走，好在大难不死，居然人船俱在，所以逃了回来。他将在小岛上遇见两位下棋老人的事情隐瞒起来。

回到船队后，子非日夜回想两位老人的棋局，试图找出破解之法，可是他怎么也想不出来。于是，他萌生了逃离船队回到师父身边的想法。他想，师父棋艺精通，或许有解决之法。

他不知道，此时师父和子鱼都已经长眠于黄土之下了。

如果那时候他知道师父和子鱼已经离世，就不会千里迢迢、千辛万苦、千方百计地回到故土去了。他就会跟着徐福继续往东航行，然后留在东海的某个小岛上。

子非在徐福的大船上时，发现自己的身体有些异样。他一连好几天不吃饭都不会觉得饿，也不会精神萎靡。他发现自己的头发、指甲都生长得特别慢，头发几乎是停止了生长，指甲一个月也不见长出多少。

他想起岛上遇见的那两位老人，那时候他就有些怀疑两位老人的身份了。现在回头一想，估计老人给他喝的茶就是长生不老之药，并且老人说过了，他们思考三劫连环的破解之法用了五百多年。两位老人托他帮忙寻找破解之法，应该想到了他会用超过五百年的时间，或许正因如此，老人给他喝了长生不老之药，让他有足够的时间去寻找三劫连环的答案。

现在根据身体的反应，他认为这是长生不老的表现。

子非曾听师父说过，乌龟寿命特别长，就是因为它所有的生命活动都以缓慢为主。有人便想学乌龟的生活方式，借此来延长自己的寿命，于是发明了“龟息法”。那时候没有系统的“龟息法”，修炼者各自为营，所以这种修炼之法没有得到大肆推行。但是稍有所成者都说自己的指甲和头发生长缓慢了许多，吃的也特别少。

看来自己是误打误撞得了长生不老之药。

为了不引起徐福的怀疑，他到了吃饭的时候依旧吃饭，也经常拿着小刀假装修剪指甲。

子非心想，倘若回到了皇城，从师父那里获得了破解三劫连环的棋法，便可再来这里寻找那两位老人，讨得更多长生不老之药，让子鱼和师父也喝一些，也能长生不老。

很快，机会终于又来了。

徐福再次叫他单独划船去前方探路。

子非驾船离开徐福的船队之后便拐了个弯，往遥远的海岸线奔去。

好在他不用怎么吃饭，所以即使小木舟上没有干粮，他也能支撑下去。

他在海上划了无数个日日夜夜，日子多得他都记不住了。终于有一天，他看到了久违的海岸线，并且登了岸。

登岸之后，他便舍弃小木舟，赶赴皇城。

他知道，皇帝非常重视徐福，因为皇帝希望自己可以永久地统治这片美好江山，要实现永久统治，皇帝必须长生不老。皇帝长生不老的期望就落在徐福的身上。因此，倘若皇帝知道他从徐福的队伍里逃脱回来了，必定怒不可遏，要将他杀掉。

因此，回来的一路上子非隐姓埋名，不敢透露自己的真实身份。

回到皇城之后，他偷偷找到师父居住的地方。

可是到了熟悉的地方之后，他发现师父和子鱼已经不在这里了。

子非大为意外，却又不敢询问左邻右舍，怕别人知道他逃回来了。

在皇城潜伏了几日之后，子非才渐渐听说了师父和子鱼的下落。原来徐福在离开之前指使他的门人偷偷调查名单更换的事情，后来他的门人终于发现蛛丝马迹，然后禀报了皇帝。皇帝一怒之下处死了子非的师父，而子鱼在同一天自杀殉葬。

子非顿时身子凉了半截，伤痛欲绝。

他打听到师父和子鱼的葬身之地，可是发现那里有徐福的人把守，等着跟师父要好的人自投罗网。子非料到徐福是要将在修炼上有异见的人赶尽杀绝，就像在东海之上故意要让他葬身海底一样。

他也不敢去找原来跟师父交好的修炼者。因为皇城里到处都是师父和子鱼相好的流言，这种违背师徒辈分的行为被人看不起，所以即使他找上门去，那些人也不会像以前那样以礼相待了。

这些流言也必定是徐福的门人故意散播的。子非知道，虽然师父和子鱼确实有说不清道不明的情愫，但他们绝对没有逾规。他还听说，师父为了表明自己从未与弟子暗通，临死之前当众使用遗忘之咒将自己和子鱼的此生记忆封存，让他和子鱼来世无法记起今生之事。

无奈之下，子非离开了皇城，离开了这块是非之地。

之后的一千多年里，子非到处游荡，拜访围棋高手，学习棋技，询问破解三劫连环之法。虽然围棋水平水涨船高，但破解之法闻所未闻。

一千年以后，子非再次回到曾经的皇城，找到子鱼的坟墓。他见子鱼和师父的坟墓几乎塌陷消失，便掘开坟墓，想将他们的坟墓迁移到其他地方去。

掘开坟墓之后，子非发现子鱼和师父的尸骨已经化为尘土，但那玉镯子居然还在！

玉镯子不仅还在，里面居然还有肉眼可见的血丝！

这是极难见到的血丝玉镯子。子非知道，里面的血丝是子鱼的血液渗透进去形成的，这简直就是子鱼的化身。

他将血丝玉镯子收起，然后一直随身携带。

自此之后，他不但寻找围棋高手，还寻找子鱼的来世。后来他终于在迷失桥遇到了谢小米，虽然谢小米长得不像子鱼，但他在谢小米的身上见到了子鱼的影子。

他记得子鱼一颦一笑的样子，但是来世的子鱼完全不记得子非。

同时，他也看出了谢小米的端倪，知道真正的谢小米已死，现在的谢小米是别的魂魄附身。这个附身的魂魄，正是他苦苦寻找的子鱼的魂魄。

子非在迷失桥住了下来，偷偷在暗处跟随谢小米，观察谢小米。

有时候，子非故意在路上与谢小米擦肩而过，可是谢小米不曾多看他一眼。对谢小米来说，子非就是茫茫人海其中一个，她是不可能独独对他另眼相看的。

子非为了让谢小米记起他，便将那血丝玉镯子给了谢家父母，说那玉镯子可以保谢小米平安，让谢家父母将血丝玉镯子转交给谢小米。

看到谢小米戴上了那个血丝玉镯子，他欣喜不已。

他故意多次与谢小米在路上相对而行，他在迷失桥的街道上故意撞翻桌子，故意摔倒在地，甚至故意跃入水中，想引起谢小米的注意。他确实成功吸引了谢小米的注意，可是谢小米看到他之后并没有惊讶的表情，如路人一样一掠而过。

那个血丝玉镯子没能让她记起前世。

他知道，如果血丝玉镯子也不能唤醒谢小米的阿赖耶识的话，自已亲自去她面前说她前世怎样怎样，她是不会相信的。他只能另想他法了。

就在他试图使用其他办法时，另一个熟悉的人出现在了迷失桥。

那个人是他的师父！

更让他惊讶的是，他的师父来迷失桥是要去谢小米家里的。

他大吃一惊，心想，莫非经历好几世之后的师父和子鱼还互相认识？

稍作打听，他便感到心灰意冷了。这次师父来到迷失桥居然是来和谢家说亲的！如此看来，千年之前的未竟之事要在这个时候完成了！

于是，他离开了迷失桥，离开了南方，去了北方。

他没想到，时隔二十年左右之后，他会在定州城再次看到子鱼的转世。这次看到的子鱼的转世是个十多岁的小孩子，但她的手上还戴着血丝玉镯子!

他见子鱼独自一人待在狗肉馆，居然叫一个养猫鬼的人师父。

子非不知道谢小米身上发生了什么事情，但从小米的年龄来看，谢小米应该至少在十多年之前去世了。

他心中早已熄灭的希望此时死灰复燃。

于是，他找坐贾帮忙，想借血丝玉镯子让这一世的子鱼想起他。

坐贾答应了他。

果然，不久之后，坐贾居然来找他，说是子鱼想起千年之前的许多事了，并说可以见见子非。

子非问坐贾是用什么手段让小米记起前世的。

坐贾说，我做到就可以了，你不必问做到的方法。

于是，子非来到了坐贾的店里跟小米见面。

子非说完自己的经历，默默地看着对面的小米。

小米略显尴尬，说道："对不起……"

子非连忙说道："你不用说对不起。我喜欢你，这是我的事情，我为之付出多少，都是我心甘情愿的，与你无关。你喜不喜欢我，这是你的事情，你有你的喜好、你的考虑。所以即使没有师父存在，我也愿意这样追寻你等着你。"

小米更加尴尬，搓着手不知道该如何接话。

"我……我……还是……"小米想说她的心中还是只有马秀才，但是刚才听他说了那么多，觉得现在这么说有些残忍。她无法欺骗子非，也不能欺骗自己。

不过她终于知道子非为什么没有任何变化了。他从来没死过，自然容貌不会改变。

小米偷瞥了一眼桌上的棋盘，忽然觉得刚才的三劫连环应该是岛上两位老人给子非的提示。老人应该是想告诉子非，再多的努力、再多的等待也是白费，这就是一个无解的局。

“有些事情，即使你坚持一千年两千年也是没有办法改变的。”小米终于找到了一个自认为比较合适的理由来说出她的心声。

子非的表情瞬间如冻住了一般定格，似乎是面无表情，又似乎是茫然不知所措。

“谢谢你。”小米又说道。

子非苦涩一笑，说道：“我知道这种事情勉强不来，也乞求不来的，无论你怎么努力，是就是，不是就不是。”

小米道：“我前不久见过一个自称为人精的人，他活的时间也是别人的几辈子，他说他活在人世间就如活在一片沙漠之中，还说成为人精的第一道修炼法不是其他，而是摒弃一切感情。你比他活的时间还要长，也应该摒弃一切感情才是。”

子非道：“是啊，长生的人要面对无数的死亡，无数熟悉的人离开，这是长寿带来的折磨，一般人忍受不了这种折磨，所以即使得到修炼之法也会半途而废。这样的人太孤单了。孤单也是可以杀死人的，比时间还要残忍，比利器还要凶猛，所以他说的有一定道理。”

子非转而看着小米，眼神痛苦而坚定地看着她，说道：“可是我不一样，对于我来说，你才是我坚持下来的原因。你和师父已经封存了前世记忆，如果我也转世，你看到的我更加陌生，更加不可能记得我。所以我必须保持不变，必须保持是你最熟悉的模样。这样的话，万一你记起了前世，你能第一时间认出我来。”

“你没有必要为我这么做，这让我觉得愧疚……”

“子鱼，不，小米，我不是为你这么做，我是为我自己。还是那句话，这都是我自己心甘情愿的，你不用觉得愧疚。在这漫长的岁月里，我见过许多男人或者女人为了情感而做出一些事情，然后对心爱的人说，我这一切都是为了你。这其实是不对的。为心爱的人做再多事情，都不是为了对方，而是为了自己，因为自己不这么做，就会难受，就会失落，就会悲伤。所有说做某些事情是为对方的人，说的都是谎言，有些人可能自己也不知道做那些事情都是为了自己而已。”子非说道。

小米默默听着。

“所以，你真的没有必要觉得愧疚，真的没有必要。”子非走上前一步，想抓住小米的手，但是他的手伸出之后又缩了回来。

小米点点头，轻声道：“谢谢你这么想，谢谢你这么说。”

之后许久，两人对坐无言，只有烛火跳跃。

在两人中间的桌子上，一只飞虫飞了过来，绕着烛火飞了几圈，最后一头撞在了烛火上。烛火一闪，发出“嗤”的一声，飞虫落了下来，在桌子上缩成了一团。它被烛火烧死了，散发出一股淡淡的焦味。

小米对着那烧焦的飞虫愣了一会儿神，然后突然醒悟似的说道：“对不起，我该回去了。再不回去，我师父就会怀疑了。”

懒懒地躺在一旁的白夜听到小米的话，立即站了起来，又“喵”了一声。

子非笑了笑，笑得勉强。他说道：“嗯。”然后站了起来。

小米走了几步，然后停住问道：“你刚才说，你不知道坐贾用什么方法让我记起前世的？”

子非道：“是啊。我询问他能否让你记起千年前的记忆，并且要他从你这里购入血丝玉镯子。”

“他倒是说过要用他的东西来交换血丝玉镯子，还说这个玉镯子的原主人不是我。”

子非道：“这是我给他出的主意，我想试试这种方式能不能激起你的阿赖耶识，就像当初我送它给你，希望你能记起我一样。”

“这么说来，你并没有将你的梦境转让给他？”小米有些警觉了。

“梦境？我从来没有给过他梦境啊。再说了，我并不会保留梦境。我听说徐福倒是会捕捉人的梦境。”子非想了想，说道。

“你说徐福会捕捉人的梦境？”

“嗯。他当初对皇帝说东海之上有神仙，可以获得长生不老之药，就是因为他曾经在别人的梦境里捕捉到过遇到神仙的场景。别人并不知道自己遇到的是神仙，而他能认出来。我在东海上寻找长生不老之药的时候偶然听他说了这些。我敢肯定他确实能够捕捉别人的梦境，但他是不是真的在别人梦境里发现了神仙的踪迹，那就只有他自己知道了。”

“会不会是徐福捕捉了你的梦境，再把你的梦境卖给了坐贾？”小米猜测道。

子非摇头道：“应该不会吧。我想徐福应该没有找到长生不老之药，他活不了这么久。”

“那会是谁呢？坐贾是生意人，他自己应该拿不到你的梦境。”

子非道：“我们问问他不就知道了吗？”

小米摇摇头，说道：“暂时不要问他。我想除了我们两人之外，他还让第三个人参与到他所谓的‘生意’中来了。”

“第三个人？”

“是的，凡是跟坐贾交易的人，都会有不一般的目的。这第三个人肯定对我们有所企图。我想，我们即使问坐贾，坐贾也不会痛快说出来的。”

“说得也是。你先回去吧，这件事情我来处理。”子非说道。

小米带着白夜离开了坐贾的店铺，回到了狗肉馆。

回到狗肉馆后，小米问赫连天道：“师父，人有可能转世成为草木吗？”

赫连天反问道：“马先生没有跟你说过这些？”

小米道：“他曾说过草木是无情众生，不参与轮回，但草木如果开启灵智，就可能进入轮回之中。可他没有说过人是否能转世成为草木。”

“我没有见过人转世成为草木的例子，不过这并不代表这种方式不存在。无情众生能够开启灵智，实际上是因为生了情，或许是对人世的羡慕之情，或许是对恩人的感恩之情，也或许是对苍生的怜悯之情。有了情，便有了灵，也便有了智。”赫连天缓缓说道，“相反的，有情众生如果在某一世因为某种原因失去了所有的情，成为一个无情之人，或许下一世便会转世成为无情众生。”

“无情之人……”小米喃喃念道。

赫连天看了小米怀里的白夜一眼，说道：“白夜怎么白毛越来越多了？”

小米将思绪收回，低头看了看白夜，果然它身上的白毛比昨天还要多。照这趋势下去，白夜要从黑猫变成白猫了。

赫连天叹了一口气，又说道：“自从白夜打败白先生和夜先生之后，白先生和夜先生一天比一天萎靡，现在他们的实力已不及原来的一半了。”

小米听赫连天曾经说过，作为猫鬼的头领，如果一旦被其他猫鬼打败，其衰败速度会非常快，就如人一夜白头。这种情况在其他动物族群中也是一样，无论是狮群还是狼群，头狮或者头狼，一旦被年轻的更加有实力的同类打败，就会立即丧失原来的气势，沦落到非常普通甚至不如普通的境地。但她没想到白先生和夜先生衰败得这么快。

“明天晚上我们要给白夜举行一个仪式，让它成为猫鬼的头领。”赫连天说道。

“这样不好吧？”小米担心道。白先生和夜先生是赫连天的宝贝，现在因为她和白夜而沦落到这种地步，她觉得非常不好意思。

赫连天大大方方笑道：“这没什么不好，小米。长江后浪推前浪，谁都会经历自己被替代的过程，猫鬼也一样。在白先生和夜先生成为猫鬼的头领之前，还有别的头领，它们也是这么过来的。”

“在白先生和夜先生之前的头领猫鬼现在情况怎样？”小米问道。

“死了。那是很多年前的事情啦，它们也叫白先生、夜先生，一白一黑。在我眼里，白先生和夜先生就从来没有被替换过。”

“之前的头领也叫白先生、夜先生？”

“是啊，头领都叫白先生、夜先生。你的白夜明晚之后也会被叫作白先生，这是一种尊称，代表了它的实力和级别。”

“那这次哪只猫鬼会被选作夜先生呢？”

赫连天摸了摸白夜的头，说道：“白夜年纪太小，以前从来没有这么小的猫鬼打败过头领。现在的小猫鬼里还没有一只猫鬼配得上夜先生的称呼。所以，这次我们只有白先生，没有夜先生。”

小米心生愧疚之情。刚才赫连天还说了，由于白先生和夜先生的称呼一直都在，他觉得它们从来没有被替换过。可是现在只有白先生，没有夜先生了。

“可是……如果白夜成了白先生，我以后还可以带走它吗？”小米担心白夜成为猫鬼的头领之后赫连天不让她带走它。

赫连天道：“当然可以。无论你走到哪里，白夜走到哪里，你和它都是我们的家人。”

小米心里涌起一阵温暖。

“好了，快去睡觉吧。说不定马先生明天就会回来了，如果他看到你憔悴的样子，肯定会责怪我没有照顾好你。”

小米确实感到非常疲惫，或许赫连天已经看出来了。

让她疲惫的不是从狗肉馆赶往坐贾的店铺又从坐贾的店铺赶回来的奔波，而是子非说的那些话。

让她觉得疲惫的，不是子非的不断追寻，而是与马秀才的频频错过。在漫长的两千年左右的时间里，多少人不知过了多少辈子，有过多少重来的机会，有过多少悲喜的人生。哪怕是大海捞针，恐怕也已经游遍了大海，找到了那根藏匿的针；哪怕是愚公移山，恐怕没有神仙帮忙也已经将山挖空；哪怕是竹篮打水，恐怕也已经聚少成多打到了足够的水；哪怕是铁树也开了花；哪怕是沧海也变成了桑田。而她在这两千年左右的时间里，却依然如旧。人说“千载难逢”，她经历了两次“千载”，却依然“难逢”。

或许因为冥冥之中感悟到了这些，她才变为一棵植物，舍弃轮回。

既然如此，为何马秀才的前世又要开启她的灵智，让她从一棵寄生草重新修炼成人？

她想，或许马秀才就像子非一样，明知不可为而为之。他们两人又稍有区别，子非是有意识而为，马秀才是封存记忆后无意识而为，但都出自本心。子非是欲求而不得，马秀才是要得而得不到，最后却落入同样的境地。

第二天，马秀才并没有回来。虽然赫连天也只是随口说说而已，但小米忍不住翘首企盼。她想装作无所谓的样子，免得赫连天笑话她，可是在房间里坐不了一会儿就要出去看看。一直等到太阳落山，马秀才还是没有来。

她心想，既然太阳都落山了，就算马秀才已经在回来的途中，今晚也不会就到狗肉馆了，他会在外借宿。

可月上树梢的时候，她还是倚窗远望，仿佛下一刻就会看见一个熟悉的人披星戴月地朝她这边走来。

今晚她没有去坐贾那里。她的白夜今晚要成为新的白先生，这个仪式很重要。她不会离开白夜，更不会缺席。

她不知道，此时另一个人正朝马秀才的方向赶去。那个人就是子非。

子非听了小米对坐贾的疑问，觉得小米说得有道理。他要帮小米弄清楚“第三个人”到底是谁。

在小米离开之后，他询问坐贾：“小米用什么东西跟你做交易的？”

坐贾拿出一张纸人来，说道："这个东西。"

"剪纸？"

坐贾点头道："是啊。说来奇怪，她本来给了我许多，但是每天都会莫名其妙消失一些。我以为她做了什么手脚，但她否认了。"

"能给我一张吗？"子非问道。他知道他不能直接询问坐贾是不是将纸人转卖给别人了，也不能询问坐贾那些记忆梦境是哪里来的。坐贾既然这么用心地将那人的"生意"嵌入他和小米这笔"生意"中，必定幕后有人指使。说不定坐贾跟那人是同党，如果自己表现得警觉，同样会引起幕后对手的警觉。

"你要这个没用的纸片干什么？"坐贾问道。

子非微微一笑，说道："难道你还看不出我对小米的心意吗？我想拿它做留念。"

坐贾轻嘘一口气，将那张纸人塞到子非手里，说道："天涯何处无芳草，兄弟我也是过来人。"

子非从坐贾手里接过纸人，贴身放好，然后敷衍道："哦？你也有过？我以为做生意的坐贾只讲获利，不讲感情呢。"

坐贾笑了笑，在木架上随意取出一个从别人那里交易来的玉佩，那玉佩看起来像是定情信物。他一边把玩玉佩一边说道："人非草木，孰能无情？无情众生如草木玉石者，谁知道它们前世是不是情浓意稠的有情众生所化？我之所以变成现在这样，是因为曾想给予那个人她想要的任何东西，所有一切。"

子非一愣，没想到这坐贾还有这段经历。

"可是生而为人，总有一些东西你无法获得。健康的穷人希望获得财富，虚弱的富人希望拥有健康。有些女人希望拥有美貌，而貌美之人不一定拥有幸福。有人星夜赶考场，有人辞官归故乡。没有人能拥有一切，所以当你希望给予某个人任何东西的时候，你就已经错了，而我在这条错误的路途上越走越远。"

“你跟人和邪灵交易，就是为了这个？”

“是啊。人们都漠视已有的，渴望没有的。邪灵也一样，他们会将自认为没有用的东西给我，而那些东西可能是别人想得而得不到的。我作为交易的中间人，就可以获得所有一切。”

子非想想，确实如此。有人认为健康不如财富重要，便舍弃健康换得财富。有人认为情感廉价地位难得，便舍弃情感以换取地位。有人不爱江山爱美人，有人为了江山不顾一切。如果可以交换，他们都会交换。如果有个容纳一切的仓库，那么仓库里所有被交换的东西都是被人认为廉价无用的，而所有被交换的东西又都是被人认为可望不可即的。

如果那个仓库属于某个人，那么那个人岂不是拥有了世间一切？

子非问坐贾道：“这么说来，你可以给予那个人任何东西，所有一切了。”

坐贾摇了摇头。

“还不够吗？”子非道。

坐贾将手中玉佩放回原处，盯着那玉佩看了片刻，说道：“我自以为聪明，可以拥有所有人都想要的东西，但我其实愚笨之极。”

“此话怎讲？”子非问道。

“当我拥有一切的时候，她却不在了。”坐贾嘴唇微颤。

子非默然。

坐贾拍了拍子非的肩膀，说道：“这个纸人就当送你了。”然后，他将蜡烛一根一根吹灭，屋里越来越暗。

子非那晚没有睡觉，他将纸人放在床边的桌子上，两眼死死盯着它。他听坐贾说纸人会莫名其妙消失，便想看看它到底是怎么消失的。

他等了许久，等得昏昏欲睡，但他强撑着眼皮。

其实他心里没有一点儿底，不确定这个纸人会不会消失。如果会消失，也不确定是今晚消失还是明晚消失，抑或是后晚。

就在他几乎要睡着的时候，一阵夜风从窗缝里钻了进来，将那纸人吹得轻轻颤动。

接着，更强的一阵风钻了进来，将那纸人吹得翻了一个身。

翻过身之后，那纸人便轻轻悄悄地挪移起来。

子非顿时精神为之一振！不过此时的纸人看起来还是被风吹动的样子。

子非不敢出声，害怕吓到那个纸人。他看着纸人就像看着一只夜晚出来觅食的小壁虎一样，害怕自己动静太大会吓走它。

那纸人终于一个翻转，犹如唱戏的戏子翻筋斗一样，它居然站了起来，然后迅速朝门口飘去。

这回纸人是逆风而行，不可能是被风吹到门口去的。

子非急忙紧跟其后。

那纸人出了房间，在静谧的夜空下急速往东北方向“奔走”。那样子确实像是在奔走，两只脚不停地颤动，又像是一只低空飞舞的蝴蝶。幸好外面有月光，子非才不至于走丢。

子非心想，纸人要去的地方或许就是那“第三个人”居住的地方。

他跟着那纸人奔走了一夜。在东方泛白，黎明即将来临之际，那纸人突然停了下来，然后缓慢地移到了附近的一个石缝里。

子非知道，纸人白天是不会乱跑的，它要找个藏身之所。

子非在附近找了户人家借宿，等夜幕再次降临的时候再来石缝旁边等那纸人出来。

果然，到了同一时间，那纸人从石缝里出来了，它继续往东北方向“奔走”。

子非继续紧跟。

这一晚，纸人还没有等东方泛白就停止了。

子非也跟着停住。

良久，纸人一动不动。

子非心中诧异，莫非这纸人发现有人跟踪它了？它的灵智达到了这么高的程度吗？

正在他思前想后的时候，纸人又开始“奔走”起来，仿佛它刚才也是在思考什么，感应什么。

这次纸人稍稍调整了方向。它进了一个小村庄，来到一户普通人家的院子前，然后从院子大门底下的门缝里钻了进去。

子非刚想跟着翻墙而入，忽然听到院子里响起凶狗的狂吠声，紧接着有人说话的声音响起。

“这狗怎么叫起来了？莫非有小偷进来？”说话的是一个男人，应该是这个院子的主人。

子非就在外面，自然知道进去的不是小偷，而是纸人。看来这户人家养的狗还挺有灵性，应该是嗅到了纸人的气息才狂吠的。

接着子非听到了开门的声音和院子里脚步走动的声音，应该是男主人出来看了一圈。不一会儿又响起了关门的声音，男主人应该回到屋里了。

狗又叫了好一阵子才停歇，估计是叫累了，没力气了。因为子非还能听见它咕噜咕噜的声音，似乎在怀疑什么，抱怨什么。

子非听院子里的狗没了叫声，便爬上了院子的围墙。

院子里有四扇窗户，其中只有一扇窗户里面亮着灯。子非朝亮着灯的窗户看去，有一个窗户的窗纸上落着两个人的影子，里面的人在说话。

女人的声音问道：“是有小偷吗？”

男人的声音回答道：“没有。我看了，门好好的，院子里也没有人。”

然后那个窗户里面的灯熄灭了。

子非趴在围墙上朝院子里看了半天，没有看到纸人的影子。

他正要从围墙上溜进去，另一扇窗户里面忽然亮起了灯，一个男人的影子投射在窗纸上，看起来异常魁梧，仿佛巨人。

子非见到那影子，心中一惊，差点失足从围墙上摔下来。

那个男人的影子让他感觉十分熟悉，有几分亲切，也有几分尊敬。

当那个人影挪开之后，子非看到窗户上有一个淡淡的小人影。

那正是纸人留下的影子。

这让他想起小时候看过的皮影戏。小时候对他来说实在太遥远，遥远得仿佛天空的星星一般，只能看到熠熠的光芒。他几乎只记得小时候这个概念，却不记得小时候的经历，唯有皮影戏还历历在目。

他的师妹子鱼对此情有独钟。她喜欢亲手制作纸人，亲自演示操作，并且拉着他来观看。不管他愿不愿意，子鱼就乐在其中地表演起来。她脸上满足的笑容他依然记得。

子鱼一边手忙脚乱地操控纸人，一边急急忙忙地变换嗓子模仿各种不同角色的声音。她的纸人那时候就剪得特别逼真。虽然纸人没必要做得那么逼真，因为让观者看到的只有黑色的影子，但她还是剪得非常仔细。

有一次，她正在给子非表演皮影戏，师父闯了进来。师父见子鱼忙得额头沁出一层微汗，伸手挽起宽大的袖袍，在子鱼的额头轻轻擦拭。

子鱼局促不能言。他看到子鱼的手在哆嗦，她居然紧张成那样了。他心里一阵失落。

师父擦干子鱼额头的汗，然后微笑道："这样多累啊！待会儿我教你一个法子，你不用手也能控制好它们了。"

子鱼兴奋不已，问道："不用手也能让它们动？"

师父点头道："是啊，这是一种傀儡术。你可以用你的神识控制它。"那时候皮影戏也被人叫作傀儡戏。

不久之后，他再看子鱼演示皮影戏的时候，发现她的双手不再忙乱，那些纸人在她没有用手摆弄的时候举手投足依然惟妙惟肖。由此，她在说戏的时候从容了许多。

子非看得惊呆了，但他更喜欢看到子鱼好看的额头和洁白的脖颈冒出一层香汗以及语速急迫的样子。

在师父和子鱼都突然去世之后的无数个夜晚，他常常梦到皮影戏，梦到子鱼冒着汗急急地说戏。

所以当看到那个熟悉的人影，看到窗纸上的小纸人时，子非有种回到了两千多年前，回到了那时最繁荣的皇城，回到了最熟悉的家的错觉。那纸人阴影后面应该是躲着师妹子鱼的。

他差点朝那边大喊一声“子鱼”，但理智让他将那两个字生生咽了回去。

虽然那纸人突然让他的记忆翻腾，但是他清楚，眼前的纸人是小米剪出来的。子鱼虽然转世，但这一点依然没有改变，只是小米自己或许也不明白为什么突然剪这些纸人。很多人无意识表现出来的举动和想法并不是无缘无故的，而是因果使然。

子非见多了这种事情，自然不难理解。

子非屏住呼吸，看着屋里的情况。

不一会儿，那人打开了房门。他站在门口对着外面望了望，然后走了出来，走到窗户旁边，伸手将那纸人拿了下来。

子非终于忍不住了，他对着那人叫了一声：“师父！”

那人愣了一下，转头朝四周看了看，看到了趴在墙头上的子非。那人问道：“你叫谁？”

“师父！你不记得我了吗？”子非脱口而出道。

那人怕吵到已经睡下的农夫农妇，迈步走到了围墙边，将院子的门打开，然后问道：“你找谁？谁是你师父？”

子非回过神来，垂头道：“说来你不会相信，你很多个前世以前是我的师父。”

姥爹后来在马岳云面前提到这件事的时候说，他当时确实不相信子非的话。

姥爹那时候正在往定州的方向赶路，晚上走到哪里便在哪里借宿。

那天晚上，他刚刚睡下，已经灭灯了，可是听到外面突然响起剧烈的狗吠声。他心里清楚，应该是小米的纸人又来了。在回来的一路上，他好几次遇到了这种情况，头天晚上听到狗吠声，第二天早晨便会在窗户处发现纸人，少时一片，多时不计其数。

后来再听到莫名其妙的狗吠声时，他就知道，那是小米的纸人引起了狗的注意。

在户主看了一番没有发现异常之后，他才重新点灯起来，去窗户处将纸人收进来。

之前他已经收过几次了。他怕纸人被夜露打湿，所以干脆当晚就拿进屋，这一次也是一样。

可是他没有料到这一次拿完纸人还会有人叫他，并且不是叫他的名字，而是叫他师父。这让姥爹非常意外，因为他还没有收过徒弟。直至后来去世，他都从未收过一个徒弟。

“我记得前世一些事情，可是记忆里没有你啊。你是不是找错人了？”姥爹对子非说道。不过他乍一看子非就觉得有些熟悉，有些亲切。

姥爹后来对罗步斋说，有些从来没有见过面的人你第一次见到就觉得熟悉和亲切，很可能那人在前世跟你在生活中有过交集，或许是亲人，或许是朋友。世界上几乎没有非常凑巧的事情，看似非常凑巧的事情都有前因后果。

那或许是他在遇到子非之后的感悟。

子非道：“可以借一步说话吗？”

姥爹回头看了看主人的房间，见房间的灯没有亮起来，又仔细看了看子非，觉得他不是不怀好意的人，加上似曾相识的感觉，便点头道："来我房间说话吧。小声一点，不要打扰了这里的主人。"

子非跟着姥爹后面进了屋。

跟着姥爹走的时候，他的心就比与小米见面时更凉了一些。这纸人居然找到师父这里来了。在千年前的前世里，子鱼就学会了用神识控制纸人的傀儡术，而现在，此生无师自通但前世有根基的小米剪出的纸人居然主动来寻找师父，而且是在小米自己都不清楚的情况下找来的。由此可见，子鱼对师父的感情从未改变，甚至更胜于以前。

子非知道这种无意识表现出来的力量有多么强大。

此时此刻，他已经心服口服。他认了命。

一个活了两千多岁的人在两千多年里没有认命，但在刹那间认了命。

进了屋之后，姥爹让子非坐下，然后说道："我看你不是疯疯癫癫的人，你说吧，为什么说我是你的师父。"

子非便将跟小米说过的事情给姥爹重复了一遍。他说了师父为子鱼更换徐福的名单的事情，也说了他自己在东海之上的遭遇，还说了从坐贾的店铺来到这里的经过。他知道师父对小米有感情，但他没有将自己对小米的感情隐藏起来。

姥爹听完，沉默了许久。

姥爹的阿赖耶识在子非详尽的讲述下苏醒了很大一部分。他能判断出来，这个子非说的话都是真的，而不是欺骗他。

"难怪我的前世记忆一直模模糊糊，即使偶尔有所刺激，也不能记起全部，原来是受了封存之咒的影响。"姥爹喃喃自语道，"可是那么做又有什么用呢？我还是将变成寄生草的小米点化了灵智。"

子非道："师父不必自责。你无意间点化子鱼，就像子鱼无意间驱使纸人来寻找你一样，这是无法控制的。以前我觉得我有可能改变子鱼，现在看来是完全没有希望了。”他还是习惯将小米叫作子鱼。

姥爹轻轻抚摸纸人。

子非又道：“师父，你当初给我取名为‘子非’，给师妹取名为‘子鱼’，应该是想告诉我‘子非鱼焉知鱼之乐’吧？你是想让我领悟，我并不了解子鱼的想法，不能让她快乐，是吗？”

姥爹轻叹一口气，说道：“子非鱼焉知鱼之乐？知鱼之乐焉知鱼之痛？”

子非顿时嘴角抽搐，泪水盈眶。

姥爹将子非脸上的泪水抹去，以师长的口吻说道：“孩子，不管是乐还是痛，只要遵循本心去做去追寻就没有错。”

子非点头，泪水却涌出更多。

姥爹想起子非说到坐贾的时候提到了“第三个人”，便说道：“我知道你们猜测的第三个人是谁。前不久，他在我面前拿出许多纸人来，并说已经了解小米的动向。我想坐贾应该跟他也做生意了。”于是，姥爹将自己在伏川遇到的事情说了出来。

“泽盛难道是徐福的转世？如果转世的话，他不应该在东海之上的小岛上吗？”子非问道。

“我想，或许徐福的转世早就从东海回到这里来了。”姥爹说道。

“这次他遭遇挫折，不会又躲避到东海去了吧？”子非不禁联想道。

这句话还真被子非说中了。几年之后姥爹才得知泽盛在伏川遭遇挫折之后离开了鹜江大陆，去了东海，在东海之上休养生息。

那一晚，姥爹和子非彻夜长谈，从两千年前一直说到今日。说到鸡鸣三遍，姥爹和子非都实在困得不行，才勉强眯了一会儿。

他们才睡不久，天就亮了。

这户人家的主人起得很早，敲门叫姥爹起来跟他们一起吃早饭。

子非怕这户人家的主人觉得唐突，便叫师父一个人去跟他们吃饭。他平时进食很少，不吃也不饿。

姥爹吃完早饭回来，叫他一起回定州去。

子非拒绝了，他说他还要去找一个棋手对弈，还要寻找三劫连环的破解之法。

子非临走时说，他会经常回来看师父和子鱼的。

姥爹没有做过多挽留，他知道，子非决意离开，一方面确实是要寻找三劫连环的破解之法，另一方面是不忍看见他和小米在一起的情景，甚至后者的原因居多。

姥爹嘱托子非在外要小心，千万别被人发现他是长生不老之人。长生不老不过是容颜不老寿命无穷，并不代表不会死，依旧可能被人杀害。

子非谢过师父，然后与他分道扬镳。

姥爹南下，子非北上。

第十章 徐阿尼

子非离开坐贾店铺的那个夜晚，赫连天在狗肉馆给白夜举行了晋级的仪式。

仪式是在子时举行的。

子时一到，众猫鬼便被赫连天召集起来。

赫连天叫小米抱着白夜接受众猫鬼的跪拜。

仪式刚开始便被打断了。

“从来都是白先生和夜先生一起接受祭拜的，今天怎么只有白先生，没有夜先生呢？”一个声音在狗肉馆的门口响起。

赫连天和小米同时朝门口看去，屋里的猫鬼们也扭头朝门口看。

一个高高瘦瘦颧骨稍高的女人站在那里，她的手里抱着一只黑得分不清头和脚的猫。她穿一袭黑色长袍，腰间勒一条红艳似火的腰带，嘴角扯出一丝轻蔑的笑。天这么冷，她穿得这么单薄却不打一个哆嗦。

“你是……”小米不认识这个不速之客。

赫连天却打了一个哆嗦，身子晃了晃，惊讶道：“徐……徐……”

那女人点点头，说道：“对，我就是徐阿尼。”

听到女人这么说，赫连天浑身一颤，差点跌倒。他慌忙一手撑在桌子上，支着身子。

小米看了看赫连天，又看看那个女人，不知所措。

赫连天身边的黑衣女子要去扶他，他却举手制止。他两腿仿佛受了重伤一般拖沓着走到那个女人面前，轻声道：“你让我找得好辛苦！”

那女人淡然一笑，说道：“其实我一直就在你身边。”

赫连天两眼一瞪，不可置信地问道：“你一直在我身边？”

那女人点点头，却不解释为什么。她绕过赫连天，走到小米身边，将小米上上下下打量了一番，然后回头对赫连天说道：“长得不错，再过几年一定是个大美人。你的眼光不错。不过何必将你最心爱的白夜送给她呢？你这成本也太大了吧？现在还要在没有夜先生的情况下让她的猫成为白先生？”她的话语里带着一股强烈的醋意。

几只猫鬼对着那女人龇牙咧嘴，赫连天将那几只猫鬼赶开。店里的黑衣女子见主人如此，便站在一旁没有动。

那女人却将双手一松，让那只漆黑的猫落了地。那黑猫落地的过程就像一片树叶飘落下来一般轻盈，落地时没有发出一点声音。

小米吃了一惊，能做到落地时如此轻盈的猫，必定不是普通之流等闲之辈。

其他的猫鬼见状也意识到对手不简单，纷纷往后退了一些。

“你养猫鬼的手段是越来越不行了。你这里所有的猫鬼加起来，恐怕也敌不过我这一只。”那女人轻蔑地说道。

“徐阿尼……”赫连天对着那女人温柔地呼唤。

“它要成为白先生也不是不可以，但必须过我这关。”那女人打断赫连天说道。

“我终于找到你了……”赫连天暂时忘记了其他，依旧喃喃地对着那女人说道。

“你找了我吗？哦，对，你找了几年便再也没有找过了。”那女人扭头对赫连天说道，颇有怨气。

赫连天连忙解释道："不，我一直在找你。自从上次见到你的画像之后，我一直都在找你。"

"别骗我了。这些年我一直在你的狗肉馆附近，从来没有见你找过我。说这些有什么用呢？人迟早是要变的。"

"不，我在这里是因为拜托了别人帮我找你。"赫连天解释道。

"是的。你拜托了别人找我，然后把最好的猫鬼送给了别人，现在又要让别人的猫鬼成为猫鬼里至高无上的白先生！"

"你想多了，她是我朋友的弟弟的……"赫连天看了小米一眼，不知道该用什么话来表明她和马秀才的关系。

那女人见赫连天将后面的话咽了回去，讥笑道："你连自己都骗不过去，居然用这样的谎言来骗我。"

"我说的是真话。"

"行了，不必多说了，你想让她的猫鬼成为白先生，我没有意见。但是白先生都必须达到白先生的境界，我必须考验它。"那女人说道。

赫连天道："你今天突然来这里，就是为了考验白先生吗？"

"不然呢？"那女人斜睨了赫连天一眼。

"我还以为是马先生帮我找到你了。"赫连天说道。

"哼！"她很是不屑。

"以前选出白先生和夜先生的时候，也没见你出现过。"

"以前你都是按照老祖宗的规矩来选的，现在你要打破沿用了几千年的规矩，所以我要出来阻止你。"她说道。

"我好不容易再次见到你，你可不可以……"赫连天几乎是央求的口气。

她一拂袖，说道："仪式继续吧，别耽误了时辰，过了子时可就不好了。不过如果白夜过不了我这层考验，可别怪我心狠。"

小米着急道："你要对白夜做什么？"

她低头摸摸小米的脑袋，说道："小姑娘，别怕。你不是有他保护吗？"她的话语间透着阵阵凉意。她的手比她的话还要凉。

"如果有什么残酷考验的话，我宁可不让我的白夜成为白先生。"小米抱住白夜，生怕它受到一丝伤害。

赫连天无奈，只好让仪式继续。

他打了一个响指，众猫鬼如拜月猫妖对着月亮跪拜一般做出鞠躬状。它们跪拜的不是月亮，而是小米怀里的白夜。

黑衣女子早已将檀香燃起，烟雾缭绕，香气沁鼻。

白先生和夜先生也在跪拜之列，小米尤其注意到了白先生和夜先生。它们俩刚跪拜完，身形便迅速消瘦，瞬间有了老态龙钟的样子。她想起赫连天之前说过的话，有了新的白先生和夜先生，原来的白先生和夜先生便会加速老去。

跪拜完成，那女人反客为主，对着黑衣女子发号施令："给我拿个铜脸盆来。"

黑衣女子一动不动。

赫连天点点头，黑衣女子便去拿了一个铜脸盆过来。

那女人从腰间拿出一个小布袋，将一些黑色粉末倒入铜脸盆里。然后，她走到小米面前，伸手要去抱小米怀里的白夜。

小米连忙后退，不让她将白夜抱走。

一旁的赫连天说道："徐阿尼，现在的猫鬼不同以前，能浴火重生的猫鬼已经很少见了。你这么做说不定会将白夜烧死。"

那女人冷冷道："你既然为一只小猫鬼举行仪式，定然是它实力出众吧？如果实力平平，你为何要特意为它打破规则？既然打破规则，那它必定是难得一见的好材料。所谓真金不怕火炼，它这么小就能获得白先生的称号，必定会浴火重生。"

小米担心地问赫连天道："师父，什么是浴火重生？"

赫连天道："我们家族原来猫鬼最盛的时候，选白先生和夜先生常常会引起族人的争执。有的人会对选出来的白先生和夜先生不满，质疑其实力还不如他自己养的猫鬼。遇到这种情况的话，便会用浴火重生的办法来考验新的白先生和夜先生的实力。浴火重生，顾名思义是让猫鬼在火焰中重生，如同炼金。办法是用一铜器装上硝石，将猫鬼放入铜器中，然后将硝石引燃。如果硝石烧完，猫鬼安然无恙，则说明猫鬼实力足够强大。”

小米急忙摇头道:“不行！白夜会被烧死的！不烧死也会烧伤！”

那女人道：“怎么会呢？如果你的白夜足够厉害，就不会被烧伤。猫鬼都是阴气之物，硝石不过是急火而已。一个装了水的纸袋是不会被急火烧掉的，聚气多的猫鬼就如那纸袋一样，不会被烧坏，顶多烧坏一些毛而已；聚气少的猫鬼就如没有装水的纸袋，被烧掉是自然的，但那也只能怪它实力不及白先生称号。”

赫连天担忧道：“徐阿尼，我们家族已经很长时间没有用浴火重生的方式来考验猫鬼了。突然考验一只小猫鬼，是不是不太公平？再说了，现在我们家族养猫鬼的人已然几乎绝迹，并没有别人的猫鬼要争夺白先生、夜先生头衔的情况发生，浴火重生是不是多此一举？”

“你们家族祖先用来考验猫鬼头领的方式，你居然说是多此一举？”那女人反问道。

赫连天无奈道：“你如果生我的气，请发在我身上，不要误伤了猫鬼。”

“生你的气？多少年前，你因为贪恋一点猫尿让我驱使猫鬼去偷皇后的钱财，最后我身首异处，你因为是皇后的弟弟而安然无恙，我都没有生你的气。多少年前，你在你外婆家醉酒时兽性大发夺去我的贞洁，最后你娶了名门望族的姑娘，我做了你家的丫鬟，我也没有生你的气。我会因为一只猫鬼生你的气？”那女人气咻咻地说道。

“不要在小姑娘面前说这些话。”赫连天尴尬不已。

小米确实听得脸颊发烧，心中又暗暗为这徐阿尼的遭遇叹息。

“我一直想亲自跟你道歉，想求得你的原谅。”任徐阿尼咄咄逼人，赫连天依旧好声好气。

“你可以托别人找我，为什么不托别人给我道歉？”徐阿尼得势不饶人。

“你为什么在我周围却不出现呢？”赫连天不解道。

小米心中暗暗责备赫连天不懂女人心。在这两个大人之间，年纪尚小的她不好对赫连天不会揣摩女人心思这件事指指点点，虽然她的前世已经经历了那么多。

徐阿尼不回答赫连天的话，她走到小米面前，伸手找小米讨要白夜。她说道：“把白夜给我吧，如果你确定它配得上白先生这个称号的话。”

小米的胳膊不由自主地往后一缩，想避开徐阿尼。可是白夜居然一跃而起，跳到了徐阿尼的手上。

白夜的动作让徐阿尼惊呆了片刻。

赫连天也为之一震。

“有胆量！”徐阿尼半是夸奖半是嘲讽道。她将白夜放到那个铜脸盆中，然后从腰间抽出一盒火柴来。

赫连天急忙上前，一把捏住了徐阿尼拿着火柴的那只手。

小米看到徐阿尼的脸上掠过一丝羞涩，但稍纵即逝。

“白夜还小，你这样会害死它的。”赫连天劝阻道。

徐阿尼那只手一抖，火柴盒就开了。她的手指非常灵活，就像小蛇的舌头一般，小蛇的舌头卷起一根火柴，按在了火柴盒的磷面上。紧接着，她的手指一弹，火柴头擦着磷面飞出，带着火焰直奔那铜脸盆而去。

小米心想，赫连天真是傻，他不知道自己不应该阻止徐阿尼的，他越阻止，徐阿尼就越要跟他对着来。

在这短短的时间里，小米已经摸清了徐阿尼的脾气性格，而赫连天花了这么多年的时间却依然不清楚。

燃烧的火柴头落在了铜脸盆里，硝石被引燃，火光乍起，发出“嘭”的一声，白夜立即被火光淹没。就在同时，小米看到白夜的两只眼睛里的蓝光亮起，仿佛眼睛也被这硝石的火焰点燃了。

离铜脸盆较近的其他猫鬼急忙后撤。纵然是一直面无表情的黑衣女子，她们看到了此时的火光，脸上也不禁掠过一丝不安。

小米则惊叫了一声，双手捂住了脸，不忍直视，但又忍不住从指缝里往那铜脸盆看去。

火光很快就熄灭了。

白夜僵硬地站在铜脸盆里，眼睛紧闭，一动不动，焦黑如炭！

小米的心一颤，几乎要哭出来。

赫连天的眼睛里露出痛惜的神色。

徐阿尼见白夜如此，也愣住了。

其他猫鬼则哆哆嗦嗦，战栗不已。虽然白夜曾跟它们中的绝大多数结下梁子，但是白夜毕竟是它们的同类。物伤其类，莫不如此。

忽然，白夜的身子抖了一下，眼睛依然紧闭。

小米几乎不敢相信自己的眼睛。

赫连天目瞪口呆。

一阵黑烟从白夜的身上腾空而起，又迅速落下。

白夜仿佛是脱壳的金蝉，仿佛是破茧的蝴蝶，那阵黑烟仿佛就是它的壳它的茧，而此时它的壳它的茧已经粉碎。它的毛发焕然一新！原来的黑毛几乎全部变成了白毛，仿佛以前它就是浑身白毛，但是从锅灶里钻出来时被锅灰草灰弄成了黑色而已，此时它全身一抖，便将那些锅灰草灰抖落了。

不过它还是没能将所有的锅灰草灰尽数抖落，脑袋和身子上还留下了几条若有若无的灰色虎纹。

“它居然……”徐阿尼后面的话没有说出来，但意思明了。

赫连天摇了摇头，看来这情景是他没有意料到的。

其他猫鬼也慌乱地看着由黑变白的白夜，不知道它们的伙伴经历了怎样的变化。

小米惊喜地扑向白夜，一把将它抱起。这是她第二次对白夜失而复得。

白夜的眼睛缓缓睁开，像一个懒睡的人不情愿地醒来。它的右眼居然变成了黄色，而左眼依然蓝如宝石。

徐阿尼的态度忽然发生了剧烈的改变，她居然对着小米和白夜弯腰鞠躬，恭恭敬敬道：“白先生！”其态度一如当初赫连天对原来的白先生和夜先生一般谦卑恭让。猫鬼家族的人都是如此，一旦猫鬼的实力得到确认，养猫鬼的人必须对猫鬼以礼相待。

赫连天也对着小米和白夜低头施礼，同样恭恭敬敬道：“白先生受惊了！”

小米惊讶于白夜的涅槃重生，但她很快心中有了答案。近段时间白夜不但得到了人精的指点，还吃了不少的恶灵，其中包括坐贾提供的亡灵，尤其是坐贾提供的亡灵，简直是上佳丹药。

白夜安静地躺在小米的怀里，并不搭理徐阿尼和赫连天。

小米倒紧张拘束道：“师父，徐阿尼，你们不要这样。”

“这是我们家族的传统，你不用觉得不好意思。”赫连天说道。然后，他对站在一旁的黑衣女子说道：“快送白先生去休息。”

黑衣女子便从小米手里接过白夜，送到里屋去了。

赫连天将手一挥，猫鬼们便如烟雾一般散去，只留下徐阿尼带来的那只黑猫。

赫连天转身面对徐阿尼看了半天，看得徐阿尼只好低头将手搓来搓去。

“你一直都在这附近吗？你为什么要躲着我呢？为什么今晚又突然出现？”赫连天清了清嗓子问道。

徐阿尼见白夜走了，稍稍放松，坐在了旁边的椅子上，没有回答赫连天。

“为什么？”赫连天又问道。

“我不想还做你的婢女。”徐阿尼咬了咬嘴唇，从牙缝里蹦出一句话来。

小米想知道他们两人之间到底发生了什么，因此没有离开。她一边剪着自己的纸人，一边偷偷听他们说话。

“那时是我不好，我们已经都转世了，我自然不会再那样对待你。”赫连天急切地说道。

“一朝被蛇咬，十年怕井绳。”徐阿尼说道。

“我真的知道自己错了。我真的一直在寻找你，希望得到你的原谅。你这些年是怎么过来的？我看到一个画家画了你的像，画师告诉我他是在商海看过你一眼。我回来之后便将商海的每一个角落都找了，没能找到你，后来我又去了很多地方找你，可都是徒劳。”

徐阿尼露出一丝得意的笑，说道：“我是故意让那个画家看到我的。”

“你故意让他看到你的？”

“你忘记了吗？女人学习猫鬼之术有三分是蛊术，除了求财还可以求色。我知道他是画师，于是故意让他对我难以忘怀，让他画下我，然后让你看见。”徐阿尼招了招手，她的黑猫就走到她脚边，挨着她的脚躺下，“要一个男人服服帖帖，就像叫一只猫过来那么简单。”

她说得不假，猫鬼本来又叫猫蛊，是巫蛊中动物蛊的一种，也是最凶恶的蛊术之一。会蛊术的女人，往往擅长勾引之术。据说盛行蛊术的苗寨中，会蛊术的苗家姑娘只要对喜欢的男人招一招手，笑一笑，那个男人便会乖乖地跟着姑娘走。

有的会蛊术的苗家姑娘会在男人身上下一种奇怪的蛊，避免男人变心。被下蛊的男人稍离那个姑娘远一点便会非常想念，恨不能立刻回到她的身边。

小米虽然现在也养了猫鬼，但她的养猫鬼方式跟赫连天他们很不一样，她并没有学多少蛊术，不过由此她对蛊术或多或少有了一些了解。

小米一边剪纸人一边想，看来徐阿尼对赫连天是有感情的，既然这样，你徐阿尼为什么不让赫连天服服帖帖，像一只乖猫一样听话呢？你何必为了他而去偷人钱财，何必眼睁睁看着他娶了别人？

“原来那时候是你借那个画家之手唤醒了我的阿赖耶识！”赫连天幡然醒悟。

徐阿尼莞尔一笑，她侧头看了小米一眼，目光落在小米的纸人上许久。

“你既然说一朝被蛇咬，十年怕井绳，那就让我忘记好了，为什么又要让我记起呢？”赫连天说道。

小米停下剪刀，插言道：“这还不简单，她想看看你记起来之后会不会找她。”

小米既理解徐阿尼，又没理解透。徐阿尼既然让赫连天记起她，为什么又躲着他？躲着他的话，让他记起前世的意义何在？如此迂迂回回，兜兜转转，她的心思简直是迷宫一般。

徐阿尼听到小米说的话，露出不好意思的表情来。

赫连天恍然大悟。

小米心中暗暗叹息，叹息师父深谙猫鬼之术，却完全不懂得女人心思。不是有人说女人如猫吗？看来师父并没有融会贯通。

赫连天问道：“你是怎么知道我在哪里的？你一直都知道吗？”

徐阿尼接下来的话不但让赫连天大吃一惊，也让在一旁剪纸人的小米大吃一惊，剪刀一抖，小米差点剪到自己的手指头。

徐阿尼说，她因为独孤陀受到牵连，被皇帝赐死之后一直没有投胎转世。她临死时的最后一口殃气被她养的猫鬼吸走，从此她就寄身在猫鬼的体内。由于那时她的猫鬼已经被驱逐出去，所以独孤陀家族的人并不知道徐阿尼的处境，还以为她就这么死了，独孤陀也是这么以为的。

独孤陀因为是皇后的弟弟而逃过死罪，不过不久之后还是郁郁而终。

由于皇帝要将养猫鬼的人和猫鬼赶尽杀绝，寄身在猫鬼体内的徐阿尼只好到处躲藏，苟且偷生。幸亏这猫鬼原来就是她养的，跟她心灵相通，所以她即使成为邪灵，这猫鬼依然听她的指使。

为了避免捕杀，徐阿尼只好躲在深山老林，人迹罕至的地方。

但是当她听说独孤陀去世之后，冒着被捕杀的风险回到了独孤陀生前居住的地方，来悼念他。

独孤陀临死前也被他家族的猫鬼吸走了殃气。

徐阿尼费了很多力气，冒着很大风险找到了吸走独孤陀殃气的猫鬼，然后一直陪在那只猫鬼的身边。

再后来，独孤陀的魂魄被他家族的人释放，“嫁接”到孕妇的肚子里，抢夺原本属于另一个魂魄的胚胎。这是他们家族的延续繁衍方式。

徐阿尼是婢女，又被皇帝惩罚，没有这种嫁接待遇。

徐阿尼知道，“嫁接”的魂魄也要经过胎中之谜，会遗忘前世的事情。于是，她一直没有寻求嫁接，也没有去投胎转世。她怕自己会忘记独孤陀。

“嫁接”的方式有一个特点，因为“嫁接”之前是要找到适合“嫁接”的孕妇的，所以独孤陀家族的哪个人转世成为哪个女人的孩子，这些都清清楚楚。

也正是因为这个特点，徐阿尼知道独孤陀转世到了哪里，是哪个女人的孩子，长成了什么模样。

她就一直陪在独孤陀的转世的身边，而又不让独孤陀的转世发觉。

她知道，即使独孤陀的转世记起了前世，他也无法跟她在一起。一是她不确定他是否愿意跟她在一起；二是即使愿意，他是人，而她是没有人体的邪灵，也得不到他家里人的认同。

独孤陀家族以“灵魂嫁接”的方式延续后代，就是为了保证他们家族的“血统”纯正。一个婢女，还是邪灵，他们家族的长辈怎么可能接受她？

在独孤陀的无数个转世的小时候，徐阿尼就像守护神一样暗暗守护着他，在他高兴的时候偷偷为他高兴，在他悲伤的时候偷偷为他悲伤，在他春风得意的时候暗暗助他一臂之力，在他面临危险的时候挺身而出，救他于危难之间。

曾经有一世，独孤陀生下来的时间不好。他的父亲抱着刚刚生下来的他时眉头紧皱，自言自语道：“这孩子生下来的时辰太差了，八字不好，将来必定要啥啥没有，做啥啥不成，是个不顺的命。”

可是那一世的独孤陀自小就逢凶化吉，遇难呈祥。

小时候的他曾因为贪吃梨树上的梨子而攀爬到高处，结果脚底一滑，从树枝上滑落下来。换作别的小孩，肯定要摔断几根骨头，甚至丧命，但是他落下来之后居然安然无恙，拍拍屁股又爬到树上去了。在旁看到他摔下来的小伙伴吓得大叫，见他连一根毫毛都没有损伤，又惊讶得差点叫起来。

小伙伴们回到家里之后对大人说起这件事情，大人们认为独孤陀是摔在了软泥土上。

成年的他曾因醉酒而落水，嗜酒是他前几次转世时还留着的毛病。可是落水之后他并没有沉下去，直到有路过的人看到才会呛两口水。有一个人曾救过他好几次，那个人也觉得事情有点蹊跷——救他上来的时候他身上酒气熏人，四肢瘫软，可是他在水里的时候像钓鱼的浮标一样不下沉。

那人后来偷偷跟别人说，他救的那个人其实是个空心人，肚子里必定空空如也。这样才能让他自己的困惑得到满意的解释。

中年的他曾染上赌瘾，短短时间里输得倾家荡产。

这时他年迈的老父亲终于认为他的八字走上了原道。

他不甘心，发誓要将输掉的全部赢回来，在朋友亲戚那里借了许多钱做本钱。果不其然，不久之后他将原来输掉的全部赢了回来。

输掉的赢回来之后，他每次赌博要么先赢后输，要么先输后赢，每一场赌博下来，他兜里的钱一分没多，一分没少。赢的时候，骰子要什么点数就是什么点数，要什么牌就来什么牌；输的时候，骰子似乎在跟他故意怄气，牌都躲着他一样。

如此一段时间后，他觉得赌局寡然无味，对赌博失去了兴趣。

老年的他提什么东西都觉得不太重，可以承受，而有些东西别人提起来非常重，他提起来走路轻松如燕，不像是一个老年人该有的状态。在他想买点什么吃的时候，兜里的钱往往刚好够。当他在家里找东西吃的时，柜子里往往刚好还有点儿剩的。事情顺利得让他自己也有些惊讶，但是一个一直以来事事顺利的人，便会渐渐将他的顺利当作理所当然，并习以为常。

这背后其实都是她徐阿尼这个邪灵在作祟。

经过岁岁年年和猫鬼的融合，徐阿尼的魂魄渐渐习惯了以寄居的方式存在，并渐渐开始增强魂魄的力量。猫鬼夜晚出去时会沾上一些不干净的东西，而她就将那些残碎的灵力吸收，纳为己用。

在这一点上，她的修炼方式跟小米的白先生十分相像，不谋而合。

在世世代代的延续过程中，独孤陀家族的猫鬼势力是逐渐下滑的。家族中的后代选择学习猫鬼之术的人越来越少，这跟后来石匠木匠铁匠等传统手艺的继承人越来越少是一样的道理。另外还有一个原因就是独孤陀家族的人越来越分散，再也没有当初那种家族的凝聚力了。

因此，猫鬼头领之争越来越淡化。

到了赫连天这一世，他家族的猫鬼之术几乎要断掉了。家族人对他的控制也几乎化为乌有。

徐阿尼觉得机会终于要来了，于是处心积虑地让那个技艺高超的画家看到她，并记住她。她知道这位画家不久将举办画展，而画展所在的位置离当时赫连天所住的位置不远。她也知道这一世的赫连天爱好书画，必定会参观这场画展。

于是，她故意勾起了赫连天对前世的回忆。

果然，赫连天开始到处找她，而她就在赫连天的周围看着他心急如焚地寻找。她非常高兴。

可她只是一个能够显形的邪灵，而不是有着完美肉身的人，自卑的心理让她一直不敢出来跟他相见。这种自卑心从来没有消失过。

一段时间后，赫连天居然没有找她了。她又失望至极，伤心至极。

但她没有生他的气，她依旧陪伴在他的附近。

可是最近一段时间里，她看到赫连天的狗肉馆里多了一个名叫小米的姑娘，赫连天不但将最好的猫鬼送给她，还传授养猫鬼的术法，更要将白先生的头衔给她的猫。她终于坐不住了。

在赫连天的无数次前世里，她不是没有碰到过类似的状况。赫连天的前世并不是孤独终老的，他成年之后必定会跟别的女人结婚，跟别的女人生子。徐阿尼每到这时便会感觉到难以言喻的痛苦，但不得不坦然接受，因为她知道那时候的赫连天并不知道徐阿尼的存在。她在心里安慰自己，如果她出现的话，赫连天或许会选择她，而不是其他女人。

这一世就不同了。

这一世的赫连天记起了那段往事，这让徐阿尼觉得赫连天与以往的前世不一样。一个暗恋对方但从来没有和对方共同经历任何事情的人，即使看到对方有了另一半，即使心中苦涩，也不好轻易去阻止对方与别人结合。而两个互相爱恋且和对方有过共同经历的人，如果看到对方喜欢上了另一个人，这心境恐怕不是前者可以比拟的。虽然这个共同经历是很久以前的上辈子的事情，但既然记起来了，那跟真实存在的没有任何区别。

于是，在赫连天给白夜举行仪式的晚上，她终于忍不住要来干扰了。

小米听她说完，由衷地说：“徐姐姐，我今晚想跟你聊聊天。”然后，小米转身对有些发愣的赫连天说道：“师父，你先避一避吧，我和徐姐姐有些贴己话要说。”

赫连天发愣是因为从未想到徐阿尼会以这种方式守候在他的身边。他听到小米叫他避一下，连忙“哦”了一声，四肢有些僵硬地走了出去，好像刚才他的魂被谁抽走了似的。

徐阿尼目送他走了出去。

小米见赫连天走远，便问徐阿尼：“你既然如此喜欢他，为什么不用蛊术让他离不开你呢？”

徐阿尼道：“自己真正爱的人，必定希望对方是出自内心地喜欢自己，绝不希望掺杂任何其他因素。”

“原来这样。”

然后，她们两人聊了许多许多，小米将自己的几次前世的遭遇说了出来。

徐阿尼确定小米的心上人不是赫连天，赫连天也对小米不是那种感情之后，她对小米的敌意立即消失得无影无踪，她将她的心路历程也说了出来。两人推心置腹，互为对方感叹不已。

小米说道：“这次你既然来了，就别走了吧。你和我师父毕竟互相有感情，现在又见了面，这就是天大的恩赐。你看看我……”

徐阿尼点头。

那晚之后，徐阿尼果然没有再离开。

赫连天惊喜不已，偷偷问小米用什么方法将她留下来的。

小米神秘兮兮道：“我是不会告诉你的。如果你以后有机会碰到一个从画眉村来的水客，你就问问她，她知道答案。”

几天之后，姥爹终于拖着疲惫的身子回到了定州，回到了狗肉馆。

小米欣喜不已，却又要保持矜持。

这回反倒是徐阿尼笑话她了。

姥爹在赫连天的狗肉馆休息了几天，就带着小米和白夜还有竹溜子要离开这里。

赫连天和徐阿尼对他们两人恋恋不舍，央求他们再多住几日。

姥爹道：“这次我们出来已经够久了，家中还有亲人，免得他们挂念，我们还是尽早回去的好。”

赫连天见留他们不住，便要送钱给他们做盘缠。

姥爹坚持不收。

姥爹离开狗肉馆要出定州城的时候，铁小姐又赶来送了一程。

第十一章 花姐

离了定州，姥爹和小米便快马加鞭往画眉村赶。虽然赶路，但到了晚上他们还是出去收集怨念。由于之前收集的怨念已经很多了，返回的路上并不需要花太多精力再次收集。

在过年前不久，姥爹和小米终于回到了画眉村。

在画眉村等待他们的不只有赵闲云和罗步斋他们，还有很多邻里乡亲等着姥爹回来帮他们解决各种琐碎问题。

但姥爹没有立马腾出时间来见想要见他的人。他除了跟家里人话长里短，抱抱年幼的孩子，就是静坐在书房里，什么都不做，什么人也不见。

有一天，姥爹忽然问小米：“你去看水客和水猴了吗？”

小米点点头，说道：“我听余游洋说，我们不在这里的时候岳云差点被抢走，幸亏他们两个帮了一把忙。我想，他们的性情都已经变好了，过些时间我想把他们都放了。”

姥爹点点头。

“但是我又担心弱郎大王来的时候我们没有帮手。”小米说道。

姥爹笑道：“他们已经向善，就要让他们有好的归处。不能因为我们还需要他们，就把他们禁锢在这里。”

小米说了声“是”，好像还是有些犹豫。

不久之后，有一个人引起了姥爹的注意。

画眉村某户人家办婚事，一个男子娶了邻县的女人。女人的娘家来了不少人，由于路途遥远，娘家人便在画眉村住了几日。

那娘家人大概是听画眉村的人说到了马秀才的一些事情，于是有个三十岁的女人跑到姥爹家里来，要姥爹给他算算姻缘。

在这个地方，三十岁还没有结婚的女人很少见。

她跑到姥爹家来的时候,姥爹恰好带着一大家子去了赵闲云的娘家。

赵闲云的父亲来信说想看看外孙,姥爹带着一大家子一起去了。

姥爹从赵闲云家里回来后，外地新媳妇的娘家人还没有走。

姥爹跟着新媳妇的娘家人去了那户人家，一眼就看到了那个三十岁的女人。

那个女人听人说来者正是她前几日要找的马秀才，急忙移了椅子坐到姥爹旁边来，欣喜道：“您就是马秀才啊，我叫尚若然，前几天去你家里，可惜你不在。”

姥爹问道：“你是想找我算姻缘吗？”

尚若然一愣，继而笑道：“果然是活神仙！我还没有问，你就知道我要问什么。看来传言不假！请问一下，你是怎么知道我要算姻缘的呢？看面相还是别的？”

姥爹见坐在屋里的人比较多，便道：“说话不方便，待会儿你去我家里，我再告诉你。”

尚若然见姥爹说得神秘兮兮，顿时有些紧张了，小声问道：“我不过是算算什么时候遇到意中人，什么时候能结婚而已，又不是问凶吉，有什么说话不方便的？”

姥爹摇摇头，说道：“还是到我家后再跟你说吧。”

吃过晚饭，赵闲云抱着孩子和小米去结婚的那户人家串门，余游洋收拾了碗筷，准备洗碗。罗步斋则搬来了账本，拿一支笔在账本上写写画画。白先生和竹溜子追来追去，最后跑到屋后的草丛里去了。

姥爹坐在罗步斋一旁，面前摆了一个算盘，帮罗步斋算账。

罗步斋翻了几页账本，那个尚若然就来登门拜访了。

罗步斋见尚若然要进门，急忙放下账本，张开双手拦住她，不让她进来。

尚若然道：“是马秀才让我来的。”

罗步斋回头看了一眼姥爹，疑问道：“你让她进来？”

姥爹微笑道：“你在门口插三根香，叫她对着三根香鞠一个躬再进来。”

罗步斋于是弄了三根香来，叫尚若然对着鞠躬。

尚若然鞠完躬，罗步斋吁了一口气，摆手道：“好了，进去吧。”

尚若然虽然照着做了，但是不明白他们的意思。她问道：“每个人进来都有这样的规矩吗？”

罗步斋摇摇头，说道：“不是的，要不是你背上驮着邪灵，我们是不会让你这么做的。”

尚若然脸色一暗，微微一颤，问道：“我背上驮着一个邪灵？”

罗步斋纠正道：“不是一个，是好多。我们家里有小孩，不能让这些邪灵进门，所以让你对着天地人三根香鞠躬。在你鞠躬的时候，它们从你背上下来了。”

尚若然环视一圈，惊恐地问道：“不要吓我！它们在哪里？我怎么看不见？”

“它们就站在香火旁边，你当然看不见。它们会等着你，你待会儿走的时候，它们还会爬到你的背上去。”罗步斋说道。

尚若然三步并作两步，急忙跨进门，频频回头看，生怕那些看不见的邪灵跟上她。

姥爹笑道:“它们不会跟进来的,你放心吧。它们原本也不会害你,只是会影响你的姻缘。所以我看到你的时候，就知道你来我家是要问姻缘。”

尚若然惊慌道：“我总感觉有什么东西在我背后，原来就是它们？”说完，她低头看了看姥爹家的高门槛，补充道，“你们家的门槛也太高了，差点绊了我的脚。”

姥爹道：“你经常鬼压床吧？”

尚若然点头道：“是啊，只要睡觉，就会被压。”

“就是那些邪灵作的祟。”姥爹朝门外看了一眼。

尚若然循着姥爹的目光朝门外看,只看见屋前的树,远处的水田,再远处的山。

“也是那些邪灵让你姻缘成不了，你要把它们赶走才行。”姥爹说道。

这时候小米回来了,看见姥爹便问道:“你看到我的白先生没有？”

姥爹指了指屋后。

小米正要走,姥爹又将她叫了回来,嘱咐道:“你把白先生看住了,不要让它发现门口的几个邪灵。”

小米瞥了一眼燃烧的香，说道：“太小了，吃了还塞不了牙缝。”说完她就走了。

尚若然听到小米说这话，像是遇到了救星一般，急忙拉住姥爹的袖子央求道：“既然您这里有个可以吃掉邪灵的白先生，那就麻烦您帮我把那个白先生叫出来把它们吃了吧！这样我就不用赶走它们了！”

姥爹道：“邪灵依附在你的身上，那都是有原因的。你要它们走，就要了解它们为什么来。如果处理不当，眼前的麻烦虽然缓解了，但后患无穷啊。”

尚若然顿时露出不自然的表情来。

姥爹道："说吧，说出来我才能帮助你。"

罗步斋也点点头。

后来罗步斋说，如果当时他不让姥爹帮助她就好了，那时候他不知道这个女人会给姥爹还有这个家庭带来多大的影响。人生就是这样，很多看似惊心动魄生死攸关的瞬间，以后回头看看，发现那时候并不是人生的转折点，而一些看似平淡无奇无关痛痒的选择，以后回头看时，发现那一次选择简直就是人生的分水岭。

尚若然深深吸了一口气，然后将她的遭遇说了出来。

她说她小时候特别喜欢花，不论品种，什么桃花梨花喇叭花映山红都喜欢；不论颜色，什么红的紫的白的黄的都喜欢。她的妈妈说从她还不会走路的时候一看到路边的花儿就在大人怀里哇哇地叫唤，会走路的时候看到花就跑过去，拦都拦不住。

她的妈妈觉得这么小的孩子如此喜欢花是不正常的现象，故意不让她接触花儿。于是，她经常偷偷跑到山上去看花，看得入了神，连她妈妈上山来喊她都听不见。

每天被妈妈拉回来之后少不了一顿打，但她还是一有机会就跑到山上去看花。

有一次，她发现附近村里还有一个小孩子也跑到山上来看花。于是，她有时候会凑到那个小孩子旁边去，跟他一起欣赏。

慢慢地，她跟那个小孩子成了朋友，经常一起悄悄地躲在山上。

如此过了几年，大概到了六岁的时候，她在去山上的时候摔了一跤，摔得头破血流。她的妈妈生气得不行了，不顾她受了伤还打了她一顿，叫她不要再这样。

她大声争辩说，别人家的孩子可以，为什么她不可以。

她的妈妈厉声道，还有谁家的孩子像你一样野？

她不服气，便说她经常跟村里另一个孩子来山上看花，并且是男孩子。

她当时认为，一个男孩子都可以这么喜欢花，她一个女孩子为什么不可以。

她的妈妈以为她撒谎，便质问那个男孩子叫什么名字，住在哪里。

她说出了那个男孩子的名字，并且带着妈妈走到了那个男孩子的家门前。

有时候，她会送那个男孩子到他家门口，有时候，那个男孩子会送她到她家门口。所以她知道那个男孩子的家在哪里。

她的妈妈走到那户人家前，敲开了那户人家的门。

经过询问，那户人家却说家里没有她说的那个男孩子。

她吓得大喊那个男孩子的名字，可是那个男孩子再也没有出现。

她的妈妈觉得她骗人，又将她狠狠打了一顿。

一个在她看来是活生生的人就这么突然从人间蒸发了。

可是这依然不能阻止花朵对她的吸引。如果白天不去山上看看那些花儿，晚上睡觉的时候她就仿佛能听到那些花儿在她耳边说话，叽叽喳喳窸窸窣窣的，让她不得安生。她梦里就会梦见那些花儿，漫天飞舞，让她透不过气来。

后来，她又遇到了一个跟她差不多大的孩子，那个孩子也跟她一样喜欢花儿。他们两人很聊得来，经常在一起玩耍。

有了上次的教训，这次她偷偷跟着这个新朋友去了他家里。她看到这个新朋友家里的大人跟他有说有笑，这才放心下来。

后来偶尔一次，她跟着她妈妈经过那个新朋友的家。她指着那个房子对妈妈说，这个人家的孩子也像我一样喜欢花呢。

她妈妈吃了一惊，说道，你说什么傻话呢？这个房子里好久没有人住了！

她不信，跑进那个房子里，发现房子的墙壁上长了青苔，窗户腐朽，锅灶残破。她以前只在外面看，并不知道里面的情景。

自从她妈妈说破之后，那个新朋友再也没有出现了。

后来她交朋友更加小心，但仍然碰到了好几次类似的情况。在没有人说破之前，她跟那些朋友相处得好好的，一旦被人说破，那些朋友就突然消失了，仿佛不曾存在过。

到了后来，她便得了一种恐惧症，看到人了不敢打招呼，非得她认识的人说看到了那个人，她才敢跟人玩耍。

尚若然讲到这里，对姥爹说道："马秀才，你说我的经历奇怪不奇怪？"

姥爹笑道："说起来奇怪，但又不算奇怪。"

"这还不算奇怪？"尚若然不以为然道。

姥爹道："很多人会看到别人看不到的人，只是他们没有发觉而已。"

姥爹指着远处正在田埂上行走的两个人，说道："你看那两个人，如果我和你同时去看，或许你看到了三个人，我只看到了两个。但是我们不说起这件事，你我就以为看到的都是三个人或者都是两个人。事实上，你看到了一个我看不见的人。还有，假如我们两人一起吃桌席，你看到桌边坐了七个人，而我可能看到桌边坐了八个人，其中有一个就是你遇到的那种'人'。对于生活中类似这样的种种细节，我们是无法跟每个人一一核对的。正是因为这样，一些邪灵能混迹在人群之中，甚至大摇大摆，跟你交谈，跟你交往，但是你无法发觉他的不同。"

尚若然恍然大悟，连连点头。

"你说的那几个朋友，恰好被你身边的人戳穿。他们知道自己泄露了身份，所以不再在你面前出现。"姥爹解释道。

尚若然又点头。

"其实他们并没有离开，而是躲在了你的背后，爬到了你的背上，因为你是花姐的命。"姥爹对尚若然说道。

"花姐的命？"尚若然吃了一惊。

“对啊，你这种命的人，灵魂太纯净，所以从小就体弱多病，也是因为灵魂太纯净，感情容易受挫，一订婚就会大病，更不能出嫁，一出嫁就会病亡。”

“灵魂太纯净不好吗？为什么这些都是因为灵魂太纯净带来的麻烦呢？”尚若然问道。

姥爹道：“水至清则无鱼，人至刚则易折，太过纯净的东西在这世上都难以生存。花姐的善根是非常深厚的，如果被世间各种污浊污染，追求世间各种欲望，就会非常不适应，对各种污染非常敏感，当然就容易多病不顺。”

“那我该怎么办？”

“身为花姐，最好的归宿不是追名逐利的人间，而是淡泊名利的佛门。你可以去庙里拜一个师父，与青灯古壁做伴，那些邪灵便不会缠着你了，你才会得到善终。”姥爹说道。

“你要我出家？”尚若然瞪眼道，“我才不要出家，我过不了那种清淡的日子！”

姥爹又道：“如果不愿出家，还有一个办法。”

“快说快说。”尚若然催促道。

“寻一处风水极佳的地方居住，风水极佳的话，你也会受到庇佑。如果你非得婚娶，那得寻着一个福气很好的大善人。那个大善人的善根也深厚的话，你就处在相对纯净的地方，能避免被世间浊气污染。不过这种方法还是远不及出家的效果。”

尚若然道：“什么样的地方才算风水极佳？什么样的人又算福气很好的大善人？”

姥爹为难道：“这说起来容易，要找到却很难，只能看你自己的机缘。”

“机缘……”尚若然低声念着这两个字，陷入了沉思。

半晌之后，尚若然问姥爹道：“你以前遇到过我这样花姐命的人吗？”

姥爹道：“当然遇见过。”

“那个人后来怎么了？”

姥爹道：“有极少部分花姐命的人会渐渐好起来，最后摆脱花姐命，成为普通人。”

“我现在还有机会转变成普通人吗？”尚若然焦急问道。

“如果你现在还不到十二岁，我倒是可以勉强想几个办法给你支支招。”姥爹无可奈何道。

尚若然失望道：“看来我一辈子都没有机会摆脱花姐的命运了。”

罗步斋在旁提醒道：“刚才马秀才不是说了吗，你可以皈依佛门，也可以寻一处风水极佳的地方住下。若你非得婚嫁，必须找一个善根深厚的大善人，并不是没有任何机会嘛。”

尚若然叹气道：“我定然是不愿意出家的。风水我又不懂，不知道哪里风水好哪里风水不好。至于善根深厚的大善人，我也分辨不出，不知道哪里找得到。”

“找得到的，找得到的。”罗步斋没有底气地宽慰道。

尚若然不死心道：“马秀才，你说这些邪灵是我小时候看到又消失的，那你能不能请白先生将它们吃了？”

姥爹看了看门外的三根香，说道：“你不用担心花姐命，以后一段时间里，你会有好运来临。那些邪灵还是不要处理得好，毕竟你还没有摆脱花姐命，你处理了它们，说不定会引来更加厉害的邪灵。这些邪灵虽然影响你，但影响得还不算多，也不算大。要是你将背上的位置空出来，让更加暴戾的邪灵有机可乘，你就会真的万劫不复，永无安宁之日了。”

姥爹说这样的话，是根据那三根香燃烧的不同程度来预测的。三根香代表天地人，燃烧一段时间后，它们的长短一般会有所不同，可以根据三根香的高低来判断凶吉。比如，中间的最长，左边的稍低一些，右边的最低，等等，根据香的长短，会有不同的吉凶预测。这叫作“看香头”。

如果三根香烧得齐平，这叫作平安香，主吉，是最近会平平安安的预兆。如果中间香的最高，左边次之，右边最低，这叫作增财香，主吉，是最近会有财源进门的预兆。如果左边的香最高，右边的香低于左边三分之一以上，中间的最低，这叫恶事香，顾名思义，主凶，是最近会有不顺心的事发生的预兆。如果中间的香几乎燃尽，而两边的才烧一点儿，这叫口舌香，主凶，是七日之内必定有凶人来争辩是非的预兆。除此之外，还有成林香，孝服香，长生香，催命香，献瑞香等等说法，各有不同意义。

刚才为尚若然点的三根香此时烧得齐平，所以姥爹叫她不要担心。

不过看香头看的是短时间内的事情，看不长远。

不管长远不长远，眼下是好的也会令人欣喜。

尚若然听姥爹说不久会交好运，顿时眉头的乌云散去，高兴道：“托你的吉言，但愿我以后的日子会好过点。”

不一会儿，她的亲戚来到姥爹家叫她回去。她就离开了马家老宅。

回去的路上她问那个亲戚：“你知道这里哪里有风水极好的地方吗？”

那个亲戚说道：“这还用问吗，你刚才待的地方就是风水极好的地方。”

“为什么这么说？”尚若然问道。

“人杰地灵。马秀才是我们这一带最有名最有才的人，住的地方必然是风水极好的地方。”

“哦，说得也是。那你认得善根深厚的人吗？”尚若然又问道。

“刚才跟你说话的人就是啊，他是我们这一带出了名的大善人。”那个亲戚毫不犹豫地说道。

她那个亲戚是画眉村的人。后来那个亲戚将尚若然问的话原模原样说给罗步斋听了，罗步斋听得眉头紧皱。

那人说给罗步斋听的时候刚好被小米撞上。小米笑道：“她不会看上我们家马秀才了吧？”

尚若然后来常常来画眉村小住，经常来马家老宅小坐，有意无意询问姥爹一些不着边际的事情。她自己说，她自从听姥爹说她是花姐命之后，经常去各大寺庙跪拜，并有意识地结识了不少名道高僧。

小米不喜欢她来马家老宅坐，又不好给她脸色看。

赵闲云则会给她泡茶，跟她说话，不知道仅仅是为了尽主人的客套，还是真的跟她有话聊。不过每个人来到马家老宅，赵闲云都会热情接待。

如此过了几年，眼看孩子快满六岁了，赵闲云的身体一天比一天差，熬到跟姥爹在一起的第六年时身体已经明显不行了。纵然身体疲倦无力，赵闲云依然不失大家风范，将自己和家里收拾得利利索索，不让余游洋做下人的活儿。

小米见赵闲云身体虚弱，将她的血丝玉镯子送给赵闲云戴，希望玉镯子能保佑赵闲云平安。

赵闲云再三推辞，小米坚决要送，赵闲云只好收下，戴在已经瘦得如竹竿的手腕上。过了些时日，赵闲云还是将它还给了小米。赵闲云说，这玉镯子不仅仅是小米的贴身之物，更是她和马秀才的见证，所以不能要。

有一天，姥爹陪着赵闲云出去散步，走到了一棵枣树下。那时恰好是枣子成熟的季节。不过这里嘴馋的孩子多，所以没等到果树上的果子成熟就被摘得差不多了，只有极少果子因为叶子遮挡才会幸免。

因此，那棵枣树上变红的枣子寥寥无几。

赵闲云此时已经需要姥爹扶着走路了。她让姥爹扶着她在枣树底下走了一圈，咳嗽了几下，然后说道：“你还记得我们第一次在大云山见面吗？那时候九一道长还在世呢。”

姥爹点头道：“当然记得。光阴如梭啊，如今想来，就像昨天一样。”

“掐指算算，今年已经是第七年了。”赵闲云微笑地看着姥爹，眼睛微眯，像看着阳光一样。

“是啊，第七年了。”姥爹也笑了笑。

“你恨我吗？”赵闲云依旧眼睛微眯。

姥爹摇摇头，说道：“怎么会呢？”

“你知道我的意思。”一阵微风掠过，枣树微微摇晃，树叶抖动，赵闲云脸上落着的树影跟着抖动，让赵闲云的脸看起来阴晴不定，“本来你跟她应该有个好结果的，结果因为我在这里，你们只能隔岸相望。如果我早知道她会出现，就不会来这里了，虽然我对你的情意不一定比她少。”

姥爹摸了摸赵闲云消瘦的脸，说道：“说什么傻话！不要说这个了，我们往那边再走一走吧，你的身体虚弱，要多走动一下。”

赵闲云没有挪动脚步，她站在枣树的树荫里，就像是一棵枣树。

“马上七年了，我想知道你是怎么想的。”赵闲云的话说得波澜不惊，心中其实已经有些起伏了。

姥爹沉默了片刻，说道：“真的没有恨过你。至于你们两个人，怎么说呢，就你来说，能跟你结为夫妻，我从来没有后悔过，并且我很感恩你能陪伴我这么多年。就她来说，她能回到这里，我就觉得已经足够满足了，其他的，我不敢奢望。就如我本来只期待有人施舍给我一口饭吃，却意外得到了一桌的美味佳肴，我又怎能再奢望吃到人参燕窝、珍禽异兽呢？又如我本来只是向天乞讨一文钱，上天却给了我一锭银子，我又怎能再奢望拥有金山银山？你懂我的意思吗？”

赵闲云点点头，露出舒心的笑。

“只要你不恨我，我就满足了。我不敢奢望太多，你不恨我，就是给了我一口饭吃，就是上天赏给了我一文钱；能和你相伴这些时日，就是意外得到了一大桌的美味佳肴，就是上天大方地给了我一锭银子。我不能奢望人参燕窝，不能奢望金山银山。我对你，就像你对她一样，所以我很理解你说的话。”

姥爹眼眶微红。

赵闲云长长吁了一口气，好像要将身体里的气息全部呼出来一般。她吁气之后抬头看着枣树的枝叶，说道：“你数了这枣树上的枣子没有？”

姥爹立即数起来：“一、二、三……四、五……”

“不用数了，总共七颗。”赵闲云仰头对着从人们手中侥幸逃脱的枣子说道。

“七颗？”姥爹愣了愣。

“是啊。它在提醒我，我该走了。”赵闲云的眼角爬出了一滴泪水，那滴泪水如蚯蚓一般从她脸颊蜿蜒而下。

姥爹一把抱住赵闲云，极为罕见地大哭起来……

第二天，姥爹在枣树下痛哭的事情在附近传开了。

众人纷纷胡乱猜测，有的人说姥爹猜到自己可能要遭到邪灵的报复了，所以痛哭；有的人说姥爹因为小米的事情在赵闲云面前痛哭，乞求赵闲云的原谅，还说他带着小米在外的时候就有了那层关系；也有人猜得相对准确，说姥爹预测到赵闲云病渐加重，时日无多，忍不住哭了起来。

赵闲云的身体越来越差，渐渐卧病不起。

孩子几乎全由余游洋带。

赵闲云躺在床上起不来之后，就跟姥爹分床睡了，她说她怕身上的病气传给姥爹，坚决不让姥爹跟她一起睡。罗步斋他们怎么劝也没有用。

她对余游洋说，她知道自己如拔了根的树，迟早是要枯萎的，但余游洋喂她药的时候，她还是照常喝。即使只能坐在床上，她每天早上依然洗脸梳发，精心打理自己。

以前她不管家里财务，自从病倒在床后，她偶尔还会叫罗步斋过去，跟他讨论如何节省家中开支。她也会将已经上私塾的孩子叫到她的房间去，要他站在她的床边背诵白天学过的诗。

那段时间里，尚若然经常来看望赵闲云。她说她小时候体弱多病，久病成良医，所以常常给赵闲云支招，用新的药来治疗。

赵闲云当着她的面答应试试，可是从来没有真的试过。

有一天，赵闲云将姥爹叫到身边，忧心忡忡道："你已经很久没有离开画眉村了，也不知道那弱郎大王会不会循着你的气息又找到这里来。如果你把这件事情处理好了，我将来走的时候也安心一些。"

姥爹劝道："别乱想，好好养着身子，养着心。你都这样了，还想我那些小事干什么！"

赵闲云道："这是小事吗？如果我走得早，我还指望你照顾好我们的孩子呢，我可不能让弱郎大王把你带走。"

"这么多年都没能斗过弱郎大王，还能有什么办法？你好生睡觉吧，闭目也是养神。"姥爹说道。

"你想想看，你跟所有人在上辈子或者上上辈子甚至更远都有联系，跟这弱郎大王肯定也是有联系的。如果你能弄清楚弱郎大王以前到底是个什么东西，或许你就能找到打败它的办法。"

"嗯，嗯，我想想。你先休息。"姥爹说道。他早就想过，只是依然没有找到打败弱郎大王的好办法而已。

"别敷衍我了，要想就好好想。"

姥爹在她床边坐下，说道："我确实这么想过，可是没有想到好办法。我感觉我好像一直在跟他斗。"

"一直在跟他斗？难道他是你的天敌吗？"

"我不知道。我曾经似乎有一次封印了自己的记忆，在那之前的身世记不起来，在那之后，我就一直在跟他斗。按熙沧那边的人讲，这个弱郎大王是在将近一百年前由寺庙的住持变成的，但在我的记忆里，他早就出现了。”

“那他到底缘何而来，总有个缘由吧？”赵闲云迷惑道。

姥爹摇摇头，同样迷茫。

这个问题直到子非来到画眉村才得到解答。

子非来到画眉村的那天，天空正如撒豆一般下着大雨。屋前的排水沟里水流湍急，居然也有一点磅礴的气势。

姥爹一家人都窝在屋里没有出去。

小米抱着白先生坐在大门口，呆呆地看着雨滴在地坪里砸出一个个小水坑。姥爹躺在竹椅上抽烟，竹溜子在房梁上吞云吐雾。罗步斋和余游洋也坐在堂屋里，罗步斋手里拿着一个账本，心不在焉地翻阅。

突然，堂屋里的所有人都听到了嘭嘭嘭的声音，如同一筐豆子撒落在了鼓面上。

白先生首先看到打着一把漆黑油纸伞朝马家老宅大门走来的人。它从小米的怀里一跃而下，跳到湿润的台阶上后立即收住了脚，但脚上的毛被溅起的雨水打湿，贴在了脚上。落在台阶上的雨滴被撞得粉碎，从而升腾起像雾一样的水汽，仿佛是一个缩小的仙境，又仿佛是看不透的陷阱。

小米莫名地觉得担心，急忙上前一步，弯腰将白先生抱起来。

在直起腰来的时候，小米的目光落在了打着伞的那个人身上。

那把油纸伞撑得很紧，伞面如鼓皮，雨滴砸在上面发出很大的声响。那伞面似乎不弱于姥爹家门前的石阶，雨滴也被撞得粉碎，从而伞顶上也升腾起一层雾气。从小米的这个角度看去，那个打着伞的人就如来自仙境。

接着看见那个人的是罗步斋。

罗步斋一见那人，顿时两眼放光，低声惊道："嚯！这么沉的骨重！此格世界罕有生，十代积善产此人！"

正在哄孩子睡觉的余游洋听到罗步斋的话，立即翘起椅子斜了身子伸了脖子去看外面的人，喃喃道："十代积善产此人？要积累十代的善德才能有这样的人，那该是命多好寿多长啊？"她经常见罗步斋给人称骨，熟悉罗步斋的那套口诀，所以听到罗步斋盛赞外面人的骨重时忍不住要看看。

姥爹吐出一阵烟雾，优哉游哉，说道："莫非是他来了？"

余游洋瞥了姥爹一眼，问道："谁？"

小米稍有犹疑地将答案说了出来："子非？"

或许是因为雨帘遮挡，小米要费些力气才能看清来者的面貌。

嘭嘭嘭的声音越来越近。

"子非！"小米惊讶道，"你怎么来了？"

姥爹从老竹椅上坐起，走到门口去迎接远道而来的子非。

罗步斋和余游洋也急忙起身。

子非走到屋檐下，将伞收起，靠墙角放下，对姥爹毕恭毕敬地施了一个礼，说道："师父。"

余游洋惊讶地看了看姥爹，问道："没见你收过徒啊，他怎么叫你师父？"

罗步斋则早听姥爹跟他提起过子非，所以并不惊讶。

"不要叫我师父，叫我马先生就好。快快进来，余游洋，你去弄点热茶来给他喝。"姥爹说道。

余游洋泡了茶来，给子非递上一杯，其他人也各有一杯。

喝了茶，姥爹问起子非上次离开之后的事情："你找到那个棋手没有？找到破解三劫连环的方法没有？"

子非回答道："找到了，那人棋艺非常高超，要不是我下过的棋局比他多了无数倍，恐怕下不过他。”

余游洋泡完茶又将孩子从罗步斋手里夺回，抱着孩子去了里屋。

子非看了小米一眼，温和问道：“时隔数年，你越发像那个子鱼了。近来可好？”

小米不太自在道：“还好。”

子非说得不假。在定州的时候，小米还是一个稚气未脱的小孩子，虽然经历的事情比普通小孩子要多得多，但小孩子的本性还未完全脱落。现在小米已经十六七岁，出落得亭亭玉立，跟在定州的时候有了很大差别。

那时候子非看她，她便敢迎着他的目光去看。

现在子非看她，她有些闪避。

子非见小米不理他，转而对姥爹说道：“师……马先生，我听说您的妻子身体状况欠佳，我可否看看？”

小米立即没有不自在了，不相信道：“你看看？你会医术吗？”

子非道：“长生本就是医术想要达到的极限，我有切身体会，自然也会融会贯通一些。这么多年来，我别的没什么长进，但是医术跟棋术不在话下。”

姥爹没有抱多大希望，但子非活了这么多年，见识比常人要多太多，或许他曾见过这种病症，并且听说过治疗的方子，所以让他试试也好。

小米听了子非的话，多了几分期待。她在定州的时候遇到过修炼了数百年的人精，认为经历了沧海桑田的人精知识广博。这子非虽然不是苦苦修炼的人精，而是意外获得长生不老之药得以长生的人，但他的经验在时间的长度上远远超过人精，应该知道的比人精更多才是。

在赵闲云刚刚病得不能起床的时候，小米还想过要去寻找那个人精，想从人精那里得到延长寿命的秘法。可惜人精时时刻刻不忘隐藏自己，他能找到别人，别人却难找到他，小米只好作罢。

姥爹领着子非到了赵闲云的房间。

赵闲云见有生人进来，忙坐起来向人示意。

子非则恭恭敬敬给赵闲云作了一个揖，古人范儿十足。

赵闲云惊讶地看了看子非，又看了看姥爹，问道："不敢当不敢当，你行这么大的礼干什么？我怕是受不起。"

子非回答道："马先生是我师父，您就是我师母，这个礼节还是要有的。您受得起。"

"师父？哦。"赵闲云先是一愣，随即领悟过来。虽然她不知道姥爹什么时候收过徒，但既然见姥爹没有反对，她便接受了，没有任何质疑，也没有任何抗拒。

子非走到床边，说道："麻烦您将手递给我，我给您把把脉。"

赵闲云道："哎，都已经这样子了，恐怕你的辛苦也是徒劳。"话虽这么说，她还是将手伸了出来。

姥爹知道，赵闲云伸出手来并不是还怀有希望，而只是为了不在客人面前失了礼节。

子非给赵闲云把把脉，又问了她的出生时日，然后说道："原来您是木命之人。木命性格的人主慈，质朴清高，骨骼修长，且容易动恻隐之心。木多木旺之人，性格倔强，意志力坚定不移。"

姥爹点头，这些他不是不知道。

小米则稍稍失望，姥爹早就在她面前说过金木水火土五命的说法。子非这些话并没有什么新意。

子非又道："您虽然是木命，却又缺木。木命缺木的人，自身容易缺乏木气，木气弱，容易身心疲倦，事有不顺，甚至体弱生病。"

小米更加失望，这些话依然没有什么新意。

姥爹依旧认真听子非说话。

罗步斋等不及了，直接问道："别说什么命了，这些我们都知道，不但知道她是木命，还知道是枣木命！你就说能不能治，该怎么治。”

子非拧眉思考了一番。

房间里其他人大气不敢出一声，怕打断了子非的思维。

偏偏在这个时候，外面有个声音喊道：“马秀才在家吗？”

姥爹听出是拜月猫妖附身的李晓成的声音，他此时发出的声音有几分猫的媚气，让人不由自主地内心发软。

罗步斋忙答道：“在呢。”然后起身去大门口迎接。

见是李晓成，罗步斋惊讶道：“大雨天的，你来这里是有什么急事吗？”

李晓成露出猫脸一般的笑容，说道：“是啊，我找马秀才有点事。”

于是，罗步斋将李晓成带进赵闲云的房间。

李晓成见屋里有生人，忙说道：“原来家里来了客人啊，打扰你们了。”说完，他的目光在子非的身上逗留了许久。

姥爹道：“不打扰，不打扰。你怎么今天来了？有什么事？”

姥爹看到他的肩膀湿得厉害，知道他在路上走得急，被飘雨淋湿，顿时心中有种不祥的预感。

李晓成伸出舌头在嘴角舔了舔，猫相十足，说道：“弱郎大王来了。”

余游洋和赵闲云顿时露出惊慌的表情。

姥爹虽然早就料到弱郎大王还会来，但是听到这个消息的时候还是有些意外。他问道：“你看到他了？”

李晓成说道：“我在我们村山路上看到的。他好像在山上折树枝，不知道他要干什么。我脚步轻，加上雨水打在树叶上的声音比较大，掩盖了我的声音，我才没有被他发现。”

“折树枝？他折树枝干什么？”罗步斋急忙问道。

小米道：“他不是脊骨被撞断了吗？怎么还能在山上行走？”

李晓成摇头道：“我不知道他折树枝干什么，反正他这次好像行走自如了，没有脊骨折断的迹象。这几年没有出现，可能是他一直在养伤吧，说不定现在伤已经养好了，就又找来了。”

“你确定是弱郎大王吗？”小米问道。

李晓成点头道：“看得真真切切。”

姥爹问道：“现在他还在你看到的地方吗？”

“我一看到他，就急急忙忙到这里来了。我想他现在还在那里。”李晓成回答道。

子非走了过来，见大家神色不定，好奇地问道：“马先生，有弱郎大王缠着你？弱郎大王不是应该在熙沧吗？怎么追到这里来了？”他见多识广，自然知道弱郎大王是什么样的存在。

姥爹说道：“是啊，我也有同样的疑问。前天我还跟赵闲云说呢，这弱郎大王到底缘何对我穷追不舍，纠缠不清。就算我在熙沧的时候看到了他，就算我前世的时候对付过弱郎，今生他报复我好多次都失败了，应该放过我才是啊。莫非我跟他真是天敌，非得你死我活不成？”

余游洋心存侥幸道：“或许是跟弱郎大王长得相像的人呢？今天下这么大的雨，隔一段距离就看得没有那么清楚，说不定看岔了。”

罗步斋道：“既然这样，晓成，我们几个跟你去那里再看看，我和马秀才更熟悉他，看得更加真切。怎样？”

李晓成点头道：“你们去看的话当然更好。那我们现在就动身吧，晚一点谁知道他会不会还在那里。”

余游洋道：“辛苦你跑来跑去，喝点热茶再去吧。”说完，她又倒出一杯热茶来。

坐在床上的赵闲云忙说道：“他身上淋了雨，喝不得热茶，要喝只能喝凉水。”

李晓成道：“是喝不得热茶的。不过我不喝水，先带你们去看看。”

姥爹点头。

姥爹、罗步斋、余游洋还有小米都认为子非对赵闲云也力不能及，便不再说刚才治病的事，免得子非觉得尴尬。

子非见他们听到“弱郎大王”的时候个个如临大敌，似乎也忘记讨论赵闲云的病情了。他见众人都要去看弱郎大王，便说他也要去看看。

姥爹叫余游洋和小米留在家里，说：“我和罗步斋还有子非去就行了，再多人反而行动不便。”

余游洋要照顾赵闲云，自然立即点头。

小米则不听，非得一起去看。

赵闲云提醒道：“你们不能就这样两手空空地去，万一真是弱郎大王，又被他发现，你们要有应对之策。”

可是一时之间哪里能想到应对之策？姥爹想了想，将䜩丝儿拿了出来，用火烧成几段，每人发了一段，说道：“我们看的时候稍微离远一点，如果发现他朝我们追来，我们每人就将自己手里的䜩丝儿系在两棵树之间，或许可以将他绊倒。”

众人点头。

姥爹叹息道：“眼前除了这个办法，我也没有其他办法。”

子非拿了䜩丝儿看来看去，好奇道：“这就是杀人杀邪灵的䜩丝儿？听说过它的名字，但从来没有见过。”

罗步斋打趣道：“活了两千多年，你都没有见过这种东西？”

子非摇摇头。

李晓成听到罗步斋说子非“活了两千多年”，顿时眼睛一亮，如同猫看到了老鼠一般，兴奋道：“我一进来就感觉你的气息非同常人，果然没错！”

子非也道：“你一进来，我就仿佛看到一只猫潜入房中。”

李晓成挠挠脸，大笑道：“原来你也是慧眼如炬啊！”

罗步斋简单给子非介绍了李晓成的情况，子非频频点头，也对李晓成露出钦佩之色。

众人话还没有说完，余游洋就将家里的油纸伞拿了出来。

她手里只有两把伞，说道：“家里只有两把好伞了，还有一把烂伞我没拿出来，以前我用过，外面落大雨，里面落小雨，根本用不得。”

子非和李晓成都是自己带伞来的。姥爹和罗步斋还有小米需要三把伞。

姥爹借此机会劝小米道：“你看，都是天意，你就留在家里吧。”

小米倔强道：“少一把伞是天意的话，我可以跟你们其中一个共一把伞。”

子非张嘴就要说话，小米一眼瞥到了他，立即对姥爹说道：“我跟你共一把伞，你别想把我撇在家里。”

子非刚张开的嘴巴又闭上了。

“走吧，走吧。”李晓成已经出了门，挥手催促道。

几人各自撑开伞走到了雨中，嘭嘭嘭的声音又响起来。

小米钻到了姥爹的伞下，挽住了姥爹的胳膊。

姥爹将伞尽量往小米那边倾斜，不让她打湿一点儿。

李晓成将子非的表情看在眼里，虽然不知道子非的底细，但是能看出他对小米的几分情愫来。于是，李晓成故意靠近子非，边走边问他是如何从两千年前生活到现在的，问他在这两千多年的时间里经历过什么有趣的事。

由此，子非的目光不得不从下面有两个人的伞上转移到李晓成这边来。

罗步斋则神色凝重起来，不言不语。

刚走出去不远，一个打着伞的人迎面走了过来。

“你们这是要到哪里去啊？”那个人主动打招呼道。

罗步斋从沉思中回过神来，见是尚若然，忙回答道：“去别的地方办点事。你是要去我家里坐吗？赵闲云和余游洋还在家里，你去吧。”

小米则小声道：“下这么大的雨还出来串门。”

雨声哗哗地响，尚若然没有听见小米的话。她热情不减道：“好啊，我还怕你们都出去了呢。”

尚若然见姥爹和小米共用一把伞，笑道：“伞不够吗？我借你们一把？”

罗步斋道：“不用不用。”

姥爹他们继续往前，尚若然则往马家老宅去了。

见尚若然走远，子非问道：“刚才那人是谁啊？”

小米没好气地说道：“花姐。”

走了一段路之后，雨下得越发大了，从地上溅起的雨水很快将他们几人的裤脚打湿了一大截。

走到李晓成带上的山路之后，众人的鞋子里已经全部是水了。狭小的山路简直变成了排水沟，雨水顺着山路直奔而下，如果一脚没踩好，甚至会被水流冲得滑下山去。幸好他们几人都多多少少有点本领在身，虽然上山走得艰难，但没有意外发生。

由于山路两边不少树木枝叶伸出来，所以伞也经常被刮到，伞下的人不是被雨水淋到，就是被树叶上聚集的雨水淋到。

走到半山腰的时候，几个人身上都是半湿半干了。即使姥爹尽力将伞往小米那边靠也是徒劳。

李晓成突然放缓了脚步，说道：“大家可以慢一点了，我早先看到弱郎大王的位置就在这附近。你们边走边看，小心被他发现。”

于是，几人一边走一边左顾右盼。

他们往上山方向又走了一段路，李晓成突然停下了脚步，回过身来，指了指他的左前方。

“看，弱郎大王还在那里！”李晓成说道。

姥爹立即朝他指的方向望去。

由于雨水和树木的遮掩，姥爹只看到了一个人的后背。那个人从身形上来看，确实非常像弱郎大王，那个人也确实正在攀折树枝。可是就这么看的话，无法确定那个人到底是不是弱郎大王。

“再往前一点。”姥爹说道。

雨水打树叶的声音很响，姥爹估计那个人听不到他们的脚步声。

于是，他们几人又缓缓朝前移动了一段距离。

姥爹看到那个人身上绑了许多树藤，后背中央捆了一根笔直的木棍。那个人又扯了一条树藤下来，将树藤绕在了身上。姥爹知道他为什么这么做，他是为了将身体固定起来。

姥爹记得弱郎大王的脊骨被撞断了。照道理来说，弱郎大王想正常行走，必须用木棍之类的东西将身形固定起来。这个人的行为是非常符合弱郎大王的。

可这也不能完全说明这个人就是弱郎大王。

“有没有办法绕到他前面去，让我们看看他的正脸？”姥爹问李晓成道。这座山是李晓成他们村的山，他自然对这里非常熟悉。

李晓成道：“可以是可以，但是万一被他看到了呢？”

“不看正脸的话不能确定就是弱郎大王啊。”罗步斋在旁嘀咕道，“再说了，他既然来了这里，肯定是要找马秀才的。反正要找，去正面看看也无妨了。”

“好吧。”李晓成领着他们绕了一条小道。

刚刚转到那个人的侧面时，那个人居然转了一下身子，将正脸展露在他们的眼前！

最惊讶的不是姥爹，不是罗步斋，不是小米，而是子非！

子非一把拽住姥爹，语无伦次地说道：“师……师父，这不是……这不是……不是你自己吗？”

几乎是与此同时，罗步斋说道：“果然就是弱郎大王！”

姥爹也确认对面的就是弱郎大王。

“快快蹲下身子往回撤！”姥爹招呼其他人道。

几个人急忙蹲下，等弱郎大王将头又转了回去才迅速往回撤。

显然弱郎大王依然没有听到山林里的其他响动，也没有注意到不远处有人在看他。他就像猎人眼下的野兽一般，肆无忌惮自由自在地在山林里走动，而那些潜伏观察的猎人自知没有做好准备，不敢轻易出手。

姥爹知道，弱郎大王正在全心寻找合适的草藤来捆绑自己。

时隔这么多年，弱郎大王的容貌与上次没有什么变化，只有那条恐怖的伤疤好像蠕动了一下，稍稍变换了一点位置。他没有打伞，当然他也不会打伞，但是他的动作比上次见到的还要灵活一些。

几个人撤到了山下。

姥爹问子非道：“刚才在上面的时候你说什么？”

子非脸色煞白道：“他就是师父你，你跟我说过的。”

罗步斋道：“子非，你不会是被弱郎大王吓傻了吧？他怎么会是马秀才呢？”

子非抹了一把脸上的雨水，说道：“这说来话长，回去了我跟你们说吧。”

李晓成赞成道：“先回去吧，只要你们确认是弱郎大王就行了。现在我们在这里对付他，肯定是太仓促了，没有什么胜算。我们先回去准备准备，这样有备无患，胜算反而大一些。你们说是不是？”

姥爹点头说是。

小米道：“我们只要打断他背后那根支撑的木棍，他就会败走。”

姥爹道：“前提是你要近得了他的身，近身之后还不能被他摸顶，不然就搭上自己的性命了。”

罗步斋疑惑道：“他应该一路上没有伤害其他人，不然的话早就有人知道它来了。这是为什么呢？”

李晓成道："恐怕他现在只为马秀才而来。"

子非看了姥爹一眼，说道："他跟师父……跟马先生生生世世为敌，马先生是他最大最强的对手。"

姥爹记起前世一些事情之后，确实感觉到弱郎大王跟他不只是这一世有交集，而是生生世世都有弱郎大王的存在。此时听子非一说，姥爹心想子非应该可以给他解开这个谜团。

小米忍不住打了一个喷嚏。

姥爹摆摆手，说道："先不说这些了，我们回去再说！"

李晓成邀请姥爹他们先去他家里。可是姥爹担心打湿了的衣服会把小米冻坏，便拒绝了李晓成的好意。他们决定先回画眉村。

李晓成道："那我先回家，晚上再去你那边一起商讨对付弱郎大王的事。"

"那就谢谢你了！"姥爹感激道。

于是，李晓成先回了他自己家。

姥爹他们回到马家老宅的时候，尚若然还在。

余游洋正在跟尚若然有一搭没一搭地聊着，见姥爹他们回来，急忙去拿干净衣服给他们换，又去生炉子。

尚若然见他们去的时候行色匆匆，来的时候神色慌张，忍不住问三问四。

余游洋便将弱郎大王的事情简略说了一下。

很快，他们都换上了干净的衣服，又聚到一起来。最先出来的是子非，他穿了罗步斋的衣服。

子非似乎对尚若然比较感兴趣，走到她身边问道："你还没有结婚吧？"

尚若然正追着余游洋问这问那，见这个陌生男子又追在她后面问，只好舍弃了余游洋，转而跟子非说话。

"是啊，还没有结婚。"尚若然不太高兴地说道。

“你长得不错啊，是眼光太高了吗？”子非将她上上下下打量一番，然后问道。

尚若然被他看得不自在，说道：“不是眼光高，是命不好。”

子非又道：“是……花姐命？”

尚若然皱了皱眉头，又撇了撇嘴，回答道：“是啊。”

“花姐命的人灵魂很纯净啊。”

尚若然终于笑了一下，说道：“灵魂纯净？别人听了恐怕要笑话我呢。”

子非摆手道：“别人是不懂灵魂纯净的意思。这个灵魂纯净不是心很善的意思，当然了，我不是说你坏心眼啊。灵魂本来就是三魂七魄组成，魄是恶的，所以灵魂再纯净，还是有善有恶。我说的纯净呢，打个比方，水可以很纯净，毒药也可以很纯净，没有混杂其他东西。你懂我的意思吗？”

尚若然不感兴趣道：“我懂，但你跟我说这些干什么？”

“哦，对不起，我就是确认一下你是不是花姐命。”

“你这是故意气我吗？”

“不不不，没这个意思。”子非连忙解释。

就在这时，姥爹和罗步斋也换好衣服出来了。

姥爹问子非道：“怎么样？罗先生的衣服还合身吗？”其神态就跟一个师父关心他的徒弟一样。

子非满意道：“很合身，谢谢师……谢谢马先生。”

“你说那个弱郎大王就是我，现在跟我说说为什么说这样的话吧。”姥爹在他的老竹椅上躺下来，老竹椅发出嘎吱嘎吱的声音。

子非在姥爹对面坐了下来。

这时小米也出来了。

“弱郎大王是你的魄。”子非说道。

小米和罗步斋都吃了一惊，姥爹深吸了一口气。

“这件事情只有我和你知道。因为你跟子鱼去世时封存了记忆，所以你现在不记得了。可是我一直记得，不过我不知道他到现在还纠缠着你不放。”子非说的不像是假话。

小米和罗步斋一声不吭。

尚若然听不懂他们说的什么，扯了扯余游洋的袖子，小声问道：“他们聊的什么呢？我怎么听得云里雾里的？”

尚若然的话被姥爹听到了。

姥爹从老竹椅上站了起来，说道：“我们进屋说吧。赵闲云也想知道这是为什么，干脆让她一起听听。”

“好的。”子非回答得没有一丝犹豫。他还是将姥爹当作他的师父看待，非常顺从姥爹的意思。

尚若然自然不好意思跟进去听。

进了屋，姥爹说：“好了，你继续说吧。”

子非道：“两千多年前，师父你曾跟我说过一个修炼法门。你说所有修炼都要从自己身上开始，要淬炼自己的魂魄，锻炼自己的身体。于是，你想出了一种独特的修炼方式，那就是将魂魄中的魄淬炼出来，只留下魂。因为魂善魄恶，魄往往会对修炼造成负面影响，制约修炼的成果。”

“魂魄分离？”姥爹问道。他已经完全不记得了，不过他知道《云笈七签》一书中有云：“夫人有三魂，一名胎光，一名爽灵，一名幽精。”七魄则是：“尸狗、伏矢、雀阴、吞贼、非毒、除秽、臭肺，皆‘身中之浊鬼也’。”

这五谷跟魂魄有相通之处，不吃吧，会饿死；吃吧，五谷之中的毒气会让人生病衰老。它好处坏处兼而有之，好处是让人有精神，坏处是破坏人体初始的纯净。所以虽然有人发明了辟谷之法，但人终究无法完全摆脱谷物，只能尽量少吃，少沾染五谷的毒气而已。

魂魄也是如此，魂的好和魄的坏兼而有之，魂就如五谷提供的能量，魄就如五谷蕴含的毒气；既让人轮回不断，又让人在轮回中难以自拔。

姥爹早就想过分离魂魄来修炼自身，可是心中又知道这种修炼就如摆脱五谷而求长生。太难！

一个人想要不受任何毒物的侵染而长生，可不吃蕴含毒气的五谷几天就会饿死。这简直是首尾难顾的修炼之道。

因此，想归想，姥爹却一直未能实现。

后来姥爹意外习得吸取阳光之术，以为这样就可以摆脱五谷了。在修眉山的山洞中时，他尚且可以以此维生，可离开修眉山之后，这阳光就如稀汤寡水，根本不能果腹。一餐两餐还好，接连几天不吃饭的话，就会饿得头晕眼花。

他刚想到以魂魄分离的方式来修炼时，还曾嘲笑过自己异想天开。

此时听子非说起，姥爹这才明白，原来他在前世的时候已经学会了这种修炼之法，今生的想法大多是来自前世的隐秘指引。

子非点头道："是啊，师父你将自己的魄封存起来，藏在一个山洞里。你的肉身实际只有魂，而无魄。"

罗步斋质疑道："就一般人来说，三魂七魄刚好阴阳平衡，无论是少了魂还是少了魄，都对自身不利啊。"

子非道："说的是这个理儿，可是常规总有被人打破的时候。在常规没有被打破之前，谁都认为那不可能，一旦打破，人们就视之如平常了。就拿我来说，当年跟着徐福去东海之上时，认为世上不可能有长生不老之药，即使有长生不老之药，也轮不到我的头上。可事情偏偏发生了，发生之后，我很快就习以为常了。"

罗步斋叹道："还真是这样。"

子非继续说道："师父你常去那个山洞里看自己的魄，怕它跑掉，怕它消散。虽然你将魂魄分离了，但如果魄消失了的话，依然会有阴阳失调的危险，从而影响你的修炼，可是担心的事情偏偏发生了！"

姥爹盯着子非，听子非来讲述他的人生。

“终于有一天，你发现山洞里的魄不见了。你到处寻找，终于知道了它的落脚地。可是你发现自己还是来晚了。你的魄居然投胎转世，成了另一个你。”

姥爹双手紧握。

经过子非的讲述，姥爹封印的记忆突然从沉睡中醒来，如同开始发芽的豆子一般拱开外壳。可是禁锢记忆的力量太大，记忆刚刚展开一点点又被抑制了。

但是姥爹隐约想起了前世追寻自己的魄的情景。

他想起自己似乎走进了一个院子，听到了小孩哇哇的哭声。一个老婆婆喜滋滋地从对面的小门里走了出来，抱着一个血淋淋的婴儿。他看了那个血淋淋的婴儿一眼，发现那个婴儿正盯着他哭泣不止。

那哭声在他听来如同乌鸦的叫唤声，声声刺耳，声声不祥。他的魄明明就在这里，可是居然不见了。而此时这个婴儿出生了！

他心中一慌，自己的魄已经投胎转世了！

他的魄担心再被他抓回山洞里去，干脆投胎成了有肉身的婴儿！

既然已经成了有肉身的婴儿，他便不能将别人家的婴儿杀死或者带走。

可是倘若任由魄游离于自己的控制之外，那也会后患无穷。

他刚往前迈出一步，背后就有一个人轻声喊道：“且慢！”

回头一看，他看到一个头顶光秃，四周长发的老人。那老人骨骼古怪，异于常人，额头凸出，颧骨高耸，身形略微佝偻，但眼睛冒出精光。

“鬼谷先生？”他认出了这个突如其来的人。

“长生、安乐、富贵、尊荣、显名、爱好、财利、得意、喜欲，为‘阳’，曰‘始’。死亡、忧患、贫贱、苦辱、弃损、亡利、失意、有害、刑戮、诛罚，为‘阴’，曰‘终’。有始有终，乃人生真相。

它既然已经成人，便是天意，你仅凭一己之力是杀不死他的。”鬼谷先生说道。

“趁他还未长成，现在还能控制他，不然以后想控制他都没有办法了。”姥爹说道。

鬼谷先生摇头道：“你虽然有千斤之力，而你自己仅有百斤，可是你能将自己提起来吗？你既然已得长生与安乐，死亡与忧患自然要由另一个你来承担。”鬼谷先生的手抓住他不放。虽然鬼谷先生看起来瘦骨嶙峋，可是他被抓住之后前进不了一步。

他一直以来非常钦佩敬仰鬼谷先生，所以鬼谷先生说的话，他不能不慎重考虑。

就在他思考之间，那个喜滋滋的老婆婆抱着婴儿走进了另一间房。

鬼谷先生见他不舍，又劝道：“你将魂魄分离，确实有益于修炼，但若将魄灭杀于世，反而有损于修炼。每个人都要与自己斗争，才能有所突破。所有看似与外人斗与外界斗的景象，最终映照在内心是与自己斗。”

他长叹一声，微微颔首。

鬼谷先生笑了笑，说道：“去我舍下对弈一盘吧。前几日我将三劫连环破了局，你我对弈演绎一遍，看看其中巧妙！”

他无心对弈，但仍然跟着鬼谷先生去了隐居之地。

“等等！”姥爹打断子非的话，“我好像知道三劫连环的破解之法。”

子非被姥爹的话吓了一跳，他不知道姥爹为何这时突然说出这样的话来。他不知道自己的话让姥爹打开了一扇记忆之门，姥爹刚刚看到门内的情景，可门又关上了。姥爹想从门缝里继续观望，可是门缝越来越小，最后严丝合缝。

“鬼谷先生曾给我演绎过破解三劫连环的走法。”姥爹嘴唇微颤。

“是……是吗？”子非倒有些紧张了。踏破铁鞋无觅处，没想到师父就知道破解之法。兜兜转转，原来答案还在起点。

“可是……”姥爹扶住额头，“可是我记不起跟鬼谷先生对弈的情景了。”

罗步斋连忙走到姥爹身边，安慰道：“不急，不急，既然子非的话能让你想起一些，说不定后面还能让你想起更多。”

姥爹点点头。

子非愣了愣神，想要继续往下说。

姥爹却抬手打断他，问道：“我有一个疑问。刚才从我脑海里一闪而过的情景中，我看到的是一个刚刚出生的婴儿。那个婴儿就是我的魄投胎转世而成。既然是婴儿，那你如何能从弱郎大王的身上看出他是我的魄？虽然或许一个人从小到大都留有不可更改的影子，但是在外人看来，还是有所差别，并不能完全确定这个成年人就是当初那个小孩。”

子非道：“师父，我没有看到过什么婴儿。我看到的就是已经成年的弱郎大王。”他不知不觉间又忘记了“马先生”的称呼。

姥爹道：“你跟我学玄黄之道时，是二十岁左右。我的魄从婴儿长成成年人，也需要这么长时间。这时间好像对不上。”

子非道：“对于师父的年龄，我一直没有摸透。就拿现在的我来说，看似二十岁左右，可实际活了多少年？师父当年的道行比我不知高出多少，我跟师父的时候才五六岁，等我到了二十多岁，师父的容貌一直没有变化过。所以师父说的婴儿，可能是在我出生之前甚至更久远的时候出现的。”

“哦……”姥爹仿佛是年老得已经记不住往事的沧桑老人，在旁人说起曾经往事的时候，就如说着这位老人曾经做过的梦一般虚幻而缥缈。

子非又道：“鬼谷先生也是如此。他授徒无数，但是没有一个人知道他的确切年龄。有人说他寿八十岁，有人说他生于远古时期，历经八百多年。”

姥爹点头道：“要像鬼谷先生那样通晓世间所有道理，确实需要无比漫长的时间来积淀，不可能一蹴而就。一个普通人穷其一生恐怕也不能在某个方面达到鬼谷先生的境界。从鬼谷先生的学识来看，非几百上千年不成。”

此时，小米忍不住插言道：“马秀才这话说得有理。我在定州时遇到一个奇人，无所不通，无所不晓，见识渊博，令人惊讶。他也是通过多于普通人几倍时间的积淀才能达到这种境界。如此想来，鬼谷先生跟他有着相通相似的地方。”她说的那个人便是教她猫鬼之道的人精。

姥爹惊讶道：“你碰到的那个奇人可是一个假瞎子？”

小米也惊讶不已，反问道：“你怎么知道的？”

“看来我们遇到了同一个人，却一直不知道。要不是今天说到这些，恐怕以后也没有机会知道。”于是，姥爹将自己遇到人精的事情从头到尾说来。姥爹还提到人精说过一句话，人精说在见到他之前还遇到了一个非常特别的人，可是人精不知道那个人的名字，也看不到那个人的容貌，所以那时候姥爹不知道人精说的是谁。如今从时间上一推算，人精说的应该就是小米。

小米也将她的经历说了出来。

姥爹这才得知小米遇到人精的具体细节。要不是小米说出这些，姥爹也就无从得知在定州时小米经历了什么。

在场的听者也感叹了一番。

姥爹又问子非道：“就算时间上没有问题，可为什么只有你知道，其他人却不知道？”

子非说道：“或许原来也有别人知道，但是经历胎中之谜后都忘记了。唯有我没有经历胎中之谜，所以一直记得。师父你原本也应该记得的，至少在阿赖耶识苏醒之后是记得的，可是你当年封存了自己的记忆，所以即使阿赖耶识苏醒，也无法记起这件事情来。”

姥爹频频点头。

“如此说来，弱郎大王还是住持时，就是我的魄的化身。难怪他要变成弱郎！而我自己从修眉山离开，去斗弱郎，实际上是与自己争斗。原来我生生世世都在与自己相斗！”姥爹叹道。

罗步斋皱眉道：“有人说最大的敌人就是自己，此之谓也。”

小米道：“别说这些没用的了。现在弱郎大王已经找到这里来了，大家一起想想办法吧。就算是与自己相斗，也要想出斗败自己的办法来呀，难道要坐以待毙不成？”

罗步斋走了几步，背靠在墙上，呼了一口气，说道：“要打败自己，恐怕没有这么简单。古今中外多少叱咤风云显赫一时的人不是败于他人之手，而是败于自己之手啊！”

这时，窗外李晓成的声音响起。他喊道：“马秀才，你们都在家吧？”

罗步斋将头探到窗边去看，回答道：“在呢，都在，快进来。”

进来的不止李晓成一个人，他身后还有一个人。

姥爹和小米见了那人，惊讶得半天没有说出话来。小米身边的白先生却一跃而起，爬到了那人身上。

那人摸了摸白先生的头，也微笑地看着姥爹和小米，半天不说话。

终于是小米先说出话来，她惊喜地喊道：“师父！”

那人哈哈大笑。

白先生又从那人身上跃下，回到小米的怀里。

罗步斋和子非都茫然不知所措。

姥爹给他们介绍新来的人，说道：“这就是小米的师父赫连天，我们在定州的时候就借住在他的狗肉馆里。”

罗步斋立即热情洋溢地握住赫连天的手，说道：“以前听马秀才说起过你很多次，我很想当面谢谢你当年帮我照顾他和小米，可是没有机会，没想到今天你能到这里来！”他握得非常用力，久久不松开。

赫连天连忙说道：“别这么说，马秀才给我带来了这么好的一个徒弟，我应该感谢他才是。”

“你能将最好的猫鬼让给小米，又让她带回来，真是胸襟宽广，令人钦佩！”罗步斋不但不松开他的手，另一只手也捂了过去。

赫连天哈哈大笑，说道：“千万别这么说。最好的猫鬼被带走，我当然心疼，猫鬼也是我的家人啊。可是猫鬼这东西啊，一旦认了主，就像养了多年的女儿认定了某个男人一样，养育之恩早就抛诸脑后啦，打死都不回头的。所以呢，留得住人也留不住心，还不如大大方方放走得了。”

小米听到赫连天这么打比方，忍不住跟着笑了起来。

姥爹问道：“赫连兄，你怎么会到这里来呢？徐阿尼呢？”

赫连天道：“徐阿尼在定州。我预测到你和小米会遭遇危险，心中不能平静，于是从定州来到这里。我那狗肉馆自从跟泽盛失去联系之后，便等于失去了经济来源，所以我现在全心经营狗肉馆的生意了。此次本来应该带徐阿尼一起来的，可是狗肉馆不能没人照顾，只好我一个人来了。还请马秀才谅解！”

姥爹道：“哎，这是什么话？你能想到来助我一臂之力，我已经感激不尽了，还需要什么我的谅解？”

赫连天笑着点头。

姥爹想起第一次见到他的时候那眼神几乎能杀人，此时他的眼神里虽然多了一些温情，但那冷峻得令人发寒的眼神依然时不时泄露出来，如同一只翱翔的老鹰俯视地面的猎物，随时会俯冲下来给予猎物致命一击一般。

小米忙问道：“师母的身体状况一直以来还好吧？”

赫连天道：“她的身体状况还不是靠那猫支撑？谈不得好还是不好。”

子非盯着赫连天的脸看了又看，眼神里充满了疑问。

罗步斋见子非表现不太正常，碰了碰他，低声问道："你这样看别人干什么？"

子非喃喃道："赫连天？赫连姓氏？莫非跟独孤家族是近亲？雄怒族人吧？"

罗步斋窃窃道："现在已经没有雄怒族人了。"

子非没听见罗步斋的话一样继续说道："难怪我看着面熟，原来是雄怒族人。"

屋里的人听到子非的话，目光纷纷朝他投来。

"你说你看着我面熟？"赫连天主动询问子非道，"可是我不记得你啊，是不是认错了？"

子非摇摇头，说道："我不会认错的。你就是我师父两千多年前跟着远征将军征讨雄怒族人的时候救下来的。"

"什么？"赫连天没听懂子非说的话。

姥爹连自己的魄的化身都不记得了，自然也不记得自己救过什么人。

子非对赫连天说道："赫连先生，你几年前帮助我师父和子鱼，都是前世结的善缘。两千多年前，皇帝派远征将军守卫边疆，击退雄怒族，我师父是其中的重要一员。在一次与雄怒族人的战争中，一个雄怒族中的小孩被抓住。按照当时的律法，抓到的雄怒族是要当场砍杀的，可是我师父动了恻隐之心，将你留了下来。"

罗步斋又问道："但既然抓住的时候是个小孩，你怎么知道他是赫连先生的前世呢？"

"我记得那双摄人心魄的眼睛，他那么小的时候就有那么一双令人难忘令人害怕的眼睛。"子非瞥了一眼赫连天的眼睛，回忆道，"当时师父就是因为他的眼睛而保下了他。远征将军一向尊敬师父，又见他是个小孩，闹不出什么名堂来，所以睁一只眼闭一只眼过去了。"

罗步斋感慨道："原来今生相遇的人都在前世就有因果。你、赵闲云、小米、赫连天，包括那个泽盛和弱郎大王。”

子非缓缓点头。

“那么我呢？”罗步斋突然有点着急地问道，“我跟你师父这么多年了，你应该也记得我的样子才对啊。你再看看我的脸，看这耳朵、鼻子，看这眼睛，有没有印象？有没有什么人的影子？”

“我真的记不起你……”子非一脸歉意。

罗步斋露出失望的表情。

姥爹笑道：“并不是所有遇见的人都是前世因果的影响吧。缘起缘落，缘生缘灭，有的是旧缘，有的是新缘，你大概就在新缘之内吧。当然，也许是子非真的记不起来了，可能那时候你没有给他留下深刻印象。也或许是你的容貌变化太大，子非辨别不出那一世的你。种种可能，无法定论。”

子非侧身看了看房门，听了听门外的声音，猜测尚若然已经不在这里了，然后说道：“刚才那位花姐，我倒是有些印象。”

子非后来对姥爹说，到了画眉村之后遇到这么多曾经见过的人，恍惚感觉此时的世界跟两千年前的世界没有什么变化。常言道“物是人非”，年年岁岁花相似，岁岁年年人不同。可他突然发现，人其实还是那些人，花还是那些花。

姥爹听到他说对尚若然有印象，惊讶道：“你认识她？”

“我们打伞出去在路上碰到她的时候，我就觉得有些熟悉，可是不知道她到底是谁。后来听子鱼……哦，不，听小米说她是花姐，我心里便多了两三分把握。回来之后，我又故意跟她说了几句话，确认了一些事情，于是有了七八分把握。”

“莫非她也是马秀才前世曾经相遇过的人？”赫连天听着都感兴趣了。

子非道：“她是师父炼丹炉里的花魂，那时候我就叫她花姐。”

“花魂？花姐？”姥爹显然还是不记得这些事情。

子非点头道：“是啊，炼丹不仅仅需要炼丹炉，还需要灵气。炼丹的人自然不会将自己的灵气放到炼丹炉里淬炼，炼丹的人需要将外界的灵气融入丹药里，然后服下，将外界的灵气纳入自己的体内。师父的炼丹炉便是这样的。师父采集吸取了天地精元并且初通灵智的百花百草，将它们在炼丹炉里熔炼，使它们融为一体，成为一个全新的灵体。”

小米打断子非，说道：“莫非就像槐牛一样，将大江南北的怨念收集起来，禁锢在石牛的体内，然后在池塘下禁锢百年，使之成为槐牛？”

此时就连姥爹自己都惊讶了，他没想到自己收集怨念的想法跟前世炼丹的想法有异曲同工之妙。

子非点点头，说道：“是的。那时候师父和远征将军南征北战，一面击退雄怒族，一面将战场的怨念收集起来，带回皇城淬炼。可是有时候怨念太重，许多战场上的人死不瞑目，淬炼的时候阻力非常大。炼丹炉有时会突然爆裂，前功尽弃。于是，师父就将百花之魂禁锢在炼丹炉之中，以花魂之力守护炼丹炉，并压制怨念。炼丹炉里有了与之制约怨念的花魂，淬炼的怨念就再也没有那种使炼丹炉都爆裂的恐怖力量了。”

姥爹默默点头。

“由于花魂多次与怨念一起淬炼，所以她的灵魂也被淬炼得非常纯净。但由于她总是去中和许多怨念，所以她的灵魂被邪气侵染，渐渐带上了一些邪气。师父原本答应炼好怨念之后放她出来继续修行的，可是自从她染上邪气之后，师父便违背诺言，将她一直禁锢在炼丹炉之中，怕她出来之后为害一方。”

“既然禁锢在炼丹炉之中，她又怎能转世成为花姐呢？”罗步斋问道。

子非苦笑道：“我从东海之上回到皇城，发现师父和子鱼已经逝去。我去了师父的房间，发现屋里凌乱，似乎被人打砸过，炼丹炉被人打破。炼丹炉一打破，估计花魂就摆脱禁锢溜走了。”

“原来这样！”罗步斋恍然大悟。

“真没想到她也来到了这里。”子非瞥了小米一眼。

小米没有注意到他，她正低头去抚摸白先生的头。白先生张大了嘴打了一个大呵欠，它对这些人的话题丝毫不感兴趣，只觉得无聊，昏昏欲睡。

“不过她既然在这里，或许师母的病就有救了。”子非说道。

姥爹、罗步斋、余游洋还有小米的眼睛顿时一亮，纷纷将目光投向子非。

“我以前听说过一种挽救木命缺木的人的方法，不知当讲不当讲。”

“什么方法？快点说来。”姥爹催促道。

“对呀，什么好方法？”罗步斋也问道。

子非眨了眨眼睛，说出四个字来：“移花接木。”

姥爹没有听懂子非的话，疑问道：“移花接木？”

子非认真地点了点头。

“怎么个移花接木？”罗步斋紧接着问道。

“我也是一个偶然的机会听到这种解救之法的，说是木命缺木的人命垂旦夕时，倘若能找到一个花姐命的人来替代她，那个生命垂危的人就或许有救。这就叫作移花接木，如同将一棵花木的枝条嫁接在另一种木上，使得原来的木获得新生。”

姥爹沉默不语。

罗步斋看了看姥爹，咂咂嘴，问子非道：“这种移花接木的方法可靠吗？”

子非道：“我也是道听途说，只听说可以这么做，至于最后能不能成功，我不敢保证。”

姥爹长叹一声，摇头摆手道：“暂且不提这个吧，我们眼下还是专心对付弱郎大王吧。”说完，姥爹朝病床上的赵闲云投去一眼。那眼神里有怜惜，有愧疚，有为难，情绪复杂。

此时精神欠佳的赵闲云居然已经靠着床睡着了。那时候的床四周是有木板挡着的，所以她坐着的时候背后是有依靠的。虽然她只是睡着了，但看她脸色苍白，形销骨立，气若游丝，仿佛已经死去了一般，让人忍不住想要碰她一下，喊她一声，看看她是否还能醒过来。

小米见姥爹不让子非提这个，有些着急道：“为什么不提呢？对付弱郎大王是重要的事，救赵姐也是重要的事啊！”

子非安抚小米道：“不要着急。师父肯定会想办法的。”

当天晚上，姥爹一人来到子非的房间，询问移花接木之术。子非说，移花接木，即是用花姐之命接赵闲云之木命。如此，花赖以开，木赖以活。

可是当着小米的面，姥爹不愿多问。子非意识到师父的忌讳，所以也不愿多说了。

罗步斋了解姥爹的心思，于是故意岔开话题，问赫连天道：“请问赫连先生，你怎么跟着李晓成一块儿来了呢？莫非你们早已相识？”

赫连天笑道：“我们并不相识，但你知道，我是养猫鬼御猫鬼之人，对猫有天然的敏感，所以见到李晓成的时候立即发现他身上有猫的气息，于是上前询问。没想到聊了几句之后，我得知他正要去马秀才家里。我虽然在此之前几番询问别人，已经知道马秀才家的大概方位，但不知道具体是画眉村的哪一家。眼下既然有人恰巧同路，于是跟他一起来了。”

李晓成在旁点头称是，挠脸说道：“来的路上刚碰到赫连先生的时候，我被他的眼神吓了一跳，以为又是要斩妖除魔替天行道的多事道士，没想到我们还能成为同路人。”说完，李晓成哈哈大笑。

赫连天也笑了起来。

姥爹询问赫连天道："赫连兄，你对弱郎大王之事怎么看？是否有好的建议？"

赫连天想了想，说道："魄既是马秀才自己，那要对付它可就难了。魂善魄恶，说到底，是你自己的善在跟自己的恶相斗。其实人人都会有这种天人交战的难处，人无完人，没有谁能够做到完美，所以魄是不可能完全消灭的。"

"对，没有人能做到尽善尽美。这么说来，我们是没有办法对付弱郎大王了吗？"罗步斋插嘴道。

"或许，我们没必要将弱郎大王杀死，只要将它压制住就可以了。我听马秀才说过以前对付弱郎大王的事，似乎每次你们都想将它置于死地。我想这种想法就是错误的，所以你们每次即将得手的时候，它却置之死地而后生，并且一次比一次厉害。"赫连天抬手在半空中虚画了一个圆，继续说道，"就如阴阳两极，此消彼长，此长彼消，而不可能只留其中之一。"

在场的人都默默点头。

姥爹叹道："要不是子非来到这里，我们都不知道弱郎大王原来是这种来历。诚如赫连兄所说，人无完人，我今生尽力为善，而我的魄却在作恶。如果早知道弱郎大王是我的魄转世，我也不会用这种方式对付他了。没有完全的善，没有完全的恶，确实两者相依相靠，如阴阳两极。难怪他对我穷追不舍，生生世世与我为敌！"

罗步斋问赫连天道："你说不要杀死弱郎大王，只要将它压制住，那怎么压制呢？"

赫连天道："我倒有一法可以试试，但不确定能否起到作用。"

"说说看。"姥爹说道。

于是，赫连天如此这般，这般如此地说来。

众人讨论一番，虽然不知道后果如何，但觉得可以试试。

由于大家决定第二天去那山上将弱郎大王引到画眉村来，姥爹便邀请李晓成跟大家一起住在马家老宅。李晓成欣然答应。

晚饭时，余游洋搬出大团桌来，众人一起吃饭说话，好不热闹，一时间竟然不像是要对付什么难事，而是聚在一起庆祝。

画眉村的人见姥爹家这么热闹，还以为姥爹家有什么喜事。

晚餐完毕之后，大家又聊到很晚，各自说着各自遇见的奇闻逸事。直到月上树梢，蝈蝈鸣叫，他们才各自回房休息，准备第二天对付弱郎大王。

姥爹回房之后睡不踏实，去赵闲云的房间看了看，见她睡得很香，便没打扰。绕着马家老宅走了一圈，仿佛是脚步无意识地指引，他不知不觉走到了子非的房门前。

姥爹还没敲门，房内就有声音响起："师父，进来吧。"

姥爹推门而入，问道："你怎么知道我会来？都说了让你叫我马先生。"

子非正在闭目打坐，两只脚都盘到了椅子上。他睁开眼睛，将脚放了下来，微笑道："你就是我师父，转世也是我师父，叫马先生叫不习惯，你就让我还是叫你师父吧。"

姥爹无奈点点头。

"白天你不让我在小米面前说'移花接木'之事，我就料到你晚上会来找我的。我对师父的性格还算熟悉吧？"子非说道。

"嗯，我是不想当着她的面说。你说的移花接木，就是让花姐替换赵闲云的意思吧？如果让花姐替代赵闲云的位置，那么赵闲云怎么办？小米怎么办？虽然我知道即使不移花接木，我跟小米的可能性也很小，但是就我来说，宁可这个位置空缺，我也不愿让小米看到别人来占据这个位置。"

子非打断姥爹的话，闭着眼睛点头道："我懂，我懂。"

姥爹见子非略微激动，停止了说话，看了他半天，然后轻声问道：

“子非，你是不是特别恨我？”

子非痛苦地抬起头，看着姥爹。煤油灯在姥爹和他之间，两个人的背影被无限放大地映在各自背后的墙壁上，如同两个巨型恶魔。

姥爹继续说道：“我跟小米，我跟子鱼，都是年龄悬殊。小米虽然对我有感情，可是我们俩从来都是可望而不可即。你近在她的身边，却只能眼睁睁看着她喜欢我。你是不是恨过她？是不是恨过我？”

子非摇摇头。

“师父，我曾经跟小米说过，我为她做的所有事情，都是我自愿的，都是为了我自己。因为我喜欢她，我想得到她，我才做那些事情。她选不选择我，不应该因为我做了什么事情而改变。她应该坚持她的初心，就像我坚持我的初心一样。我想，她为师父你所做的一切，也都是她自愿的。她或许性格跟我不太一样，所以有时候做的事情会让人意外，有时候她做的事情也会让你感动。那都是因为她喜欢你，她想跟你在一起。”

姥爹想起小米杀死耍猴戏的人，杀死水猴时暴戾的样子；姥爹也想起小米默默地剪纸人，纸人跟随他到伏川的情景。在她暴戾的时候，姥爹确实非常意外，无所适从；在她剪纸人驱使纸人的时候，姥爹又觉得无比温暖，无比感动。

姥爹没想到子非不但熟悉他的性格，知道他晚上会来这里，还熟悉小米的性格，知道她时而激烈时而温柔。

能有这样的徒弟，也是几世修来的福分。

姥爹一边这么想着，一边听着子非说的话。

子非说道：“师父，你也是一样。你以你觉得好的方式对待小米，虽然有许多不如意，但你已经尽力做到最好了。因此，我喜欢她，她喜欢你，你喜欢她，都是各自的事情，互不干扰。最终结果怎样，要看各自的内心。任何以强迫或者扭曲的方式来获得爱的人才该招人恨。师父你不是这样的人，所以我不恨你，我也不能恨你。”

姥爹听了子非这一番推心置腹的话，想起小米在定州时跟他说过的徐阿尼和赫连天的事情。小米问过徐阿尼，她既然懂得勾引男人的蛊术，为什么不用蛊术来让赫连天离不开她。徐阿尼回答说："自己真正爱的人，必定希望对方是出自内心地喜欢自己，绝不希望掺杂任何其他因素。"

由此看来，子非跟徐阿尼的想法如出一辙。

其实这并不是子非与徐阿尼的相同之处。

这是真正爱一个人的时候那些痴情人共有的想法。

"师父，这些不能影响我对你的敬佩和崇拜之情。你依然是我的师父，我永远是你的徒弟。"子非诚恳地说道。

姥爹长叹一声，说道："要是我对小米没有任何情愫，那就好了。"

子非摇头道："师父，你这么说就错了。如果你对她没有任何情愫，她会悲伤难过的。哪怕她因此退而求其次选择我，我也会为她而难过，我也会期待你对她好，让她高兴，让她开心。"

"如果这次非得移花接木，小米还是会伤心的。"

子非道："师父切莫因为眼前的事情而这么想。就算你和小米可望而不可即，就算这会让小米伤心，那也比你不给她任何情愫要好。如果无法跟心爱的人在一起，那只是心伤而已。如果心爱的人不喜欢你，那会让人心死。心伤心死，师父你说哪个好一点？"

姥爹扯出一丝笑意，说道："子非啊，你比我看得透。"

"师父，我看得透，一是因为我活了这么多年，见了这么多事；二是因为小米没有选择我。我在局外，所以看得清楚看得透。如果我身陷其中，恐怕也看不清楚看不透。"

姥爹点头。

子非将煤油灯的灯芯拨了拨，屋里亮了一些，似乎空间也开阔了一些。

"除了移花接木，就没有别的办法了吗？"姥爹看着那灯芯上的火焰问道。

“就我所知，没有其他办法。”

“非得娶花姐不成？”姥爹问道。

“移花接木，即是用花姐命接赵闲云之木命。如此，花赖以开，木赖以活。不娶她如何接命？非娶她不可。”

“可是赵闲云还没有……如果我现在娶她的话，那就是小房了。不但不知小米怎么想，估计花姐她也不会答应吧？”

“不能当小房，既然是移花接木，就要按照移花接木的规矩。如果是当小房，那就不是移花接木了，木还在，花未接，那就没有作用了。接就要接替师母的位置。”

“那赵闲云怎么办？”

子非道：“必须在师母活着的时候进行，不然师母成了枯木，花纵然接上，也为时已晚，花也会枯死。我们只能劝说师母接受。”

“倘若花姐替代了赵闲云的位置，那赵闲云在这个家里算什么？”

“师母只能离开这里，对外宣称她已经病故。”

姥爹仰起头闭上了眼睛。

“我知道你很为难……我会帮你照顾好师母的。”子非也不忍心地说道。

姥爹抬起手朝子非摆了摆，说道：“不必多说了，我再想想。”

“我看师母面色极差，今天我们说话的时候她都能睡着，恐怕时间紧迫……”

姥爹道：“我再想想吧……”

子非见姥爹不做决定，便说道：“嗯，师父再考虑几日。今晚就早点睡吧，明天还要对付弱郎大王呢。”

姥爹勉强提了提精神，说道：“对了，说到明天对付弱郎大王的事情，我想问问你，你觉得赫连天说的那个方法可靠吗？”

子非道：“我觉得可以试试。师父你当年就是用这种方法将寺庙里的弱郎引入河中的，说明这种方法可行。这次我们将他引到画眉村的池塘边来，只要能将他弄进池塘里，应该能将它制服。”

“那就试试吧。”姥爹说道。

说完，姥爹从子非的房间出来，子非送姥爹到门口。

“师父……”子非一副欲言又止的样子。

姥爹转身，问道：“怎么了？有什么话尽管说。”

“其实今晚你问我恨不恨你的话，两千年前的某一个夜晚，你已经问过我一次了。”子非说道。

“哦？”姥爹惊讶不已。

“那时候我说我恨你。”

姥爹愣住了。

“所以……你临死之前封存那一世的记忆，我想更多是因为我说的那些话吧。今晚你说要是你对子鱼没有任何情愫就好了，我才猜想你封存记忆就是为了不再挂念子鱼，也不让子鱼挂念你。”

姥爹淡然一笑，说道：“是啊，也许我是这么想的。”

“可是这并没能阻止你们互相牵挂。我上一次见到你，是跟着小米的纸人找过去的。她对你无意识的牵挂都如此强烈，让我因为说恨你的那些话而羞愧。那一刻，我知道我对小米的牵挂远远不及小米对你的牵挂。”子非语气哽咽起来。

姥爹走上前，轻轻拍了拍子非的肩膀，说道：“孩子，没事的，都过去了。”

子非点点头，抑制情绪道：“嗯，都已经过去了。可是我今天看到这些人，今晚说起这些话，让我觉得我其实没有活多少年，没有经历多少代人。那些事情就像是不久前发生的一样。”

姥爹笑了笑。

“师父，今晚的话都是我的真心话。我明白了，醒悟了，我不恨你。这次我是真的想清楚了，我不恨你。”

姥爹又笑了笑。

“师父，我……”

“子非，不要说了，我明白。”姥爹说道。

两人在门外默默站了一会儿。夜空的月亮如同煤油灯一样照在他们两人的身上，地上是他们两人的影子，影子也是默默的。

一只不知名的鸟扑棱扑棱地飞来，落在屋顶的边缘上。它看了看下面的两个人，又扑棱着翅膀飞走了。

姥爹看着鸟飞走，打破沉默道：“好了，回屋去睡吧。”

子非回屋，关上了门。

姥爹深深吸了一口带着夜晚独有凉意的空气，然后缓缓吐出，然后往自己的房间走去。

才走几步，姥爹就看见一个熟悉的身影从屋檐下的阴影里走了出来。

就算不看那个身影，她怀里白色的一团也太显眼了。

“小米？”姥爹对着屋檐下的身影轻声道。

小米站在那里一动不动。白先生在她手里，如同一只暖手的小炭炉，一黄一蓝的眼睛就如小炭炉上装饰的两颗宝石。

“我跟子非刚才说的话，你都听到了？”姥爹问道。

小米不说话。

姥爹抬头看了看天，月亮已经离开树梢，爬到了天空中央。这天是十五，月亮圆得不能再圆，月光幽幽的，淡淡的。

小米放开了白先生，白先生如一条会飘动的月光一般飞进了某个角落，消失了。

小米从屋檐下走了出来，也抬头看了看头顶的圆月亮。

“你说，月亮是不是一口井？”小米问姥爹道。

“一口井？”姥爹收回目光，看了看小米，见小米仍然仰着头看月亮，又抬头去看天空。

“特别是十五晚上的时候，我看着圆圆的月亮，就觉得月亮是一口井。我还在君山岛的时候就这么想。后来我才知道，我是子鱼的时候就这么想了。”小米说道，眼眶里瞬间盈满了泪水。泪水在眼眶里团团转，但就是不流出来。

姥爹心想，月亮不是一口井，你的眼睛才是一口水汪汪的井。

“我们都在井底里，如井底之蛙一般，抬头就能望到井口。那月亮的光，其实是另一个世界的阳光吧？”小米喃喃说道。

姥爹不明白小米为什么要说这些。她的言行有点异常，这让姥爹有些担心。

于是，姥爹认真地看了看天空的圆月亮，很快也有了小米说的那种感觉。月亮确实如一个井口，夜色就如井里幽幽的水，这个世界的人就如井底的青蛙。青蛙以为这个井就是整个世界，而井口外或许有更大的世界。

“对，月亮就是一口井。我们的世界其实小得可怜。”姥爹顺着她的话说道。

“世界这么小，我们还是要错过。”小米说道。

姥爹浑身一凉，她果然听到了他和子非的对话。

“小米……”姥爹叫出她的名字之后却说不出话来了。

小米终于将目光从月亮之上收了回来，看了看姥爹。眼眶里的泪水终于兜不住了，从眼角流了出来，但也就几滴而已。

姥爹抬起手来，将小米脸颊上的泪水擦去。

小米没有躲避，她站在原地，任由姥爹的手在她的脸上轻蹭，就如一个受了伤的孩子接受长辈的抚慰一般。

夜凉如水，果真有种身置井底的感觉。

“是不是赵姐也会这么想？”小米说道。

姥爹的手停住了。

“子非说的话我都听到了。”小米说道。

姥爹点点头。

“他能为了你和我而这么想，我为什么不能考虑赵姐的处境呢？”

“不要说了。”

“不，我要说。那个遇到了我又遇到了你的人精告诉过我一句话，叫情深不寿。我之前不是太理解，现在我觉得我是想通了。我们之所以这样，就是因为这四个字。人精是相对其他人活了几辈子的人，所以他能说出这样的话来。子非比人精活得更长，所以他能说出刚才那些话来。我们只活一辈子的人容易目光短浅，容易成为井底之蛙。”

姥爹沉默不语。

小米继续说道：“赵姐能跟你在一起，或许正是因为用情刚好，有分寸，有拿捏。这用情就如用药，下药太猛，谁都受不住，反而致害；下药太轻，又不痛不痒，不如不要。这拿捏这分寸就如药剂师手里的戥子秤，多一分一毫不得，也少一分一毫不得。”

姥爹轻叹一口气。

“能在一起的人，并不是因为用情比别人深，更多是因为用情有分寸吧？以前我不懂，所以有暴戾之气，有抱怨。现在我长大了，明白了其中的道理。”小米说道。又一颗泪珠从她的脸颊慢慢滑下，如同一颗在叶子上凝聚的夜露。

姥爹确实觉得她比刚来画眉村的时候成熟了很多。

“我还明白了，真正相爱的人未必需要俗世意义上的成为眷属，只要我们能彼此看到对方，共同守护就可以了。你说是吗？”那颗泪珠滑到了小米的下巴，然后坠落在夜色之中，融入夜色之中，不知去向。

姥爹没有回答她。

“但愿人长久，千里共婵娟。只要我们长久地在一起，我能在生命的起始和终点陪在你身边，跟你一起看一口井一样的月亮，我就满足了。我听罗步斋无意之中说起过一件事情，我刚来到这里的时候，恰好是你跟赵姐的婚礼。罗步斋要你别让泽盛打击你的想法得逞，你说我能在这里，你就知足了。”

姥爹点点头，终于从喉咙里挤出声音来：“是的。在一定程度上，我感谢他让我见到你，而没有一直把你藏起来。”

小米听到姥爹这么说，脸上露出一丝笑容。由于种种原因，他们还从来没有这样推心置腹过，她是第一次听到姥爹当面跟她说起在乎她的话。

“我也应该知足。”小米说道，“能有时间和你在这里相伴这么长时间，我应该知足的。”

“别说这样的话，说得好像我们明天就要再也见不到了一样。”

“有了你今晚的话，就算明天见不到我也没有遗憾了。”

姥爹捂住了小米的嘴。

小米的身体顿时僵直了，一动不动。

姥爹愣了一下，慌忙将手收了回来。

小米调节了紊乱的气息，轻咳了一声，然后说道：“你还是移花接木吧，我觉得你应该这么做。”

“容我再想想。”姥爹说道。

“如果你为了我而放弃移花接木的话，我以后就算在你身边，也会过得不安心。我会感觉是我窃取了赵姐的位置。我觉得我现在挺好的，我也希望赵姐不要有事，我希望我们现在同住在一个屋檐下的所有人都没有事，我们就这样一直生活下去。所以，你一定要救下她。”

“可是……你听到子非也说了，如果移花接木，她的位置也会被替换……”

小米摇了摇头，说道：“你还不懂吗？移花接木不管能不能救活她，不管她的位置是否会被替换，对她来说都不是最重要的。”

姥爹再次沉默了，他其实懂小米的心思。

“最重要的，是她能感受到你在为她努力，而不是置她于不顾不管。”

姥爹闭上了眼睛。

“这比什么都重要。”小米说道，“赵姐为你的付出，身边的人都看得到。她无怨无悔，她平静如水，她宽宏大量，她理解你的所有一切。如果你在这个关头不为她搏一把，我想她即使依旧像以前一样宽容你，理解你，你也会在以后漫长的岁月里于心不安。”

“我还以为你会为这件事情生气。”姥爹道。

“我说过了，我不再是刚来这里时的那个小女孩了。”小米勉强挤出一丝笑容。

姥爹舒心一笑，又说道：“可是这么做对尚若然不公平。”

小米道：“她都要搬到我们家里来了，你还看不出来吗？你可以跟她说清楚移花接木的事情。我想即使这样，她还是愿意接受的。何况她就是花姐的命，除此之外，她本身也没有选择。这对她来说反而是一个机遇，并不是利用。她以前就是你前世炼丹炉里的花魂，我想她选择待在炼丹炉里，也是心甘情愿的吧。看来……今生也是她该获得回报的时候了，所以她才会出现在这里，你才会遇到木命的赵闲云。”

“冥冥之中自有安排？以前说这句话的时候轻松自如，现在却字字千钧。”

“或许这真是冥冥之中安排好了的吧。”小米伸出手来，接住一缕月光，“你看，这片月光来到我的面前，来到我的手里，也是时空巧合，也是安排好了的。”

姥爹看着小米的手和她手里的月光。

“你我今生依然没有机缘，也是安排好了的。只是……我希望来生可以像这片偶然的月光一样来到你的手心，而你恰好伸出手来将我接住。”

“不，我不会在来生接住你的。”姥爹说道。

小米惊讶地看着姥爹。

姥爹往前迈出一小步，更靠近小米，双手捧住了小米白皙的脸，如同掬起了一片月光。

“如果你是月光的话，我会双手掬起你……”

小米听了姥爹这句话，浑身战栗不已，仿佛是一棵被风吹动的弱柳。

姥爹感觉到了她的战栗，他自己也在战栗，要说出这句话来其实不易。他以前碍于身份，碍于年龄，碍于他人，从不敢在她面前表达自己的真实想法，总觉得自己与她之间有一层能够看透却介于中间的窗纸，有一条他跨不过去她跳不过来的鸿沟，想要捅破窗纸却犹豫不决，想要跳过鸿沟却怕力量不够。如今既然已经将想说的话说了出来，窗纸已经捅破，鸿沟已经越过，他心中在紧张之后忽然轻松起来，一切的障碍似乎都不再是障碍。

“我……曾经吸食过月光……”姥爹语气艰难地说道。

“啊？”小米不懂他的意思。

“如果你是月光的话……”姥爹伸长了脖子，将嘴唇碰在了小米的嘴唇上。

“唔……”小米发出惊讶的一声，但没有丝毫退缩。

姥爹后来回忆说，那是他这辈子吸食的最好的月光。在此后无数的岁月里，姥爹经常梦回月光之下。

而往往伴着一声猫叫，姥爹就会从梦中醒来。

那次他和小米也是被猫叫声惊醒的。

“喵呜……”

白先生不知从哪个角落里跑了出来，站在小米和姥爹的中间，抬头看着两个影子连接在一起的人。

姥爹和小米急忙松开来。

姥爹不知道时间过去了多久，要不是对面小米略显羞涩的脸，他还以为自己是在梦里。他从未想过自己会有这种举动。

“你怎么来了？”小米第一次对白先生说话的语气带着抱怨。但她迅速改变了对白先生的态度，她将白先生抱起来，用手抚弄白先生的毛。

姥爹看到子非房间的窗口掠过一个人影，紧接着屋里的灯火就灭了。姥爹猜测刚才一幕落在了子非的眼里。

“我……我要回去了。”小米不太自在地说道。

“去吧，好好休息。”姥爹说道。

小米点点头，脚步仿佛软绵无力一般略显不自然地走了。

小米走后，姥爹又抬起头来，看着空中的月亮。月亮确实如同一口井，他忽然觉得待在这个井里也不错。

（第三部完。）

图书在版编目（CIP）数据

画眉奇缘.叁 / 童亮著. — 南昌：百花洲文艺出版社，2020.8
ISBN 978-7-5500-3794-6

Ⅰ. ①画… Ⅱ. ①童… Ⅲ. ①长篇小说—中国—当代
Ⅳ. ①I247.5

中国版本图书馆CIP数据核字（2020）第134817号

画眉奇缘.叁

童亮 著

责任编辑　杨　旭　聂　月
美术编辑　北京弘果文化传媒
制　　作　鲤伴文化　魏　佳
出版发行　百花洲文艺出版社
地　　址　南昌市红谷滩新区世贸路898号博能中心I期A座
邮　　编　330038
经　　销　全国新华书店
印　　刷　北京中科印刷有限公司
开　　本　880mm×1230mm　1/32
印　　张　12.5
版　　次　2020年8月第1版
印　　次　2021年11月第2次印刷
字　　数　290 千字
书　　号　ISBN 978-7-5500-3794-6
定　　价　42.00元

赣版权登字05-2020-112

邮购联系　0791-86895108
网　　址　http://www.bhzwy.com